KB270022

더블린 사람들

더블린 사람들

Dubliners

제임스 조이스 단편소설집   이강훈 옮김

DUBLINERS
by JAMES JOYCE (1914)

이 책은 실로 꿰매어 제본하는 정통적인 사철 방식으로 만들어졌습니다.
사철 방식으로 제본된 책은 오랫동안 보관해도 손상되지 않습니다.

자매

이번에는 그분도 희망이 없었다. 세 번째 졸도였기 때문이다. 밤마다 나는 그 집 앞을 지나갔고(방학 기간이었다) 그때마다 불 켜진 네모난 창문을 눈여겨보곤 했다. 매일 밤 창문에는 같은 방식으로 희미하고 고르게 불빛이 비치고 있었다. 그분이 돌아가셨다면 어두워진 블라인드에 촛불이 반사되는 모습을 볼 수 있었을 것이다. 시신 머리맡에 양초를 두 자루 세워 놔야 한다는 것을 알고 있었기 때문이다. 그분은 가끔 내게 〈이제 살날도 얼마 안 남았구나〉라고 말씀하셨지만 나는 그 말을 대수롭지 않게 여겼었다. 하지만 이제 그 말은 사실이었다. 나는 밤에 그 집 창문을 올려다볼 때마다 마비라는 말을 조용히 중얼거리곤 했다. 그때마다 내 귀에는 그 말이 마치 유클리드 기하학에 나오는 그노몬[1]이나 교리 문답서의 시모니아[2] 같은 말처럼 아주 이상하게 들렸었다. 그런데 이제는 그 말이 어떤 사악하고 죄 많은 존재의 이름

1 평행 사변형에서 닮은꼴의 작은 평행 사변형을 떼어 낸 나머지 부분.
2 성직 매매.

처럼 들렸다. 나는 그 말이 두려웠지만, 그러면서도 더 가까이 다가가 그 말이 행한 무서운 짓을 살펴보고 싶었다.

저녁을 먹으러 아래층으로 내려갔더니 코터 영감이 난로 쪽에 앉아 있었다. 숙모님이 내 귀리죽을 담는 동안 그 영감은 조금 전에 하던 이야기로 되돌아가려는 듯이 이렇게 말했다. 「아니, 내 말은 그 사람이 꼭 그렇다기보다는…… 어쨌든 상당히 이상한 점이…… 그 사람 뭔가 괴이한 점이 있었거든. 그러니까 내 생각에는…….」

그는 파이프 담배를 피우기 시작했다. 분명 머릿속으로 생각을 정리하는 중이었을 것이다. 꼴 보기 싫은 멍청한 늙은이! 처음 알았을 때에는 술찌끼나 증류기에 쓰는 코일에 대해 떠들어 대는 모습이 그런대로 재미가 있었다. 그러나 나는 곧 그 노인네와 끝도 없는 그의 양조장 이야기에 싫증이 났다.

「내 견해로는 말이지, 왜 그거 있잖아…… 드문 병이기는 하지만…… 물론 딱 잘라 말하기는 좀 어려운데…….」 영감이 말했다.

그는 자신의 견해를 밝히는 대신 다시 파이프 담배를 피우기 시작했다. 내가 빤히 쳐다보는 것을 보고는 숙부님이 내게 말했다.

「너하고 친했던 분이 돌아가셨으니 너도 슬프겠구나.」

「누구요?」 내가 물었다.

「플린 신부님 말이다.」

「돌아가셨나요?」

「여기 계신 코터 씨가 방금 그러시는구나. 그 집 앞을 지나 오셨거든.」

사람들이 나를 쳐다보고 있다는 것을 알았기 때문에 나는 그 소식에 관심이 없는 척하며 식사를 계속했다. 숙부님이 코터 영감에게 설명했다.

「이 아이는 그분과 무척 친하게 지냈습니다. 그분이 많이 가르쳐 주셨지요. 사람들 말로는 그분이 이 아이에게 기대를 많이 하셨던 모양이더군요.」

「하느님의 가호가 있기를.」 숙모님이 경건한 어조로 말했다.

코터 영감은 잠시 나를 쳐다보았다. 그의 작고 반짝거리는 검은 눈이 나를 조사하고 있다는 것을 느꼈다. 그러나 나는 굳이 접시에서 고개를 들어 그를 만족시켜 주고 싶은 생각이 전혀 없었다. 그는 다시 파이프를 물고 있다가 잠시 후 난로의 불판에 무례하게 침을 뱉었다.

「내 자식 같으면⋯⋯.」 코터 영감이 말했다. 「그런 사람은 가까이하지 못하게 했을 텐데.」

「무슨 말씀이세요, 코터 씨?」 숙모님이 물었다.

「내 말은 그러니까, 아이들에게 안 좋다는 겁니다. 내 생각에 아이들은 그저 나가서 제 또래들과 뛰어놀아야지, 그러지 않고 그런⋯⋯ 안 그런가, 잭?」 코터 영감이 말했다.

「제 생각도 그렇습니다.」 숙부님이 말했다. 「여기 있는 장미십자회[3] 회원에게도 항상 나가서 좀 돌아다니라고 합니다. 운동 좀 하라고요. 사실 제가 꼬마였을 때에는 여름이고 겨울이고 아침마다 찬물로 목욕을 했지요. 그래서 지금도 이렇게 건강합니다. 교육도 중요한 것이기는 합니다만……
코터 씨에게 양고기 좀 드리지그래?」 숙부님이 숙모님을 보며 덧붙였다.

「아니, 아니, 나는 됐어요.」 코터 영감이 말했다.

숙모님이 찬장에서 접시를 꺼내어 식탁 위에 올려놓았다.

「그런데 코터 씨, 왜 그게 아이들에게 나쁘다고 생각하시죠?」 숙모님이 물었다.

「아이들에게는 좋지 않습니다.」 코터 영감이 말했다. 「아이들은 무엇이나 쉽게 받아들이니까요. 아이들이 그런 것을 보게 되면 아무래도 그 영향이…….」

화가 나서 나도 모르게 한마디 하게 될까 봐 나는 억지로 귀리죽을 입안에 퍼 넣었다. 꼴 보기 싫은 멍청한 늙은이! 코는 빨개 가지고…….

나는 밤늦게야 잠이 들었다. 코터 영감이 나를 어린아이 취급한 것에 화가 나 있기도 했지만 사실 그보다도 그 노인이 하려다 만 말이 무슨 뜻인지 알아내려고 애썼다. 어둠 속에서 그 중풍 환자의 무거운 잿빛 얼굴이 떠올랐다. 나는 이불을 뒤집어쓰고 크리스마스를 생각하려고 애썼다. 그렇지만 그 잿빛 얼굴은 계속 나를 따라다녔다. 그 얼굴은 무슨 말인가를 중얼거렸다. 나는 그가 무엇인가를 고백하고 싶어 한다는 것을 알았다. 그와 함께 나는 내 영혼이 어떤 유쾌하

3 15세기에 시작되어 19세기 후반에 다시 부활한 신비주의 종파로서 세상사에 초연한 태도를 중시한다. 세속에 무관심하고 사색적인 주인공의 성격을 드러내며, 주인공과 신부 사이의 비밀스러운 관계를 암시하듯 묘사하고 있다.

고도 사악한 곳으로 빠져 들어가는 것을 느꼈다. 그런데 거기에서 그 얼굴은 또다시 나를 기다리고 있었다. 그리고 웅얼거리는 목소리로 내게 고백을 하기 시작했다. 나는 왜 그 얼굴이 계속해서 웃고 있는지, 왜 입술이 침으로 젖어 있는지 궁금했다. 그러다 갑자기 나는 그가 이미 중풍으로 죽었다는 것을 기억해 냈고, 나 역시 희미하게 웃고 있다는 것을 깨달았다. 마치 그의 성직 매매 죄를 용서라도 해주겠다는 듯이.

다음 날 아침을 먹고 나는 그레이트브리튼 가의 그 작은 집을 보러 내려갔다. 그 집은 포목점이라는 막연한 이름의 수수한 상점이었다. 그 포목점에서는 주로 어린이용 신발이나 우산을 팔았고 평일에는 창문에 우산 수선이라고 쓰인 팻말이 걸려 있었다. 그러나 이번에는 그 팻말을 볼 수 없었다. 겉창이 올라가 있었기 때문이다. 문을 두드리는 쇠고리에 리본과 함께 조화(弔花)가 매여 있었다. 가난해 보이는 두 여자와 전보 배달원 소년이 상장(喪章)에 핀으로 고정된 카드를 읽고 있었다. 나도 다가가서 읽어 보았다.

1895년 7월 1일
제임스 플린 신부(미스 가 성 캐서린 성당 전 사제),
향년 65세.
선종.

카드를 읽고 나니 비로소 그분이 돌아가셨다는 것이 확연히 느껴졌고 어찌해야 할지 몰라 당혹스러웠다. 그분이 돌아가시지 않았다면 아마 나는 상점 뒤의 작고 어두운 방에 들어가서 그 커다란 코트에 폭 싸인 채 난로 옆 안락의자에 앉아 있는 그분을 만나고 있었을 것이다. 숙모님이 그분에게 드리라고 하이 토스트 코담배 한 통을 주셨을 테고, 그 선물을 받고 그분은 비로소 몽롱한 졸음에서 깨어났을 것이다. 손을 너무 떨어서 담배의 절반 정도는 바닥에 떨어뜨렸기 때문에 담뱃갑을 비워 그분의 검은색 담배통에 옮겨 담는 것은 항상 내 몫이었다. 그 큰 손을 떨면서 코에 가져갈 때에는 손가락 사이로 담배 가루가 흘러 코트 앞자락에 떨어지곤 했다. 그분의 낡은 신부복이 녹색으로 바랜 것도 담배 가루가 계속 떨어졌기 때문일 것이다. 담배 가루를 털어 내는 데 쓰던 붉은색 손수건이 있었지만 한 주 동안의 담배 얼룩으로 언제나 새카맣게 변해 있어서 그나마도 전혀 소용이 없었던 것이다.

들어가 보고 싶었지만 문을 두드릴 용기가 없었다. 나는 천천히 양지바른 쪽으로 향했고 상점들의 창문에 붙은 극장 광고들을 읽으면서 걸어갔다. 나나 그날의 분위기나 슬픈 느낌이 들지 않는다는 것이 이상했다. 오히려 그분의 죽음으로 인해 무엇인가로부터 해방되었다는 자유로운 느낌이 들어 당혹스러울 정도였다. 알 수가 없었다. 전날 숙부님의 말씀처럼, 그분은 내게 많은 것을 가르쳐 주셨지 않은가. 그분은 로마에 있는 아일랜드 신학교에서 공부하셨고 나에게 라틴어를 정확히 발음하는 법을 가르쳐 주셨다. 또 지하 묘지나 나폴레옹 보나파르트에 대한 이야기를 해주셨고, 서로 다른 미사 의식들의 의미와 성직자들이 입는 옷의 차이도 설명해 주셨다. 가끔은 어떤 상황에서 우리가 어떻게 행동해야 하는지, 또는 이러저러한 죄들이 과연 중대한 죄인지 가벼운 죄인지, 아니면 그저 인간의 불완전함 때문인지 같은 어려운 질문을 내게 던지면서 재미있어하시기도 했다. 그 질문들은 내게 그 전까지 아주 단순한 규정이라고만 생각했던 교회 제도들이 얼마나 복잡하고 신비로운지를 보여 주었다. 성체성사나 고해실의 비밀 엄수에 대한 성직자의 의무가 워낙 막중해서 나는 도대체 누가 그런 것을 떠맡을 용기가 있을지 의심스러웠다. 그래서 그분이 내게, 교회의 신부들이 그런 복잡한 문제들을 설명하느라 신문에 실린 법률 공고만큼이나 빽빽하게 인쇄되고 우체국 주소록[4]만큼이나 두꺼운 책을 썼다고 말했을 때에도 놀라지 않았다. 가끔 그런 생각을 할 때면 대답을 못 하거나 더듬거리며 아주 바보 같은 말을 하곤 했는데, 그러면 그분은 웃으면서 두세 번 머리를 끄덕이곤 하셨다. 또 가끔씩 나에게 외우도록 했었던 미사 때의 응창을 암송해 보라고 시키셨는데, 내가 그것을 외울 때면 생각에 잠긴 채 미소를 지으면서 고개를 끄덕였고 이따금 코담배를 한 움큼 쥐어 양쪽 콧구멍에 번갈아 갖다 대시고는 했다. 크고 변색된 이를 드러내고 웃을 때마다 혀가 아랫입술에 닿곤 했는데, 친해지기 전까지는 그 버릇이 신경에 거슬렸었다.

4 주요 관공서, 공공건물, 상점 등의 위치와 연락처를 분류해 놓은 책자.

햇빛을 받으며 걷다가 코터 영감의 말이 생각나는 바람에 꿈이 그다음에 어떻게 되었는지 떠올려 보았다. 꿈속에서 나는 기다란 벨벳 커튼과 고풍스러운 디자인의 램프가 흔들리던 것을 보았다. 마치 이상한 관습을 가진 아주 먼 나라, 페르시아 같은 나라에 있는 듯한 느낌이었다. 그러나 그 꿈의 마지막은 기억나지 않았다.

저녁에 숙모님은 상갓집에 가면서 나를 데려가 주셨다. 해가 진 뒤였지만 서쪽으로 난 창문들에는 커다랗고 누런 황금빛 구름이 반사되고 있었다. 내니 할머니가 현관에서 우리를 맞아 주었다. 그 앞에서 큰 소리를 내는 것은 꼴 사나운 일이었기 때문에 숙모님은 대신 할머니의 손만 잡았다. 내니 할머니는 의향을 물어보려는 듯이 위층을 가리켰고 숙모님이 고개를 끄덕이자 좁은 계단을 먼저 힘들게 올라갔다. 고개 숙인 머리가 계단 난간 위로 겨우 보일 정도였다. 첫 번째 층계참에서 내니 할머니는 걸음을 멈추고는 시신이 누워 있는 방의 열린 문을 가리키며 우리에게 들어가라고 손짓했다. 숙모님이 안으로 들어가셨다. 내니 할머니는 내가 머뭇거리는 것을 보고 내게도 들어가라 거듭 손짓을 했다.

나는 발끝으로 살금살금 들어갔다. 방에는 레이스 달린 블라인드의 끝 부분을 통해 들어온 해 질 녘의 노란 햇살이 가득 차 있었고, 촛불들은 햇빛 속에서 희미하고 가냘픈 불꽃처럼 보였다. 그분은 관 속에 누워 있었다. 내니 할머니가 기도를 이끌었고 우리 셋은 침대 아래에 무릎을 꿇었다. 기도하는 척했지만 나는 생각을 집중할 수가 없었다. 내니 할머니가 중얼거리는 소리가 신경에 거슬렸기 때문이었다. 호크로 대충 잠가 놓은 할머니의 치마 뒷부분하며 헝겊으로 만든 신발 뒤축이 한쪽으로만 닳아 있는 모습이 눈에 띄었다. 그 노신부님이 관 속에서 웃고 있는 모습이 떠올랐다.

그러나 그렇지 않았다. 우리가 일어나 침대 머리맡에 갔을 때 나는 그분이 웃고 있지 않다는 것을 알았다. 뚱뚱한 몸에 엄숙한 표정을 하고, 제단에 설 때 입는 옷을 입은 채 큰 손으로는 성배를 살짝 잡은 상태로, 그렇게 그분은 누워 있었다. 시커먼 동굴 같은 콧구멍에 주변은 듬성듬성한 흰색 솜털로 둘러싸인, 잿빛의 커다란 얼굴은 몹시 퉁명스러워 보였다. 방 안에는 짙은 향기가 드리워 있었다. 꽃향기였다.

우리는 성호를 긋고 물러 나왔다. 아래층 작은 방에 일라이저 할머니가 신부님의 안락의자에 단정하게 앉아 있었다. 내니 할머니가 찬장에서 세리주가 담긴 병과 술잔을 몇 개 가져오는 동안 나는 예전에 앉았던 의자 쪽으로 살금살금 걸어갔다. 내니 할머니는 탁자에 술잔을 내려놓고는 우리에게 술을 한 잔 권했다. 그러고 나서 일라이저 할머니가 시킨 대로 세리주를 따라 우리에게 건넸다. 내게 크림 크래커를 먹으라고 했지만 그것을 먹다 보면 너무 시끄러운 소리가 날 것 같아서 거절했다. 내가 거절하자 내니 할머니는 약간 실망한 듯한 표정을 짓고는 조용히 소파에 가서 일라이저 할머니 뒤에 앉았다. 아무도 입을 열지 않았다. 우리는 그저 텅 빈 벽난로만 쳐다보고 있었다.

숙모님은 일라이저 할머니의 한숨 소리가 그치기를 기다

렸다가 입을 열었다.

「어쨌든 그분은 더 좋은 곳으로 가셨어요.」

일라이저 할머니는 다시 한숨을 쉬고는 동의한다는 듯 고개를 숙였다. 숙모님은 술잔 아래를 만지작거리다가 셰리주를 조금 마셨다.

「그분은…… 편하게 가셨나요?」 숙모님이 물었다.

「그럼요, 아주 편하게 가셨어요.」 일라이저 할머니가 말했다. 「숨이 넘어가는 것도 못 느꼈을 정도였어요. 정말 편안히 가신 거지요. 하느님의 축복이 있기를.」

「나머지 과정들도 전부……?」

「화요일에 오루크 신부님이 와 계셨어요. 성유를 발라 드리는 등 이것저것 다 미리 준비해 주셨어요.」

「그럼 그분은 알고 계셨나요?」

「체념하고 계셨어요.」

「체념하신 듯 보였군요…….」 숙모님이 말했다.

「그분을 닦아 드리라고 불렀던 여자가 그랬어요. 잠이 든 것처럼 보인다고요. 그 정도로 편안하고 체념한 듯 보였던 거예요. 그렇게 깨끗한 모습으로 가실 줄은 아무도 몰랐을 거예요.」

「네, 그렇죠.」 숙모님이 말했다.

숙모님은 셰리주를 약간 더 마시고는 다시 말했다.

「플린 자매님, 어쨌든 자매님은 그분을 위해서 하실 만큼 하셨으니 그것만으로도 큰 위안이 되실 거예요. 두 분 다 그분께 참 잘해 드렸잖아요.」

일라이저 할머니는 무릎 위의 치마를 매만졌다.

「아, 불쌍한 제임스 오라버니!」 할머니가 말했다. 「가난하기는 해도 할 수 있는 만큼은 다 했어요. 하느님도 아실 거예요. 이 세상에 계시는 동안 그분은 부족함이 없었을 거예요.」

내니 할머니는 소파 쿠션에 머리를 기대고 있었다. 금방이라도 잠이 들 것처럼 보였다.

「내니가 고생이 많았어요.」 그 모습을 보고 일라이저 할머니가 말했다. 「지칠 만도 해요. 여자를 불러서 그분을 닦아 드리게 하고 염을 하고 또 관을 준비하고 성당에 미사를 예약하고, 우리 둘이서 그 일을 다 했으니…… 오루크 신부님이 아니었으면 어떻게 했을지 엄두도 안 났어요. 저 꽃들도 그분이 가져오셨어요. 성당에서 양초도 두 자루 가져오시고 〈프리먼스 제너럴〉에 부고도 쓰시고, 묘지 문제에다가 오라버니의 보험 문제에 필요한 서류들도 다 책임지고 해주셨어요.」

「정말 좋은 분이죠?」 숙모님이 말했다.

일라이저 할머니는 눈을 감고 천천히 고개를 끄덕였다.

「뭐니 뭐니 해도 옛날 친구밖에 없어요. 믿을 만한 사람은 옛날 친구뿐이죠.」 일라이저 할머니가 말했다.

「맞아요, 정말. 그리고 이제 영원한 생명을 얻으셨으니 그분도 자매님을 잊지 않으실 거예요.」 숙모님이 말했다.

「아, 불쌍한 오라버니!」 일라이저 할머니가 말했다. 「그래도 우리를 힘들게 한 적은 별로 없어요. 집 안에 있을 때에도 지금보다 더 조용히 지냈으니까요. 갔다는 것을 알지만 그래도 어쩐지…….」

「항상 가신 다음에야 슬퍼하게 마련이라잖아요.」 숙모님이 말했다.

「나도 알지요.」 일라이저 할머니가 말했다. 「이제 쇠고기 수프를 가져다줄 일도 없고, 자매님도 코담배를 보내 주실 일이 없으니. 아, 불쌍한 오라버니!」

일라이저 할머니는 과거와 대화라도 나누듯이 잠시 멈추었다가 약간 장난스럽게 말했다.

「그런데 말이죠, 요즘 들어서 사실은 오라버니에게 좀 이상한 점이 있었어요. 수프를 가져갈 때마다 보면 성무일도서는 바닥에 떨어져 있고 의자에 앉아 멍하니 입을 벌리고 있더라고요.」

일라이저 할머니는 코에 손가락을 대고는 얼굴을 찡그렸다. 그러고는 다시 말을 이었다.

「그래도 항상 여름이 가기 전에 날씨가 좋으면 우리가 태어난 아이리시타운의 그 옛집을 다시 보러 가겠다고 말하곤 했어요. 나하고 내니도 같이 가자면서요. 오루크 신부님이 그에게 소리도 안 나고 바퀴에 바람을 넣은 새로 나온 마차들이 있다고 했대요. 저쪽 조니 러시 마차 대여점이라는데 값도 싸다고 들었어요. 하루만 빌려서 일요일 저녁에 우리 셋이서 같이 나갔으면 좋았을 텐데…… 오라버니는 그 생각만 하고 있었어요. 불쌍한 오라버니!」

「하느님, 그분을 가엽게 여기소서!」 숙모님이 말했다.

일라이저 할머니는 손수건을 꺼내 눈물을 닦았다. 그러고 나서 다시 주머니에 집어넣고는 텅 빈 벽난로를 말없이 잠시 쳐다보았다.

「그는 언제나 지나치게 꼼꼼했어요.」일라이저 할머니가 말했다. 「성직자로서의 의무가 너무 힘들었던 거예요. 게다가, 아시겠지만, 인생이 제대로 안 풀렸지요.」

「알아요, 실망이 크셨죠. 아시잖아요.」숙모님이 말했다.

그 작은 방에 침묵이 감돌았고 그 틈을 타 나는 탁자에 가서 내 셰리주를 조금 마시고는 구석의 내 의자로 조용히 되돌아갔다. 일라이저 할머니는 몽상에 빠져 있는 것 같았다. 우리는 예의를 지키며 할머니가 입을 열기를 기다렸다. 한참 후 일라이저 할머니가 다시 입을 열었다.

「성배 때문이었어요. 그가 성배를 깨는 바람에…… 그렇게 시작된 거예요. 물론 사람들은 괜찮다고 했어요. 아무것도 안 들어 있었으니까요.[5] 그런데도 그렇게…… 사람들도 그 복사 아이의 잘못이었다고 했어요. 그런데도 불쌍한 오라버니는 너무 예민했어요. 하느님, 그를 용서해 주소서!」

「그게 문제였나요?」숙모님이 물었다. 「제가 듣기로는 어떤…….」

일라이저 할머니가 고개를 끄덕였다.

「그게 가슴에 남은 거예요.」할머니가 말했다. 「그러고 나서는 우울한 얼굴로 사람들하고 말도 안 하고 혼자 여기저기 돌아다녔죠. 어느 날 밤 와달라는 요청이 있었는데 사람

5 성배의 포도주는 예수의 피를 의미. 따라서 성배를 떨어뜨리면 예수의 피를 흘리는 셈이 된다.

들이 아무리 찾아도 없는 거예요. 여기저기 다 찾아봤어요. 그랬는데 머리카락도 안 보였죠. 그러다가 성당 사무장이 예배당을 찾아보자고 했어요. 그래서 사람들이 열쇠를 갖고 가 예배당 문을 열었어요. 사무장하고 오루크 신부님, 그곳에 계시는 다른 신부님 한 분이 그를 찾으려고 등을 가지고 들어갔어요……. 그런데 세상에, 바로 거기 있는 거예요. 캄캄한 고해실 안에 혼자 앉아서 멀쩡히 두 눈을 뜨고는 약간 미소까지 띠고 있더래요.」

일라이저 할머니는 무슨 소리라도 난 듯이 말을 멈추었다. 나도 귀를 기울였다. 그러나 아무 소리도 없었다. 사실 나는 그 늙은 신부님이, 아까 보았던 것처럼, 가슴에 빈 성배를 들고 엄숙하고 퉁명스러운 표정으로 죽어 관 속에 조용히 누워 있다는 것을 알고 있었다.

일라이저 할머니가 다시 말을 이었다.

「멀쩡히 두 눈을 뜨고 약간 미소까지 띠고는…… 그래, 그때 사람들이 그 모습을 보고 그에게 뭔가 문제가 있다는 생각을 했던 거예요…….」

어떤 만남

우리에게 서부 개척 시대를 소개해 준 것은 조 딜런이었다. 그의 작은 책장에는 『유니언 잭』, 『플럭』, 『하프페니 마블』 같은 잡지의 지난 호들이 가득했다. 우리는 학교가 끝나면 저녁마다 그의 집 뒷마당에 가서 인디언 전쟁놀이를 했다. 딜런과 그의 뚱뚱한 동생인 게으름뱅이 리오가 헛간의 위층을 차지해 방어하면 우리는 그곳을 습격해 함락하려 애썼고 땅 위에서 막상막하로 전투를 벌이기도 했다. 그렇지만 아무리 잘 싸워도 우리는 요새를 함락하거나 지상 전투에서 승리하지 못했고, 결과는 언제나 승리를 자축하는 조 딜런의 춤으로 끝나 버렸다. 그의 부모님은 매일 아침 가디너 가에 8시 미사를 보러 가셨고 집 안에는 딜런 부인의 평화로운 분위기가 가득했다. 반면에 딜런은 나이도 어리고 겁도 많은 우리를 상대로 지나칠 정도로 거칠게 놀았다. 낡은 찻주전자 보온용 덮개를 머리에 쓰고 주먹으로는 양철 깡통을 두드리면서 〈야! 야카, 야카, 야카!〉 하고 소리를 지르며 뒷마당을 뛰어다닐 때면 정말 인디언처럼 보였다.

그런 그가 성직자가 될 것이라는 말을 들었을 때 누구도 그 말을 믿을 수 없었다. 그래도 어쨌든 그 말은 사실이었다.

우리들 사이에 반항심이 퍼져 나갔고 그런 분위기에서 교양이나 체질상의 차이 같은 것은 중요하지 않았다. 우리는 한 팀이 되어 뭉쳤는데 그중에는 용감한 아이도 있었고 장난삼아 가입한 경우도 있었고 또 겁을 내면서 합류한 경우도 있었다. 그 겁에 질린 아이들, 공부만 한다거나 숫기가 부족해 보일까 봐 마지못해 참여한 인디언들 중 한 명이 바로 나였다. 서부 개척 이야기들에 나오는 모험들은 내 성격과는 거리가 있었지만 어쨌든 내게 도망칠 곳을 만들어 주었다. 나는 사실 가끔 세련되지도 않고 성격도 거친 아름다운 여자들이 등장하는 미국 탐정 이야기를 더 좋아했다. 그런 이야기들이 나쁜 것도 아니고 가끔 문학적인 의도로 쓰인 것도 있었지만, 어쨌든 우리는 학교에서 그런 것들을 비밀리에 돌려 가며 읽었다. 어느 날 버틀러 신부님이 로마사 네 페이지를 읽으라고 시키셨는데 그때 굼벵이 같은 리오 딜런이 『하프페니 마블』을 가지고 있다가 들켜 버렸다.

「이 페이지인가 아니면 이 페이지인가? 이 페이지? 자, 딜런, 일어서 봐라. 〈그날〉…… 계속해 봐! 어떤 날이라고? 〈그날 동이 트기도 전에〉…… 예습은 해 온 거냐? 주머니에 그건 또 뭐냐?」

리오 딜런이 잡지를 건네주는 것을 보면서 우리 모두 가슴이 두근거렸지만 다들 순진해 보이는 표정을 지었다. 버틀러 신부님은 페이지를 넘기면서 얼굴을 찌푸렸다.

「이 쓰레기는 뭐냐?」 신부님이 말했다. 「〈아파치 추장〉이라니! 로마사 대신 이런 걸 읽고 있었단 말이냐? 교내에서 이런 한심한 것은 더 이상 보고 싶지 않구나. 아마 이런 걸 쓰는 사람은 술값이나 벌려고 지저분한 걸 쓰는 한심한 작자일 거다. 너처럼 좋은 학교에 다니는 아이들이 이런 걸 읽다니 믿을 수가 없구나. 차라리 네가 공립 학교[6]나 다니는 아이였다면 그나마 이해하겠다만…… 딜런, 어서 역사책을 펼쳐라, 그러지 않으면…….」

수업 시간의 그 엄숙한 꾸짖음으로 인해 영광스러운 서부에 대한 이미지가 적잖이 퇴색되었고 어쩔 줄 몰라 하던 리오 딜런의 그 살찐 얼굴이 내 양심의 일부를 깨워 놓았다. 그러나 학교의 억압적인 영향이 멀어지면 나는 다시 거친 세계, 그 무질서의 연대기만이 제공해 줄 수 있을 것 같은 도피를 꿈꾸었다. 저녁 시간의 전쟁놀이는 결국 오전 시간 학교에서의 일상만큼이나 따분해졌다. 나는 진짜 모험이 펼쳐지기를 원했던 것이다. 그러나 나는 진짜 모험은 집에나 틀어박혀 있는 사람에게는 일어나지 않는다는 것을 깨달았다. 모험은 집 밖에서 찾아야 하는 것이다.

여름 방학이 가까워졌을 때 나는 결국 최소한 하루만이라도 지겨운 학교생활에서 벗어나야겠다고 마음먹었다. 리오 딜런, 그리고 마호니라는 아이와 함께 나는 하루 동안의 땡땡이를 계획했다. 우리는 각자 6펜스씩을 모았고 아침 10시에 커널 브리지에서 만나기로 했다. 마호니는 누나가 결석계

6 신교도들이 많이 다니던 직업 교육 위주의 학교.

를 써주기로 했고 리오 딜런은 형에게 자신이 병이 났다고 말해 달라고 할 계획이었다. 우리는 워프 로를 따라 배들이 정박한 곳까지 가서 나룻배를 탄 후 피진 하우스까지 걸을 생각이었다. 리오 딜런은 버틀러 신부님이나 학교에서 나온 사람을 만나게 되지나 않을까 걱정했지만 마호니가 영리하게도 버틀러 신부님이 피진 하우스에 올 일이 어디 있겠느냐고 말했다. 우리는 다시 안심했고, 나는 내 돈을 보여 주면서 나머지 두 친구에게서도 6펜스씩을 걷었다. 계획의 1단계를 마무리 지은 것이다. 그 전날 마지막으로 계획을 확인하면서 우리는 모두 막연하게 들떠 있었다. 웃으면서 악수를 했고, 마호니가 말했다.

「그럼 동료들, 내일 보자!」

그날 밤 잠을 설쳤다. 가장 가까운 곳에 살았기 때문에 아침에 커널 브리지에 가장 먼저 도착한 사람은 나였다. 나는 아무도 안 오는 뒷마당 끝 석탄재 묻는 곳 근처 풀숲에 책을 숨겨 두고 운하의 강둑을 따라 서둘러 걸어갔다. 6월 첫 주의 맑고 포근한 아침이었다. 밤새 열심히 윤을 낸 캔버스 천 신발을 자랑스러워하며 나는 다리의 갓돌 위에 올라앉아 유순한 말들이 언덕 위 일터로 향하는 사람들을 태운 마차를 끌고 가는 것을 쳐다보았다. 산책로에 줄지어 선 큰 나무들의 가지들이 작고 밝은 연녹색 잎들을 자랑하고 나뭇잎들 사이로 햇빛이 비스듬히 물 위를 비추고 있었다. 다리의 화강암이 따뜻해지기 시작했고 나는 머릿속의 멜로디에 맞추어 손으로 그것을 두드렸다. 나는 정말 행복했다.

그곳에 앉아 기다린 지 5분에서 10분 정도가 지나자 마호니의 회색 옷이 보였다. 그는 웃으면서 언덕을 올라왔고 다리 위로 올라와서 내 옆에 앉았다. 기다리는 동안 마호니는 속주머니에 불룩하게 나와 있던 새총을 꺼내서 자기가 개량한 부분을 설명해 주었다. 그걸 왜 가져왔느냐고 물었더니 그는 새를 잡으면서 재미를 볼 거라고 대답했다. 마호니는 속어를 잘 알고 있었고 버틀러 신부님을 분젠 영감이라고 불렀다. 우리는 15분 정도를 더 기다렸지만 리오 딜런은 나타날 기색이 없었다. 결국 마호니가 펄쩍 뛰어내리면서 말했다.

「가자. 그 뚱뚱이 무서워서 안 올 줄 알았어.」

「그럼 6펜스는……?」 내가 말했다.

「그건 벌금이야.」 마호니가 말했다. 「차라리 우리한테는 더 잘됐지. 1실링 대신 1실링 6펜스니까.」

노스스트랜드 로를 따라 우리는 비트리알 웍스 화학 공장까지 걸었고 다시 워프 로를 따라 오른쪽으로 향했다. 사람들의 시선에서 멀어지자마자 마호니는 인디언 흉내를 냈다. 허름한 차림의 여자아이들을 보자 그는 빈 새총을 휘두르면서 쫓아갔고, 기사도 정신을 발휘한 허름한 차림의 남자아이 두 명이 우리에게 돌을 던지자 그는 그 아이들을 공격하자고 했다. 나는 아이들이 너무 어리다며 반대했고 우리는 다시 길을 걸었다. 그 허름한 군대가 뒤에서 우리에게 〈스와들러! 스와들러!〉[7] 하고 소리쳤다. 마호니의 얼굴이 가무잡

---

7 *Swaddler.* 아기 포대기에 싸인 자라는 뜻으로 가톨릭교도들이 신교도를 비하하며 사용하는 말.

잡한 데다 은색 크리켓 클럽 배지가 달린 모자를 쓰고 있었기 때문에 우리가 신교도라고 생각했던 것이다. 스무딩 아이언에 도착해서 요새 포위전을 계획했지만 그 계획은 실패였다. 최소한 세 사람은 있어야 했기 때문이다. 우리는 딜런을 겁쟁이라고 욕하면서 복수했고, 그가 3시에 라이언 선생님에게 매를 몇 대나 맞게 될지 추측해 보기도 했다.

그러고 나서 우리는 강 쪽으로 갔다. 한참 동안 양 쪽으로 높이 돌벽을 쌓은 시끄러운 거리들을 걸어가면서 크레인들이나 엔진들이 작업하는 것을 보기도 하고 힘겨운 소리를 내며 지나가는 마차의 마부들로부터 빨리 비켜나지 않는다고 호통을 듣기도 했다. 부두에 도착했을 때에는 정오가 되어 있었고 일하던 사람들이 전부 점심을 먹는 것 같기에 우리도 커다란 건포도 빵을 두 개 사서 강가에 설치된 금속 배관 위에 앉아 먹었다. 양털 같은 구불구불한 연기로 멀리서 신호를 보내고 있는 바지선들, 링센드 너머의 갈색 어선단, 반대편 부두에 짐을 내리고 있는 큰 흰색 범선 등 더블린의 상업 활동은 우리 눈을 즐겁게 해주었다. 마호니는 그 큰 배들 중 하나를 타고 바다로 도망치면 정말 끝내줄 것이라고 말했고, 나도 그 큰 돛대들을 보면서 학교에서 대충 배웠던 지리가 내 눈앞에서 천천히 구체화되는 듯했다. 학교나 집은 우리에게서 멀리 떨어져 있는 것 같았고 그 영향도 사라져 버린 것 같았다.

우리는 뱃삯을 낸 후 나룻배를 타고 리피 강을 건넜다. 배에는 우리 말고도 두 명의 노동자와 가방을 든 키 작은 유대인이 타고 있었다. 우리는 엄숙할 정도로 심각했지만 그 짧은 여행 동안 서로 눈이 마주치자 웃음을 터뜨리고 말았다. 배에서 내린 후 반대편 부두에서 보았던 돛이 셋 달린 그 우아한 범선에서 사람들이 짐을 내리는 것을 지켜보았다. 어떤 구경꾼이 그 배가 노르웨이에서 온 배라고 말해 주었다. 나는 고물 쪽으로 가서 배에 붙은 표식을 해독해 보려 했지만 실패한 후, 다시 돌아와 외국인 선원들을 보면서 그들 중 눈동자가 녹색인 사람이 있는지 살폈다. 평소 선원들의 눈 색깔에 대한 불확실한 개념을 가지고 있었기 때문이다. 선원들의 눈은 푸른색이나 회색이었고 가끔 검은색인 경우도 있었다. 녹색이라고 할 만한 눈을 가진 유일한 선원은 널빤지가 떨어질 때마다 큰 소리로 〈좋았어! 좋았어!〉 하고 외쳐 부둣가의 사람들을 즐겁게 해주었던 키 큰 남자뿐이었다.

그 장면이 지루해지자 우리는 천천히 링센드로 향했다. 날씨가 무더워지기 시작했고 잡화점 창문 안의 오래된 비스킷들이 하얗게 바래 가고 있었다. 우리는 비스킷과 초콜릿을 조금 샀고 그것을 먹으면서 어부들이 사는 지저분한 거리를 걸어 다녔다. 우유를 파는 곳이 없어서 대신 작은 상점에 들어가 라즈베리 레모네이드를 한 병씩 샀다. 마호니는 그것을 마시고 기운이 났는지 골목 아래까지 고양이 한 마리를 쫓아갔지만 고양이는 넓은 들판으로 달아나 버렸다. 우리 둘 다 지쳐 있었기 때문에 들판에 도착하자 경사진 강둑 쪽으로 향했다. 그곳에서 마루 너머로 도더 강이 보였다.

너무 늦은 시각이었던 데다 너무 피곤해서 피진 하우스를 방문하는 계획은 실행할 수 없었다. 게다가 우리의 모험을 들키지 않으려면 4시 이전에 집으로 돌아가야만 했다. 마호니는 아쉽다는 듯이 새총을 바라보았고 나는 그가 다시 기운을 차리기 전에 서둘러 기차를 타고 돌아가자고 제안해야 했다. 태양이 구름 사이로 사라졌을 때 우리에게는 피곤한 생각과 빵 부스러기만 남아 있었다.

들판에는 우리뿐이었다. 그런데 말없이 잠시 동안 강둑 위에 누워 있다가 나는 멀리 들판 끝에서 어떤 사람이 다가오는 것을 보았다. 나는 여자아이들이 점을 칠 때 쓰는 초록색 풀 줄기를 씹으면서 멍하니 그 사람을 바라보았다. 그는 강둑을 따라 천천히 걸어왔다. 한 손은 엉덩이에 대고 다른 손으로는 막대기로 풀잎을 툭툭 치면서 걷고 있었다. 그는 초록빛이 감도는 추레한 검은 옷에 우리가 제리 해트라 부르던 위가 불룩 솟은 중절모를 쓰고 있었다. 콧수염이 잿빛인 것으로 보아 상당히 나이가 많은 듯했다. 그는 우리 아래쪽을 지나가면서 우리를 힐끗 올려다보고는 다시 걸어갔다. 우리는 그의 뒷모습을 쳐다보고 있었는데 약 쉰 걸음쯤 가더니 그가 뒤돌아서 갔던 길을 되돌아왔다. 그는 막대기로 땅을 두드리면서 천천히 우리 쪽으로 걸어왔는데 워낙 천천히 걸어서 나는 그 사람이 풀밭에서 뭔가를 찾고 있다고 생각했다.

그는 우리가 있는 곳까지 올라오더니 인사말을 건넸다. 우리도 인사를 했고 그는 천천히 그리고 상당히 조심스럽게 우리 옆 경사진 곳에 앉았다. 그는 올여름이 상당히 더울 것이며 아주 먼 옛날 자신이 어렸을 때에 비해서 계절이 너무 많이 변했다는 등 날씨 이야기를 꺼냈다. 그는 인생에서 학교에 다닐 때가 가장 행복한 때이고 다시 젊어질 수만 있다면 어느 것도 아깝지 않으리라고 말했다. 그가 자신의 감상적인 이야기들을 늘어놓고 있는 동안 우리는 조금 지루해져서 가만히 듣고만 있었다. 그러자 그는 학교생활이며 책 이야기를 하기 시작했다. 그는 우리에게 토머스 무어의 시나 월터 스콧 경, 리턴 경의 작품을 읽어 보았느냐고 물었다. 나는 그가 말한 책들을 다 읽어 본 척했다. 그랬더니 그는 이렇게 말했다.

「이제 보니 너도 나처럼 책벌레로구나.」 그러고는 우리를 빤히 쳐다보고 있던 마호니를 가리키면서 이렇게 덧붙였다. 「그런데 저 친구는 달라, 노는 것을 더 좋아하지.」

그는 자기 집에 월터 스콧 경, 리턴 경의 책이 전부 다 있고 그 책들은 언제 읽어도 재미있다고 했다. 〈물론 리턴 경의 책 중에는 아이들이 읽을 수 없는 것들도 있지〉라고도 했다. 마호니가 왜 아이들은 읽지 못하느냐고 물었다. 마호니의 말에 나는 가슴이 뜨끔했다. 그 남자가 나를 마호니처럼 바보라고 생각할까 봐 걱정이 됐기 때문이었다. 그러나 그 남자는 웃기만 했다. 나는 그때 그의 누런 이들 사이사이에 빈 자리가 있는 것을 보았다. 그는 다시 우리 중 누가 더 여자 친구가 많은지 물었다. 마호니는 별생각 없이 계집애들이 세 명 있다고 말했다. 그 남자는 내게 몇 명이나 있느냐고 물었다. 나는 한 명도 없다고 대답했다. 그는 내 말을 믿지 않았다. 그러면서 분명 내게도 한 명쯤 있을 것이라고 말했다. 나는 아무 말도 하지 않았다.

마호니가 통명스럽게 남자에게 물었다. 「그럼, 아저씨는 몇 명이나 있어요?」

그 남자는 조금 전처럼 웃으면서 우리 나이였을 때에는 여자 친구가 여럿 있었다고 말했다.

「남자아이라면 누구나 귀여운 여자 친구가 있기 마련이지.」 그 남자가 말했다.

그 문제와 관련해서 그 남자는 나이를 생각해 볼 때 이상할 정도로 개방적인 태도를 지녔다는 생각이 들었다. 속으로 나는 남자아이들과 여자 친구에 대해 그가 말한 것이 일리가 있다고 생각했다. 하지만 나는 그 사람이 그런 말을 하는 것이 싫었다. 그리고 왜 그가 뭔가 두려운 듯이 또는 갑작스레 오한이라도 느끼는 듯이 한두 번 몸을 떠는지 이상하게 생각했다. 말하는 것을 들어 보았더니 말씨는 좋은 편이었다. 그는 여자아이들에 대해 이야기하기 시작했다. 머리카락이 얼마나 부드러운지, 얼마나 손이 보드라운지, 또 실제로 알게 되면 여자아이들이 눈에 보이는 것처럼 그렇게 착한 것만은 아니라는 등의 이야기였다. 그는 착하고 귀여운 여자아이, 특히 하얗고 예쁜 손과 부드럽고 아름다운 머리카락을 바라보는 것을 무엇보다도 좋아한다고 말했다. 나는 그가 오래전부터 마음속에 외워 두었던 어떤 것을 반복하고 있으며, 자신이 했던 말의 어떤 단어들에 매혹되어 그의 마음이 천천히 같은 궤도를 계속해서 돌고 있다는 인상을 받았다. 가끔 그는 누구나 다 아는 사실을 단순히 암시하듯이 말하기도 하고 또 어떤 때에는 우리에게 남들이 듣지 않기를 바라는 비밀스러운 것을 말해 주기라도 한다는 듯이 목소리를 낮추고 알 듯 모를 듯하게 속삭이기도 했다. 그는 자신의 말을 조금씩 바꾸고 단조로운 목소리로 감싸면서 했던 말들을 계속해서 반복했다. 나는 그의 말을 들으면서 비탈 아래를 계속 쳐다보았다.

한참 후에 그의 독백이 끝났다. 그는 천천히 일어나면서 잠시 동안만, 한 몇 분 동안만 자리를 떠야겠다고 말했다. 나는 같은 곳을 계속 바라보고 있었다. 그가 우리에게서 천천히 멀어져 가까운 들판 끝으로 걸어가는 것을 볼 수 있었다. 그가 가버린 후 우리는 잠자코 앉아 있었다. 몇 분 동안 침묵이 흐른 후 나는 마호니가 소리치는 것을 들었다.

「야! 저 사람 하는 짓 좀 봐!」

내가 아무 대답도 하지 않고 고개도 들지 않자 마호니가 다시 소리쳤다.

「저거 봐…… 진짜 이상한 늙은이야!」

「혹시 우리 이름을 물어보면 너는 머피라고 해, 나는 스미스라고 할 테니까.」 내가 말했다.

우리는 더 이상 서로 아무 말도 하지 않았다. 가버려야 할지 말아야 할지 생각하고 있었는데 그때 남자가 우리 옆에 다시 와서 앉았다. 그가 돌아와 앉자 마호니는 아까 도망갔던 고양이를 발견하고는 벌떡 일어나 들판을 가로질러서 고양이를 쫓아갔다. 그 남자와 나는 그 모습을 지켜보았다. 고양이는 다시 도망갔고 마호니는 고양이가 기어 올라간 벽을 향해 돌을 던지기 시작했다. 그러다가 돌팔매질을 그만두고 멀리 들판 끝을 여기저기 돌아다니기 시작했다.

잠시 후에 그 남자가 내게 말을 걸었다. 그는 내 친구가 몹시 난폭하다고 하면서 그가 학교에서 매를 자주 맞느냐고 물었다. 나는 화가 나서, 우리는 당신 말처럼 매나 맞는 공립 학교 아이들이 아니라고 대답하려다가 입을 다물었다. 그는 남자아이를 체벌하는 문제에 대해 이야기하기 시작했다. 이번에도 자신의 말에 매혹된 듯이 그의 마음은 천천히 이 새로운 주제의 주변을 돌고 있는 것 같았다. 그는 그런 아이들은 매를 맞아야 한다고, 그것도 아주 제대로 맞아야 한다고 말했다. 아이가 거칠고 말을 안 들을 때에는 확실하게 제대로 된 매질이 최고라는 것이었다. 손바닥을 때리거나 뺨을 때리는 것은 효과가 없다. 그런 아이에게는 엉덩이가 화끈거릴 정도의 매질이 필요하다. 나는 그 말에 놀라서 나도 모르게 그의 얼굴을 쳐다보았다. 고개를 돌렸을 때 나는 실룩거리는 이마 아래에서 나를 노려보고 있는 한 쌍의 짙은 초록색 눈동자와 마주쳤다.

남자는 계속해서 독백을 이어 갔다. 방금 전의 그 개방적인 태도는 완전히 잊어버린 것 같았다. 그는 혹시라도 여자아이에게 말을 걸거나 여자 친구가 있는 남자아이를 발견하게 되면 혹독하게 매질을 할 것이며, 그렇게 하면 그 애들이 두 번 다시 여자아이들에게 말을 거는 일은 없을 거라고 했다. 또 남자아이가 여자 친구가 있으면서도 거짓말을 하면이 세상 어떤 아이도 그렇게 맞아 보지 못했을 정도로 혼을 내주겠다고 했다. 그는 이 세상에서 매질만큼 좋아하는 일은 없다는 이야기도 했다. 마치 어떤 정교한 신비를 펼쳐 내듯이 그는 내게 그런 아이를 어떻게 매질할지 묘사했다. 이 세상에서 그 어느 것보다도 매질을 좋아한다고 말했다. 나를 그 신비로운 세계로 이끌어 가던 그의 단조로운 목소리는 점차 애정 어린 어조로 바뀌었고 내게 자신을 이해해 달라고 거의 간청하는 듯했다.

나는 그의 독백이 다시 멈출 때까지 기다렸다. 그러고 나서 벌떡 일어났다. 동요된 모습을 드러내지 않도록 신발을 고쳐 신는 척하면서 약간 시간을 끌다가 이제 그만 가야겠다고 하면서 그에게 잘 가라고 인사를 했다. 나는 조용히 비탈을 걸어 올라갔다. 그러나 그가 내 발목을 잡을까 봐 두려워서 가슴이 쿵쿵 뛰었다. 비탈 꼭대기에 다 올라가고 나서야 몸을 돌렸다. 그러고는 그 남자 쪽은 쳐다보지도 않고 들판을 향해 큰 소리로 외쳤다.

「머피!」

내 목소리에는 억지로 용기를 낸 것 같은 어조가 실려 있었고, 나는 내 하찮은 계략이 부끄럽게 느껴졌다. 마호니가 나를 보고 큰 소리로 대답할 때까지 나는 그 이름을 한 번 더 불러야 했다. 마호니가 들판을 가로질러 내게 달려오는 것을 보고 내 가슴이 얼마나 뛰었던가! 마호니는 나를 구해 주러 오듯이 달려왔다. 미안한 생각이 들었다. 사실 마음속으로는 항상 마호니를 약간 경멸하고 있었기 때문이다.

애러비

노스리치먼드 가는 막다른 골목이어서 크리스천 브러더스 학교가 아이들을 풀어 주는 시간을 제외하면 눈에 띄지 않는 조용한 거리였다. 막다른 골목 끝에는 사람이 살지 않는 이층집 한 채가 네모난 터 위의 이웃집들로부터 떨어져서 있었다. 그 거리의 다른 집들은 그 안에 사는 사람들의 소박한 삶을 의식한 듯이 갈색의 차분한 얼굴을 하고 서로를 바라보고 있었다.

우리 집의 예전 세입자는 성직자였는데 뒤쪽 응접실에서 죽었다. 오랫동안 닫아 두어서 곰팡내 나는 공기가 방마다 가득했고, 부엌 뒤의 창고에는 낡고 쓸모없는 종이들이 널려 있었다. 그곳에서 나는 월터 스콧의 『수도원장』,『독실한 성체 배령자』,『비도크의 회고록』 같은 페이퍼백 책들을 발견했는데, 종이가 뒤틀리고 축축해진 상태였다. 그중에서 내가 가장 좋아한 책은 마지막 책이었다. 노란색 종이로 되어 있었기 때문이다. 집 뒤편의 손보지 않은 정원 중앙에 사과나무와 제멋대로 자란 덤불들이 있었는데 그 아래에서 이전 세

입자가 쓰던 녹슨 자전거펌프를 발견했다. 그 사람은 상당한 자선가였다. 돈을 전부 기관에 보내고 집 안의 가구들은 누이에게 주라는 유언을 남겼다.

겨울이 되자 낮이 짧아졌고 저녁을 다 먹기도 전에 땅거미가 내려앉았다. 우리가 길거리에서 만날 때쯤이면 집들이 이미 어둠침침하게 보였다. 우리 머리 위의 하늘은 시시각각으로 변하는 보랏빛으로 물들어 있었고 거리의 가로등이 하늘을 향해 희미한 등불을 들어 올리고 있었다. 찬 공기가 살을 엤고 우리는 몸이 달아오를 때까지 뛰어놀았다. 조용한 거리에 우리의 외침 소리가 울렸다. 우리 놀이터는 허름한 오두막집들에서 뛰어나온 난폭한 종족들과 거친 놀이를 했던 집들 뒤편의 어둡고 진흙투성이인 골목에서부터 재를 버리는 구덩이 냄새가 피어오르는 어둠 깔린 마당의 뒷문, 마부가 말을 매만지고 빗질을 하거나 쥠쇠 채운 마구가 딸랑딸랑 소리를 내는 어둡고 냄새나는 마구간까지 이어졌다. 골목으로 되돌아갔을 때에는 이미 부엌 창문들에서 새어 나온 불빛이 그 지역을 가득 채우고 있었다. 숙부님이 골목 모퉁이를 돌아오는 것이 눈에 뜨이면 우리는 숙부님이 집에 완전히 들어갈 때까지 어둠 속에 숨어 있었다. 또 맹건의 누나가 현관문 앞에 나와 저녁을 먹으라고 남동생을 부를 때면 골목 어두운 곳에 숨어 그녀가 여기저기 기웃거리는 것을 지켜보곤 했다. 그녀가 들어갈지 그대로 있을지 기다려 보다가 계속 남아 있으면 어둠 속에서 나와 하는 수 없이 맹건네 집 현관 계단 쪽으로 걸어가곤 했다. 그녀는 우리를 기다렸다.

반쯤 열린 문에서 새어 나온 불빛이 그녀의 윤곽을 그리고 있었다. 그녀의 동생은 들어가기 전에 항상 누나를 애태우곤 했고 나는 계단 난간 옆에 서서 그녀를 바라보았다. 몸을 움직일 때마다 그녀의 드레스 자락이 흔들렸고 부드럽게 땋아 내린 머리가 양옆으로 찰랑거렸다.

아침마다 앞쪽 거실 바닥에 누워 그녀의 집 문을 바라보았다. 블라인드가 창틀에서 거의 1인치도 되지 않게 내려와 있어서 내 모습이 보일 일은 없었다. 그녀가 현관 계단에 모습을 드러내면 가슴이 두근거렸다. 나는 현관 쪽으로 달려가 책을 집어 들고는 그녀를 따라갔다. 갈색의 그녀 모습이 시야에서 벗어나지 않을 정도로 따라가다가 서로 갈 길이 달라지는 지점이 가까워지면 발걸음을 재촉해 그녀를 지나쳐 가곤 했다. 매일 아침 이런 일이 반복되었다. 일상적인 말 몇 마디 외에는 그녀에게 한 번도 말을 걸어 본 적이 없었다. 하지만 그녀의 이름은 나의 어리석은 열정을 불타오르게 하는 소환장 같았다.

그녀의 이미지는 로맨스와는 가장 거리가 먼 장소에서도 나를 따라다녔다. 토요일 저녁, 숙모님이 시장에 갈 때마다 나는 장을 본 꾸러미들을 몇 개 들어 드려야 했다. 우리는 술취한 남자들과 흥정하는 여자들에 떠밀리면서 일꾼들의 욕설, 돼지 볼살이 가득한 통 옆을 지키며 점원들이 목청 높여 떠드는 소리, 길거리 가수들이 콧소리를 섞어 오도너번 로사에 대한 노래 「오너라, 그대들 모두」나 어려움에 처한 우리 조국에 대한 민요를 부르는 소리로 가득한 북적거리는 거리를 지나갔다. 그 시끄러운 소리들이 한데 어우러져 내게 삶의 흥분으로 다가왔다. 나는 수많은 적들 사이에서 나의 성배를 조심스럽게 운반하고 있다고 상상했다. 가끔 그녀의 이름이 나 자신도 이해하지 못하는 이상한 기도와 찬양의 형태로 튀어나왔다. 가끔은 눈물이 고이기도 했고(왜인지는 알 수 없었지만) 때로 심장의 혈액이 홍수처럼 가슴에 밀려드는 것 같기도 했다. 이후의 일은 거의 생각하지 않았다. 사실 그녀에게 말을 해야 할지 말아야 할지, 또 말을 한다면 그녀에 대한 이 혼란스러운 감정을 어떻게 표현해야 할지 알 수가 없었다. 하지만 나의 몸은 하프와 같았고 그녀의 말이나 행동은 하프 현을 오가는 손가락 같았다.

어느 날 저녁 나는 성직자가 숨을 거둔 뒤쪽 방에 들어가 보았다. 비가 내리는 어둠침침한 저녁때였고 집 안은 조용했다. 깨진 유리창으로 빗물이 땅에 떨어지는 소리, 비에 젖은 화단에서 고운 물방울들이 쉬지 않고 튀어 오르는 소리가 들려왔다. 어딘가에 켜놓은 램프인지 아니면 창문에서 새어 나온 불빛인지 몰라도 내 발아래를 희미하게 비추고 있었다. 잘 보이지 않아서 오히려 고마웠다. 온몸의 감각들이 모습을 숨기고 싶어 하는 것 같았고 실제로 감각이 사라지는 것 같았기에 나는 손바닥을 마주한 채 손이 떨릴 때까지 여러 번 중얼거렸다. 「오, 사랑이여! 오, 사랑이여!」

드디어 그녀가 내게 말을 걸었다. 그녀가 내게 첫마디를 던졌을 때 나는 너무나 당황해서 뭐라고 대답해야 할지조차 몰랐다. 그녀는 내게 애러비 바자[8]에 가느냐고 물었다. 내가 뭐라고 대답했는지 기억이 안 난다. 굉장히 멋질 것 같다면서 그녀는 자신도 가보고 싶다고 말했다.

「왜 못 가는데?」 내가 물었다.

그녀는 말하는 동안 손목에 찬 은색 팔찌를 계속 돌리고 있었다. 그녀는 자신이 다니는 학교의 수녀원에서 그 주에 피정이 있기 때문에 갈 수 없다고 말했다. 그녀의 남동생과 다른 두 명의 남자아이들은 모자를 뺏으려고 서로 싸우고 있었고, 나는 혼자 계단 난간에 기대서 있었다. 그녀는 난간에 박힌 못을 붙들고 내 쪽으로 고개를 숙였다. 우리 집 건너편의 램프 불빛이 그녀의 굴곡진 하얀 목을 드러냈다가 머리카락을 비추고는 다시 내려와 난간 위 그녀의 손을 비추었다. 불빛은 다시 드레스의 한쪽 자락을 비추었고 그녀가 편한 자세로 서 있을 때에는 속치마의 하얀 테두리 장식을 살짝 드러내 보였다.

「너는 괜찮겠지.」 그녀가 말했다.

「혹시 가게 되면 선물 하나 사다 줄게.」 내가 말했다.

그날 저녁 이후로 밤이나 낮이나 내 머릿속은 얼마나 어리석은 생각들로 가득했던가! 그날이 올 때까지의 그 지루한 나날을 단번에 없애 버리고 싶었다. 학교 공부도 제대로 되지 않았다. 밤에 잠자리에 들어서나 낮에 교실에서나 억지로라도 책을 읽으려고 했지만 글자들 사이에서 그녀의 모습

8 1894년 5월 14일에서 19일(월요일에서 토요일)까지 〈동양 대축제A Grand Oriental Fête〉라는 이름으로 열렸던 바자. 〈애러비Araby〉는 〈아라비아〉의 시적 표현이다.

만 떠올랐다. 침묵 속에서 행복한 상상에 빠져 있을 때마다 애러비라는 말이 떠올랐고, 그 말은 동양의 매혹적인 이미지로 나를 사로잡았다. 나는 토요일 밤에 바자에 가게 해달라고 말씀드렸다. 숙모님은 깜짝 놀라면서 수상쩍은 일이 아니기를 바란다고 대답하셨다. 수업 시간에는 대답을 제대로 하지 못했다. 나는 선생님의 얼굴이 인자한 표정에서 엄격한 표정으로 바뀌는 것을 보았다. 선생님은 자신을 실망시키는 일이 없기를 바란다고 말씀하셨다. 산란한 생각들이 정리가 되지 않았다. 나와 나의 욕망 사이에 끼어든 진지한 일과가 어린아이의 장난, 추하고 단조로운 어린아이의 장난처럼 느껴져서 도저히 견딜 수가 없었다.

토요일 아침에 나는 숙부님에게 저녁때에 바자에 가고 싶다고 다시 말해 두었다. 숙부님은 현관 옆 옷걸이에서 모자솔을 찾느라 법석을 떨다가 퉁명스럽게 대답했다.

「그래, 얘기 들었다.」

숙부님이 현관에 계셨기 때문에 앞쪽 거실에 가서 창문을 향해 누워 있을 수가 없었다. 집 안 분위기가 좋지 않다고 느껴져 천천히 학교를 향해 걸었다. 공기가 매섭게 차가웠고 이미 불안한 생각에 마음이 무거웠다.

저녁 먹을 때가 되어도 숙부님은 귀가하지 않았다. 사실 늦은 시간은 아니었다. 나는 시계를 쳐다보며 앉아 있었다. 그러나 잠시 후 째깍거리는 소리가 신경에 거슬려 방을 나왔다. 계단을 올라 위층으로 갔다. 위층에 있는 차갑고 어둠침침한 텅 빈 방들이 내 기분을 되살려 주었고 나는 노래를 부르면서 이 방 저 방을 돌아다녔다. 창문 너머로 친구들이 골목에서 놀고 있는 것이 보였다. 작고 알아들을 수 없는 그들의 고함 소리가 들려왔다. 차가운 유리창에 이마를 댄 채 나는 그녀가 사는 어두워진 집을 바라보았다. 램프 불빛에 조심스럽게 드러난 굴곡진 목, 난간을 잡고 있는 손, 드레스 아래 속치마 장식이 살짝 보이던 그 모습, 나의 상상이 만들어 낸 그 갈색 옷의 인물을 떠올리면서 아마 한 시간 가까이 그렇게 서 있었던 것 같다.

계단을 내려갔더니 머서 부인이 난로 옆에 앉아 있었다. 그분은 나이 많고 수다스러운 아주머니였는데 전당포 업자의 미망인으로 어떤 경건한 목적으로 중고 우표를 모으고 있었다. 나는 아주머니들의 수다를 참아 내야 했다. 식사 시간이 한 시간 이상 지연되었지만 숙부님은 돌아오지 않았다. 머서 부인은 가려고 일어섰다. 8시가 지났기 때문에 더 기다릴 수가 없어 미안하다고 하면서 밤공기가 몸에 나빠 늦기 전에 돌아가야겠다고 말했다. 머서 부인이 돌아가고 나서 나는 주먹을 쥔 채 방 안을 이리저리 서성였다. 숙모님이 말씀하셨다.

「아무래도 오늘 밤 바자에 가는 것은 미루어야 될 것 같구나.」

9시가 되어서야 숙부님이 현관 열쇠를 돌리는 소리가 들렸다. 숙부님이 혼잣말을 하는 소리, 외투를 걸 때 옷걸이가 흔들리는 소리가 들려왔다. 나는 그것이 무엇을 의미하는지 알 수 있었다. 숙부님이 저녁을 반쯤 드셨을 때 나는 바자에 갈 돈을 좀 달라고 말했다. 숙부님은 잊고 있었다.

「사람들이 이미 잠자리에 들었을 거다. 벌써 한잠은 자고 일어났겠는걸.」 숙부님이 말했다.

나는 웃지 않았다. 숙모님이 종용하듯 다시 말했다.

「지금이라도 돈을 주고 다녀오라고 하지그래요? 여태껏 기다리게 했잖아요.」

숙부님은 잊어버려서 정말 미안하다고 하면서 〈놀지도 않고 공부만 하면 바보가 된다〉는 옛 속담이 맞는다고 말했다. 숙부님은 내게 어디를 가는 거냐고 물었다. 내가 다시 한 번 말씀드리자 숙부님은 「아랍인이 애마에게 보내는 작별 인사」라는 시를 아느냐고 물었다. 부엌을 나올 때 숙부님은 숙모님에게 그 시의 첫 구절을 암송해 주려 하고 있었다.

역을 향해 버킹엄 가를 급히 걸어가면서도 나는 플로린 은화 한 개를 꼭 쥐고 있었다. 물건 사는 사람들과 가스등 불빛으로 번쩍이는 거리는 내 여행의 목적을 다시 상기시켜 주었다. 나는 텅 빈 기차의 삼등칸에 자리를 잡았다. 한참을 기다린 후에야 비로소 기차가 역을 출발했다. 기차는 황폐해진 집들을 지나 반짝이는 강물 위로 천천히 기어갔다. 웨스틀랜드로 역에 이르자 사람들이 객차 문으로 몰려들었다. 그러자 역무원들이 이 열차는 바자에 가는 사람들을 위한 특별 열차라고 하면서 사람들을 밀어냈다. 객실 안에는 나 혼자뿐이었다. 몇 분 후 기차는 임시로 만든 나무 플랫폼에 도착했다. 나는 곧장 거리로 나섰고 불빛에 비친 시곗바늘은 10분 전 10시를 가리키고 있었다. 그리고 내 앞에는 그

매혹적인 이름이 내걸린 커다란 건물이 서 있었다.

6펜스 동전을 내고 들어가는 입구는 어디에도 보이지 않았다. 바자가 곧 끝날지도 모른다는 걱정에 나는 피곤해 보이는 한 남자에게 1실링을 건네고는 재빨리 회전문을 통과했다. 곧 나는 중간쯤 되는 높이까지 회랑으로 둘러싸인 커다란 홀에 도착했다. 거의 모든 매장이 문을 닫은 상태였고 홀의 대부분은 어둠에 잠겨 있었다. 미사가 끝난 후에 성당에서 느낄 수 있는 그런 침묵만이 남아 있었다. 나는 멍하니 바자 중심부로 걸어 들어갔다. 아직 문을 연 매장들 주변에 사람들이 몇 명 모여 있었다. 색색의 램프로 〈노래하는 카페〉라고 쓰인 커튼 앞에 두 남자가 서서 쟁반 위의 돈을 세고 있었다. 동전들이 떨어지는 소리가 들렸다.

그곳에 간 이유를 가까스로 생각해 내고는 한 매장으로 가서 도자기 꽃병들과 꽃무늬 찻잔 세트들을 살펴보았다. 매장 문 앞에서 젊은 여자가 젊은 남자 두 명과 웃으면서 이야기하고 있었다. 그들은 영국식 억양을 쓰고 있었다. 나는 그들의 대화를 어렴풋이 들을 수 있었다.

「아니야, 그런 말 한 적 없어요!」

「아니, 했다니까!」

「아니, 안 했어요.」

「자네도 들었지?」

「맞아, 나도 들었어.」

「에이…… 거짓말!」

젊은 여자가 나를 보고는 다가와서 혹시 무얼 살 거냐고 물었다. 하지만 별로 팔고 싶어 하는 목소리가 아니었다. 그저 의례적으로 내게 말을 건 것 같았다. 나는 매장 앞 어두운 입구 양쪽에 동양에서 온 문지기들처럼 서 있는 커다란 항아리들을 물끄러미 쳐다보다가 중얼거렸다.

「아니요, 괜찮아요.」

젊은 여자는 꽃병 하나를 들어 위치를 바꾸어 놓은 후 다시 두 젊은 남자에게 돌아갔다. 그들은 다시 똑같은 이야기를 계속했다. 가끔 여자가 어깨 너머로 한두 번 나를 쳐다보았다.

더 있어 봐야 소용이 없다는 것을 알았지만 나는 그 여자의 물건들에 좀 더 관심이 있는 듯 보이려고 잠시 더 서성거렸다. 그러다가 천천히 몸을 돌려 바자 중심부에서 걸어 나왔다. 나는 들고 있던 1페니짜리 동전 두 개를 주머니 속 6펜스 동전 위에 떨어뜨렸다. 전시장 끝에서 누군가 불이 나갔다고 말하는 소리가 들려왔다. 홀의 윗부분은 이제 완전히 어둠에 잠겨 있었다.

어둠 속을 바라보면서 나는 허영심에 속고 놀림당한 어리석은 내 자신을 보았다. 그리고 내 눈은 괴로움과 분노로 타오르고 있었다.

이블린

　그녀는 창가에 앉아 저녁이 거리에 내려앉는 것을 바라보고 있었다. 머리를 창문 커튼에 기댄 채 그녀는 먼지 쌓인 크레톤 천 냄새를 맡고 있었다. 그녀는 지쳐 있었다.

　지나가는 사람들도 거의 없었다. 맨 끝에 있는 집에서 나온 남자가 자신의 집으로 가고 있었다. 그녀는 남자가 또각또각 소리를 내며 콘크리트로 포장된 길을 걷다가 잠시 후 새로 지은 붉은색 집들 앞의 석탄재 뿌린 길을 지나면서 저벅저벅 소리를 내는 것을 들었다. 한때 그곳에는 넓은 공터가 있어서 그들은 매일 저녁 다른 집 아이들과 함께 뛰어놀곤 했었다. 그러다 벨파스트에서 온 어떤 남자가 그 공터를 사서 그곳에 집들을 지었다. 그들이 살던 작은 갈색 집들이 아니라 반짝거리는 지붕을 인 밝은색 벽돌집들이었다. 데빈 씨네 아이들, 워터 씨네 아이들, 던 씨네 아이들, 절름발이 꼬마 키오, 그녀와 그녀의 남동생들과 여동생들, 그 골목의 아이들이 모두 그 공터에서 놀곤 했었다. 그러나 어니스트는 같이 놀지 않았다. 이미 나이가 많았기 때문이다. 그녀의 아버지가 가끔 자두나무 막대기를 들고 아이들을 집 안으로 쫓아 들여보내곤 했지만 꼬마 키오가 망을 보다가 그녀의 아버지가 오면 소리를 질러 알려 주었다. 그래도 그때는 그나마 행복했던 것 같다. 당시에는 그녀의 아버지도 그렇게 심하게 굴지 않았다. 게다가 어머니도 살아 계셨다. 그러나 그것도 이제 오래전 일이 되었다. 그녀와 남자 형제들, 자매들은 이제 다들 컸고 그녀의 어머니는 돌아가셨다. 티지 던도 죽었고 워터 씨네는 영국으로 되돌아갔다. 모든 것은 변한다. 이제 그녀도 다른 사람들처럼 떠나려 하고 있었다. 그녀의 집을.

집! 그녀는 도대체 저 많은 먼지들이 어디서 오는지 의아해하면서 그토록 오랫동안 일주일에 한 번씩 먼지를 떨었던 그 낯익은 물건들을 둘러보았다. 꿈에도 헤어지리라 생각해 본 적 없는 그 낯익은 물건들을 아마 그녀는 두 번 다시 볼 수 없을 것이다. 컬러로 인쇄된 성 마르그리트 마리 알라코크[9]에게 바치는 서약 옆에는 망가진 하모늄이 있었고, 그 위 벽에는 노랗게 바래 가는 어느 성직자의 사진이 한 장 걸려 있었다. 그러나 지난 수년 동안 그녀는 그 성직자의 이름을 알아낼 수가 없었다. 그는 그녀 아버지의 학창 시절 친구였다. 찾아오는 사람들에게 사진을 보여 줄 때마다 그녀의 아버지는 지나가는 말처럼 이렇게만 언급했을 뿐이었다.

「그 친구는 지금 멜버른에 있지.」

9 Ste Marguerite-Marie Alacoque(1647~1690). 프랑스의 성녀. 컬러 인쇄물에는 예수의 성심(聖心)과 알라코크를 통해 신자들에게 전해진 열두 가지 서약이 나열되어 있다.

그녀는 가기로, 집을 떠나기로 동의했다. 하지만 잘한 일일까? 그녀는 문제를 비교해 보았다. 이곳에 남는다면 잠잘 곳과 먹는 문제는 해결된다. 주변에 평생 알고 지냈던 사람들도 있다. 물론 집에서나 직장에서나 뼈 빠지게 일을 해야만 한다. 남자와 함께 달아났다는 것을 알게 되면 스토어즈 상점 사람들이 그녀에 대해 뭐라고 할까? 아마도 바보 같은 짓을 했다고 할 테고 후임자를 찾는 광고가 그녀의 자리를 대신할 것이다. 게이번 양은 오히려 좋아할 것이다. 그녀는 특히 다른 사람들이 듣고 있을 때에는 항상 그녀를 헐뜯었다.

「힐 양, 여기 숙녀분들이 기다리고 계신 거 안 보여요?」

「제발 좀, 힐 양, 꾸물거리지 마요.」

스토어즈 상점을 떠난다고 해도 눈물을 많이 흘릴 것 같지는 않았다.

그러나 그녀의 새집, 멀리 떨어진 그 미지의 나라에서는 그렇지 않을 것이다. 그녀는 결혼할 것이다. 그러면 사람들도 그녀를 존중해 줄 것이다. 그녀의 어머니와 같은 취급을 당하지는 않을 것이다. 열아홉 살이 넘었지만 그녀는 지금도 가끔 아버지의 폭력에 위협을 느끼고 있었다. 가슴이 두근거리는 증상도 그 때문에 생긴 것임을 알고 있었다. 그들이 어렸을 때에는 아버지도 그녀를 해리나 어니스트에게 했던 것처럼 대하지는 않았다. 여자아이였으니까. 그러나 최근에는 죽은 엄마만 아니었다면 가만두지 않았을 거라며 그녀를 협박하고 있었다. 이제 그녀를 보호해 줄 사람은 아무도 없었다. 어니스트는 죽었고 성당 장식 일을 하고 있는 해리는 거의 언제나 시골 어딘가에 있었다. 게다가 돈 문제로 토요일 밤마다 어김없이 벌어지는 말다툼은 그녀를 말할 수 없이 피곤하게 만들었다. 그녀는 항상 급료 전부를 — 7실링 — 드렸고 해리도 언제나 할 수 있는 만큼은 보내 주었지만, 문제는 그녀의 아버지에게서 돈을 타내는 데 있었다. 그녀의 아버지는 그녀가 돈을 쓸데없이 낭비하고 생각이 없다면서, 자신이 힘들게 번 돈을 길거리에 뿌리도록 내버려 두지는 않을 것이라고 말했다. 게다가 토요일 밤이면 평소보다 유난히 더 심하게 굴었다. 그러다가 결국에는 돈을 주면서 일요일 저녁때 먹을 것을 사 올 생각이 있냐고 물었다. 그제야 그녀는 부리나케 시장으로 달려가 검은색 가죽 지갑을 손에 꽉 쥔 채 인파를 헤치고 다니며 장을 보았고 늦은 시각이 되어서야 식료품을 잔뜩 들고 집으로 돌아왔다. 그녀는 집안을 돌보고 자신에게 남겨진 두 어린 동생을 때맞춰 먹이고 학교에 보내느라 쉴 틈이 없었다. 힘겨운 일 — 고달픈 인생 — 이었지만 이제 그런 삶에서 벗어난다고 생각하자 그것도 그리 괴롭기만 한 것은 아니었다는 생각이 들었다.

그녀는 프랭크와 새로운 인생을 개척하려 하고 있었다. 프랭크는 아주 친절하고 남자다웠으며 마음이 넓었다. 그녀는 프랭크와 함께 밤배를 타고 그녀만의 가정이 기다리고 있는 부에노스아이레스로 가서 그의 부인이 될 예정이었다. 그녀가 그를 처음 만났던 날을 얼마나 선명하게 기억하고 있었던가. 그는 그녀가 지나다니던 큰길가의 어느 집에 묵고 있었다. 마치 몇 주 전의 일인 것 같았다. 그는 챙 달린 모자를 뒤쪽으로 젖혀 쓰고 햇빛에 그을린 얼굴 위로 머리카락을 늘어뜨린 채 문 앞에 서 있었다. 그렇게 그들은 만났다. 매일 저녁 그는 스토어즈 상점 밖에서 그녀를 기다렸다가 집까지 데려다 주었다. 그는 「보헤미아 처녀」를 보여 주기도 했는데 그녀는 극장의 익숙지 않은 관람석에 그와 함께 앉아 있다는 사실에 우쭐한 기분이 들었다. 그는 음악을 굉장히 좋아했고 가끔 노래도 불렀다. 사람들도 그들이 사귄다는 것을 알고 있었고, 그가 선원을 사랑하는 어느 처녀에 대한 노래를 불러 주었을 때 그녀는 언제나처럼 야릇한 혼란을 느꼈다. 그는 장난삼아 그녀를 포펀스[10]라고 불렀다. 무엇보다도 그녀는 자신에게도 남자가 생겼다는 것이 즐거웠고 곧 그를 좋아하게 되었다. 그는 먼 곳에 있는 나라들에 대해 이야기해 주었다. 그는 캐나다로 가는 앨런 해운사의 배에서 월급 1파운드를 받는 갑판원으로 일을 시작했었다. 그는 그녀에게 자신이 탔었던 배들의 이름, 해운 회사들의 이름을 이야기해 주었다. 마젤란 해협을 통과한 적도 있었다고 했고 그 무서운 파타고니아인들[11]에 대한 이야기도 해주었다. 부에노스아이레스에 자리를 잡았고 휴가차 고국을 찾은 것이라고 말했다. 물론 그녀의 아버지도 그들의 관계를 알게 되었고 그와의 관계를 금지했다.

「뱃놈들은 다 뻔한 놈들이야.」 그가 말했다.

10 *Poppens.* 귀여운 아이나 애인을 지칭하는 말.
11 아르헨티나 남부에 살던 종족으로 당시 키가 대단히 큰 원시 부족으로 알려짐.

어느 날 그녀의 아버지는 프랭크와 말다툼을 벌였고 이후 그녀는 그를 몰래 만나야 했다.

거리에는 저녁이 짙게 드리워 있었고 그녀 무릎 위에 놓인 하얀 편지 두 통이 희미하게 보이기 시작했다. 한 통은 해리에게 보내는 편지였고 다른 한 통은 아버지에게 보내는 편지였다. 그녀는 어니스트를 가장 예뻐했었지만 해리도 좋아했다. 최근 들어 아버지가 늙어 가고 있다는 것을 그녀는 알았다. 아버지는 그녀를 그리워할 것이다. 때로 아버지가 아주 친절했던 적도 있었다. 얼마 전에 그녀가 몸이 아파 누워 있었을 때 아버지는 그녀에게 유령 이야기를 읽어 주었고 난로에서 토스트를 구워 주기도 했다. 언젠가 한번은, 어머니가 살아 계셨을 때였는데, 모두 함께 호스 언덕으로 소풍을 간 적이 있었다. 그녀는 아버지가 아이들을 웃기려고 어머니의 모자를 뒤집어썼던 일을 기억했다.

시간이 다가오고 있었다. 그러나 그녀는 계속해서 창문 커튼에 머리를 기댄 채 먼지 낀 크레톤 천 냄새를 맡고 있었다. 길 아래쪽 멀리서 손풍금을 연주하는 소리가 들렸다. 그녀가 알고 있는 곡조였다. 하필이면 바로 그날 밤 그 곡을 듣는 바람에 어머니에게 했던 약속, 최대한 가족을 지키겠다는 약속이 떠오르다니. 그녀는 병중이었던 어머니의 마지막 날을 떠올렸다. 그녀는 다시 현관 맞은편의 좁고 어두운 방에 있었고 밖에서 이탈리아 음악이 들려왔다. 아버지는 손풍금 연주자에게 6펜스를 주면서 다른 데로 가라고 쫓아 버렸다. 그녀는 아버지가 병실로 들어오며 내뱉었던 말을 기억했다.

「빌어먹을 이탈리아 놈들! 여기까지 오다니!」

생각에 잠겨 있는 동안 그녀 어머니의 비참한 일생 — 광기로 끝나 버린 평범한 희생의 삶 — 이 그녀의 가슴속 깊은 곳을 찔렀다. 어리석게 반복하던 어머니의 목소리가 다시 들려오자 그녀는 몸서리 쳤다.

「데레바운 세라운! 데레바운 세라운!」[12]

갑작스러운 두려움에 그녀는 벌떡 일어섰다. 도망쳐라! 도망쳐야 한다! 프랭크가 그녀를 구해 줄 것이다. 그녀에게 제대로 된 인생을 줄 수 있을 것이다. 어쩌면 사랑도 줄 수 있을 것이다. 그녀는 살고 싶었다. 왜 불행해야만 한단 말인가? 그녀는 행복해질 권리가 있다. 프랭크는 그녀를 받아 줄 것이다. 그녀를 안아 줄 수 있을 것이다. 그는 그녀를 구해 줄 것이다.

....

그녀는 노스월 항구의 수많은 인파 사이에 서 있었다. 그는 그녀의 손을 잡고 있었고 그녀는 그가 항해와 관련해 무엇인가를 계속해서 이야기하고 있다는 것을 알았다. 항구에는 갈색 배낭을 짊어진 군인들이 가득했다. 세관 창고들의 활짝 열린 문들을 통해서 그녀는 엄청난 크기의 시커먼 배가 현창에 불을 밝힌 채 부두 옆에 정박해 있는 것을 언뜻 보았다. 그녀는 아무 대답도 하지 않았다. 자신의 뺨이 차갑고

---

12 병자의 헛소리에 가까운 무의미한 말이라는 주장도 있고, 〈쾌락의 끝은 고통〉이라는 의미의 불확실하게 발음된 게일어라는 주장도 있다.

창백해지는 것을 느끼며 그녀는 벗어날 길 없는 괴로움 속에서 하느님에게 길을 알려 달라고, 자신이 행할 의무를 보여 달라고 기도했다. 안개 속으로 길고 구슬픈 뱃고동이 울렸다. 만약 떠난다면 내일은 프랭크와 함께 부에노스아이레스로 가는 배 위에 있을 것이다. 그들의 승선은 이미 예약이 되어 있었다. 그가 그녀를 위해 그렇게까지 했는데 과연 그녀가 돌이킬 수 있을까? 괴로움으로 인해 속이 메스꺼웠고 그녀는 필사적으로 소리 없이 기도를 드렸다.

종소리가 그녀의 가슴을 때렸다. 그녀는 프랭크가 손을 잡는 것을 느꼈다.

「어서 와!」

이 세상의 모든 바다가 그녀의 가슴속에서 출렁거렸다. 그는 그 바닷속으로 그녀를 끌어들이고 있었다. 그는 그녀를 익사시킬 것이다. 그녀는 두 손으로 쇠 난간을 움켜잡았다.

「어서!」

안 돼! 안 돼! 절대로 안 돼! 그것은 불가능한 일이었다. 그녀는 미친 듯이 난간을 움켜쥐었다. 바다 한가운데에서 그녀는 고통스러운 비명을 질렀다.

「이블린! 이비!」

그는 바리케이드를 뛰어넘어 그녀에게 뒤따라오라고 소리쳤다. 사람들이 빨리 가라고 그에게 소리를 질러 댔지만 그는 계속해서 그녀를 불렀다. 마치 미약한 한 마리 짐승처럼, 수동적으로, 그녀는 하얀 얼굴을 돌려 그를 바라보았다. 그 눈에는 사랑도 이별도 그 어떤 인식도 찾아볼 수 없었다.

경주가 끝난 후

자동차들이 네이스 로를 따라 총알처럼 더블린을 향해 나란히 질주해 들어오고 있었다. 인치코어의 언덕 위에는 구경꾼들이 떼로 모여들어서 자동차들이 돌진해 들어오는 장면을 지켜보고 있었고, 그 가난과 무기력의 길을 따라 유럽 대륙의 부유함과 산업이 속도를 내고 있었다. 때때로 사람들은 기꺼이 묻어 두었던 환호성을 올렸다. 그러나 그들의 공감은 푸른색 차들, 그들의 친구인 프랑스인의 차들을 향한 것이었다.[13]

프랑스인들은 사실상 우승자나 마찬가지였다. 그들의 팀은 확실하게 경주를 끝냈고 각각 2위와 3위를 차지했다. 게다가 우승을 차지한 독일 자동차의 운전자는 벨기에 사람으로 알려져 있었다. 따라서 두 대의 푸른색 자동차는 언덕 위에 모습을 드러내자 두 배나 많은 환영을 받았고 자동차 안의 사람들은 환호성이 울릴 때마다 미소 띤 얼굴로 고개를

13 영국의 지배하에 있던 아일랜드는 영국과 사이가 나빴던 프랑스에 우호적이었다.

끄덕여 화답했다. 그리고 그 멋진 자동차들 중 하나에 성공한 프랑스인의 일반적인 기질을 훨씬 넘어설 정도로 몹시 흥분한 네 명의 젊은이가 타고 있었다. 사실 이 네 젊은이는 거의 광적인 흥분 상태에 있었다. 그들은 자동차 소유주 샤를 세구앵, 캐나다 태생의 젊은 전기 기사 앙드레 리비에르, 빌로나라는 이름의 체구가 건장한 헝가리 청년, 그리고 말쑥하게 차려입은 도일이라는 젊은이였다. 세구앵은 기분이 좋았다. 예상치 못했던 선주문을 받았기 때문이다(그는 파리에서 자동차 사업을 시작하려 준비하고 있었다). 리비에르도 기분이 좋았다. 세구앵의 회사에 관리자로 임명될 예정이었기 때문이다. 이 두 젊은이(사촌 간이었다)는 또한 프랑스 자동차의 성공 때문에 더욱 기분이 좋았다. 빌로나도 기분이 좋았다. 맛있는 점심을 먹었기 때문이다. 게다가 그는 타고난 낙천주의자였다. 그러나 네 번째 젊은이는 너무 과도하게 흥분해서 행복하다는 생각조차 하지 못했다.

그는 부드러운 연갈색 콧수염에 순진해 보이는 회색 눈을 지닌 스물여섯 살 정도의 젊은이였다. 그의 아버지는 젊었을 때 진보적인 민족주의자였지만 일찌감치 입장을 수정했다. 그는 킹스타운에서 정육점을 하며 돈을 벌었고 더블린과 근교에 상점들을 내면서 더 많은 돈을 벌어들였다. 그는 경찰청의 계약을 몇 건 따낼 정도로 운도 따랐고 결국에는 더블린 신문에서 비즈니스계의 왕자로 언급될 정도로 부유해졌다. 그는 아들을 영국으로 보내 가톨릭 학교에서 교육받게 했고 이후 더블린 대학에서 법학을 공부하게 했다. 지미는 별로 학업에 열중하지 않았고 한동안 나쁜 길로 빠지기도 했다. 그에게는 돈이 있었고 인기도 있었다. 그는 호기심에 음악계와 자동차 관계자들과 어울려 시간을 보냈다. 그러다가 인생을 좀 배우라는 이유로 한 학기 동안 케임브리지 대학에 보내지기도 했다. 그의 아버지는 아들을 질책하기는 했지만 한편으로는 그런 무절제함을 은밀히 자랑스러워하면서 비용을 내주었고 그를 다시 집으로 데려왔다. 그가 세구앵을 만난 것도 케임브리지에서였다. 그들은 겨우 얼굴이나 아는 사이였지만 지미는 세상을 잘 알고 프랑스에서 가장 큰 호텔들을 소유한 것으로 알려진 인물과 교제를 한다는 사실에 상당한 만족감을 느꼈다. 그런 인물은 (그의 아버지도 동의했듯이) 매력적인 동료는 아니더라도 잘 알아 둘 필요가 있었다. 빌로나도 재미있는 사람이었지만 — 뛰어난 피아노 연주자였다 — 유감스럽게도 몹시 가난했다.

자동차는 광분한 젊은이들을 태우고 즐겁게 달려갔다. 두 사촌 형제가 앞자리에 앉았고 지미와 헝가리 친구는 뒤에 앉았다. 분명 빌로나는 들떠 있었다. 그는 수 마일을 가는 동안 계속해서 낮은 베이스 음으로 콧노래를 불러 댔다. 두 프랑스인은 어깨 너머로 웃음소리와 가벼운 말들을 날려 보냈고 지미는 그 짧막한 말들을 알아들으려 애써 앞으로 몸을 내밀어야 했다. 기분 좋은 상황은 아니었다. 거의 언제나 요령껏 의미를 추측한 후 세찬 바람을 맞으면서 적절한 대답을 소리쳐 보내야 했기 때문이다. 빌로나의 콧노래가 그들을 방해했고 자동차의 소음도 있었다.

공간을 가르는 재빠른 움직임은 사람들을 들뜨게 한다. 악명이 높을 때도 그렇고 돈이 많을 때도 그렇다. 지미를 흥분시킨 것도 바로 이 세 가지였다. 그날 지미의 친구들은 그가 유럽 대륙에서 온 사람들과 어울리는 것을 보았다. 경주장 정비 구역에서 세구앵은 그에게 프랑스인 운전자 중 한 명을 소개했고, 그가 찬사의 말을 중얼거리자 가무잡잡한 얼굴의 운전자는 한 줄의 반짝이는 하얀 이를 드러냈다. 그런 영광 후에 서로 밀쳐 대고 의미심장한 표정으로 가득한 구경꾼들의 세속 세계로 되돌아가는 것은 즐거운 일이었다. 돈과 관련해서도, 그는 상당한 액수를 가지고 있었다. 물론 세구앵은 그것이 큰돈이라고 생각하지 않겠지만, 일시적인 실수에도 불구하고 기본적으로 아버지에게서 확실한 본능을 물려받은 지미는 그 돈이 얼마나 힘들게 번 돈인지를 잘 알고 있었다. 또 이런 사실을 알고 있었기에 분별없는 행동이 있었어도 일정한 한계를 넘어서는 심각한 낭비는 없었던 것이다. 따라서 더 높은 곳에 있는 지성의 변덕만이 문제 될 수 있을 만한 그런 확실한 상황에서도 그가 돈을 버는 것이 얼마나 힘든 일인지 그토록 잘 의식하고 있었으니, 자기 재산의 상당 부분을 투자하려는 이런 상황이라면 얼마나 조심스러울 것인가! 그에게는 정말 중대한 일이었다.

물론 괜찮은 투자였고 세구앵은 이번 사업의 자본금에 얼마 되지 않는 아일랜드 자본을 받아들여 준 것도 우정을 생각해서라는 인상을 주려 애썼다. 지미는 사업과 관련해서 아버지의 빈틈없는 태도를 존경했고, 이번 경우에도 자동차 사업에서 벌어들일 수 있는 돈이야말로 엄청난 액수가 될 거라며 투자를 처음 제안한 사람은 바로 그의 아버지였다. 게다가 세구앵은 확실히 돈 냄새가 나는 친구였다. 지미는 자신이 앉아 있는 그 당당한 자동차를 만드는 데 며칠이나 걸렸을까 생각해 보았다. 얼마나 매끄럽게 달리는 차인가! 얼마나 멋들어지게 시골길을 달려왔던가! 그 여행은 삶의 진정한 맥박에 마법의 손길을 뻗쳤고 인간의 신경 기관은 과감하게 그 재빠른 푸른색 동물이 내달리고 있는 거친 도로에 응답하려 애썼다.

그들은 데임 가를 따라 내려갔다. 거리는 여느 때와 달리 혼잡했고 자동차 운전자들의 경적 소리와 참을성 없는 전차 운전수들의 종소리로 시끄러웠다. 세구앵은 은행 근처에 차를 댔고 지미와 그의 친구는 차에서 내렸다. 몇몇 사람들이 인도에 모여 윙윙거리는 자동차에 경의를 표했다. 그들은 그날 저녁 세구앵의 호텔에서 저녁을 먹을 예정이었고, 그동안 지미는 함께 지내고 있던 친구와 집으로 가서 옷을 갈아입을 생각이었다. 자동차는 천천히 그래프턴 가를 향해 출발했고 두 젊은이는 구경꾼들을 헤치며 걸었다. 그들은 걷는 데 묘한 실망감을 느끼면서 서쪽으로 향했고 도시는 저녁 시간대의 여름 안개 속에서 그들의 머리 위에 창백한 가로등 불빛을 비추고 있었다.

지미의 집에서도 이번 저녁 식사는 상당히 중요한 의미가 있었다. 불안해하는 부모의 모습에는 어떤 자부심이 섞여 있었고 허둥대는 모습에서는 어떤 열망마저 느껴졌다. 외국의 대도시 이름들에는 최소한 이런 효과가 있었다. 옷을 차려입자 지미 역시 멋져 보였고 현관에 서서 마지막으로 예장용 넥타이의 균형을 맞추는 모습에 그의 아버지는 아들에게 때로 돈으로도 사기 어려운 자질을 갖추게 해준 데 대해 사업적인 만족감마저 느꼈을 것이다. 그래서 그의 아버지는 빌로나에게 유난히 친절했고 그의 태도에는 외국인의 소양에 대한 진실한 존경심이 드러나 있었다. 그러나 주인의 이러한 세심함은 저녁 식사에 대해 강렬한 욕망을 느끼기 시작하던 그 헝가리인에게는 효과가 없었을 것이다.

저녁 식사는 훌륭했다. 최고의 맛이었다. 지미는 세구앵이 매우 세련된 취향을 지녔다고 생각했다. 라우스라는 이름의 젊은 영국인이 합류했는데 지미도 케임브리지에서 세구앵과 함께 있는 것을 보았던 사람이었다. 젊은이들은 전기 양초 램프가 켜져 있는 아늑한 방에서 저녁을 먹었다. 그들은 마음껏 수다스럽게 떠들었다. 상상력에 불이 붙기 시작한 지미는 프랑스인들의 활기찬 젊음이 영국적인 방식의 견고한 뼈대와 우아하게 얽혀 들어가는 것을 인식했다. 품위 있고 당당한 모습이라고 그는 생각했다. 그는 대화를 이끄는 주최자의 그 교묘한 기술에 감탄했다. 다섯 명의 젊은이는 취향도 다양한 데다 말도 많아졌다. 빌로나는 한없는 존경심을 담아, 약간 놀란 듯한 영국인에게 옛날 악기들이 사라져 버린 것을 아쉬워하면서 영국 마드리갈의 아름다움을 설명하기 시작했다. 리비에르는 그리 효율적이지는 않았지만 지미에게 프랑스 기술자들의 승리를 설명하는 일을 떠맡았다.

낭만주의 화가들이 엉터리로 그린 류트 악기들을 비웃는 형
가리인의 낭랑한 목소리가 득세할 때쯤 세구앵은 사람들의
관심을 정치 쪽으로 돌렸다. 누구에게나 적합한 주제였다.
편한 분위기 속에서 지미는 묻어 두었던 아버지의 열정이 자
신에게서 되살아나는 것을 느꼈고 결국 무관심했던 라우스
의 심기를 건드리고 말았다. 방 안의 열기는 두 배로 뜨거워
졌고 세구앵의 역할은 그때마다 더 힘들어졌다. 개인적인 시
비가 벌어질 위험마저 있었다. 눈치 빠른 주최자는 기회가
생기자 인류애를 위해 건배하자며 잔을 들었고, 술잔들이 비
워지자 그는 의미심장하게 창문을 열어젖혔다.

　그날 밤 도시는 수도의 가면을 쓰고 있었다. 다섯 젊은이
는 향기롭고 희미한 연기 속에 스티븐스그린 공원을 따라
걸었다. 그들은 큰 소리로 웃고 떠들었다. 망토들이 어깨에
서 흔들릴 정도였다. 사람들이 그들을 보고 길을 비켜 주었
다. 그래프턴 가의 모퉁이에서 키가 작고 뚱뚱한 남자가 또
다른 뚱뚱한 남자가 모는 자동차에 멋진 두 여자를 태워 주
고 있었다. 자동차는 떠났고 키 작고 뚱뚱한 남자는 일행을
바라보았다.

　「앙드레.」

　「팔리!」

　대화가 홍수처럼 쏟아져 나왔다. 팔리는 미국인이었다.
아무도 대화 내용을 제대로 알지 못했다. 빌로나와 리비에
르가 가장 시끄럽게 떠들었지만 사실 모두가 다 흥분해 있
었다. 그들은 웃고 떠들면서 자동차에 몸을 끼워 넣었다. 그

들은 이제 부드러운 색깔들로 뒤엉킨 듯 보이는 군중을 지나 즐거운 종소리에 맞추어 차를 몰았다. 그들은 웨스틀랜드로 역에서 기차를 탔고, 지미가 느끼기에 거의 눈 깜빡할 사이에, 다시 킹스타운 역을 걸어 나오고 있었다. 검표원이 지미에게 깍듯이 인사를 했다. 그는 노인이었다.

「좋은 밤 보내세요, 선생님!」

조용한 여름밤이었다. 항구가 새카만 거울처럼 그들의 발 아래에 누워 있었다. 그들은 서로 팔짱을 끼고 「루셀 생도」를 합창하다가 후렴구 〈호! 호! 참말이고말고!〉가 나올 때마다 발을 구르면서 항구 쪽으로 걸었다.

그들은 배 타는 곳에서 작은 보트를 타고 미국인의 요트로 향했다. 그곳에서 저녁 식사, 음악, 카드놀이를 즐길 예정이었다. 빌로나는 확신에 차 말했다.

「정말 신 나는군!」

선실에는 요트용 피아노가 있었다. 빌로나는 팔리와 리비에르를 위해 왈츠를 연주했고 팔리는 기사 역할을, 리비에르는 숙녀 역할을 했다. 그리고 나서 즉흥적으로 스퀘어 댄스가 벌어졌고 남자들끼리 독창적인 형태를 연출하면서 춤을 추었다. 얼마나 즐거운 분위기였던가! 지미는 진심으로 여흥에 참여했다. 최소한 이것도 인생을 배우는 일이었다. 그러다가 팔리가 숨을 헐떡이며 〈그만!〉 하고 소리쳤다. 한 남자가 저녁 식사를 가져왔고 젊은이들은 그저 형식상 식탁에 앉았다. 그래도 술은 마셨다. 보헤미아산이었다. 그들은 아일랜드를 위해서, 영국을 위해서, 프랑스, 헝가리, 미국을 위해서 건배했다. 지미가 연설을 했다. 아주 긴 연설이었고 말이 끊길 때마다 빌로나는 〈옳소! 옳소!〉라고 외쳤다. 지미가 자리에 앉자 박수 소리가 터져 나왔다. 분명 멋진 연설임에 틀림없었다. 팔리는 지미의 등을 두드리며 큰 소리로 웃었다. 얼마나 멋진 사람들인가! 얼마나 좋은 사람들인가!

카드! 카드! 테이블이 준비되었다. 빌로나는 조용히 피아노로 가서 사람들을 위해 독주곡을 연주했다. 나머지 사람들은 모험에 과감히 몸을 던지며 카드 게임을 계속했다. 그들은 하트 여왕, 다이아몬드 여왕의 건강을 위해 건배했다. 지미는 어렴풋하게 구경꾼이 없다는 것을 느꼈다. 기지가 번뜩이고 있었다. 게임이 열기를 띠기 시작했고 차용증이 돌아다녔다. 지미는 누가 이기고 있는지 정확히 알지 못했지만 자신이 잃고 있다는 것은 알 수 있었다. 어쨌든 자신의 탓이었다. 그는 여러 번 카드를 잘못 보았고 다른 사람들이 그의 차용증들을 대신 계산해 주어야 했다. 그들은 멋진 놈들이었지만 그는 이제 그들이 그만두었으면 하고 바랐다. 너무 늦은 시간이었기 때문이다. 누군가 요트 〈뉴포트의 미녀〉를 위해 건배했고, 그러고 나서 누군가가 마지막으로 크게 한판 하자고 제안했다.

피아노 소리가 들리지 않았다. 빌로나는 위층 갑판으로 간 것이 틀림없었다. 엄청난 한판이었다. 그들은 마지막 순간에 앞서 행운을 빌며 술을 마셨다. 지미는 그 판이 라우스와 세구앵의 대결이라는 것을 알았다. 얼마나 흥분되는 게임인가! 지미도 흥분해 있었다. 물론 그는 돈을 잃을 것이다.

지금까지 얼마나 잃었을까? 사람들은 떠들고 손짓을 하면서 마지막 한 수를 위해 일어섰다. 라우스가 이겼다. 선실은 젊은이들의 환호성으로 떠들썩했고 카드는 치워졌다. 그러고 나서 그들은 딴 돈을 모아 보았다. 팔리와 지미가 가장 많이 잃었다.

그는 아침이 오면 후회하게 될 것임을 알고 있었지만 지금으로서는 휴식이, 자신의 어리석음을 덮어 줄 그 어두운 혼미함이 고맙기만 했다. 그는 팔꿈치를 테이블에 올리고 두 손으로 머리를 감싼 채 관자놀이의 두근거림을 세고 있었다. 선실 문이 열리면서 그는 헝가리인이 한 줄기 회색빛 속에 서 있는 것을 보았다.

「여러분, 날이 밝아 옵니다!」

두 건달

8월의 온화한 회색빛 저녁이 도시에 내려앉았고 여름의 추억을 간직한 부드럽고 따뜻한 공기가 거리를 떠돌고 있었다. 일요일의 휴식을 위해 셔터를 내린 거리들은 활기찬 색상의 사람들로 가득했다. 빛에 반짝이는 진주들처럼 높은 기둥 끝에서는 가로등 램프들이 살아 움직이는 직물의 모습을 비추고 있었고, 그 직물은 끊임없이 모양과 색조를 바꿔 가면서 온화한 회색빛 저녁 공기 속으로 쉼 없이 단조롭게 중얼거리는 소리를 올려 보냈다.

두 젊은이가 러틀랜드 광장 언덕을 내려오고 있었다. 그 중 한 사람은 긴 독백을 이제 막 끝내려 하고 있었다. 다른 한 사람은 인도 가장자리를 걷고 있었는데 동료의 무례함으로 인해 가끔씩 차도로 밀려나면서도 즐겁고 재미있다는 표정을 짓고 있었다. 그는 땅딸막한 체구에 불그스레한 얼굴이었다. 요트용 모자를 이마 뒤로 젖혀 쓰고 있었고, 상대의 이야기에 반응해 코, 눈, 입 주변으로부터 얼굴 전체로 계속해서 표정의 물결이 번져 나갔다. 몸을 들썩거리며 맞장구치는 웃음소리가 연이어 터져 나왔고 교활한 즐거움으로 반짝이는 그의 눈은 매 순간 동료의 얼굴을 탐색하고 있었다. 한두 번씩 그는 투우사 스타일로 어깨에 걸친 가벼운 레인코트를 바로잡았다. 짧은 바지, 흰색 고무 신발, 멋지게 차려입은 레인코트는 젊음을 표현하고 있었다. 그러나 허리는 둥글둥글했고 머리카락은 회색에 듬성듬성했으며 표정들이 사라진 그의 얼굴은 피폐한 모습을 드러냈다.

이야기가 끝났다는 것을 확신하자 그는 소리 없이 30초 동안이나 웃어 댔다. 그러고는 이렇게 말했다.

「그거 정말 기막힌 솜씨로군!」

그의 목소리에는 활기가 없었지만 자신의 말을 강조하려고 그는 다시 유머를 덧붙였다.

「정말 독자적이고 독창적이야. 이렇게 말해도 좋을지 모르겠는데, 그야말로 끝내주는 솜씨라고!」

그 말이 끝나자 그는 진지해지면서 입을 다물었다. 도싯가의 술집에서 오후 내내 떠들었기 때문에 그의 입은 지쳐 있었다. 대부분의 사람들은 레너헌을 거머리 같은 자라고 생각했지만 그런 평판에도 불구하고 수완과 말재주가 뛰어나 그의 친구들은 그를 적대시할 수 없었다. 그는 친구들이 모여 있는 술집에 불쑥 나타나 주변에서 눈치를 보다가 술판에 슬쩍 끼어드는 배짱도 있었다. 그는 또한 수많은 이야기, 우스꽝스러운 시, 수수께끼로 무장한 재주 많은 방랑자였다. 게다가 어떤 종류의 무례함에도 무감각했다. 누구도 그가 어떻게 생계를 해결하는지 알지 못했지만 막연하게 그의 이름은 경마 정보지와 연결되어 있었다.

「그래서 콜리, 그 여자를 어디서 꼬셨나?」 그가 물었다.

콜리는 재빨리 혀로 윗입술을 핥았다.

「어느 날 밤에 말이야, 데임 가를 걷고 있었는데 워터하우스 시계 아래에 괜찮은 여자가 보이더라고. 그래서 안녕하시오 하고 말을 걸었지. 그러고 나서 운하 근처를 같이 좀 걸었어. 그 여자 말로는 자기가 바것 가의 어떤 집 하녀로 일한다고 하더라고. 그날 밤 한쪽 팔로 감싸면서 슬쩍 좀 안아 줬지. 그러고서 그다음 일요일에 약속을 해서 만났고, 도니브룩으로 갔어. 그 여자를 그곳의 들판으로 데리고 갔지. 그 여자는 우유 배달부와 데이트를 했었다고 하더라고. 뭐 어쨌든 상관없어. 매일 밤 담배를 가져다주더라고. 왕복 전차비도 내주고 말이야. 어느 날 밤에는 끝내주는 시가를 두 개 가져왔었지. 우리 노인네가 피우던 진짜 1등급 시가를 말이야. 근데 좀 걱정은…… 그 여자가 임신을 해버리면 어쩌냐는 거지. 하지만 그 여자는 피하는 데 선수더라고.」

「그 여자는 자네가 결혼해 줄 거라고 생각하겠구먼?」 레너헌이 물었다.

「직장이 없다고 말했어.」 콜리가 말했다. 「핌 상점에 있다고 했지. 그 여자는 내 이름도 몰라. 일부러 말 안 해줬거든. 그래도 그 여자는 내가 꽤 괜찮은 남자라고 생각하고 있지.」

레너헌이 다시 소리 없이 웃었다.

「내가 들어 본 이야기 중에서 가장 기막힌 솜씨였어.」

콜리는 힘찬 발걸음으로 그 아첨을 받아들였다. 큰 체구를 흔드는 바람에 그의 친구는 가끔 인도에서 도로 쪽으로 밀려났다가 다시 되돌아와야 했다. 콜리의 아버지는 경감이었고 그는 아버지의 체격과 발걸음을 그대로 물려받았다. 그는 손을 옆으로 한 채 몸을 꼿꼿이 세우고 머리를 좌우로 흔들며 걸었다. 커다란 머리는 둥근 공 같았고 기름이 반질거렸으며 1년 내내 땀을 흘렸다. 비스듬히 쓴 커다랗고 둥근 모자는 구근(球根) 같은 머리에서 솟아난 또 다른 구근 같았다. 그는 마치 행진하는 사람처럼 언제나 똑바로 앞을 보았는데 그러다 보니 거리에서 누군가를 쳐다보려 할 때는 엉덩이 위부터 상체를 움직여야만 했다. 현재 그는 술집이나 돌아다니는 건달이었다. 어딘가 일자리가 생기면 항상 친구가 그에게 그 정보를 알려 주기로 되어 있었고 가끔 사복 차림의 경찰관들과 진지하게 이야기하면서 걷는 모습이 목격되기도 했다. 무슨 일이든 내부 사정을 잘 알았고 최종적인 판단을 내리기를 좋아했다. 그는 동료의 말은 듣지 않은 채 자신의 말만 했다. 그의 대화는 자신이 어떤 사람에게 어떤 말을 했는지, 그 사람이 자신에게 어떤 말을 했는지, 그리고 자신이 어떤 말로 그 문제를 해결했는지 등 주로 자신에 대한 것이었다. 이런 이야기를 할 때마다 그는 피렌체 사람들처럼 자신의 이름 맨 첫 글자를 기음(氣音)을 섞어 발음했다.[14]

레너헌은 친구에게 담배를 한 대 권했다. 사람들 사이로 걸어가면서 콜리는 가끔씩 몸을 돌려 지나가는 여자들에게

14 피렌체 사람들은 c를 h로 발음한다. 즉 콜리는 자신의 이름을 〈홀리〉로 발음하고 있는데, 이는 그가 창부 *whore*와 다를 바 없음을 암시한다.

미소를 던졌지만 레너헌의 시선은 두 겹으로 달무리 진 크고 희미한 달에 고정되어 있었다. 그는 황혼의 회색빛 장막이 달을 가로질러 흐르는 것을 유심히 지켜보았다. 그러다 그가 입을 열었다.

「그런데 말이야…… 콜리, 자네 분명 잘 해낼 수 있겠지?」

콜리는 대답 대신 의미심장하게 한쪽 눈을 찡긋했다.

「그 여자도 의향은 있는 거야?」 레너헌이 의심스러운 듯 말했다. 「여자 마음은 알 수가 없거든.」

「그 여자는 괜찮아.」 콜리가 말했다. 「그 여자를 어떻게 요리할지 잘 알아. 그 여자는 내게 반해 있거든.」

「자네는 정말 유쾌한 로사리오[15]로군.」 레너헌이 말했다. 「그야말로 진짜 로사리오야!」

묘한 조롱의 그림자가 그의 태도의 비굴함을 약화해 주었다. 부끄러움을 덜기 위해서 그는 자신의 아첨을 비난으로 해석할 수 있는 여지를 남겨 두는 버릇이 있었다. 그러나 콜리는 그것을 알아차릴 정도로 예민하지 못했다.

「순진한 하녀가 최고지. 내 말을 믿으라고.」 그가 자신 있게 말했다.

「물론 경험에서 우러난 말이니까.」 레너헌이 말했다.

「처음에는 아가씨들과 데이트를 했었지.」 콜리가 비법을 털어놓듯이 말했다. 「사우스 서큘러 외곽에 사는 아가씨들

---

15 영국 극작가 니컬러스 로Nicholas Rowe(1674~1718)의 작품 「아름다운 회개자The Fair Penitent」(1703)에 등장하는 주인공으로 유부녀를 유혹하는 난봉꾼.

말이야. 전차를 타고 돌아다녔지. 전차비도 내주고 음악회에 가거나 극장에 가서 연극을 보여 주거나, 아니면 초콜릿이나 사탕 뭐 그런 것 좀 사주고 말이야. 돈도 엄청 썼지.」 의심을 사고 있다는 것을 알기라도 하듯 확신에 찬 목소리로 그가 덧붙였다.

사실 레너헌은 그 말을 신뢰할 수 있었다. 그는 진지하게 고개를 끄덕이며 말했다.

「나도 알지. 사실 바보들이나 하는 짓이야.」

「그런데 남는 것이라고는…… 참, 내.」

「맞는 말이야.」

「그중에 겨우 한 명뿐이었어.」

콜리는 혀로 윗입술을 핥아 침을 적셨다. 과거를 회상하면서 눈을 반짝였다. 그 역시 희미한 원반 같은 달을 쳐다보았다. 달은 이제 거의 가려져 있었고 생각에 잠긴 듯 보였다.

「그래도 그 여자는…… 그런대로 괜찮았는데.」 그는 유감스럽다는 듯이 말했다.

그러고는 다시 입을 다물고 있다가 잠시 후 말을 이었다.

「그 여자, 지금은 매춘부가 되었지. 어느 날 밤에 두 남자하고 같이 마차를 타고 얼 가를 지나가는 것을 본 적이 있거든.」

「자네가 한 짓이로군.」 레너헌이 말했다.

「나 이전에도 다른 남자들이 있었던 거지.」 콜리가 체념한 투로 말했다.

이번에는 레너헌도 믿고 싶지 않았다. 그는 머리를 앞뒤로 흔들면서 웃었다.

「날 속일 생각은 말라고, 콜리.」

「나는 결백해!」 콜리가 말했다. 「그 여자가 자기 입으로 그랬다고.」

레너헌은 비극적인 몸짓을 하며 말했다.

「더러운 배신자!」

트리니티 칼리지의 울타리를 따라 걷다가 레너헌은 도로로 펄쩍 뛰어가 시계를 올려다보았다.

「20분 지났군.」 그가 말했다.

「시간은 충분해.」 콜리가 말했다. 「분명 거기 올 거야. 나는 항상 그 여자를 조금 기다리게 만들지.」

레너헌이 조용히 웃었다.

「세상에! 콜리, 자네는 진짜 여자 다룰 줄을 아는구먼.」

「여자들 잔꾀 정도는 뻔하지.」 콜리가 털어놓았다.

「그런데 말이야.」 레너헌이 말했다. 「자네, 정말 잘 해낼 수 있겠나? 자네도 알겠지만 쉬운 일이 아니야. 여자들은 그런 문제에 대해서는 아주 인색하거든. 응? 안 그런가?」

그의 반짝이는 작은 눈이 확신을 찾아 동료의 얼굴을 살폈다. 콜리는 귀찮게 달라붙는 벌레를 쫓아내듯이 머리를 앞뒤로 흔들면서 이마를 찌푸렸다.

「잘할 수 있어. 제발 나한테 맡겨 두라고, 알겠나?」 그가 말했다.

레너헌은 입을 다물었다. 그는 친구의 성질을 건드려 충고는 필요 없으니 꺼지라는 소리를 듣고 싶지는 않았다. 약간의 요령이 필요했다. 그러나 콜리는 곧 이맛살을 폈다. 그는 다른 생각을 하고 있었다.

「그 여자는 괜찮은 여자야.」그가 인정한다는 듯이 말했다. 「정말, 그래.」

그들은 나소 가를 따라 걷다가 킬데어 가로 접어들었다. 술집 문 앞에서 멀지 않은 곳에서 하프 연주자가 도로에 선 채로 둥글게 모여든 사람들 앞에서 연주를 하고 있었다. 그는 가끔 새로 온 사람들을 쳐다보면서, 가끔 피곤한 모습으로 하늘을 쳐다보면서 무심하게 현을 튕겼다. 그의 하프 역시 덮개가 무릎 위까지 흘러내린 것도 의식하지 못한 채 낯선 사람들의 시선과 주인의 손에 지친 듯 보였다. 한 손은 저음으로 「잔잔하라, 오, 모일이여」의 멜로디를 연주했고 다른 손은 고음을 내며 각각의 음표들 위를 지나갔다. 음조는 깊고 풍부했다.

두 젊은이는 말없이 거리를 따라 걸었고 구슬픈 음악 소리가 그 뒤를 따랐다. 스티븐스그린에 도착하자 그들은 길을 건넜다. 전차 소리, 불빛들, 사람들이 그들을 침묵으로부터 벗어나게 해주었다.

「저기 있군!」콜리가 말했다.

흄 가의 모퉁이에 젊은 여자가 서 있었다. 그녀는 푸른색 드레스에 흰색 세일러 모자를 쓰고 한 손으로 양산을 흔들면서 연석 위에 서 있었다. 레너헌은 신이 났다.

「잠깐 얼굴 좀 보자고, 콜리.」그가 말했다.

콜리는 얼굴을 돌려 친구를 쳐다보았다. 불쾌한 미소가 얼굴에 번졌다.

「끼어들겠다는 뜻인가?」 그가 말했다.

「이런 제길!」 레너헌이 용기 있게 말했다. 「소개해 달라는 건 아니야. 그저 얼굴이나 한번 보자는 거지. 잡아먹지 않을 테니 걱정 말라고.」

「얼굴이나 한번 본다고?」 콜리가 좀 더 친절한 목소리로 말했다. 「그럼…… 이렇게 하지. 내가 가서 말을 할 테니까 그때 자네가 지나가면서 보라고.」

「좋아, 그러지!」 레너헌이 말했다.

레너헌이 그를 불렀을 때 콜리의 한쪽 다리는 이미 도로 옆 보행 차단용 쇠줄을 넘어가고 있었다.

「그러고 나서…… 어디서 만나지?」

「10시 반에.」 나머지 다리를 쇠줄 위로 끌어당기며 콜리가 말했다.

「어디서?」

「메리언 가 모퉁이에서 보자고. 다시 돌아올 거야.」

「그럼 잘해 보게.」 레너헌이 잘 가라며 말했다.

콜리는 대답하지 않았다. 그는 머리를 좌우로 흔들며 길을 가로질러 걸어갔다. 그의 장대한 체구, 거칠 것 없는 발걸음, 묵직한 구두 소리는 정복자의 분위기를 풍겼다. 그는 젊은 여자에게 다가가 인사도 없이 곧장 대화를 시작했다. 여자는 양산을 더 빨리 흔들다가 뒤꿈치로 반쯤 몸을 돌렸다. 가끔씩 그가 바싹 접근해서 말을 할 때면 그녀는 웃으면서 고개를 숙였다.

레너헌은 몇 분 동안 그들을 지켜보았다. 그러다가 급히 쇠줄을 따라 어느 정도 걸어가 다시 비스듬하게 길을 가로 질렀다. 흄 가의 모퉁이에 다가가자 공기 중에 짙은 향수 냄새가 배어났고 그의 호기심 가득한 눈은 젊은 여자의 외모를 재빨리 꼼꼼하게 살펴보았다. 그녀는 일요일에 입는 화려한 옷을 입고 있었다. 푸른색 서지 치마에 허리에는 검정색 가죽 벨트를 매고 있었다. 벨트의 커다란 은색 버클이 흰색 블라우스의 가벼운 직물을 클립처럼 물고서 그녀의 허리를 조였다. 그녀는 자개로 만든 단추가 달린 짧은 검정색 재킷을 걸치고 낡은 검정색 모피 목도리를 두르고 있었다. 옷깃의 얇은 망사 장식은 조심스럽게 헝클어졌고 가슴 위에는 줄기를 위로 한 채 한 다발의 붉은 꽃이 핀으로 꽂혀 있었다. 레너헌은 만족스럽게 그녀의 작고 탄탄한 근육질 몸을 살펴보았다. 솔직하고 노골적인 건강미가 그녀의 얼굴, 통통한 붉은 뺨, 부끄러움 없는 푸른 눈 위에 감돌았다. 그녀의 얼굴은 변변치 않았다. 넓은 콧구멍에 끊임없이 추파를 던지느라 벌어진 입은 볼품없이 퍼져 있었고 두 대의 앞니는 앞으로 튀어나와 있었다. 지나가면서 레너헌은 모자를 벗었고 약 10초 후 콜리도 공중을 향해 답례를 보냈다. 사실 그의 답례는 무심하게 슬쩍 손을 올려 모자의 각도를 바꾸는 정도였다.

레너헌은 셸본 호텔까지 걸어가 그곳에서 멈추어 서서 기다렸다. 잠시 기다리자 그들이 다시 그를 향해 걸어오는 것이 보였고 그들이 오른쪽으로 돌아가자 그는 흰색 신발을 가볍게 내디디며 메리언 광장의 한쪽 길로 그들을 따라갔다. 천천히 그들과 보조를 맞추어 걸으면서 그는 축을 중심

으로 회전하는 큰 공처럼 콜리의 머리가 매 순간 젊은 여자
의 얼굴을 향해 방향을 돌리는 것을 보았다. 그들을 계속 지
켜보다가 레너헌은 그들이 도니브룩행 전차에 오르는 것을
보고는 몸을 돌려 왔던 곳을 향해 되돌아갔다.

혼자 남게 되자 그의 얼굴은 더 나이 들어 보였다. 들뜬 기
분이 그를 떠나 버린 것 같았고 듀크스 론의 난간에 이르자
그는 손으로 난간을 스치며 걸었다. 하프 연주자가 연주했
었던 곡조가 그의 동작을 이끌었다. 가볍게 내딛는 발걸음
은 멜로디를 따라갔고 손가락은 난간을 스치면서 각각의 음
표들의 변주곡을 연주하는 것 같았다.

그는 멍하니 스티븐스그린 공원을 돌아 그래프턴 가까지
걸었다. 그가 헤치고 지나갔던 사람들 중에는 관심을 끌만
한 경우도 꽤 있었지만 썩 내키지는 않았다. 그는 자신을 매
혹하려는 모든 것들이 하찮게 느껴져서 그의 용기를 부추기
는 시선들에도 눈길을 주지 않았다. 그는 한참 동안 떠들고
이야기를 지어내고 즐겁게 해주어야 한다는 것, 그러나 그러
기에는 그의 뇌와 목이 너무 말라 있다는 것을 알았다. 콜리
를 다시 만날 때까지 어떻게 시간을 보내야 할지 약간 고민
스러웠다. 그저 걷는 것 외에는 다른 방법이 떠오르지 않았
다. 러틀랜드 광장 모퉁이에 다다르자 그는 왼쪽으로 발길
을 돌렸다. 조용하고 어두운 거리에 들어서자 마음이 조금
편해졌다. 거리의 어두운 분위기가 그의 기분과 맞았던 것이
다. 그는 결국 흰색으로 간이주점이라는 글자가 쓰인 어느
초라한 가게의 창가에서 발을 멈추었다. 창문에는 진저비어

와 진저에일이라는 글자가 휘갈겨 쓰여 있었다. 커다란 푸른색 접시 위에 햄 한 덩이가 올려져 있었고 옆의 작은 접시에는 아주 밝은색의 건포도 푸딩 한 조각이 놓여 있었다. 그는 잠시 동안 음식을 관심 있게 쳐다보다가 거리를 여기저기 두리번거리고 나서 주점으로 재빨리 들어갔다.

그는 배가 고팠다. 두 명의 인색한 웨이터에게 부탁해 얻은 약간의 비스킷 외에 아침부터 아무것도 먹지 못했던 것이다. 그는 두 여자 직공과 기계공이 앉은 곳 맞은편의 식탁보조차 없는 나무 테이블에 자리를 잡았다. 추레한 옷차림의 여자가 주문을 받았다.

「콩 한 접시에 얼마요?」 그가 물었다.

「1페니 반입니다, 손님.」 여자가 말했다.

「진저비어 한 병하고 콩 한 접시 주시오.」

그가 들어오자 사람들의 말소리가 끊어졌기 때문에 그는 자신의 점잖은 분위기를 깨뜨리려고 거칠게 말했다. 얼굴이 달아올랐다. 자연스럽게 보이려고 그는 모자를 뒤로 젖히고 테이블에 팔꿈치를 괴었다. 기계공과 직공 처녀들은 그를 하나하나 뜯어보다가 다시 낮은 목소리로 말을 이었다. 여자가 후추와 식초를 뿌린 뜨거운 콩 한 접시에 포크 그리고 진저비어를 가져왔다. 그는 허겁지겁 음식을 먹었다. 생각보다 맛이 좋아서 그 주점의 이름을 머릿속에 기억해 두었다. 콩을 다 먹은 후 진저비어를 홀짝이면서 한동안 콜리를 생각했다. 상상 속에서 그 연인이 어떤 어두운 길을 따라 걷고 있는 것을 보았다. 그는 사랑을 속삭이는 콜리의 굵고 힘찬 목소리를 들었고 여자의 입가에 번지는 추파를 보았다. 그 모습은 지갑과 정력의 궁핍함을 쓰라리게 느끼게 했다. 그는 여기저기 돌아다니며 무모한 짓이나 하고 속임수 또는 술책이나 쓰는 데 지쳐 있었다. 11월이면 그도 서른하나가 된다. 결국 변변한 직장 하나도 얻지 못하는 것이 아닐까? 자신의 가정을 못 가져 보는 것은 아닐까? 그는 따뜻한 난롯가에 앉아 저녁 식사를 하는 것이 얼마나 행복한 일일까 생각했다. 그는 친구들, 여자들과 이미 충분히 오랫동안 돌아다녔다. 그런 친구들이 무슨 소용이 있을지는 그도 잘 알고 있었다. 여자들도 마찬가지였다. 그간의 경험으로 인해 세상이 더 씁쓸하게 느껴졌다. 그러나 희망이 완전히 사라진 것은 아니었다. 음식을 먹고 나자 조금 전보다는 나아졌다. 자신의 인생도 덜 피폐해 보였고, 기분도 조금 나아졌다. 아직도 아늑한 가정을 이루어 행복하게 살 가능성은 남아 있을 것이다. 돈 좀 있고 착한, 순진한 여자만 만날 수 있다면.

그는 추레한 차림의 여자에게 2펜스 반을 주고 주점을 나와 다시 방랑을 시작했다. 케이플 가로 갔다가 시청을 향해 걸었다. 그리고 다시 데임 가로 발길을 돌렸다. 조지 가 모퉁이에서 그는 두 친구를 만나 이야기를 시작했다. 돌아다니는 것을 멈추고 잠시 쉴 수 있어서 좋았다. 친구들은 그에게 콜리를 보았는지, 최근에 무슨 소식을 들었는지 물었다. 그는 콜리와 하루 종일 함께 있었다고 대답했다. 그의 친구들은 거의 말을 하지 않았다. 그들은 지나가던 사람을 멍하니 쳐다보거나 가끔 비판적인 말을 던졌다. 그중 한 사람이 한 시간 전에 웨스트몰런드 가에서 맥을 보았다고 말했다. 그 말에 레너헌은 그 전날 밤에 이건 술집에서 그와 함께 있었다고 대답했다. 웨스트몰런드 가에서 맥을 보았다고 했던 젊은이가 맥이 당구 내기에서 좀 땄다고 하는데 사실이냐고 물었다. 레너헌은 모르고 있었다. 그는 홀러핸이 이건 술집에서 그들에게 한잔 샀었다고 말했다.

9시 45분에 그는 친구들과 헤어져 조지 가로 향했다. 그러고는 남부 시장에서 왼쪽으로 돌아 그래프턴 가로 걸어 들어갔다. 젊은 남녀들의 숫자가 많이 줄어들어 있었고 거리를 걷는 도중에 그는 많은 사람들, 연인들이 작별 인사를 나누는 소리를 들었다. 그는 외과 대학의 시계 있는 곳까지 걸었다. 10시였다. 그는 콜리가 너무 일찍 오지 않을까 걱정하면서 그린 공원의 북쪽을 따라 급히 걷기 시작했다. 메리언 가 모퉁이에 도착하자 그는 가로등 그림자 아래에서 발을 멈추고 담뱃갑에서 남겨 두었던 담배를 한 대 꺼내 불을 붙였다. 그는 가로등에 기대어 콜리와 젊은 여자가 나타날 만한 곳에 시선을 고정한 채 서 있었다.

다시 여러 생각들이 떠올랐다. 콜리가 성공했을지 궁금했다. 그가 과연 여자에게 요구를 했을지, 아니면 끝까지 그냥 내버려 두었을지 궁금했다. 그는 자신의 괴로움뿐 아니라 친구가 처한 고통과 흥분까지 함께 느꼈다. 그러나 천천히 회전하는 콜리의 머리가 떠오르자 어느 정도 마음이 진정되었다. 그는 콜리가 분명 해낼 수 있다고 확신했다. 그러다 갑자기 콜리가 여자를 다른 길로 바래다주면서 그를 허탕 치게 만들었을지 모른다는 생각이 들었다. 거리를 살펴보았다. 그들의 모습은 보이지 않았다. 외과 대학의 시계를 보고 온 지 분명 30분이 지났다. 정말 콜리가 그랬을까? 그는 마지막 담배에 불을 붙인 후 초조하게 담배를 피우기 시작했다. 그러고는 멀리 모퉁이에서 전차가 설 때마다 주의 깊게 살폈다. 다른 길로 가버린 것이 틀림없었다. 담뱃갑이 구겨졌다. 그는 욕설을 내뱉으며 구겨진 담뱃갑을 집어 던졌다.

갑자기 그들이 그를 향해 오고 있는 것이 보였다. 기쁜 마음에 가로등에 몸을 밀착한 채 그는 그들의 발걸음에서 결과를 추측해 내려 애썼다. 그들은 재빨리 걷고 있었다. 여자는 짧은 보폭으로 재게 걷고 있었고 반면에 콜리는 그녀 옆에서 성큼성큼 걷고 있었다. 서로 말을 하는 것 같지는 않았다. 결과에 대한 어떤 암시가 날카로운 도구의 뾰족한 끝처럼 그의 가슴을 찔렀다. 그는 콜리가 실패했을 것임을 알았다. 아무 소득도 없었다는 것을 그는 알았다.

그들은 바것 가를 따라 걸어 내려갔고 그는 즉시 다른 쪽 인도를 따라 그들을 쫓아갔다. 그들이 멈추면 그도 멈추었다. 그들은 잠시 이야기를 나누었고, 여자가 어떤 집 지하실 계단 아래로 내려갔다. 콜리는 현관 계단에서 조금 떨어져 길 가장자리에 서 있었다. 몇 분이 지났다. 그러고 나서 현관 문이 천천히 그리고 조심스럽게 열렸다. 어떤 여자가 현관 계단을 내려와 기침을 했다. 콜리는 몸을 돌려 그녀에게로 다가갔다. 그의 커다란 체구에 여자의 모습이 잠시 가려졌다가 다시 계단을 올라가는 모습이 보였다. 문이 닫히고 콜리는 재빨리 스티븐스그린 공원을 향해 걷기 시작했다.

레너헌도 같은 방향으로 서둘렀다. 가벼운 빗방울이 조금씩 떨어졌다. 그는 빗방울을 일종의 경고라 생각하고 누구 내다보는 사람은 없는지 여자가 들어갔던 그 집을 힐긋 돌아보고는 길을 가로질러 달려갔다. 불안감에다 급히 달린 탓에 숨을 헐떡였다. 그는 소리쳐 불렀다.

「이봐, 콜리!」

콜리는 고개를 돌려 누가 부르는지 보고는 계속해서 발걸음을 옮겼다. 레너헌은 한 손으로 어깨에 걸친 레인코트를 여미면서 콜리를 따라갔다.

「이봐, 콜리!」 그가 다시 소리쳤다.

이제 완전히 따라잡았고 나란히 서서 그는 친구의 얼굴을 빤히 쳐다보았다. 아무런 표정도 없었다.

「그래서, 성공했나?」 그가 물었다.

그들은 엘리 플레이스 모퉁이에 도착했다. 그러나 콜리는 그래도 아무 말 없이 왼쪽으로 돌아 옆길로 걸어 올라갔다. 그의 표정은 엄숙하고도 냉정했다. 레너헌은 숨을 몰아쉬며 친구를 따라잡았다. 그는 좌절했고, 목소리에는 협박하는 듯한 어조가 깔려 있었다.

「왜 말을 안 하나? 시도는 해본 거야?」 그가 물었다.

콜리는 첫 번째 가로등 앞에서 멈추어 서서 냉엄하게 그를 쳐다보았다. 그러고 나서 엄숙한 몸짓으로 불빛 아래로 손을 뻗쳤고, 웃으면서 그의 추종자의 눈앞에 천천히 손을 폈다. 작은 금화 한 개가 손바닥 위에서 빛나고 있었다.

하숙집

　무니 부인은 정육 업자의 딸이었다. 그녀는 혼자서도 일 처리를 확실하게 할 수 있는 여자, 의지가 확고한 여자였다. 그녀는 아버지 밑에서 직원들을 감독하던 사람과 결혼해서 스프링 가든스 근처에 정육점을 열었다. 그러나 장인이 죽자마자 무니 씨는 타락하기 시작했다. 그는 술을 마시고 계산대의 돈을 훔쳐 쓰더니 곧바로 빚을 지고 말았다. 맹세를 해도 소용이 없었다. 며칠만 지나면 맹세를 깨뜨렸기 때문이다. 손님들 앞에서 부인과 싸움을 하고 질 나쁜 고기를 사들이더니 결국은 사업을 망치고 말았다. 어느 날 밤 그는 고기 써는 큰 칼을 들고 부인을 위협했다. 그 바람에 무니 부인은 그날 밤 이웃집에서 자야 했다.

　그 일이 있고 나서 그들은 따로 살았다. 그녀는 신부를 찾아가서 별거를 허락받았다. 아이들은 그녀가 맡기로 했다. 그녀는 남편에게 돈, 음식, 집 그 어느 것도 주려 하지 않았고 결국 무니 씨는 법원 집행관 보조직에 지원해야 했다. 그는 하얀 얼굴에 하얀 콧수염, 핑크빛 혈관이 그대로 들여다

보이는 작은 눈 위에 하얀 눈썹을 인 추레하고 구부정한 술 주정꾼이었다. 하루 종일 그는 집행관의 사무실에 앉아서 일자리가 나오기만을 기다렸다. 무니 부인은 정육점을 처분한 돈으로 하드윅 가에 하숙집을 차렸다. 그녀는 체격이 크고 당당한 여자였다. 그녀의 하숙집에 일시적으로 머무는 사람들은 주로 리버풀과 맨 섬에서 온 관광객들, 그리고 때로 뮤직홀을 찾아온 연예인들이었고, 장기 하숙인들은 그 도시의 사무원들이었다. 그녀는 하숙집을 요령 있고 엄격하게 관리했다. 외상을 주어야 할 때, 엄격하게 대할 때, 눈감아 줄 때를 알았던 것이다. 하숙집의 젊은이들은 모두 그녀를 마담이라고 불렀다.

무니 부인의 하숙집 젊은이들은 식사를 포함해서(저녁 식사 때의 맥주나 흑맥주는 제외하고) 매주 15실링을 지불했다. 취미와 직업이 비슷했기 때문에 그들은 서로 친하게 지냈다. 그들은 인기 있는 말(馬)이나 승산 없는 말들의 가능성을 놓고 서로 토론을 했다. 무니 부인의 아들 잭 무니는 플리트 가의 어느 위탁 판매인 밑에서 직원으로 일하고 있는데 모두가 손을 든 난봉꾼이었다. 그는 군인들이나 쓰는 저속한 표현을 좋아했고 대체로 한밤중이 지나서야 집에 돌아왔다. 친구를 만나면 항상 해줄 만한 이야깃거리가 있었고, 항상 유망한 말 또는 유망한 연예인 같은 것에 대해 잘 알고 있었다. 그는 또한 주먹질에 능했고 우스꽝스러운 노래도 잘 불렀다. 일요일 밤이면 가끔 무니 부인의 현관 쪽 거실에서 모임이 있곤 했다. 뮤직홀에 다니는 연예인들도 참여했다.

세리든은 왈츠와 폴카를 연주했고 반주를 맡았으며 무니 부
인의 딸 폴리 무니는 노래를 불렀다.

저는…… 바람난 처녀예요.
부끄러워할 필요 없어요.
저를 잘 아시잖아요.

폴리는 호리호리한 열아홉 살 처녀였다. 가볍고 부드러운
머리카락에 입술은 작고 통통했다. 초록빛이 감도는 회색
눈은 누군가와 말을 할 때면 위로 치뜨는 버릇이 있어서 그
럴 때마다 그녀는 약간 고집 센 여자처럼 보였다. 무니 부인
은 처음에 딸을 어느 곡물 도매상의 타이피스트로 보냈었는
데 평이 안 좋은 어떤 집행관 보조가 하루건너 하루꼴로 사
무실에 찾아가 딸을 만나게 해달라고 조르는 바람에 집으로
다시 불러들여 집안일을 시켰다. 폴리가 활기찬 성격이었기
때문에 젊은이들과 마음껏 어울리게 하려는 의도였다. 게다
가 젊은이들은 주변에 젊은 여자가 있는 것을 좋아했다. 물
론 폴리는 젊은이들과 장난도 치며 잘 어울렸지만 눈치 빠
른 심판관인 무니 부인은 젊은이들이 그저 심심풀이로만 생
각할 뿐 심각한 관계를 원하지는 않는다는 것을 알고 있었
다. 그런 상황이 오랫동안 계속되자 무니 부인은 폴리를 다
시 타이피스트 자리로 되돌려 보낼까 생각하고 있었다. 그런
데 그러던 중 그녀는 폴리와 어느 젊은이 사이에 무언가가
있다는 것을 알아차렸다. 그녀는 두 사람을 지켜보았지만

혼자만 알고 지냈다.

폴리는 어머니가 지켜보고 있다는 것을 알았다. 그러나 어머니의 계속된 침묵이 의미하는 바는 분명했다. 모녀간의 노골적인 공모는 없었다. 노골적인 이해도 없었다. 그들의 관계에 대해 하숙집 사람들 사이에 말이 돌기 시작했는데도 무니 부인은 끼어들지 않았다. 폴리의 태도가 약간 이상해지기 시작했고 젊은 남자는 확실히 불안해졌다. 결국 적당한 때가 되었다고 판단하자 무니 부인이 끼어들었다. 그녀는 고기 써는 칼로 고기를 다루듯이 도덕 문제를 다루었다. 그리고 이번 경우에 대해서도 그녀는 결심이 확고했다.

더위를 예고하고 있었지만 아직은 시원한 바람이 불어오는 초여름의 어느 화창한 일요일 아침이었다. 하숙집의 창문들이 다 열려 있었고 레이스 달린 커튼들은 들어 올려진 창틀 아래에서 거리를 향해 한껏 부풀어 있었다. 조지 성당의 종탑에서 종소리가 울려 퍼졌고 예배자들은 장갑 낀 손에 든 작은 성경책 못지않게 올곧은 행실을 통해 자신들의 목적을 드러내면서 혼자서 또는 여럿이 성당 앞의 작은 원형 광장을 가로질러 걸어갔다. 하숙집에서는 아침 식사가 이미 끝났고 식탁은 베이컨 지방과 껍질 조각, 노란색 계란 부스러기가 떨어진 접시들로 덮여 있었다. 무니 부인은 밀짚 안락의자에 앉아 하녀인 메리가 아침 먹은 것을 치우는 모습을 지켜보고 있었다. 그녀는 메리에게 화요일 날 빵 푸딩을 만드는 데 쓸 수 있게 빵 조각이나 부스러기들을 모아 두라고 지시했다. 식탁을 치우고 빵 조각을 모으고 설탕과 버터가 찬장에 자리를 잡자 그녀는 전날 밤 폴리와 나누었던 이야기를 재구성하기 시작했다. 상황은 그녀가 생각했던 대로였다. 그녀는 솔직하게 물어보았고 폴리 역시 솔직하게 대답했다. 물론 두 사람 다 어느 정도 어색함을 느꼈다. 그녀는 그 문제를 너무 무관심하게 받아들이거나 일부러 묵인한 듯한 인상을 주지 않으려다 보니 어색해졌고, 폴리는 그런 문제에 대한 암시는 항상 부담스럽기도 하거니와 무엇보다 순진하지만 영악한 그녀가 사실은 어머니의 인내 너머 어떤 의도를 눈치채고 있었다는 생각이 들지 않게 하려다 보니 어색함을 느꼈다.

생각에 잠겨 있던 무니 부인은 조지 성당의 종소리가 멈추었음을 깨닫자마자 본능적으로 벽난로 선반 위의 작은 금박 시계를 쳐다보았다. 11시 17분이었다. 도런 씨와 문제를 해결할 시간은 충분할 테고, 그러고 나서 12시까지 말버러가의 정오 미사에 갈 수 있을 것이다. 그녀는 승리를 확신하고 있었다. 무엇보다도 그녀에게는 여론이라는 확실한 아군이 있었다. 그녀는 분노한 어머니였다. 그녀는 그가 점잖은 사람이라고 생각해서 같은 집에 살도록 허락했다. 그런데 그런 그녀의 호의를 그가 저버린 것이다. 그는 서른넷 또는 서른다섯이었다. 따라서 철이 없었다는 변명은 통할 수 없었다. 세상을 알 만한 사람이었기에 잘 몰랐다는 것도 변명이 될 수 없었다. 그는 폴리의 젊음과 미숙함을 이용한 것이다. 분명한 사실이었다. 단지 문제는 어떤 식으로 보상하느냐뿐이었다.

이런 경우 분명 보상이 따라야만 했다. 물론 남자에게는 별문제가 안 될지도 모른다. 그저 순간의 쾌락만을 즐긴 후 아무 일 없었다는 듯이 제 길을 가버릴 수도 있다. 그러나 여자는 뒷감당을 혼자 책임져야 한다. 어떤 어머니들은 그런 문제를 돈으로 해결하는 데 만족한다. 그녀는 그런 경우를 잘 알고 있었다. 그러나 그녀는 그렇게 하지 않을 것이다. 그녀에게 딸의 명예를 더럽힌 데 대한 보상은 한 가지뿐이었다. 결혼이었다.

도런 씨에게 할 말이 있다고 메리를 올려 보내기 전에 그녀는 모든 가능성을 다 생각해 보았다. 그녀는 이길 수 있다고 확신했다. 그는 신중한 젊은이였다. 다른 사람들처럼 방탕하거나 목소리만 큰 사람은 아니었다. 셰리든 씨나 미드 씨, 밴텀 라이언스였다면 훨씬 힘들었을 것이다. 그녀는 그가 사람들의 눈총을 이겨 내지 못할 것이라고 생각했다. 그 집 사람들 모두가 그 일을 알고 있었고 어떤 사람은 세부 사항을 지어내기까지 했다. 게다가 그는 커다란 가톨릭계 주류 업자의 사무실에서 13년이나 근무하고 있었기 때문에, 사람들에게 알려지게 되면 자칫 직장을 잃게 될지도 모른다. 반면에 그가 동의만 한다면 모든 일이 다 잘 해결될 것이다. 그녀는 무엇보다도 그가 상당한 급료를 받고 있다는 것을 알고 있었다. 게다가 그녀는 그가 상당한 금액을 저축해 두었으리라 생각했다.

거의 30분이 다 되었다. 그녀는 일어서서 체경에 비친 자신의 모습을 살펴보았다. 커다랗고 불그레한 얼굴에 나타난 단호한 표정이 만족스러웠다. 그녀는 자신이 아는, 딸들을 제대로 시집보내지 못한 몇몇 어머니들을 생각했다.

도런 씨는 사실 이번 주 일요일 아침 매우 불안했다. 그는 면도를 하려고 두 번이나 시도를 했지만 손이 떨려서 포기해야만 했다. 사흘 동안이나 깎지 못한 불그레한 수염이 턱 주변에 무성했고, 2~3분마다 안경에 김이 서려서 안경을 벗어 손수건으로 닦아야 했다. 그 전날 있었던 고해 성사의 기억이 고뇌의 원인이었다. 신부는 그 일을 세부적인 내용까지 우스꽝스러울 정도로 자세히 묘사하게 했고 결국에는 그의 죄를 한껏 부풀려서 그는 보상책이라는 도망갈 구멍이 주어진 것에 감사해야 할 지경이었다. 잘못을 저지른 것은 분명했다. 그녀와 결혼하거나 도망가는 것 외에 무슨 다른 방법이 있겠는가? 비난에 뻔뻔하게 맞설 수는 없는 일이었다. 사람들이 그 일에 대해 떠들어 댈 테고 그의 고용주도 듣게 될 것이다. 더블린은 그 정도로 작은 도시이다. 사람들은 서로에 대해 너무나 잘 알고 있다. 초조한 상상 속에서 늙은 레너드 씨가 칼칼한 목소리로 〈도런 씨 좀 오라고 해〉 하고 부르는 소리를 듣자 그는 숨이 덜컥 막히면서 가슴이 뛰는 것을 느꼈다.

그 오랜 직장 생활이 이렇게 헛되이 끝나 버리다니! 그동안의 모든 근면함, 성실함을 이렇게 내던져 버리다니! 물론 젊은 시절에는 그도 방탕한 면이 있었다. 자신의 자유사상을 뽐내며 술집에서 동료들에게 신의 존재를 부정하기도 했었다. 그러나 다 지난 일이고 이제는 거의…… 끝난 일이었다. 그는 지금도 매주 「레이놀즈 뉴스페이퍼」[16]를 사기는 하지만 종교적 의무를 위해 성당에 출석했고 1년 중 10분의 9는 평범한 삶을 살았다. 정착할 만큼의 돈도 모았다. 그러나 문제는 그것이 아니었다. 그의 가족은 그녀를 무시할 것이다. 무엇보다도 그녀 아버지의 평판이 나빴고 다음으로 그녀 어머니의 하숙집도 말이 나기 시작했다. 그는 자신이 당했다는 생각을 품고 있었다. 친구들이 그 이야기를 하면서 비웃는 모습을 상상할 수 있었다. 그녀는 약간 천박했다. 가끔씩 그녀는 〈보는 적이 있었다〉거나 〈내가 알았었으면은〉이라고 말을 했다. 그러나 그가 정말로 그녀를 사랑한다면 문법에 안 맞는 말을 한들 무슨 문제가 될 것인가? 그는 그녀가 한 일과 관련해서 그녀를 좋아해야 할지 경멸해야 할지 결정을 할 수가 없었다. 물론 그 자신도 책임이 있다. 그의 본능은 그에게 자유롭게 살도록, 결혼하지 말도록 종용했다. 본능은 그에게 말했다. 일단 결혼하면 그것으로 네 인생은 끝이다.

그가 셔츠와 바지 차림으로 침대 가장자리에 무기력하게 앉아 있는 동안 그녀가 문을 가볍게 두드리고는 그의 방으로 들어왔다. 그녀는 그에게 모든 것을 다 말했다. 그녀는 어머니에게 솔직하게 다 털어놓았고 어머니가 그날 아침 그와 이야기하고 싶어 한다는 사실을 전했다. 그녀는 울면서 그의 목을 끌어안았다.

「오, 밥! 밥! 어떻게 하면 좋아요? 이제 어떻게 하면 좋아요?」

16 1850년 런던에서 창간된 일요 신문. 주로 사회적, 정치적 추문들을 급진적인 시각으로 다루었다.

그녀는 죽어 버리겠다고 말했다.

그는 울지 말라면서, 다 잘될 테니 두려워하지 말라면서 그녀를 가만히 위로했다. 그는 셔츠 위로 그녀의 가슴이 들먹이는 것을 느꼈다.

그 일이 벌어진 것이 전적으로 그의 탓만은 아니었다. 독신자 특유의 꼼꼼한 기억력을 가진 그는 처음 그녀의 드레스, 숨결, 손가락이 우연스럽게 자신을 스쳐 갔던 일을 너무나 잘 기억하고 있었다. 그러던 어느 날 늦은 밤 침대에 들기 위해 옷을 벗고 있었을 때 그녀가 그의 방문을 조심스럽게 두드렸다. 촛불이 바람에 꺼져 버려 그의 방 촛불로 불을 붙이고자 했다는 것이다. 그날은 그녀가 목욕을 하는 날이었다. 그녀는 무늬 있는 플란넬 천으로 된 앞섶이 느슨하게 풀린 실내복을 입고 있었다. 모피 슬리퍼 사이로 발등이 하얗게 빛났고 향수를 뿌린 피부 아래에서 피가 붉게 달아올라 있었다. 불을 붙이고 촛불을 고정할 때 그녀의 손과 손목에서도 희미한 향수 냄새가 풍겨 왔다.

몹시 늦게 퇴근하는 날 그의 저녁 식사를 데워 주었던 사람은 그녀였다. 밤에 모두가 잠든 집에서 그녀와 단둘이 있다는 생각에 그는 무엇을 먹고 있는지조차 알 수가 없었다. 얼마나 사려 깊은 여자인가! 춥거나 비가 오거나 바람이 부는 밤이면 영락없이 그를 위해 작은 펀치 컵이 준비되어 있었다. 두 사람은 함께 행복하게 살 수 있을 것 같았다.

그들은 각자 촛불을 들고 함께 살금살금 위층으로 올라갔고 세 번째 층계참에서 아쉬운 작별 인사를 나누곤 했다.

그들은 키스를 나누었다. 그녀의 눈, 그녀 손의 감촉, 그리고 그가 느꼈던 환희를 그는 잘 기억하고 있었다.

그러나 환희는 지나간다. 그는 그녀가 했던 말을 자신에게 적용해 되뇌어 보았다. 「이제 어떻게 하면 좋아요?」 독신자의 본능은 하지 말라고 경고했다. 그러나 죄를 짓지 않았던가. 게다가 그의 명예심은 그런 죄에 반드시 보상이 뒤따라야 한다고 속삭였다.

그녀와 함께 침대 가에 앉아 있는데 메리가 문 앞에 와서 여주인이 거실에서 보기를 원한다고 전해 주었다. 그는 어느 때보다도 더 절망한 모습으로 조끼와 재킷을 입으러 일어섰다. 옷을 입은 그는 그녀에게 다가가 그녀를 위로했다. 다 잘될 테니 두려워할 것 없어. 그는 침대에서 울고 있는 그녀를 두고 방을 나섰다. 그녀는 작게 신음 소리를 냈다. 「오, 하느님!」

계단을 내려가는 도중 습기 때문에 안경이 뿌옇게 되는 바람에 그는 안경을 벗어 닦아야만 했다. 그는 지붕 위로 올라가 자신의 처지를 두 번 다시 들을 일이 없는 다른 나라로 날아가고 싶었지만 그 어떤 힘이 그를 한 걸음 한 걸음 계단 아래로 밀어 내려보냈다. 그의 고용주와 마담의 분노한 얼굴이 당혹스러워하는 그를 노려보고 있었다. 마지막 층계참에서 그는 식품 저장실에서 배스 맥주 두 병을 소중히 들고 올라오는 잭 무니와 마주쳤다. 그들은 냉정하게 인사를 나누었고, 연인의 눈은 잠깐 동안 불도그를 닮은 두꺼운 얼굴과 짧고 두꺼운 양팔에 머물렀다. 계단 맨 아래에 이르자 그는 위를 올려다보았다. 잭이 계단 중간 모퉁이 방의 문 앞에서 그를 쳐다보고 있었다.

갑자기 그는 뮤직홀에 다니던 체구가 작고 금발인 런던 사람이 폴리에 대해 약간 민망한 언급을 했던 어느 날 밤을 떠올렸다. 그 모임은 잭의 폭력 때문에 거의 망치다시피 했다. 사람들이 전부 그를 진정시키려 애썼다. 평소보다 더 창백해진 뮤직홀 연예인은 웃으면서 나쁜 의도는 없었다고 말했다. 그러나 잭은 그에게 고함을 지르며 만약 누군가가 자신의 여동생에게 그런 장난을 하면 이빨을 몽땅 뽑아 버리겠다고 했다. 그는 분명 그러고도 남을 사람이었다.

· · · ·

폴리는 잠시 동안 침대 가에서 울며 앉아 있었다. 그러다가 눈물을 닦고 거울 쪽으로 다가갔다. 그녀는 수건 끝을 물병에 담가 찬물로 눈가를 닦았다. 다시 옆모습을 살펴보고는 귀 위의 머리핀을 다시 꽂았다. 그러고 나서 침대로 되돌아가 발치에 앉았다. 그녀는 한참 동안 베개를 쳐다보았다. 베개를 보자 그녀 마음속에 비밀스럽고 사랑스러운 기억이 떠올랐다. 그녀는 목덜미를 차가운 쇠 침대 살에 기댄 채 몽상에 빠졌다. 그녀의 얼굴에서는 더 이상 어떤 감정의 동요도 찾아볼 수 없었다.

그녀는 참을성 있게, 거의 들뜬 기분으로, 차분하게 기다렸고 그녀의 기억들은 천천히 미래에 대한 희망과 비전에 자리를 내주었다. 그녀의 희망과 비전이 워낙 정교해서 더 이상 시선이 머물러 있던 하얀 베개도 보이지 않았고 자신이 무엇인가를 기다리고 있다는 사실조차 기억하지 못했다.

드디어 어머니가 부르는 소리가 들렸다. 그녀는 벌떡 일어나 난간으로 달려갔다.

「폴리! 폴리!」

「네, 엄마.」

「이리로 내려와 봐라. 도런 씨가 네게 할 말이 있다는구나.」

그제야 그녀는 자신이 무엇을 기다리고 있었는지를 생각해 냈다.

작은 구름

8년 전 그는 노스월에서 친구를 떠나보내며 그의 성공을 빌어 주었다. 갤러허는 출세했다. 여행을 많이 해본 듯한 분위기, 멋지게 재단한 트위드 양복, 자신감 넘치는 말씨만 보아도 금방 알 수 있었다. 그와 같은 재능을 가진 사람은 드물었다. 게다가 그런 성공에도 불구하고 순수함을 유지하는 사람은 더욱 드물었다. 갤러허는 제대로 된 사람이었고 승자가 될 자격이 있었다. 그런 친구가 있다는 것은 대단한 일이었다.

점심시간 이후로 꼬마 챈들러의 머릿속은 갤러허와의 만남, 갤러허의 초대, 갤러허가 사는 대도시 런던에 대한 생각으로 가득 차 있었다. 그는 꼬마 챈들러라고 불렸다. 평균적인 신장보다 약간 작을 뿐이었지만 작다는 느낌을 주는 사람이었기 때문이다. 손은 하얗고 조그마하며 체구는 연약했고 목소리도 조용조용한 데다 태도도 섬세했다. 그는 비단처럼 고운 머리카락과 콧수염에 세심한 주의를 기울였고 손수건에 조심스레 향수를 뿌리곤 했다. 손톱의 반달 모양도 완벽했고 웃을 때에는 어린아이 같은 하얀 치아가 살짝 드러났다.

킹스 인스의 사무실 자기 책상에 앉아 그는 지난 8년 동안 얼마나 큰 변화가 있었는지 생각했다. 추레하고 궁핍한 모습으로만 기억했던 친구가 런던 언론계의 촉망받는 인물이 되어 있었다. 그는 가끔씩 지루한 글쓰기 일을 멈추고 사무실 창문 밖을 바라보았다. 늦가을 붉게 타는 석양이 풀밭과 산책로를 비추고 있었다. 석양빛은 흐트러진 옷차림의 보모들, 벤치에서 졸고 있는 늙은 남자들 위로 친절하게 황금빛 먼지를 뿌리고는 움직이는 모든 것들 ― 소리를 지르며 자갈길을 달려가는 어린이들과 정원을 가로질러 걸어가는 모든 사람들 ― 위에서 어른거렸다. 그는 그 모습을 보면서 인생을 생각했고 (인생을 생각할 때마다 항상 그랬듯이) 그러자 슬퍼졌다. 미묘한 우울감이 그를 사로잡았다. 그는 운명에 대항하는 것이 얼마나 무익한가를 느꼈다. 이것이 수많은 세대들이 그에게 물려주었던 지혜의 핵심이었다.

그는 자신의 집 서가에 있는 시집들을 생각했다. 미혼이었던 시절에 샀던 것들로서 저녁때 현관 옆 작은 방에 앉아 있다가 갑자기 서가에서 시집을 한 권 꺼내 아내에게 읽어 주고 싶다는 생각을 했던 적이 여러 번 있었다. 그러나 부끄러운 마음에 항상 주저했었고 시집들은 그대로 서가에 꽂혀 있었다. 가끔 그는 시구를 외우기도 했는데 그럴 때마다 마음의 위안을 느낄 수 있었다.

근무 시간이 끝나자 그는 일어나서 자신의 책상과 동료

사무원들에게 격식 있게 작별을 고했다. 그는 킹스 인스의 중세풍 아치 아래 모습을 드러냈다. 깔끔하고 수수한 모습이었다. 그는 헨리에타 가를 재빨리 걸어 내려갔다. 황금빛 석양이 이울어 가고 있었고 공기는 차가워졌다. 더러운 옷차림의 어린아이들이 거리를 메우고 있었다. 아이들은 도로에 서 있거나 뛰어다녔고 열린 문 앞 계단 위로 기어오르거나 문지방에 쥐들처럼 웅크리고 있었다. 꼬마 챈들러는 그들에게 관심을 보이지 않았다. 그는 그 작은 벌레 같은 인생들 사이를 요령 있게 피해 지나갔고, 한때 더블린의 옛 귀족들이 으스대며 살았지만 이제는 황폐해져 버린 유령 같은 저택들의 그림자 아래를 지나갔다. 과거의 기억은 그에게 아무런 영향도 주지 못했다. 그의 마음은 현재의 즐거움으로 가득했다.

그는 콜리스 식당에 가본 적이 없었지만 그 명성은 알고 있었다. 그는 사람들이 연극을 보고 난 후 굴을 먹고 리큐어를 마시러 그곳에 간다는 것을 알았고 그가 듣기로는 그곳의 웨이터들은 프랑스어와 독일어를 할 줄 안다고 했다. 어느 밤에 그 앞을 재빨리 지나가던 그는 문 앞에 마차들이 서 있고 신사들의 에스코트를 받은 화려한 옷차림의 숙녀들이 재빠르게 마차에 오르는 것을 보았다. 그들은 대단히 화려한 드레스에 여러 가지 것들을 걸치고 있었다. 얼굴에는 분을 발랐고 땅을 디딜 때에는 깜짝 놀란 아탈란타[17]처럼 드레스 자락을 들어 올렸다. 그는 항상 고개를 돌리지 않고 지나

---

17 그리스 신화에 나오는 아름답고 발 빠른 처녀 사냥꾼.

갔다. 낮에도 그는 거리를 재빨리 걸어가는 습관이 있었고 늦은 밤 시내에 있게 될 경우에는 불안한 마음으로 흥분해서 더욱 급하게 걸어가곤 했다. 그러나 가끔씩 그는 두려운 일을 자초하기도 했다. 그는 가장 어둡고 좁은 거리를 택했고 용감하게 앞으로 걸어가면서 자신의 발자국 주변에 퍼지는 침묵에 불안감을 느꼈고, 말없이 배회하는 사람들의 모습에서 불안감을 느꼈으며, 때로 스쳐 가는 낮은 웃음소리에 나뭇잎처럼 떨기도 했다.

그는 오른쪽으로 돌아 케이플 가를 향했다. 런던 언론계의 이그네이셔스 갤러허! 8년 전만 해도 누가 그것이 가능하리라고 생각했을까? 그러나 과거를 되돌아보니 꼬마 챈들러는 자신의 친구에게 나중에 대단한 인물이 될 만한 징조가 많았다는 것을 기억할 수 있었다. 사람들은 이그네이셔스 갤러허가 거친 사람이라고 했었다. 사실 그는 당시 건달 같은 친구들하고 어울려 지냈고 술이나 진탕 마시고 여기저기서 돈을 꾸어 쓰곤 했다. 결국 그는 돈 거래와 관련된 어떤 불미스러운 일에 관련되었다. 어쨌든 그것이 그가 이곳을 떠났던 이유들 중 하나였다. 그러나 그의 재능을 의심하는 사람은 없었다. 이그네이셔스 갤러허에게는 남들에게 그들 자신도 모르게 깊은 인상을 주는 무엇인가가 있었다. 몹시 궁색해지고 돈을 마련할 곳이 없어도 그는 항상 자신 있는 표정이었다. 꼬마 챈들러는 곤경에 처했을 때 이그네이셔스 갤러허가 했던 말 하나를 떠올렸다(그 생각에 그의 뺨에는 살짝 자부심의 홍조가 피어올랐다).

「지금은 잠깐 휴식 시간일 뿐이라고.」 그는 가볍게 말하곤 했다. 「잠시 생각 좀 해볼까?」

그것이 이그네이셔스 갤러허의 본모습이었다. 그러니 참, 누군들 그 친구를 대단하다고 하지 않을 수 있으랴.

꼬마 챈들러는 발걸음을 재촉했다. 평생 처음으로 그는 자신이 지나가는 사람들보다 우월하다고 느꼈다. 처음으로 그의 영혼은 세련되지 못한 케이플 가의 무덤덤한 모습에 반항했다. 의심의 여지가 없었다. 성공을 원한다면 나가야만 한다. 더블린에서는 아무것도 못 한다. 그래턴 브리지를 건너가면서 그는 하구의 부두 쪽으로 흐르는 강물을 내려다보며 발육 부진에 걸린 듯한 가난한 집들을 불쌍하게 여겼다. 그 집들은 먼지와 검댕으로 뒤덮인 낡은 외투를 입고 강둑에 모여들어 석양의 장관에 넋을 잃고 있다가, 밤의 첫 한기가 찾아와 그들에게 일어나 몸을 떨고 나서 가버리라고 지시하기를 기다리는 한 무리의 방랑자들같이 보였다. 그는 자신의 생각을 시로 표현할 수 있을지 궁금했다. 아마 갤러허는 그를 위해 런던의 어떤 신문에 그 시를 실어 줄 수 있을 것이다. 과연 그가 독창적인 것을 쓸 수 있을까? 그는 자신이 어떤 생각을 표현하고 싶어 하는지 잘 몰랐지만 시적인 영감이 떠올랐다는 생각이 작은 희망처럼 그의 마음속에 생겨났다. 그는 용감하게 발걸음을 내디뎠다.

발걸음을 내디딜 때마다 그는 자신의 무미건조하고 비예술적인 삶을 떠나 런던에 조금씩 가까워져 갔다. 한 줄기 빛이 그의 마음의 지평선 위에서 떨고 있었다. 그는 서른둘이었다. 나이가 많은 것도 아니었다. 그의 기질이 막 성숙 단계에 접어들었다고 할 수도 있었다. 그에게는 시를 통해 표현하고 싶었던 서로 다른 많은 느낌들, 인상들이 있었다. 그는 자신의 내부에서 그것들을 느꼈다. 그는 자신의 영혼이 시인의 영혼인지 확인하기 위해 무게를 재어 보고자 했다. 그의 주된 기질은 우울이었다. 그러나 그것은 반복되는 신념과 체념, 소박한 즐거움으로 정련된 우울이었다. 그가 이것을 시로 표현할 수만 있다면 사람들도 공감할 것이다. 아마 대중적인 인기는 얻지 못할 것이다. 그도 알고 있었다. 대중을 휘어잡을 수는 없을 것이다. 그러나 비슷한 성향을 가진 소수의 사람들에게는 호응을 얻을 수 있을지도 모른다. 아마도 영국 비평가들은 그의 시에 나타난 우울한 어조를 이유로 들어 그를 켈트파 시인 중 하나로 인정할 것이다. 게다가 그는 암시적인 요소도 첨가할 것이다. 그는 자신의 시집을 소개하는 문장과 문구를 생각해 보았다. 「챈들러 씨는 편안하고 우아한 시를 쓴다. (……) 그의 시에는 과거를 동경하는 듯한 슬픔이 서려 있다. (……) 켈트파의 정조.」그의 이름이 좀 더 토속적인 아일랜드 이름이었으면 더 좋았을 것이다. 어쩌면 성 앞에 어머니의 이름을 넣어서 토머스 멀론 챈들러나, 조금 더 멋을 부려 T. 멀론 챈들러라고 하면 더 나을지도 모른다. 그는 갤러허에게 이야기를 해볼 생각이었다.

워낙 자신의 몽상에 깊게 빠져 있어서 그는 길을 지나쳐 버렸고 다시 돌아와야 했다. 콜리스 식당이 가까워지면서 이전의 흥분이 그를 압도하는 바람에 그는 문 앞에서 잠시 머뭇거렸다. 그러다가 결국 문을 열고 들어섰다.

식당의 빛과 소음에 놀라 그는 잠시 동안 문 앞에 서 있었다. 그는 주변을 둘러보았다. 그러나 번쩍이는 수많은 붉은색, 녹색 술잔들 때문에 눈이 어지러웠다. 그곳은 사람들로 가득 찬 듯했고, 그는 사람들이 자신을 신기한 듯이 쳐다본다고 느꼈다. 그는 재빨리 (중요한 일로 온 것 같은 느낌을 주려고 살짝 찌푸리면서) 좌우를 살펴보았다. 그러나 시력이 되돌아오자 아무도 자신을 쳐다보지 않는다는 것을 알았다. 그리고 확실히 그가 있었다. 등을 카운터에 기대고 두 발을 벌린 채 이그네이셔스 갤러허가 서 있었다.

「어이, 토미, 이 친구야, 드디어 왔구먼! 무얼 할까? 무얼 마시겠나? 나는 위스키를 마시는 중인데, 바다 건너편에서 파는 것보다 훨씬 나은 것 같아. 소다수? 리시어 생수? 광천수는 싫고? 나도 마찬가지야. 입맛을 버리거든…… 어이, 웨이터, 몰트위스키 두 잔, 반씩 채워 줘…… 그런데 그 이후로 자네는 어떻게 지냈나? 아이고, 우리도 이렇게 늙었네! 나 나이 들어 보이지 않아? 정수리에 흰머리도 생기고 머리카락도 빠지고 말이야.」

이그네이셔스 갤러허는 모자를 벗어 짧게 깎은 커다란 머리를 보여 주었다. 깔끔하게 면도한 그의 얼굴은 피곤하고 창백해 보였다. 푸르스름한 석판 같은 색깔의 눈은 건강이 안 좋아 보이는 창백한 피부색을 가려 주면서 오렌지색 넥타이 위에서 선명하게 반짝이고 있었다. 그리고 이렇듯 서로 경쟁하는 눈과 안색 사이에 볼품없고 혈색도 없는 큰 입이 모습을 드러내고 있었다. 그는 머리를 숙여 동정심 가득한 두 손가락으로 정수리의 듬성듬성한 머리카락을 만졌다. 꼬마 챈들러는 그렇지 않다는 의사로 고개를 저었다. 이그네이셔스 갤러허는 다시 모자를 썼다.

「등골 휘는 일이지.」 그가 말했다. 「신문 기자 일 말이야. 항상 허둥지둥 기삿거리를 찾아다녀야 되고 또 어떨 땐 허탕도 치고 말이야. 게다가 항상 새로운 것을 만들어 내야 하거든. 며칠씩 교정 담당이나 식자공에 시달려야 하고…… 그보다 오랜만에 고국에 오니 정말 좋구먼. 휴가는 정말 좋은 거야. 이 사랑스럽고도 더러운 더블린에 도착한 후로 훨씬 기분이 나아졌어…… 여기 있네, 토미, 물 좀 섞을까? 다 되면 그만하라고 해.」

꼬마 챈들러는 위스키가 상당히 묽어지도록 내버려 두었다.

「자네는 뭐가 좋은지를 잘 모르는구먼..」 이그네이셔스 갤러허가 말했다. 「나는 스트레이트로 마시지.」

「나는 대체로 거의 안 마시네.」 꼬마 챈들러가 겸손하게 말했다. 「옛 친구들 만나면 그저 가끔 반 잔 정도 마시는 게 전부야.」

「뭐 어쨌든, 옛날을 위해서, 옛 친구를 위해서 건배하자고.」 이그네이셔스 갤러허가 기분 좋게 말했다.

그들은 잔을 맞부딪치고 건배를 했다.

「오늘 예전 친구들을 몇 명 만났는데 말이야, 오하라가 좀 어려운 모양이더구먼. 그 친구 요즘 뭐 하고 지내?」 이그네이셔스 갤러허가 물었다.

「놀고 있지, 망했거든.」 꼬마 챈들러가 대답했다.

「근데 호건은 좋은 자리에 있다면서?」

「응, 토지 관리국에서 일해.」

「런던에서 언젠가 밤에 만난 적이 있었어. 신수가 훤해 보이더군…… 그나저나 오하라는 안됐구먼! 술 때문인가?」

「다른 이유도 있지.」 꼬마 챈들러가 짧게 대답했다.

이그네이셔스 갤러허는 웃었다.

「토미, 자네는 전혀 안 변했구먼. 자네는 일요일 아침에 머리 아프고 혀가 깔깔할 때마다 내게 잔소리를 해대던 그 진지한 사람 그대로야. 자네는 세상을 좀 돌아다녀 보는 게 좋아. 어디 잠시 다른 곳에 여행이라도 가본 적이 있나?」

「맨 섬에 가봤었지.」 꼬마 챈들러가 말했다.

이그네이셔스 갤러허는 웃었다.

「맨 섬이라니!」 그가 말했다. 「런던이나 파리를 가보라고. 파리가 가장 좋아. 가보면 도움이 될 거야.」

「파리를 본 적이 있나?」

「그렇다고 해야 되겠지. 조금은 돌아다녀 봤으니까.」

「사람들 말처럼 그렇게 아름답던가?」 꼬마 챈들러가 물었다.

이그네이셔스 갤러허가 과감하게 잔을 비우는 동안 그는 자신의 술을 조금 마셨다.

「아름다우냐고?」 이그네이셔스 갤러허는 그 말을 잠시 생각해 보면서, 술의 향기를 음미했다. 「그렇게 아름다운 것은 아니야. 아, 물론 아름답지…… 그런데 중요한 건 파리에서의 삶이야. 그게 중요한 거지. 쾌활함, 역동성, 흥분으로 치자면 파리보다 나은 곳이 없지.」

꼬마 챈들러는 자신의 위스키를 다 마셨다. 그러나 잠시 어색한 노력을 한 후에야 비로소 바텐더의 시선을 끌 수 있었다. 그는 같은 것을 주문했다.

「물랭 루주에도 가봤지.」 이그네이셔스 갤러허는 말을 이었고 바텐더는 그들의 술잔을 치웠다. 「보헤미안 카페들도 다 가보고 말이야. 끝내주는 곳이지. 자네처럼 경건한 친구가 갈 만한 곳은 아니야.」

꼬마 챈들러는 아무 말도 하지 않고 있다가 바텐더가 술 두 잔을 가지고 돌아오자 술잔을 친구의 술잔에 살짝 부딪히면서 이전의 건배에 보답했다. 그는 약간 환멸을 느끼기 시작했다. 갤러허의 말씨와 표현 방식이 마음에 들지 않았다. 친구에게서 그전에는 알아차리지 못했던 어떤 천박함이 느껴졌다. 아마 그것은 바쁘고 경쟁적인 런던에서의 기자 생활 때문일 것이다. 새로 생겨난 그 잘난 척하는 태도 너머에는 아직도 예전의 개인적 매력이 남아 있었다. 게다가 어쨌든 갤러허는 넓은 세상에서 살았고 견문도 넓었다. 꼬마 챈들러는 부러운 눈으로 친구를 쳐다보았다.

「파리에서는 뭐든지 즐겁지.」 이그네이셔스 갤러허가 말했다. 「그 사람들은 인생을 즐길 줄 알지. 그 사람들이 옳다고 생각지 않나? 자네도 인생을 제대로 즐기고 싶으면 파리로 가라고. 아, 그리고 말이야, 그곳 사람들은 아일랜드에 대해 굉장히 호의적이야. 내가 아일랜드에서 온 것을 알고 나더니 나를 잡아먹을 듯이 좋아하더라고.」

꼬마 챈들러는 술을 네다섯 모금 홀짝거렸다.

「물어볼 게 있는데, 사람들 말대로 파리가 그렇게…… 부도덕하던가?」 그가 말했다.

이그네이셔스 갤러허는 오른팔로 성호를 긋는 흉내를 냈다.

「어디나 부도덕하지.」 그가 말했다. 「물론 파리에도 바람난 아가씨들이 있어. 예를 들어, 학생들 무도회에 가보라고. 창녀들이 설치기 시작하면 그야말로 활기가 넘치지. 자네도 어떤 여자들인지 알지?」

「나도 들어 본 적이 있어.」 꼬마 챈들러가 말했다.

이그네이셔스 갤러허는 위스키를 들이켜고는 머리를 흔들었다.

「자네도 나름대로 의견이 있겠지만, 파리 여자들 같은 여자들은 없어. 스타일에서나 활력에서나 말이야.」

「그럼 정말 부도덕한 도시로군.」 꼬마 챈들러가 자신 없는 투로 주장했다. 「내 말은, 런던이나 더블린에 비해서 말이야.」

「런던이라!」 이그네이셔스 갤러허가 말했다. 「오십보백보야. 호건에게 물어보라고. 거기 왔을 때 내가 런던을 잠시 보여 주었거든. 그 친구가 자네 눈을 뜨게 해줄 거야. 그런데 토미, 위스키를 펀치로 만들 생각인가? 어서 마시라고.」

「됐어, 난 별로…….」

「그러지 말고 어서, 한 잔 더 한다고 해서 문제 될 거 없어. 뭐로 할래? 이번에도 같은 거?」

「알았어…… 그래.」

「프랑수아, 이번에도 같은 걸로…… 담배 피우겠나 토미?」

이그네이셔스 갤러허는 시가 케이스를 꺼냈다. 두 친구는 시가에 불을 붙이고 술잔이 도착할 때까지 말없이 연기를 내뿜었다.

「내 생각을 말해 볼까?」 잠시 연기 구름 사이에 몸을 숨겼다가 다시 나타나면서 이그네이셔스 갤러허가 말했다.「세상은 참 이상한 곳이야. 부도덕에 대한 이야기라! 몇 가지 들은 것이 있는데, 아니 내가 무슨 소리를 하는 거야? 내가 실제로 아는 경우들인데. 부도덕한 경우들 말이야…….」

이그네이셔스 갤러허는 생각에 잠겨 시가 연기를 뿜어 대다가 나지막한 역사가의 어조로 친구에게 외국에 만연한 타락의 그림을 스케치해 주기 시작했다. 그는 여러 나라 수도의 악덕들을 요약했고 베를린에 우승자의 종려나무를 수여하고 싶어 하는 듯했다. 어떤 것들은 그도 보장할 수 없었지만(그의 친구가 말해 준 내용이었다) 다른 것들은 그가 직접 경험한 것들이라고 했다. 그는 그중 어느 것이 더하다 못하다 하는 식으로 판단을 내리지는 않았다. 그는 유럽 대륙의 수도원들에서 벌어지는 여러 비밀스러운 일들을 알려 주었고, 상류 계층에서 유행하는 어떤 행위들을 묘사했으며, 마지막으로 그가 사실임을 알고 있었던 어떤 영국 공작부인에 대한 이야기를 세세하게 늘어놓았다. 꼬마 챈들러는 깜짝 놀랐다.

「어쨌든 간에, 우리는 지금 그런 것을 전혀 모르는 맹숭맹숭한 더블린에 있지.」이그네이셔스 갤러허가 덧붙였다.

「자네에게는 정말 재미없는 곳이겠군.」꼬마 챈들러가 말했다. 「그렇게 여러 곳을 돌아다녀 보았으니 말이야.」

「그래도 어쨌든, 여기 오니 마음이 참 편하구먼. 사람들 말대로, 오래된 나라 아닌가, 안 그래? 안 느낄 수가 없지. 인간의 본성이니까…… 그나저나 자네는 어떻게 지내나? 호건 말로는 자네가…… 결혼의 축복을 맛보고 있다고 하던데. 2년 전이었지, 아마?」 이그네이셔스 갤러허가 말했다.

꼬마 챈들러는 얼굴을 붉히며 웃었다.

「맞아, 지난 5월에 12개월이 되었지.」 그가 대답했다.

「늦었지만 축하하네.」 이그네이셔스 갤러허가 말했다. 「자네 주소를 몰랐어. 알았으면 그때 축하를 했을 텐데.」

그가 손을 내밀자 꼬마 챈들러는 그 손을 잡았다.

「이봐, 토미, 자네와 가족 모두 행복하게 지내길 바라네. 돈도 억수로 벌고 말이야. 내가 자네에게 총질을 할 때까지 장수하라고. 진정한 옛 친구의 바람이라네, 알겠지?」

「그래, 고마워.」

「애들은 있나?」 이그네이셔스 갤러허가 물었다.

꼬마 챈들러는 다시 얼굴을 붉혔다.

「하나 있지.」

「아들이야? 딸이야?」

「아들이야.」

이그네이셔스 갤러허는 소리가 나도록 친구의 등을 철썩 때렸다.

「브라보.」 그가 말했다. 「그럴 줄 알았어, 토미.」

꼬마 챈들러는 웃으면서 술잔을 멍하니 바라보다가 어린

아이 같은 세 대의 하얀 이를 드러내며 아랫입술을 깨물었다.

「가기 전에 말이야, 우리 집에 와서 저녁이라도 같이 하면 어떨까? 집사람도 좋아할 거야. 음악도 같이 듣고, 또…….」 그가 제안했다.

「정말 고맙네, 친구.」 이그네이셔스 갤러허가 말했다. 「근데, 좀 더 일찍 만났으면 좋았을 텐데…… 사실은 내일 밤에 떠나야 한다네.」

「그럼, 오늘 밤에는……?」

「정말 미안하네. 사실은 여기 다른 사람하고 같이 왔어. 똑똑한 젊은이지. 그 친구하고 카드 모임에 가기로 했거든. 그 일만 아니었으면…….」

「그래, 그렇다면 뭐…….」

「하지만 누가 알겠나?」 이그네이셔스 갤러허가 사려 깊은 투로 말했다. 「이제 오기 시작했으니까 내년에 또 잠간 올 수 있을지 말이야. 즐거움이 미루어진 것뿐이지.」

「그래, 그러지.」 꼬마 챈들러가 말했다. 「다음에 올 때는 꼭 우리 집에서 저녁 시간을 보내자고. 약속한 거지?」

「그래, 약속하네.」 이그네이셔스 갤러허가 말했다. 「내년에 다시 오면 꼭 그러지, 파롤 도뇌르.」[18]

「그럼 약속한다는 의미로, 한 잔씩 더 하세.」 꼬마 챈들러가 말했다.

이그네이셔스 갤러허는 커다란 금시계를 꺼내 들여다보았다.

18 *parole d'honneur.* 맹세한다는 의미의 프랑스어.

「이게 마지막 잔이지?」 그가 말했다. 「사실, 알다시피 약속이 있어서 말이야.」

「그래, 마지막이야.」 꼬마 챈들러가 말했다.

「좋아, 그렇다면, 한 잔만 더 하지. 도흐 언 도리스,[19] 위스키 작은 잔에 딱 알맞은 우리말이지.」 이그네이셔스 갤러허가 말했다.

꼬마 챈들러는 술을 주문했다. 몇 분 전 얼굴에 돌았던 붉은 기가 이제 완연해졌다. 그는 사소한 일에도 얼굴이 붉어지곤 했는데, 이제는 몸이 후끈해지고 흥분해 있었다. 작은 위스키 세 잔에 취기가 올랐고 갤러허가 준 시가로 인해 정신이 몽롱해졌다. 그는 섬세한 사람이었고 절제하는 유형이었다. 갤러허를 8년 만에 만나, 불빛과 소음 속 콜리스 식당에서 갤러허와 함께 시간을 보내고, 갤러허의 이야기를 들으며 잠시 동안이나마 갤러허의 방랑과 승자의 삶을 함께 느끼다 보니 그의 예민한 본성의 균형이 흐트러졌던 것이다. 그는 자신의 삶과 친구의 삶 사이의 대조를 확연히 느꼈고 그것이 불공평하게 보였다. 갤러허는 출생에서나 교육 수준에서나 그보다 열등했다. 그는 그의 친구가 했던 것보다 더 잘할 수 있다고, 기회만 주어진다면 번지르르한 저널리즘보다 훨씬 고상한 무엇인가를 할 수 있다고 확신했다. 무엇이 그를 방해했을까? 그것은 유감스럽게도 그의 소심함이었다! 그는 어떤 식으로든 자신을 입증하고 싶었다. 자신의 남성다움을 주장하고 싶었다. 그는 갤러허가 자신의 초대를

19 *deoc an doruis*. 마지막 술잔, 헤어질 때 마시는 술이라는 의미의 게일어.

거절한 의도를 알았다. 갤러허는 고향에 돌아온 것으로 조국 아일랜드를 사랑하는 척하듯이 자신의 우정으로 그에게 생색을 내고 있었을 뿐이었다.

바텐더가 그들의 술을 가져왔다. 꼬마 챈들러는 술잔을 친구에게 밀어 준 후 자신의 술잔을 과감하게 집어 들었다.

「내년에 자네가 다시 오게 되면 이그네이셔스 갤러허 부부의 장수와 행복을 기원하게 될지 누가 알겠나?」 그들이 술잔을 들 때 그가 말했다.

이그네이셔스 갤러허는 술을 마시면서 술잔 테두리 위로 의미심장하게 한쪽 눈을 찡긋했다. 술을 마신 후 그는 입을 크게 다시면서 잔을 내려놓고 말했다.

「그런 걱정 말게, 친구. 그럴 일이 있을는지 몰라도 고생문에 들어서기 전에 하고 싶은 거 하면서 인생과 세상을 좀 더 경험해 볼 생각이니까.」

「그래도 언젠가는 하겠지.」 꼬마 챈들러가 침착하게 말했다.

이그네이셔스 갤러허는 오렌지색 넥타이와 푸른빛이 도는 석판 색깔의 눈을 돌려 친구를 빤히 쳐다보았다.

「그렇게 생각하나?」 그가 말했다.

「자네도 고생문에 들어서게 될 거야.」 꼬마 챈들러가 다시 힘주어 말했다. 「좋은 여자만 만나면, 남들처럼 말이야.」

그는 살짝 강한 어조로 말하면서 자신의 본심을 드러냈다는 것을 알았다. 그러나 얼굴이 더 달아오르기는 했어도 그는 친구의 시선을 피하지 않았다. 이그네이셔스 갤러허는 그를 잠시 동안 쳐다보다가 말했다.

「만약 그런 일이 생기더라도 절대 멍청하게 굴거나 치근덕거리는 일은 없을 거야. 나는 돈과 결혼할 생각이거든. 은행 예금이 두둑한 여자가 아니면 소용없어.」

꼬마 챈들러는 머리를 저었다.

「내 말을 못 믿나?」이그네이셔스 갤러허가 흥분해서 말했다. 「무슨 말인지 모르겠나? 내가 결혼하자는 말만 하면 그 다음 날 여자가 돈을 싸 들고 온다고. 안 믿는 모양이구먼. 내가 잘 아는데, 돈이 썩어 나가는 독일 여자, 유대인 여자가 수백 명, 아니 수백 명이 뭐야, 수천 명은 있다고. 그런 사람들은 그저 내가…… 어쨌든 두고 보라고. 내가 과연 못 할지……. 나는 한다면 하는 사람이라고. 기다려 보라니까.」

그는 잔을 들어 술을 마신 후 큰 소리로 웃어 댔다. 그러고 나서 생각에 잠긴 듯 앞을 쳐다보다가 진정된 목소리로 말했다.

「나는 전혀 급할 것 없어. 여자들도 기다릴 수 있을 거야. 나는 한 여자에게만 얽매이고 싶지는 않거든.」

그는 입으로 맛을 보는 흉내를 내다가 얼굴을 찌푸렸다.

「김이 약간 빠진 것 같구먼.」그가 말했다.

....

꼬마 챈들러는 현관 옆의 방에서 아기를 팔에 안고 있었다. 돈을 절약하려고 그들은 하녀를 두지 않았다. 그 대신 애니의 여동생 모니카가 아침저녁으로 한두 시간씩 와서 도와주고 있었다. 그러나 모니카는 오래전에 집으로 돌아갔다.

15분 전 9시였다. 꼬마 챈들러는 저녁 식사 시간이 지나서야 돌아온 데다 애니에게 뷸리 상점에서 커피를 사다 주기로 한 것을 잊어버렸다. 당연히 애니는 기분이 안 좋았고 그의 질문에 퉁명스럽게 대답했다. 그녀는 차 따위는 없어도 된다고 하다가, 길모퉁이의 상점이 문을 닫을 시간이 가까워지자 결국 직접 차 4분의 1파운드와 설탕 2파운드를 사러 나가기로 했다. 그녀는 잠든 아기를 요령 있게 그의 팔에 내려놓으며 말했다.

「아기 좀 받아요. 절대 깨우지 말고.」

테이블 위에 놓인 흰색 도자기 갓이 달린 작은 램프가 비틀린 뿔로 틀을 만든 액자 속 사진 위로 불빛을 비추고 있었다. 애니의 사진이었다. 꼬마 챈들러는 사진을 보았다. 그는 사진 속 얇고 꼭 다문 입을 바라보았다. 그녀는 어느 토요일 날 그가 선물로 사 왔던 하늘색 여름 블라우스를 입고 있었다. 10실링 11펜스나 주고 산 옷이었다. 그 옷을 사는 데 얼마나 고민을 했던가! 상점이 빌 때까지 문 앞에서 기다리고, 판매대에 서서 점원 아가씨가 여성용 블라우스들을 진열하는 동안 자연스럽게 보이려고 그토록 애를 쓰고, 계산대에서 값을 지불하고는 잔돈 받는 것을 잊어버려 점원이 부르는 소리에 되돌아가고, 상점을 나서면서 제대로 포장이 되었는지 확인하는 척하며 달아오른 얼굴을 숨겨 보려 하는 등, 그날 그것을 사느라 얼마나 힘들었던가. 블라우스를 집에 들고 가자 애니는 그에게 키스를 하면서 매우 예쁘고 멋진 스타일이라고 말했다. 그러나 옷값을 듣더니 그녀는 블라우스를 테이블에 내던지면서 10실링 11펜스나 받는 것은 거의 노골적인 사기와 다를 바 없다고 말했다. 그녀는 처음에 물러오라고 했지만 옷을 입어 본 후에는 몹시 좋아했고, 특히 소매 모양이 마음에 든다면서 그에게 키스를 하고 자신을 생각해 주어서 고맙다고 말했다.

「흠……!」

그는 사진 속의 눈을 냉정하게 바라보았고 사진 속의 눈도 역시 냉정한 시선을 되돌려 주었다. 분명 예쁜 눈이었고 얼굴 자체도 예뻤다. 그러나 그는 뭔가 천박한 점이 있다는 것을 발견했다. 왜 그렇게 의식이 없고 숙녀답기만 할까? 그 눈의 침착함이 짜증스럽게 느껴졌다. 그 눈은 그를 거부하고 그에게 도전했다. 거기에는 어떤 열정도 환희도 찾아볼 수 없었다. 그는 갤러허가 애기했던 부유한 유대인 여자들을 생각했다. 그 검은 동양의 눈동자, 얼마나 정열적이고 육감적인 동경으로 가득한가……! 왜 그는 사진 속의 눈과 결혼했을까?

그는 그 질문에 사로잡혀 불안하게 방 안을 살펴보았다. 그는 할부로 구입했던 예쁜 가구에서 무엇인가 천박한 점을 발견했다. 애니가 선택한 가구였다. 그는 애니를 떠올렸다. 가구 역시 깔끔하고 예뻤다. 자신의 인생에 대한 막연한 분노가 그의 내부에서 깨어났다. 그는 과연 자신의 그 작은 집에서 도망칠 수 없는 것일까? 갤러허처럼 인생을 용감하게 살기에는 너무 늦은 것이 아닐까? 그는 과연 런던으로 갈 수 있을까? 아직 가구의 할부금이 남아 있었다. 시를 써서 출판

할 수만 있다면 길이 생길지도 모른다.

　바이런의 시집 한 권이 테이블 위에 놓여 있었다. 아기를 깨울까 봐 조심하면서 그는 왼손으로 시집의 첫 번째 시를 읽기 시작했다.

　　바람은 잦아들고 저녁 어스름 고요한데,
　　작은 숲에는 한 조각 서풍조차 불지 않으니,
　　나 마거릿의 무덤가에 되돌아와,
　　먼지가 되어 버린 내 사랑, 그곳에 꽃을 뿌리네.[20]

　그는 읽는 것을 멈추었다. 방 안 자신의 주변에서 그는 시의 리듬을 느꼈다. 얼마나 슬픈 시인가! 그도 그렇게 쓸 수 있을까? 자기 영혼의 슬픔을 시로 표현할 수 있을까? 그는 표현하고 싶은 것들이 많았다. 몇 시간 전에 그래턴 브리지에서 느꼈던 감정 같은 것들이었다. 그때의 감정으로 되돌아갈 수만 있다면…….

　아기가 깨어 울기 시작했다. 그는 시집에서 눈을 떼고 아기를 조용히 시키려 했다. 그러나 아기는 조용해지지 않았다. 그는 아기를 안고 앞뒤로 흔들기 시작했다. 그러나 아기의 울음소리는 더 날카로워졌다. 그는 아기를 좀 더 빨리 흔들면서 눈으로는 두 번째 연을 읽어 나갔다.

20 사촌의 죽음을 슬퍼하는 바이런George Gordon Byron(1788~1824)의 시 「어느 젊은 숙녀의 죽음에 부쳐On the Death of a Young Lady」(1802)의 첫 번째 연.

　　이 좁은 관 속에 그녀가 누워 있네,
　　이제 진흙이 되어, 한때는……

　소용이 없었다. 읽을 수가 없었다. 아무것도 할 수가 없었다. 아기의 울부짖는 소리가 그의 고막을 때렸다. 소용없었다. 다 소용없었다. 그는 평생토록 삶에 얽매인 죄수였다. 분노로 그의 팔이 부들부들 떨렸다. 갑자기 그는 아기의 얼굴을 향해 소리쳤다.
　「그만해!」
　아기는 한순간 멈추었다가 두려움에 발작을 일으키며 비명을 질러 댔다. 그는 의자에서 벌떡 일어나 아기를 안고 방을 급히 이리저리 돌아다녔다. 아기는 4~5초 정도 숨을 멈추었다가 다시 울음을 터뜨리면서 서럽게 울기 시작했다. 울음소리가 얇은 벽에 부딪혀 울려 퍼졌다. 그는 아기를 달래려 했지만 아기는 더욱더 발작하듯이 울어 댔다. 아기의 부들부들 떨리는 찡그린 얼굴을 보자 겁이 났다. 아기는 일곱 번이나 쉬지 않고 울어 댔고 그는 겁에 질려 아기를 가슴에 끌어안았다. 혹시라도 아기가 죽거나 한다면……!
　문이 벌컥 열리면서 젊은 여자가 숨을 헐떡이며 뛰어 들어왔다.
　「무슨 일이에요? 무슨 일이에요?」 여자가 소리쳤다.
　아기는 엄마의 목소리를 듣자 발작하듯 울기 시작했다.
　「아무 일도 아니야, 애니…… 아무 일도 아니야…… 그냥 울기 시작한 거야…….」

그녀는 바닥에 물건 꾸러미를 집어 던지고는 그에게서 아기를 낚아챘다.

「도대체 무슨 짓을 한 거예요?」 그를 쏘아보며 그녀가 소리쳤다.

꼬마 챈들러는 한순간 그녀의 시선을 감내해야 했고 그녀의 눈 속에서 혐오감을 찾아내고는 가슴이 조여드는 것 같았다. 그는 말을 더듬었다.

「아무 일도 아니야…… 아기가…… 그냥…… 울기 시작한 거라고…… 나는 그냥…… 나는 아무것도 안 했어.」

양팔에 아기를 꼭 안은 채 그녀는 그의 말은 듣지도 않고 방 안을 왔다 갔다 하면서 중얼거렸다.

「우리 귀여운 아기! 우리 귀여운 매니! 우리 예쁜이 무서웠니……? 이제 됐어, 아가야! 이제 됐어……! 귀여운 것! 엄마의 예쁜 어린 양……! 이제 됐어!」

꼬마 챈들러는 부끄러움으로 얼굴이 달아올라서 램프 뒤로 물러섰다. 발작을 일으킬 듯한 아기의 울음소리가 점점 작아지는 것을 듣고 있는 동안 그의 눈에서는 후회의 눈물이 흘러내렸다.

짝패들

벨 소리가 분노한 듯 울렸고 파커 양이 전화기로 다가가자 날카로운 북아일랜드 억양의 화난 목소리가 고함을 질렀다.

「패링턴 좀 오라고 해!」

파커 양은 자신의 타자기로 돌아가 책상에서 무엇인가를 쓰고 있던 남자에게 말했다.

「알레인 씨가 올라오시랍니다.」

남자는 작은 목소리로 〈빌어먹을 인간!〉 하고 중얼거리고는 의자를 뒤로 밀치며 일어섰다. 서 있는 남자의 모습은 키도 크고 상당히 건장했다. 축 처진 얼굴은 짙은 포도주색이었고 눈썹과 콧수염은 옅은 노란색이었다. 눈이 약간 앞으로 돌출되었고 흰자위는 지저분해 보였다. 그는 접수대의 널을 들어 올리고 고객들을 지나 무거운 발걸음으로 사무실을 나섰다.

그는 터벅터벅 두 번째 층계참까지 걸어 올라갔다. 문에 〈알레인〉이라고 새겨진 동판이 붙어 있었다. 힘들고 짜증이 난 탓에 그는 잠시 멈추어 숨을 몰아쉬다가 이윽고 문을 두

드렸다. 날카로운 소리가 들려왔다.

「들어와요!」

남자는 알레인의 방에 들어섰다. 그와 동시에 깔끔하게 면도한 얼굴에 금테 안경을 쓴 작은 남자, 알레인 씨가 서류 더미 위로 머리를 쳐들었다. 분홍색 두피에 머리카락도 없어서 그의 머리는 마치 서류 위에 올려놓은 커다란 계란처럼 보였다. 알레인 씨는 잠시도 지체하지 않았다.

「패링턴인가? 이게 도대체 어떻게 된 거야? 내가 왜 자네에게 항상 잔소리를 해야 하나? 보들리하고 커원 간의 계약서를 왜 한 부 더 베껴 놓지 않았는지 물어봐도 되겠나? 내가 4시까지 끝내 두라고 했는데.」

「예, 그런데 셸리 씨가 말하기를…….」

「셸리 씨가 말하기를? 내 말에나 신경 쓰라고. 셸리 씨가 말하기를 같은 소리 하고 있네. 자네는 항상 일하기 싫어서 이런 저런 변명이나 늘어놓잖아. 분명히 말하는데, 오늘 저녁까지 계약서를 베껴 놓지 않으면 크로스비 씨에게 알리겠네…… 알아들었나?」

「예, 알겠습니다.」

「정말 알아들은 거야……? 그리고 사소한 것 또 한 가지! 자네에게 말을 하느니 차라리 벽에 대고 말을 하는 게 낫지. 명심하라고, 자네 점심시간은 30분이야, 한 시간 30분이 아니고. 무슨 코스 요리라도 먹으려는 건가? 도대체가…… 무슨 말인지 알아듣겠나?」

「예, 알았습니다.」

알레인 씨는 다시 서류 더미 아래로 고개를 숙였다. 남자는 크로스비 앤드 알레인 사의 업무를 관장하고 있는 윤기 나는 두상을 뚫어져라 쳐다보면서 그 두상의 연약함을 가늠해 보았다. 순간적인 분노가 잠시 동안 목구멍까지 치밀어 올랐다가 사라지면서 한잔하고 싶은 간절한 욕구를 남겼다. 남자는 그 욕구를 인식했고 밤에 거나하게 마셔야겠다고 생각했다. 한 달의 절반이 지난 데다 그 서류만 늦지 않게 베껴 놓으면 알레인 씨도 경리 직원에게 자신의 가불을 허락해 줄 것이다. 그는 서서 서류 더미 위로 보이는 그 머리를 계속 쳐다보았다. 갑자기 알레인 씨가 무엇인가를 찾느라 서류들을 뒤적거리기 시작했다. 그러다가 그때까지 남자의 존재를 모르고 있었던 것처럼 고개를 들고 말했다.

「아니, 자네는 하루 종일 거기에 서 있을 건가? 세상에, 패링턴, 자네 정말 무사태평이구먼!」

「사실은 좀 부탁…….」

「됐어, 부탁할 필요 없어. 내려가서 일이나 하라고.」

남자는 무거운 발걸음으로 방문을 향했다. 방을 나서면서 그는 알레인 씨가 저녁때까지 계약서를 베껴 놓지 않으면 크로스비 씨에게 알리겠다고 소리치는 것을 들었다.

그는 아래층 사무실의 자기 책상으로 돌아와 베껴 써야 할 서류들을 세어 보았다. 그는 펜을 들어 펜촉에 잉크를 적셨지만 이전에 써두었던 문장의 마지막 단어만을 멍하니 쳐다보고 있었다. 상기의 버나드 보들리는 어떤 경우에도…… 저녁때가 가까워지고 있었고 몇 분 후에는 가스등의 불이 켜질 것이다. 그러면 그도 서류를 베낄 수 있을 것이다. 그는 우선 목을 축여야겠다고 생각했다. 그는 의자에서 일어나 아까처럼 접수대를 들어 올리고 사무실을 나섰다. 그가 나갈 때 실장이 어디를 가느냐고 묻듯이 쳐다보았다.

「별일 아닙니다, 셸리 씨.」 손가락으로 외출의 목적을 알리면서 남자가 말했다.

실장은 모자걸이를 힐끗 쳐다보았다. 그러나 모자들이 나란히 걸려 있는 것을 보고는 아무 말도 하지 않았다. 층계참에 이르자 남자는 주머니에서 체크무늬 모자를 꺼내 머리에 쓰고는 삐거덕거리는 계단을 재빨리 달려 내려갔다. 바깥쪽 문을 나서자 모퉁이로 향하는 안쪽 길로 살며시 접어들어 급히 출입문으로 들어갔다. 오닐 주점의 어둠침침한 구석방에 안전하게 도착한 그는 바가 들여다보이는 작은 창문에 붉게 달아오른, 짙은 포도주색 또는 불그스레한 고기 같은 색깔의 얼굴을 들이대고 소리쳤다.

「이봐, 팻, 여기 흑맥주 한 잔 줘.」

바텐더는 그에게 흑맥주 한 잔을 가져다주었다. 남자는 흑맥주를 단숨에 들이켜고는 캐러웨이 씨앗을 주문했다. 그는 카운터에 페니 동전을 올려놓고는 어둠 속에서 바텐더가 동전을 더듬거리게 내버려 둔 채 들어올 때처럼 살며시 술집을 빠져나갔다.

짙은 안개를 동반한 어둠이 2월의 황혼을 내리덮고 있었고 유스터스 가의 가로등들은 이미 불을 밝히고 있었다. 남자는 주택가를 지나 사무실을 향해 가면서 늦지 않게 서류를 베껴 놓을 수 있을지 궁금해했다. 계단에 이르자 축축하고 진한 향수 냄새가 그의 코를 자극했다. 틀림없이 그가 오늘 주점에 가 있는 동안 덜라쿠어 양이 와 있었던 것이다. 그는 다시 모자를 주머니에 쑤셔 넣고 멍한 표정을 지으며 사무실로 들어갔다.

「알레인 씨가 당신을 찾았어요.」 실장이 심각한 어조로 말했다. 「어디 갔었던 거요?」

접수대 앞에는 두 명의 고객이 서 있었다. 남자는 그들 때문에 대답을 못 한다는 듯이 그쪽을 힐긋 쳐다보았다. 고객들이 모두 남자였기 때문에 실장은 웃으면서 말할 수 있었다.

「그런 수법은 나도 알아요. 하루에 다섯 번은 사실 좀……어쨌든 정신 좀 차리고 빨리 가서 알레인 씨에게 덜라쿠어 건에 대한 서한 베낀 것을 가져다 드려요.」

사람들 앞에서 실장이 한 말, 계단을 뛰어 올라온 일, 급히 들이켠 흑맥주 때문에 남자는 머리가 혼란스러웠다. 일을 하려고 책상에 앉자 그는 5시 30분 전까지 계약서를 베끼는 것이 불가능함을 깨달았다. 축축한 어둠이 내리깔리고 있었고, 그는 술집에서 가스등 불빛과 유리잔 부딪치는 소리 가운데 친구들과 술을 마시면서 밤을 보내고 싶었다. 그는 덜라쿠어와 관련된 서한을 꺼내 들고 사무실을 나갔다. 그는 알레인 씨가 마지막 편지 두 통이 빠진 것을 눈치채지 못하기를 바랐다.

축축하고 진한 향수 냄새가 알레인 씨의 방까지 계속 이어져 있었다. 덜라쿠어 양은 유대인같이 생긴 중년 여성이었

다. 알레인 씨는 그녀와 그녀의 돈에 호감을 가지고 있다고
알려져 있었다. 그녀는 자주 사무실에 들렀고 그럴 때마다
오래 머물다 가곤 했다. 그녀는 향수 냄새를 풍기면서 알레
인 씨 옆에서 우산 손잡이를 매만지거나 모자에 달린 커다란
검은색 깃털을 흔들고 있었다. 알레인 씨는 그녀를 향해 의
자를 돌리고는 오른발을 즐겁게 왼쪽 무릎 위에 올려놓고
있었다. 남자는 서한을 책상에 올려놓고 공손하게 인사를
했다. 그러나 알레인 씨나 덜라쿠어 양 누구도 그의 인사에
주목하지 않았다. 알레인 씨는 손가락으로 서한을 두드리다
가 〈됐어, 가봐〉라고 말하듯이 그것을 툭 쳐냈다.

남자는 아래층 사무실로 내려와 다시 책상에 앉았다. 상
기의 버나드 보들리는 어떤 경우에도…… [21] 그는 쓰다 만 문장
을 주의 깊게 바라보다가 마지막 세 단어가 모두 같은 철자
로 시작한다는 것이 몹시 신기하다고 생각했다. 실장은 우
체국이 문을 닫기 전에 편지들을 모두 타이핑하려면 시간이
모자를 거라면서 파커 양에게 서두르라고 재촉했다. 남자는
잠시 타자기의 찰카닥거리는 소리를 듣고 있다가 서류 베끼
는 일을 시작했다. 그러나 머리가 맑지 않았고 그의 마음은
술집의 번쩍거리는 불빛들, 술잔 부딪치는 소리를 따라 떠돌
아다니고 있었다. 뜨거운 펀치가 그리운 밤이었다. 그는 서
류를 베끼려고 애썼지만 시계가 5시를 알릴 때에도 여전히
열네 페이지나 남아 있었다. 빌어먹을! 그는 시간 내에 끝낼
수 없었다. 그는 욕설을 내뱉고 싶었다. 무엇인가에 주먹을

21 *In no case shall the said Bernard Bodley be.*

날리고 싶었다. 워낙 화가 나서 그는 버나드 보들리라고 써야
할 것을 버나드 버나드라고 쓰는 바람에 새 종이에 처음부터
다시 써야 했다.

그는 혼자서도 사무실 전체를 휩쓸어 버릴 수 있을 것 같
았다. 그의 육체는 무슨 짓인가를 저지르고 싶었다. 뛰쳐나
가 폭력을 휘두르고 싶었다. 인생의 모든 모욕들이 그를 분
노하게 했다. 경리 직원에게 개인적으로 가불을 부탁할 수
있을까? 아니, 경리 직원은 도움이 안 된다. 전혀 도움이 안
된다. 아마 안 해줄 것이다……. 그는 어디를 가야 레너드,
오핼로런, 노지 플린 같은 친구들을 만날 수 있는지 알고 있
었다. 그의 감정 측정기는 폭동을 가리키고 있었다.

워낙 생각에 빠져 있었기 때문에 그는 자신의 이름이 두
번 씩이나 불리고 나서야 대답을 했다. 알레인 씨와 덜라쿠
어 양이 접수대 밖에 서 있었고, 직원들은 모두 무엇인가를
예상하면서 고개를 돌려 바라보고 있었다. 남자는 책상에서
일어섰다. 알레인 씨는 편지 두 통이 빠졌다면서 잔소리를
늘어놓았다. 남자는 그런 사실을 전혀 몰랐고 자신은 그저
충실히 베껴 썼을 뿐이라고 대답했다. 잔소리가 이어졌다.
워낙 심하고 폭력적인 잔소리였기 때문에 남자는 앞에 서 있
는 난쟁이의 머리에 주먹을 날리고 싶은 것을 간신히 참고
있었다.

「다른 두 통에 대해서는 전혀 모릅니다.」남자는 멍청하게
말했다.

「전혀 모른다. 그래, 전혀 모르겠지.」알레인 씨가 말했다.

「도대체 자네는⋯⋯.」 옆에 있는 숙녀에게 먼저 동의를 구하듯 그녀를 흘긋 보고는 그가 덧붙였다. 「내가 바보라고 생각하나? 나를 바보로 아느냐고.」

남자는 숙녀의 얼굴과 자그마한 계란 같은 머리를 번갈아 쳐다보다가 거의 자신도 모르게 기막힌 말을 내뱉었다.

「저한테 하실 질문은 아닌 것 같습니다.」

순간 직원들이 모두 숨을 죽였다. 모두 크게 당황했고(그 위트 있는 표현의 주인공도 주변 사람들 못지않게 당황했다) 당당한 체구에 성격 좋은 덜라쿠어 양도 미소를 참지 못했다. 알레인 씨의 얼굴은 거의 들장미 같은 색깔이 될 정도로 달아올랐고 입은 난쟁이의 분노로 실룩거렸다. 그는 어떤 전기 기계의 손잡이가 진동하는 것처럼 보일 정도로 주먹을 들어 남자의 얼굴 앞에 흔들어 댔다.

「이 건방진 자식! 이 건방진 자식! 바로 잘라 버리겠다! 두고 봐! 싹싹 빌지 않으면 바로 짐 싸게 될 줄 알아! 분명히 말하는데, 싹싹 빌지 않으면 바로 짐 싸게 될 줄 알아!」

⋯⋯

그는 사무실 맞은편에 서서 경리 직원이 혼자 나오는지 살펴보고 있었다. 다른 직원들은 이미 나왔고 드디어 경리 직원이 실장과 함께 나왔다. 실장과 함께 있을 때에는 그에게 부탁해 봐야 소용이 없었다. 남자는 자신이 처한 입장이 극히 곤란해졌음을 느꼈다. 그는 건방진 언행으로 인해 알레인 씨에게 비굴하게 사과를 해야만 하는 상황이었고, 무엇보다도 직장 생활이 지옥이 될 것임을 알았다. 그는 알레인 씨가 자신의 조카에게 자리를 마련해 주려고 어떻게 꼬마 피크를 내쫓았는지 알고 있었다. 쓸쓸했다. 그는 술 생각이 간절했고 복수하고 싶었다. 자기 자신과 모든 사람들에게 불쾌감을 느꼈다. 알레인 씨는 한순간도 그를 쉽게 내버려 두지 않을 것이다. 그의 인생은 지옥처럼 변할 것이 뻔했다. 이번에는 제대로 바보짓을 하고 말았다. 입을 다물고 있을 수는 없었을까? 그러나 그와 알레인 씨는 그가 히긴스와 파커 양을 웃기려고 알레인 씨의 북아일랜드 억양을 흉내 내다가 그에게 들킨 이후로 처음부터 사이가 좋았던 적이 없었다. 사실 그 일이 시초였다. 히긴스에게 돈을 좀 부탁할 수도 있겠지만 그는 히긴스도 빈털터리라는 것을 알고 있었다. 두 집 살림을 하는 사람인 만큼 여유가 있을 리 없었다.

그는 거구인 자신의 몸이 술집의 위안을 갈망하고 있다는 것을 느꼈다. 안개 때문에 이미 몸이 으스스했다. 그는 오닐 주점의 팻에게 부탁을 해볼까 생각했다. 그러나 그에게 1실링 이상은 부탁하기 어려웠다. 게다가 1실링 가지고는 어림도 없었다. 그래도 어쨌든 돈은 마련해야 했다. 이미 흑맥주에 마지막 남은 돈을 써버린 데다가 잠시 후에는 너무 늦어 어디에서도 돈을 빌릴 수 없을 것이다. 시곗줄을 만지작거리다가 그는 갑자기 플리트 가에 있는 테리 켈리의 전당포를 생각해 냈다. 바로 그거다! 왜 그 생각을 못 했을까?

그는 자신은 멋진 밤을 보낼 테니 남들은 다 지옥에나 가라고 혼자 중얼거리면서 템플 바의 좁은 골목길을 재빨리 지나갔다. 테리 켈리 전당포의 점원은 5실링을 주겠다고 했지만 물건 주인은 6실링을 고집했고 결국 6실링을 받아 내고야 말았다. 그는 엄지손가락과 나머지 네 손가락 사이에 작은 실린더처럼 동전들을 나란히 모아 쥔 채 기분 좋게 전당포를 나섰다. 웨스트몰런드 가에 이르자 인도는 퇴근하는 남녀들로 가득했고 남루한 옷차림의 아이들이 석간신문의 이름을 외치며 여기저기 뛰어다니고 있었다. 남자는 그 모습을 자랑스러운 만족감을 느끼며 쳐다보거나 사무원 아가씨들을 거만하게 노려보면서 사람들 사이를 지나갔다. 그의 머릿속은 전차 경적 소리, 수레 지나가는 소리로 가득 찼고 코는 이미 모락모락 피어오르는 펀치의 냄새를 맡고 있었다. 걸어가면서 그는 친구들에게 그 일을 어떻게 묘사할지 미리 생각했다.

「그래서 그 사람을 쳐다봤지. 냉정하게 말이야. 그리고 그 여자를 쳐다보다가 다시 그 사람을 쳐다본 거야. 시간을 좀 들이면서 말이야. 그러고는 〈저한테 하실 질문은 아닌 것 같습니다〉 그랬지.」

노지 플린은 데이비 번스 주점의 늘 앉던 구석에 앉아 있었고, 그 이야기를 듣자 지금껏 들어 본 적이 없는 가장 멋진 말이었다고 하면서 패링턴에게 술을 반 잔 샀다. 패링턴도 한 잔을 샀다. 잠시 후 오헬로런과 패디 레너드가 들어왔고 그들을 위해 이야기가 한 번 더 반복되었다. 오헬로런은 사람들에게 독한 위스키를 한 잔씩 돌렸고 자신이 파운즈 가의 캘런 사무소에 다닐 때 그곳 실장에게 말대꾸했던 이야기를 들려주었다. 그러나 그 말대꾸는 전원시에 나오는 자유 분방한 양치기의 방식을 흉내 낸 것이었기 때문에 그는 패링 턴이 한 말만큼 멋지지는 않았다고 인정해야 했다. 이 말을 듣고 패링턴은 빨리 마시고 한 잔씩 더 하라고 말했다.

그들이 제각각 마시고 싶은 독주 이름을 댈 때 누군가가 들어왔다. 다름 아닌 히긴스였다! 물론 그도 여기 다른 사람 들과 합류해야 했다. 사람들은 그에게 그 이야기를 다시 부 탁했고 그는 신이 나서 떠들어 댔다. 독한 위스키가 담긴 다 섯 개의 작은 잔을 보자 기분이 들떴기 때문이었다. 그가 어 떻게 알레인 씨가 패링턴의 면전에 주먹을 들이대고 흔들어 댔는지를 보여 주자 사람들은 모두 큰 소리로 웃어 젖혔다. 그러고 나서 그는 〈자, 이게 내 입장이오〉 하면서 패링턴을 흉내 냈고, 패링턴은 웃거나 가끔 아랫입술로 콧수염에 매달 린 술 방울들을 빨아들이면서 게슴츠레하고 더러운 눈으로 동료들을 바라보았다.

술잔이 한 바퀴 다 돌자 잠시 침묵이 흘렀다. 오헬로런은 돈이 있었지만 다른 두 사람은 없는 것 같았다. 그래서 그들 은 모두 아쉬운 마음으로 주점을 떠났다. 듀크 가 모퉁이에 서 히긴스와 노지 플린은 좌측으로 향했고 나머지 세 사람 은 시내로 되돌아갔다. 차가운 거리에 비가 추적추적 내리고 있었고 그들이 밸러스트 오피스에 도착하자 패링턴은 스카 치 하우스 주점으로 가자고 제안했다. 주점은 사람들로 가 득했고 떠드는 소리, 술잔 소리로 매우 시끄러웠다. 세 남자 는 문 앞에서 성냥을 사달라고 애원하는 성냥팔이들을 제치고 들어가 카운터 모퉁이에 모여 앉았다. 그들은 서로 이야기를 나누었다. 레너드는 그들에게 티볼리 극장에서 곡예사 겸 희극 배우로 활동하고 있는 웨더스라는 젊은이를 소개했다. 패링턴은 모두에게 술을 한 잔씩 돌렸다. 웨더스는 아이리시 위스키와 아폴리나리스 광천수를 마시겠다고 했다. 패링턴은 뭐가 뭔지를 정확히 아는 사람인 만큼 다른 사람들에게도 광천수를 하겠느냐고 물었지만 그들은 팀에게 독한 것으로 달라고 말했다. 이야기가 달아올랐다. 오헬로런이 술을 한 잔씩 돌렸고 이어서 패링턴이 술을 돌리자 웨더스는 아무리 아일랜드 인심이 좋다 하더라도 이럴 수는 없다면서 사양했다. 그러면서 그는 그들을 무대 뒤로 초대해 멋진 여자들을 만나게 해주겠다고 약속했다. 오헬로런은 자신과 레너드는 가겠지만 패링턴은 결혼한 사람이라서 안 갈 것이라고 말했다. 패링턴은 자신이 놀림받고 있다는 것을 안다는 표시로 게슴츠레하고 더러운 눈으로 동료들을 노려보았다. 웨더스는 자기 돈으로 그들 모두에게 약간의 술을 샀고 풀벡 가의 멀리건 주점에서 다시 만나자고 약속했다.

스카치 하우스가 문을 닫자 그들은 멀리건 주점으로 향했다. 그들은 뒷문을 통해서 들어갔고 오헬로런은 독한 스페셜 위스키를 작은 잔으로 모두에게 한 잔씩 돌렸다. 그들 모두 얼큰한 취기를 느끼기 시작했다. 패링턴이 또다시 한 잔 사고 있는데 웨더스가 들어왔다. 그는 이번에는 쓴 맥주 한 잔만 마셨다. 패링턴으로서는 다행이었다. 자금이 바닥을 보이고 있었지만 당분간은 마실 돈이 충분했다. 잠시 후 큰 모자를 쓴 젊은 여자 두 명과 체크무늬 양복을 입은 젊은 남자가 들어와 옆 좌석에 앉았다. 웨더스는 그들에게 인사를 했고 동료들에게 그들이 티볼리 극장에서 왔다고 말해 주었다. 패링턴의 시선은 매 순간 그중 한 여자를 향하고 있었다. 그녀의 외모에는 무엇인가 눈에 확 띄는 것이 있었다. 녹청색 모슬린 천으로 된 커다란 스카프가 모자를 둘러싸고 다시 그녀의 턱 아래쪽에 큰 나비넥타이처럼 묶여 있었다. 또한 팔에는 팔꿈치까지 오는 밝은 노란색 장갑을 끼고 있었다. 패링턴은 우아하게 그리고 분주히 움직이는 통통한 팔을 감탄하며 쳐다보고 있다가 잠시 후 그녀와 눈이 마주치자 그녀의 크고 진한 갈색 눈에 더욱더 감탄했다. 비스듬히 노려보는 그녀의 눈이 그를 매혹했다. 그녀는 한두 번 패링턴을 쳐다보았고 동료들과 함께 자리를 뜨게 되자 패링턴의 의자를 스쳐 지나가며 런던 억양으로 〈오, 실례합니다!〉라고 말했다. 그는 그녀가 뒤돌아보기를 기대하면서 그녀가 나가는 모습을 지켜보았지만 실망만 하고 말았다. 그는 돈이 없는 것을 저주했고 자신이 산 술들을 저주했으며, 특히 웨더스에게 산 위스키와 광천수를 저주했다. 그가 싫어하는 것이 한 가지 있다면 바로 남의 술을 얻어먹는 빈대 같은 작자였다. 그는 너무 화가 나서 친구들의 대화 내용을 놓칠 정도였다.

패디 레너드가 그를 불렀을 때 그는 그들이 힘자랑 이야기를 하고 있었다는 것을 알았다. 웨더스가 동료들에게 이두근을 보여 주며 워낙 잘난 척을 해서 다른 두 사람이 조국의 명예를 지켜 달라고 패링턴에게 부탁했다. 패링턴은 그에 따라 소매를 걷어 올리고 동료들에게 이두근을 보여 주었다. 두 사람의 팔을 검사, 비교한 후 마침내 힘자랑 시합을 하는 것으로 결론이 났다. 테이블 위를 치운 후 두 남자는 손을 맞잡고 팔꿈치를 테이블에 올렸다. 패디 레너드가 〈시작!〉을 외치면 두 사람은 서로 상대의 팔을 테이블에 눕히려 애쓰게 될 것이다. 패링턴은 엄숙하고 결의에 찬 모습이었다.

시합이 시작되었다. 약 30초 후 웨더스가 천천히 상대의 손을 테이블로 내리눌렀다. 패링턴의 짙은 포도주색 얼굴은 그런 애송이에게 졌다는 분노와 부끄러움에 달아올라 더 검게 변했다.

「팔에 몸무게를 실으면 반칙이야.」 그가 말했다.

「누가 반칙을 했다고 그래요?」 상대가 말했다.

「그럼 다시 하자고. 삼판양승제야.」

시합이 다시 시작되었다. 패링턴의 이마에 정맥이 불거져 나오고 웨더스의 창백한 얼굴이 벌겋게 변했다. 힘을 받아 두 사람의 팔과 손이 부들부들 떨렸다. 한참을 씨름한 끝에 웨더스가 다시 상대의 손을 천천히 테이블에 눕혔다. 구경하던 사람들로부터 웅얼거리는 찬사가 들려왔다. 테이블 뒤에 서 있던 바텐더는 승자를 향해 자신의 붉은색 머리를 끄덕이며 괜히 아는 척하면서 말했다.

「좋은 기술이군요!」

「당신이 뭘 안다고 그래?」 패링턴이 남자를 쏘아보면서 화가 나서 소리쳤다. 「무슨 헛소리를 하는 거야?」

「쉿! 쉿!」 패링턴의 얼굴에 드러난 폭력적인 표정을 보고 오헬로런이 말했다. 「자, 이제 계산하자고. 간단하게 한 잔만 더 하고 나서 헤어지자고.」

뚱한 표정의 남자가 오코넬 브리지 모퉁이에 서서 집에 가려고 자그마한 샌디마운트행 전차를 기다리며 서 있었다. 그는 분노와 복수심으로 부글부글 끓어오르고 있었다. 그는 모욕을 당했고 불쾌감을 느꼈다. 취기조차 느껴지지 않았다. 주머니에는 2펜스만 남아 있었다. 그는 모든 것을 저주했다. 직장에서 스스로 앞길을 막아 버렸고 시계를 저당 잡혔으며 돈도 다 써버렸다. 게다가 마음껏 취하지도 못했다. 그는 다시 술 생각이 났고 후덥지근하고 냄새나는 주점으로 되돌아가고 싶었다. 애송이에게 두 번씩이나 지는 바람에 힘이 세다는 평판도 잃어버리고 말았다. 가슴속에서 분노가 솟구쳤고 〈실례합니다!〉라면서 자신을 스치고 지나갔던 큰 모자를 쓴 그 여자 생각에 이르자 그는 분노로 거의 목이 꽉 막히는 듯했다.

전차는 셸본 로에서 그를 내려 주었고, 그는 병영 담벼락의 그림자를 따라 그 큰 체구를 이끌며 걸었다. 그는 집에 가는 것이 싫었다. 옆문을 통해 집에 들어서자 부엌이 텅 비어 있고 부엌의 불도 꺼져 가고 있는 것을 보았다. 그는 위층을 향해 고함을 질렀다.

「에이다! 에이다!」

그의 부인은 키가 작고 인상이 날카로운 얼굴을 한 여자였는데, 남편이 술을 안 마셨을 때에는 남편을 협박했고, 남편이 술을 마셨을 때에는 반대로 협박을 당하곤 했다. 그들에게는 다섯 아이가 있었다. 꼬마 아이가 계단을 뛰어 내려왔다.

「누구냐?」 어둠 속을 살피며 남자가 말했다.

「나예요, 아빠.」

「누구냐? 찰리냐?」

「아니요, 아빠. 톰이에요.」

「엄마는 어디 갔니?」

「성당에 가셨어요.」

「알았다……. 엄마가 내 저녁 남겨 두었니?」

「네, 아빠. 제가…….」

「램프를 켜라. 왜 불도 안 켜고 깜깜하게 두는 거냐? 다른 아이들은 자니?」

꼬마가 램프에 불을 붙이는 동안 남자는 식탁 의자에 털썩 앉았다. 그는 아들의 단조로운 어조를 흉내 내면서 절반쯤 혼잣말로 중얼거렸다. 「성당에 갔어요, 성당에.」 램프 불이 켜지자 그는 주먹으로 식탁을 두드리며 소리쳤다.

「내 저녁은 어떻게 된 거야?」

「제가…… 준비해 드릴게요, 아빠.」 꼬마가 말했다.

남자는 화가 나서 벌떡 일어나 난로를 가리켰다.

「저 불에 말이냐? 네가 불을 꺼뜨려 놓고서! 너 또 한 번만 불을 꺼뜨리면 가만 안 둔다!」

그는 문가로 가서 문 뒤에 있던 지팡이를 집어 들었다.

「불 꺼뜨리면 어떻게 되는지 보자!」 팔을 자유롭게 하려고 소매를 걷어 올리며 그가 말했다.

어린 꼬마는 〈오, 아빠!〉 하고 소리를 지르고는 훌쩍거리면서 식탁 주변으로 뛰어 달아났지만 남자는 꼬마를 따라잡아 웃옷을 움켜쥐었다. 꼬마는 허둥거리며 주변을 살펴보았지만 도망갈 방법이 없다는 것을 알고는 무릎을 꿇었다.

「너, 다음에도 또 불 꺼뜨려라!」 남자는 막대기로 아이를 세게 후려쳤다. 「맛 좀 봐라, 이 망할 놈!」

막대기가 허벅지를 파고들자 아이는 비명을 질렀다. 아이는 허공에서 두 손을 맞잡았고 목소리는 겁에 질려 떨고 있었다.

「오, 아빠!」 아이가 소리쳤다. 「때리지 마세요, 아빠! 제가…… 제가…… 아빠 위해 성모송 외울게요…… 성모송 외울게요. 안 때리면…… 제가 성모송 외울게요.」

진흙

여감독관은 마리아에게 여자들의 저녁 식사 시간이 끝나는 대로 외출을 해도 좋다고 허락해 주었고, 따라서 마리아는 저녁 외출을 기다리고 있었다. 부엌은 말끔하게 정리되어 있어서 요리사는 커다란 구리 솥들에 얼굴을 비춰 보아도 될 정도라고 말했다. 난롯불이 따뜻하고 밝게 타오르고 있었고 보조 식탁들 중 하나에는 커다란 건포도 빵 네 덩어리가 놓여 있었다. 빵은 자르지 않은 것처럼 보였지만 가까이서 자세히 보면 저녁 식사 때 함께 내놓을 수 있도록 똑같은 크기로 길고 두껍게 잘려 있다는 것을 알 수 있었다. 마리아가 잘랐던 것이다.

마리아는 체구가 아주아주 작은 사람이었지만 코가 아주 길고 턱도 아주 길었다. 그녀는 항상 콧소리를 내면서 상대를 달래듯이 〈네, 그래요〉, 〈아니요, 안 그래요〉라고 말하곤 했다. 여자들이 빨래를 하다가 싸움이 나면 사람들은 항상 그녀를 보냈고, 그녀는 또 항상 화해를 이끌어 내는 데 성공했다. 어느 날엔가는 여감독관이 그녀에게 이렇게 말했다.

「마리아, 당신은 정말 확실한 중재자예요!」

부감독관과 두 명의 위원회 여자들도 그 칭찬을 들었다. 사실 진저 무니는 마리아만 아니었다면 다림질을 맡고 있는 그 벙어리에게 무슨 짓인들 못 했겠느냐고까지 말했다. 누구나 마리아를 좋아했다.

여자들은 6시에 저녁을 먹을 테고 그녀는 7시 이전에 나갈 수 있을 것이다. 볼스브리지에서 필라까지 20분, 필라에서 드럼콘드라까지 20분, 물건 사는 데 20분, 그러면 8시까지는 갈 수 있을 것이다. 그녀는 은으로 된 걸쇠가 달린 지갑을 꺼내 벨파스트 여행 기념이라고 쓰인 글자를 읽었다. 그녀는 그 지갑을 아주 좋아했다. 조가 앨피와 함께 5년 전 성령강림절 휴가 때 벨파스트에 여행 갔다가 사다 준 것이었기 때문이다. 지갑에는 반 크라운짜리 동전 두 개와 잔돈 몇 푼이 들어 있었다. 전차비를 지불하고 나면 정확히 5실링이 남을 것이다. 아이들은 전부 노래를 부르고…… 얼마나 멋진 저녁 시간이 될까! 단지 그녀는 조가 술을 마시고 들어오지 않기만을 바랐다. 그는 술만 마시면 전혀 딴사람이 되곤 했다.

그는 여러 번 그녀에게 함께 살자고 했었지만 그녀는 자신이 방해가 될 것이라고 생각했고(조의 부인이 언제나 친절하게 대해 주기는 했지만), 게다가 세탁소에서의 삶에 이미 익숙해져 있었다. 조는 좋은 사람이었다. 그녀가 조를 키워 주었다. 앨피도 마찬가지였다. 그래서 조는 자주 이런 말을 하곤 했다.

「엄마도 엄마지만 마리아가 진짜 엄마야.」

형제들이 불화로 갈라선 후 그들은 그녀에게 〈더블린을 비추는 등불〉 세탁소[22]에 자리를 마련해 주었고 그녀는 그 일자리를 좋아했다. 그녀는 개신교도들에게 나쁜 인상을 가지고 있었지만 이제는 그들이 아주 좋은 사람들이라고 생각했다. 약간 과묵하고 진지하지만 그래도 함께 생활하기에 아주 좋은 사람들이었다. 그리고 그녀는 온실에 식물을 기르면서 그것을 돌보는 일을 좋아했다. 예쁜 양치류 식물과 호야가 있었는데 찾아오는 사람이 있으면 온실에서 꺾꽂이용으로 한두 가지씩 나눠 주곤 했다. 그녀가 좋아하지 않는 것이 하나 있었는데 바로 벽에 붙어 있는 문구[23]였다. 그러나 여감독관은 점잖고 지내기에 좋은 사람이었다.

요리사가 그녀에게 준비가 다 되었다고 말하자 그녀는 여자들의 방으로 가서 큰 종을 울렸다. 몇 분 후 여자들이 김이 모락모락 나는 손을 속치마에 닦거나 블라우스 소매를 김이 나는 붉어진 팔 아래로 끌어 내리면서 둘씩 셋씩 들어왔다. 그들은 요리사와 벙어리가 미리 큰 깡통에 든 우유와 설탕을 섞어서 만들어 둔 뜨거운 차가 가득한 커다란 컵들 앞에 와서 앉았다. 마리아는 건포도 빵을 나눠 주는 일을 맡았고 여자들이 모두 네 조각씩 받은 것을 확인했다. 식사 시간 동안 웃음소리와 농담이 가득했다. 리지 플레밍은 만성절 전날마다 여러 번 그런 말을 했었지만, 이번에도 마리아가 반지

---

22 타락한 여성들의 갱생을 위해 신교도들이 설립한 기관.
23 갱생을 촉구하는 문구.

를 집게 될 것이라고 말했다. 마리아는 웃으면서 자신은 반지도 남자도 원치 않는다고 말해야만 했다. 웃을 때 그녀의 회색빛이 도는 녹색 눈은 실망스러운 듯한 부끄러움으로 반짝였고 코끝은 거의 턱 끝에 닿을 듯했다. 여자들이 식탁 위의 컵을 앞에 두고 떠들어 대고 있을 때 진저 무니가 컵을 높이 들면서 마리아의 건강을 기원하자고 말했다. 그러면서 그녀는 섞어 마실 흑맥주가 없어서 유감이라고 했다. 마리아는 다시 코끝이 거의 턱 끝에 닿고 그녀의 작은 체구가 거의 부서질 정도로 웃어 댔다. 비록 그녀는 천박한 여자에 대해 잘 알지만, 그래도 무니가 좋은 의도로 한 말이라는 것을 알고 있었기 때문이다.

그러나 여자들이 식사를 마치고 요리사와 벙어리가 식탁을 치우기 시작했을 때 마리아는 얼마나 기뻤던가! 그녀는 자신의 작은 침실로 향했고 다음 날 아침 미사가 있다는 것을 기억하고는 자명종 시계를 7시에서 6시로 맞추어 놓았다. 그리고 나서 그녀는 작업복과 신발을 벗고 가장 좋은 치마를 침대에 펼쳐 놓은 후 자그마한 드레스 부츠를 침대 다리 옆에 꺼내 놓았다. 블라우스도 갈아입었다. 그리고 거울 앞에 서자 어렸을 적에 일요일 아침이면 미사에 가려고 옷을 입던 일이 생각났다. 그녀는 예전에 그토록 자주 찬미했었던 자신의 작은 몸을 묘한 애정을 느끼며 바라보았다. 그토록 세월이 지났는데도 작고 아담한 보기 좋은 신체였다.

밖으로 나가자 거리는 빗물로 반짝이고 있었고 그녀는 낡은 갈색 우비를 가져간 것을 다행스럽게 생각했다. 전차에 사람들이 가득해서 그녀는 사람들이 모두 쳐다보는 전차 끝의 작은 원형 의자에 앉아야만 했다. 그녀의 발이 바닥에 닿을 듯 말 듯 했다. 그녀는 할 일을 마음속으로 정리해 보았고 독립해 살면서 주머니에 어느 정도 돈도 있다는 것이 얼마나 다행한 일인가 생각했다. 그녀는 멋진 저녁을 보내기를 기대했다. 분명 그럴 수 있을 것이다. 그러나 그녀는 앨피와 조가 서로 말도 안 하고 사는 것을 유감스러워하지 않을 수 없었다. 지금은 항상 싸우지만 어렸을 때에는 서로 가장 친한 친구였었다. 그러나 인생이란 그런 것이다.

그녀는 필라에서 전차를 내려 사람들 사이를 요리조리 재빨리 헤치며 지나갔다. 그녀는 다운스 제과점에 들어갔다. 그런데 사람들이 워낙 많아서 한참을 기다린 후에야 볼일을 볼 수 있었다. 그녀는 몇 페니 정도 하는 케이크들을 이것저것 여러 개 샀고 드디어 커다란 봉지를 들고 상점을 나왔다. 그리고 나서 또 무엇을 살까 생각했다. 정말로 좋은 것을 사고 싶었다. 사과나 호두는 집에도 이미 많을 것이다. 무엇을 사야 할지 생각이 나지 않았고 그녀가 떠올릴 수 있는 것은 케이크뿐이었다. 그녀는 건포도 케이크를 사기로 결심했다. 그러나 다운스 제과점의 건포도 케이크는 위에 아몬드 당의가 충분치 않았다. 그래서 그녀는 헨리 가에 있는 상점으로 갔다. 그곳에서 그녀는 케이크를 고르는 데 상당한 시간을 보냈고 판매대 뒤의 세련되게 차려입은 여자는 분명 그녀 때문에 약간 신경이 쓰여서 혹시 결혼식 케이크를 사려는 거냐고 물었다. 마리아는 그 말을 듣고 얼굴을 붉히면서 젊은 여자에게 미소를 지었다. 그런데 젊은 여자는 그 미소를 심각하게 받아들였고 마침내 두꺼운 건포도 케이크 한 덩이를 잘라 포장을 한 뒤 말했다.

「2실링 4펜스입니다.」

그녀는 젊은 남자들이 누구도 자신을 주목하지 않아 드럼 콘드라행 전차에서 서서 가야 할 거라고 생각했지만 어느 나이 든 신사가 그녀에게 자리를 양보했다. 그 남자는 체구가 당당한 신사로서 갈색의 딱딱한 모자를 쓰고 있었다. 네모난 얼굴에 안색이 붉었고 회색빛이 나는 콧수염이 있었다. 마리아는 남자가 군대의 대령처럼 보이는 신사라고 생각했으며 자신들의 눈앞만 빤히 바라보고 있는 젊은 남자들에 비해 얼마나 예의 바른 사람인가 생각했다. 신사는 만성절 전야와 비 오는 날씨에 대해 그녀와 이야기하기 시작했다. 그러면서 그는 봉지에 가득한 것이 어린아이들을 위한 것이 아니냐고 하며 아이들은 어린 시절에는 그저 마음껏 뛰어놀아야 한다고 말했다. 마리아는 그에게 동의했고 말없이 고개를 끄덕이고 헛기침을 하면서 호의를 보였다. 남자는 친절했다. 그녀는 커널 브리지에서 내리면서 그에게 고맙다고 고개를 숙여 인사했고 그 남자도 고개를 숙이며 모자를 벗고 친절하게 미소를 지어 보였다. 빗속에 작은 머리를 숙인 채 경사진 길을 따라 걸어 올라가면서 그녀는 그 남자가 술을 한잔 하기는 했어도 신사임을 알아보는 것이 얼마나 쉬운 일이었는지를 생각했다.

조의 집에 도착하자 모두들 〈오, 마리아 아주머니!〉 하고 반겼다. 조도 일을 끝내고 와 있었고 아이들은 모두 일요일에 입는 옷을 입고 있었다. 옆집에서 온 체구가 큰 두 명의 소녀가 있었고 같이 게임을 하는 중이었다. 마리아는 가장 나이가 많은 아이 앨피에게 케이크 봉지를 주면서 케이크를 나눠 주라고 했고 도넬리 부인은 이렇게 케이크를 많이 사다 주셔서 정말 고맙다고 하면서 아이들에게 〈고맙습니다〉라고 말하도록 시켰다.

마리아는 엄마, 아빠도 좋아할 만한 것, 특별한 것을 사 왔다고 하면서 건포도 케이크를 찾았다. 그녀는 다운스 제과점의 봉지를 찾아보았고 이어서 우비 주머니, 현관 옷걸이까지 찾아보았지만 어디에서도 그것을 찾을 수 없었다. 그러자 그녀는 아이들에게 누군가 그것을 먹지 않았느냐고 — 물론, 실수로 — 물어보았다. 아이들은 모두 안 먹었다고 하면서 훔쳐 먹었다는 소리를 듣느니 차라리 케이크를 안 먹겠다는 표정을 지었다. 다들 나름대로 건포도 케이크 미스터리에 대해 한마디씩 했고 도넬리 부인은 마리아가 전차에 두고 내린 것이 분명하다고 말했다. 마리아는 회색빛 콧수염 달린 신사가 자신을 얼마나 혼란스럽게 했는지를 기억하고는 부끄러움과 속상함, 실망감으로 얼굴이 붉어졌다. 놀라게 해주려던 일이 실패로 돌아가고 2실링 4펜스를 거저 내버렸다는 생각에 그녀는 금방이라도 울고 싶었다.

조는 별일 아니라면서 그녀를 난로 옆에 앉게 했다. 그는 매우 친절했다. 그는 매니저에게 기막히게 말대답을 한 일 등 사무실에서 있었던 일들을 이야기해 주었다. 마리아는 조가 자신이 한 말대답에 대해 왜 그렇게 웃어 대는지 이해하지 못했지만 매니저가 분명 같이 일하기 힘든 사람인 것 같다고 말했다. 조는 어떻게 대해야 하는지만 알면 그 사람도 그렇게 나쁜 사람은 아니라고, 성질을 건드리지만 않으면 괜찮은 사람이라고 말했다. 도넬리 부인은 아이들을 위해 피아노를 연주했고 아이들은 춤도 추고 노래도 불렀다. 그러고 나서 옆집 소녀 둘이 호두를 나누어 주었다. 아무도 호두 까는 기구를 찾지 못하자 조는 그 일로 화가 나서 기구도 없이 마리아가 어떻게 호두를 까기를 바라느냐고 말했다. 그러자 마리아는 자신은 호두를 좋아하지 않으니 신경 쓰지 말라고 했다. 그러자 조는 흑맥주를 한 잔 하겠느냐고 물었고 도넬리 부인은 그것이 싫으면 포트와인도 있다고 말했다. 마리아는 차라리 아무것도 권하지 않았으면 좋겠다고 했지만 그래도 조는 고집을 부렸다.

마리아는 결국 그의 뜻대로 하게 했고, 그들은 난로 옆에 앉아 옛날이야기를 하기 시작했다. 마리아는 앨피에 대해 좋은 이야기를 해주고 싶었다. 그러나 조가 다시 그에게 말을 하느니 차라리 벼락을 맞아 죽을 것이라면서 소리를 질러 대는 바람에 마리아는 그 이야기를 꺼내서 미안하다고 사과했다. 도넬리 부인은 혈육에게 그런 식으로 말하다니 부끄럽지도 않느냐고 남편에게 말했지만, 조는 앨피는 형제가 아니라고 했고 바로 그 문제로 인해서 말다툼이 벌어질 뻔했다. 조는 그러나 날이 날인 만큼 화를 내지는 않겠다면서 아내에게 흑맥주를 좀 더 가져오라고 말했다. 옆집 소녀 둘이 만성절 전야 게임을 준비했고 분위기는 다시 좋아졌다. 마리아는 아이들이 즐거워하고 조와 그의 부인도 기분 좋아하는 것을 보고 흐뭇해했다. 옆집 소녀들은 테이블에 접시를 몇 개 올려놓고 아이들을 눈을 가린 채 테이블로 이끌었다. 한 명은 기도서를 잡았고 나머지 셋은 물을 집었다. 그리고 옆집 소녀 하나가 반지를 집자 도넬리 부인은 〈나는 네 마음 다 알아!〉 하고 말하듯이 얼굴을 붉힌 소녀에게 손가락을 들어 흔들었다. 그다음 그들은 마리아의 눈을 가리고 테이블로 데려가 무엇을 집게 되는지 보자고 고집을 부렸다. 눈을 가리는 동안 마리아는 또다시 코끝이 거의 턱 끝에 닿을 정도로 계속해서 웃어 댔다.

그들은 웃음소리, 농담 소리 속에서 그녀를 테이블로 이끌었고 그녀는 시키는 대로 허공에 손을 내밀었다. 그러고는 허공에 여기저기 손을 휘젓다가 한 접시 위로 내렸다. 그녀는 손가락에 어떤 부드럽고 축축한 물질이 닿는 것을 느꼈는데, 아무도 말을 안 하고 눈가리개를 풀어 주지도 않아서 이상하게 생각했다. 잠시 동안 모든 것이 멈춰 있었다. 그러다가 한바탕 허둥거리는 소리, 속삭이는 소리가 들려왔다. 누군가 정원이니 뭐니 하는 말을 했고, 결국은 도넬리 부인이 옆집 소녀 한 명에게 심한 말을 하면서 즉시 내다 버리라고, 그런 장난은 절대 안 된다고 말했다. 마리아는 그제야 무언가 잘못되었다는 것을 알았고 그래서 처음부터 다시 해야만 했다. 이번에는 기도서를 집었다.

도넬리 부인은 아이들을 위해 「매클라우드 양의 춤곡」을 연주했고 조는 마리아에게 와인을 한 잔 권했다. 그들은 다시 즐거운 기분으로 돌아갔고 도넬리 부인은 마리아에게 기도서를 집었으니 그해가 가기 전에 수녀원에 들어갈 모양이라고 말했다. 즐거운 이야기에 옛 추억하며, 마리아는 조가 그날 밤처럼 상냥한 것을 본 적이 없었다. 그녀는 모두가 자신에게 친절하게 대해 주었다고 말했다.

아이들이 지쳐 졸기 시작하자 조는 마리아에게 가기 전에 노래, 특히 옛날 노래를 한 곡 불러 주지 않겠느냐고 물었다. 도넬리 부인도 〈그래요, 부탁해요〉라고 말했고, 그래서 마리아는 일어나 피아노 옆에 서야 했다. 도넬리 부인은 아이들에게 조용히 하면서 마리아의 노래에 귀를 기울이도록 시켰다. 그녀는 전주를 연주하다가 〈하나, 둘, 셋!〉 하고 신호를 보냈고 마리아는 몹시 얼굴을 붉히면서 작고 떨리는 목소리로 노래를 시작했다. 그녀는 「나는 꿈꾸었네」를 불렀는데, 2절을 부를 때가 되자 다음의 가사를 한 번 더 불렀다.

나는 꿈꾸었네, 신하들 농민들 거느리며
대리석 저택에서 살게 되기를
저택에 모인 그 많은 사람들에게
나는 희망이고 자랑이기를.

헤아릴 수 없이 부유하고 명망 있는 집안에서
그 후손임을 자랑하며 살기를,
그러나 나는 꿈꾸었네 가장 바라는 것을,

그대가 변함없이 나를 사랑하기를.[24]

그러나 아무도 그녀의 실수를 지적하려 하지 않았고, 그녀가 노래를 끝내자 조는 몹시 감동했다. 그는 옛날이 제일 좋은 시절이었다면서 사람들이 뭐라고 하든 노래는 밸프가 최고라고 말했다. 눈에 눈물이 가득해서 그는 자신이 찾던 것을 찾을 수가 없을 정도였고 결국 코르크 따개가 어디 있는지 아내에게 물어보아야만 했다.

24 아일랜드의 작곡가 마이클 윌리엄 밸프Michael William Balfe(1808~1870)의 오페라 「보헤미아 처녀The Bohemian Girl」(1843)에 나오는 아리아. 2절은 남자에게 구혼을 받는 내용인데 마리아는 2절 대신 1절을 한 번 더 부르고 있다.

가슴 아픈 사건

제임스 더피 씨는 채플리조드에 살았다. 자신이 속한 도시에서 최대한 멀리 떨어져 살고 싶었고 더블린의 다른 교외 지역들은 모두 천박하고 현대적이며 잘난 척하는 곳들뿐이었기 때문이다. 그는 오래된 어둠침침한 집에서 살았고 창문을 통해서 버려진 양조장이나 위쪽으로 더블린이 위치한 얕은 강을 바라볼 수 있었다. 카펫도 깔려 있지 않은 그의 방의 높은 벽에는 그림들조차 걸려 있지 않았다. 검은색 철제 침대 틀, 철제 세면대, 등나무 의자 네 개, 옷걸이, 석탄 통, 난로 가림막과 부지깽이들, 경사진 덮개가 달린 사각형 책상 등 방 안의 가구들은 모두 자신이 산 것들이었다. 벽감에는 하얀색 나무 선반으로 만든 책장이 있었다. 침대는 하얀 침대보로 덮여 있었고 다리에는 검붉은 깔개가 깔려 있었다. 세면대 위에는 작은 손거울이 걸렸고 낮 동안에는 흰색 갓을 단 램프가 벽난로 선반 위의 유일한 장식품이었다. 하얀색 나무 선반 위의 책들은 두께에 따라서 아래에서 위로 정리되어 있었다. 워즈워스 전집이 가장 아래 한쪽 끝에 자리하고 있었고 천으로 만든 표지에 철을 한 『메이누스 교리 문답서』의 복사본이 맨 위 선반 한쪽 끝에 세워져 있었다. 필기도구들은 언제나 책상 위에 있었다. 책상 위에는 자줏빛 잉크로 무대 지시 사항을 적어 놓은 하웁트만의 「미하엘 크라머」 번역 초고와 황동 핀으로 고정한 종이 뭉치가 놓여 있었다. 그 종이들 위에 가끔 문장이 하나씩 쓰여 있었고, 아이러니한 생각이 든 순간에는 바일 빈스[25] 광고의 표제를 종이 첫 장에 붙여 놓기도 했다. 책상 덮개를 열면 희미한 냄새, 새 삼나무 연필들이나 병에 든 고무풀 또는 그곳에 두고 잊어버린 것 같은 농익은 사과 냄새가 풍겨 나왔다.

더피 씨는 육체적으로나 정신적으로나 무질서한 것을 싫어했다. 중세 시대의 의사라면 아마 그를 토성의 기운을 받아 우울한 성격을 가진 사람이라고 했을 것이다. 그의 얼굴은 평생의 이야기를 다 담고 있듯이 더블린 시내처럼 갈색을 띠었다. 길고 약간 큰 머리에는 푸석푸석한 검은 머리카락이 자라 있었고 황갈색 콧수염은 볼품없는 입을 완전히 가려 주지 못하고 있었다. 광대뼈도 그의 엄격한 성격을 보여 주었다. 그러나 그의 눈에서는 그런 엄격함을 찾아볼 수 없었다. 황갈색 눈썹 아래에서 세상을 바라보는 그의 눈은, 사람들에게 단점을 벌충할 만한 천성을 발견할 수만 있다면 크게 환영하고 싶지만 결과적으로 자주 실망만 하게 되는 사람이라는 인상을 주었다. 그는 자신의 행동을 의심스러운 곁눈질로 바라보면서 자신의 육체로부터 약간 거리를 두고

25 위장약.

살았다. 그는 가끔 마음속으로 삼인칭 주어와 과거형 서술로 자신에 대해서 짤막한 문장을 써내는 자서전 같은 특이한 습관이 있었다. 그는 결코 거지들의 동냥에 응하지 않았고, 단단한 개암나무 지팡이를 들고 꼿꼿하게 걸어갔다.

그는 오랫동안 바젯 가에 있는 민영 은행의 출납원으로 일했다. 매일 아침 그는 채플리조드에서 전차를 타고 출근했다. 정오에는 댄 버크 식당에서 점심 — 저장맥주 한 병과 작은 접시에 담긴 칡가루 비스킷 — 을 먹었다. 4시가 되면 해방이었다. 그는 조지 가에 있는 어떤 싸구려 식당에서 저녁을 먹었는데, 더블린의 돈 많은 젊은이들과 마주칠 일 없고 가격도 정직한 곳이었기 때문이다. 저녁에는 주로 집주인 여자의 피아노를 연주하거나 도시 주변을 산책하면서 보냈다. 모차르트의 음악을 좋아하다 보니 가끔 오페라나 음악회에 가는 일이 있었다. 그것이 그의 삶에서 유일한 유흥이었다.

그는 동료도 친구도 없었다. 교회도 나가지 않았고 종교적 신조도 없었다. 그는 다른 누구와의 교제도 없이 자신의 정신적 삶을 살았다. 크리스마스에 친척을 방문하거나 그들이 죽었을 때 묘지에 함께 가는 것뿐이었다. 그 두 가지 사회적 의무도 체면 때문에 이행했을 뿐 사회생활을 규정하는 그 외의 다른 관습들은 더 이상 수용하지 않았다. 어쩌다 자신이 일하는 은행을 털어 볼 수 있으리라는 생각도 했지만 그런 상황은 결코 발생하지 않았기 때문에, 그의 삶은 평탄하게 아무런 모험도 없는 이야기책처럼 흘러갔다.

어느 날 저녁 그는 로턴다 극장에서 두 여성 사이에 자리하게 되었다. 관객도 적고 침묵만 흐르는 그 극장은 유감스럽게도 실패를 예고하고 있었다. 그의 옆에 앉은 여성은 텅 빈 극장을 한두 번 둘러보고는 이렇게 말했다.

「오늘 밤 극장이 이렇게 비다니! 사람들도 텅 빈 객석을 보고 노래를 하려면 괴로울 텐데.」

그는 그 말을 대화를 하자는 의미로 받아들였다. 여자가 어색해하지 않는 것을 보고 그는 놀랐다. 대화를 하는 동안 그는 그녀를 자신의 기억 속에 영원히 각인하려 노력했다. 그녀 옆의 젊은 아가씨가 그녀의 딸이라는 것을 알게 되자 그는 그녀가 자신보다 한두 살 적을 것이라고 판단했다. 젊었을 때에는 분명 예뻤을 그녀의 얼굴은 여전히 지적이었다. 이목구비가 확연한 타원형 얼굴이었다. 눈은 짙은 푸른색으로 침착해 보였다. 처음 쳐다볼 때에는 도전적인 느낌이 있었지만 곧 눈동자가 홍채 속으로 천천히 사라지는 듯 보이면서 상당한 감수성을 드러냈다. 눈동자는 즉시 자신을 주장했지만 반쯤 감추어진 그 본성은 다시 정숙함의 지배하에 고개를 숙였고, 대신 양모로 만든 상의가 가슴을 풍만하게 드러내면서 좀 더 분명하게 도전적인 느낌을 전해 주었다.

그는 몇 주 후 얼스포트 테라스 극장의 음악회에서 그녀를 다시 만났고 그녀의 딸이 다른 곳에 관심을 보이는 동안 친해질 수 있는 기회를 잡았다. 그녀는 한두 번 남편을 언급했지만 경고가 담긴 어조는 아니었다. 그녀의 이름은 시니코 부인이었다. 남편의 고조할아버지가 레그혼[26]에서 왔다고

26 이탈리아 중부 토스카나 지방의 항구 도시 리보르노의 영어 이름.

했다. 그녀의 남편은 더블린과 네덜란드를 오가는 상선의 선장이었고 그들 사이에는 아이가 하나 있었다.

우연히 세 번째 마주치자 그는 용기를 내어 만날 것을 제안했다. 그렇게 해서 그들의 첫 번째 만남이 이루어졌다. 그들은 언제나 저녁때에 만났고 가장 조용한 곳을 골라 함께 걸었다. 그러나 은밀한 방식을 싫어하는 더피 씨는 자신들이 몰래 만나야 하는 상황이라는 것을 알고는 그녀에게 자신을 그녀의 집에 초대해 달라고 요구했다. 시니코 선장은 딸의 결혼 문제와 관련이 있는 것으로 생각해서 그의 방문을 부추겼다. 그는 자신의 아내를 자기 쾌락의 세계로부터 완전히 배제해 왔기 때문에 다른 누군가가 그녀에게 관심을 가지리라고는 생각지 못했다. 남편은 종종 집을 떠나 있었고 딸은 음악 레슨을 해주러 나갔기 때문에 더피 씨는 그 여성과 사교를 즐길 수 있는 기회가 많았다. 더피 씨나 그녀 누구도 이전에 그런 모험을 경험했던 적이 없었고 두 사람 누구도 부자연스러움을 느끼지 않았다. 조금씩 조금씩 그는 자신의 생각을 그녀의 생각에 얽어맸다. 그는 그녀에게 책을 빌려주었고 생각을 제공했으며 그녀와 자신의 지적 인생을 공유했다. 그녀는 그 모든 것에 귀를 기울였다.

가끔 그의 이론에 대한 답례로 그녀는 자기 인생의 일부를 드러내 보였다. 그리고 거의 모성애에 가까운 열성으로 그녀는 그에게 자신의 본성을 완전히 표출하라고 권했다. 그녀가 그의 고해 성사를 들어 주는 사람이 된 것이다. 그는 자신이 한동안 아일랜드 사회당 모임에 참석했었는데, 희미한 기름등을 밝힌 다락방에 모인 스무 명의 소박한 노동자들 중에서 자신만 특이한 사람이라 느꼈었다고 말했다. 그 모임이 세 파로 분열되어 서로 지도자를 달리하고 각기 다른 다락방에서 모이게 되자 그는 더 이상 모임에 나가지 않았다. 그는 노동자들의 토론이 너무 소심하고 임금과 관련된 관심은 너무 과도하다고 말했다. 그는 그들이 험상궂은 얼굴을 한 현실주의자들이며 그들이 도달할 수 없는 여가의 산물인 치밀함에 대해서는 분노를 드러내는 사람들이라고 느꼈다. 그는 그녀에게 수 세기 동안 더블린에서 사회주의 혁명은 일어날 수 없을 것이라고 말했다.

그녀는 왜 자신의 생각을 글로 써서 발표하지 않느냐고 물었다. 도대체 무엇 때문에? 그는 조심스러운 경멸감을 표시하며 그녀에게 물었다. 연속해서 60초도 생각하지 못하는 엉터리 글쟁이들과 경쟁하기 위해서? 도덕은 경찰관들에게 맡기고 예술은 흥행사들에게 맡겨 버린 우둔한 중산 계층의 비평이나 들으려고?

그는 더블린 외곽에 있는 그녀의 작은 집을 자주 방문했고 또 자주 둘이서만 저녁 시간을 보냈다. 조금씩 조금씩 그들의 생각이 뒤얽히면서 그들의 대화 주제도 좀 더 현실적인 것으로 옮겨 갔다. 그녀는 외래종 식물을 위한 따뜻한 토양과 같았다. 그녀는 종종 등불을 켜지 않은 채 그들에게 어둠이 그대로 내리덮이도록 내버려 두었다. 어둡고 은밀한 방, 그들만의 고립된 상황, 그들의 귀를 울리던 음악 소리가 그들을 결합시켰다. 그 세 가지가 결합되어 그를 고취했고 날카로운 성격을 무디게 했으며 그의 정신적 삶을 감성적으로 변화시켰다. 가끔씩 그는 자기 자신의 목소리를 듣고 있는 자신을 발견했다. 그는 그녀의 눈 속에서 자신이 천사의 수준으로까지 상승할 수 있다고 생각했다. 그리고 상대의 열정적인 본성을 점점 더 자신에게 끌어당기면서 그는 치유할 수 없는 영혼의 외로움을 주장하는 목소리를 들었다. 그는 그것이 자신의 목소리임을 알았다. 그것은 인간의 목소리 같지 않은, 이상한 목소리였다. 우리는 우리 자신을 포기할 수 없다. 그 목소리가 말했다. 우리는 우리 자신이다. 그러나 이런 대화들은 어느 날 밤 유난히 흥분한 모습을 보이던 시니코 부인이 정열적으로 그의 손을 잡고는 그 손을 자신의 뺨에 갖다 대면서 끝이 나고 말았다.

더피 씨는 몹시 놀랐다. 자신의 말을 그렇게 해석한 그녀에게 환멸을 느꼈다. 그는 한 주 동안 그녀를 방문하지 않았다. 그러고는 그녀에게 만나자는 편지를 보냈다. 마지막 만남이 망쳐 버린 고해실 같은 분위기가 되는 것이 싫었기 때문에 그들은 파크게이트 근처의 작은 제과점에서 만났다. 추운 가을날이었다. 그러나 차가운 공기에도 불구하고 그들은 공원 근처의 길을 따라 이리저리 거의 세 시간이나 걸어다녔다. 그들은 교제를 그만두기로 했다. 그가 말했다. 모든 관계는 슬픔으로 이어지기 마련이라고. 공원에서 나와 그들은 말없이 전차를 향해 걸었다. 그러나 그러다가 그녀가 몸을 심하게 떨기 시작해서 또다시 이상한 행동을 할까 봐 겁이 난 그는 급히 그녀에게 작별을 고하고는 그녀를 떠나 버렸다. 며칠 후 그는 자신의 책과 악보가 담긴 소포 꾸러미를 받았다.

4년이 흘렀다. 더피 씨는 이전의 변화 없는 삶으로 되돌아갔다. 그의 방은 여전히 질서 정연한 그의 마음을 보여 주었다. 아래층의 악보대에 몇몇 새 악보들이 올려져 있었고 책장 선반에는 니체가 쓴 『차라투스트라는 이렇게 말했다』와 『즐거운 학문』이 꽂혀 있었다. 그는 책상에 놓인 종이 뭉치에 거의 글을 쓰지 않고 있었다. 시니코 부인과 마지막으로 만난 지 두 달 후에 쓰인 문장 하나는 이런 내용이었다. 남자와 남자 사이의 사랑은 불가능하니 이는 성적인 관계가 없기 때문이다. 그리고 남자와 여자 사이의 우정은 불가능하니 이는 성적인 관계가 있기 때문이다. 그녀를 만나게 될까 봐 그는 음악회도 멀리했다. 그동안 그의 아버지가 죽었고 은행의 실무자 한 사람이 은퇴했다. 여전히 그는 매일 아침 전차를 타고 도시로 출근했다가 매일 저녁 조지 가에서 조촐한 저녁을 먹고 디저트 삼아 석간신문을 읽은 후 집으로 걸어갔다.

어느 날 저녁 소금에 절인 쇠고기와 양배추를 입으로 가져가려던 그의 손이 갑자기 멈추었다. 그는 물병에 기대 세워 놓았던 석간신문의 어떤 기사에 시선을 고정했다. 그는 음식을 접시에 내려놓고 그 기사를 주의 깊게 읽었다. 그러고 나서 물을 한 잔 마시고는 접시를 옆으로 밀어내고 눈앞에 오도록 신문을 접어 팔꿈치 사이에 든 후 기사를 읽고 또 읽었다. 접시에 양배추에서 나온 차갑고 하얀 기름 덩어리가 끼기 시작했다. 여자가 와서 음식이 잘못되었느냐고 물었다. 그는 아주 맛있다면서 억지로 한두 입을 더 먹었다. 그러고 나서 음식값을 지불하고는 밖으로 나갔다.

단단한 개암나무 지팡이로 바닥을 규칙적으로 두드리면서 그는 11월의 황혼 속에서 재빨리 걸어갔다. 누르스름한 「메일」지의 일부가 꼭 끼는 두꺼운 더블 코트 옆 주머니에서 삐죽이 나와 있었다. 파크게이트에서 채플리조드로 이어지는 한적한 길에 이르자 그는 발걸음을 늦추었다. 또렷하고 힘찬 지팡이 소리는 더 이상 들리지 않았고 불규칙한 그의 숨결은 거의 신음 소리를 내면서 겨울 공기 속에서 응축되었다. 집에 도착하자 그는 즉시 침대로 가 주머니에서 신문을 꺼낸 후 창가의 희미한 빛 아래에서 기사를 다시 읽었다. 소리를 내어 읽지는 않았지만 성직자가 기도문을 소리 없이 읽을 때처럼 입술을 움직이고 있었다. 기사 내용은 다음과 같았다.

시드니퍼레이드 역에서의 한 여인의 죽음
가슴 아픈 사건

오늘 더블린 시립 병원에서 대리 검시관(레버렛 씨는 부재)은 어제저녁 시드니퍼레이드 역에서 사망한 고 에밀리 시니코 부인(43세)의 사체를 검시했다. 알려진 바에 따르면 작고한 부인은 기차선로를 건너다가 킹스타운에서 들어오던 10시 완행열차에 치여 머리와 우측 옆구리에 부상을 입고 죽음에 이르렀다.

기관사 제임스 레넌 씨는 15년간 철도 회사에서 근무했다고 말했다. 그는 차장의 호루라기 소리에 따라 기차를 움직이기 시작했고 1~2초 후 고함 소리를 듣고 기차를 멈추었다. 기차는 천천히 움직이고 있었다.

역무원 P. 던 씨는 기차가 막 출발하려 할 때 한 여자가 선로를 건너려는 것을 보았다고 말했다. 그는 그녀에게 달려가 소리쳤지만 제지하기도 전에 그녀는 기차의 완충기에 부딪쳐 쓰러졌다.

배심원: 여자분이 쓰러지는 것을 보았습니까?

목격자: 예.

크롤리 경사는 그가 도착했을 때 고인은 이미 숨진 채 플랫폼에 누워 있었다고 증언했다. 그는 구급차가 도착할 때까지 사체를 대합실로 옮기도록 지시했다.

57E번 경관이 확인했다.

더블린 시립 병원의 외과 부과장 핼핀 박사는 고인의 아래쪽 갈비뼈 두 대가 부러지고 오른쪽 어깨에 심한 타박상이 있었다고 말했다. 머리 우측의 상처는 넘어지면서 생긴 것이었다. 일반적인 경우 그런 부상은 치명적일 정도는 아니며 핼핀 박사는 쇼크와 갑작스러운 심장마비가 죽음의 원인이었을 것으로 보고 있다.

H. B. 패터슨 핀레이 씨는 철도 회사를 대표해서 사고에 대해 깊은 유감을 표시했다. 철도 회사 측은 육교를 제외한 선로 무단 횡단을 막기 위해 역마다 경고문을 붙이

고 건널목에 특허 받은 차단기를 설치, 운영해 왔다. 핀레이 씨는 고인이 평소 늦은 밤 플랫폼에서 플랫폼으로 선로를 가로질러 다니던 습관이 있었으며, 사건의 여러 정황을 고려할 때 철도 회사 직원들을 비난할 수는 없다고 밝혔다.

시드니퍼레이드의 리어빌에 사는 고인의 남편 시니코 선장도 증언했다. 그는 고인이 자신의 아내라고 확인했다. 그는 그날 아침 로테르담에서 도착했으며 사건이 있던 시각에는 더블린에 없었다. 그들은 22년간 결혼 생활을 이어 오고 있었으며 아내에게 폭음하는 습관이 생긴 2년 전까지만 해도 행복하게 살고 있었다.

메리 시니코 양은 최근 어머니가 밤에 술을 사러 나가는 버릇이 있었다고 말했다. 증인인 그녀는 어머니를 설득하려 했고 금주 연맹에도 가입시키려 여러 번 노력한 바 있다. 그녀는 사건 후 한 시간이 지난 후에야 집에 들어왔다.

배심원은 의학적 증거에 따라 레넌 씨에게 무죄 평결을 내렸다.

대리 검시관은 너무나 가슴 아픈 사건이라면서 시니코 선장과 딸에게 깊은 애도를 표시했다. 그는 앞으로 유사한 사건이 발생하지 않도록 철도 회사 측에 강력한 대책을 세울 것을 촉구했다. 누구에게도 잘못이 없었다.

더피 씨는 신문에서 눈을 떼고 창문 너머 우울한 저녁 풍경을 바라보았다. 텅 빈 양조장 옆으로 강이 조용히 펼쳐져 있고 루컨 로를 따라 위치한 집들에서 이따금 불빛이 비쳤다. 이렇게 끝나다니! 그녀의 죽음에 대한 서술 전체가 불쾌했고 그녀에게 자신이 성스럽게 간직했던 것을 말해 주었었다는 생각에 또한 불쾌해졌다. 진부한 문구들, 공허한 동정심의 표현, 어느 평범하고 천박한 죽음의 세부 사항을 감추도록 설득당한 기자의 조심스러운 말에 속이 편치 않았다. 그녀는 그녀 자신의 명예만 더럽힌 것이 아니라 그의 명예도 더럽힌 것이다. 그는 그녀의 비참하고 악취 나는 악덕의 더러운 경로를 보았다. 영혼의 동반자라니! 그는 바텐더에게 술을 얻으려고 깡통과 병을 들고 절뚝거리며 걸어가던, 예전에 보았던 어느 비참한 사람들을 생각했다. 세상에, 그렇게 끝나다니! 분명 그녀는 살기에 적합하지 않았던 것이다. 확실한 목표도 없고 습관에서 벗어나지 못하는, 문명에 짓밟힌 패배자 중 한 명이었던 것이다. 하지만 그토록 추락하다니! 그녀에 대해 자기 자신을 그렇게 완벽하게 속이는 것이 어떻게 가능했을까? 그는 그날 밤 그녀의 갑작스러운 행동을 떠올리고는 그것을 그 어느 때보다도 엄격하게 해석했다. 그는 자신이 택했던 행동을 정당화하는 데 전혀 어려움을 느끼지 않았다.

어둠이 내렸고 이리저리 기억 속을 헤매고 다니다가 그는 그녀의 손이 자신의 손을 잡았던 일을 떠올렸다. 처음에 속을 불편하게 했었던 충격이 이번에는 그의 신경을 불편하게 했다. 그는 급히 코트와 모자를 걸치고 밖으로 나갔다. 문을 열자 찬 공기가 그를 맞았다. 코트 소매 속으로 한기가 스며

들었다. 채플리조드 브리지의 술집에 도착하자 그는 들어가서 뜨거운 펀치를 주문했다.

술집 주인은 아첨하는 듯한 태도로 그의 시중을 들었지만 말을 걸지는 못했다. 그곳에는 대여섯 명의 노동자들이 앉아서 킬데어 지방에 있는 어느 신사의 토지 가치를 이야기하고 있었다. 그들은 가끔씩 커다란 컵으로 술을 마시고는 담배를 피우고 바닥에 침을 뱉으면서 가끔 두툼한 신발로 그 위에 톱밥을 문질렀다. 더피 씨는 의자에 앉아 그들을 쳐다보고 있었지만 그들의 모습도 목소리도 들어오지 않았다. 잠시 후 그들이 나가자 그는 펀치를 한 잔 더 주문했다. 펀치를 앞에 두고 그는 한참을 그렇게 앉아 있었다. 술집은 아주 조용했다. 술집 주인은 하품을 하면서 카운터에 엎어져 「헤럴드」지를 읽고 있었다. 이따금 밖의 인적 없는 도로를 따라 전차가 휙휙 지나가는 소리가 들려왔다.

그곳에 앉아서 그는 그녀와 함께했던 삶을 곰곰이 되새기며 이제 그가 가진 그녀의 두 가지 이미지를 번갈아 떠올리다가, 그녀가 죽었다는 것, 더 이상 존재하지 않는다는 것, 이제 그녀는 기억 속의 인물이 되어 버렸다는 것을 깨달았다. 그는 마음이 편치 않았다. 그는 그 외에 어떤 방법이 있었을까 자문해 보았다. 그녀와 더 이상 기만극을 계속할 수는 없었다. 그렇다고 공공연하게 같이 살 수도 없었다. 그로서는 최선의 선택을 한 것이었다. 그에게 무슨 잘못이 있단 말인가? 이제 그녀가 사라지고 없자 그는 매일 밤 그 방에 혼자 앉아 있었을 그녀의 삶이 얼마나 외로웠을지 이해가 되었다. 그의 삶 역시 외로운 삶이 될 것이다. 그가 죽을 때까지, 더 이상 존재하지 않게 될 때까지, 누군가의 기억으로만 남게 될 때까지 ― 그를 기억해 줄 사람이 혹시라도 있다면.

그는 9시가 지나서야 술집을 나왔다. 춥고 음울한 밤이었다. 그는 첫 번째 문을 통해 공원으로 들어가 가지만 앙상한 나무들을 따라 걸었다. 그는 4년 전 그녀와 함께 걸었던 쓸쓸한 오솔길을 걸어갔다. 어둠 속에서 그녀가 옆에 있는 것 같았다. 가끔 그녀의 목소리가 들려오는 듯했고 그녀의 손이 자신의 손을 잡는 것처럼 느껴졌다. 그는 걸음을 멈추고 들어 보았다. 왜 그녀에게서 삶을 빼앗았던가? 왜 그녀에게 사형을 선고했던가? 그는 자신의 도덕성이 무너져 내리는 것을 느꼈다.

매거진 언덕 꼭대기에 이르자 그는 발걸음을 멈추고 강을 따라 더블린 시내 쪽을 바라보았다. 차가운 어둠 속에서 붉은 불빛들이 아늑하게 빛나고 있었다. 그는 언덕 아래를 쳐다보았다. 아래쪽 공원 벽의 그림자 아래에 누워 있는 사람들의 모습이 보였다. 타락한 은밀한 사랑에 그는 절망감을 느꼈다. 그는 자기 인생의 청렴함을 곱씹어 보았다. 그는 자신이 삶의 축제에서 추방되었음을 느꼈다. 한 인간이 그를 사랑했었던 것 같았지만 그는 그녀의 삶과 행복을 거부했다. 그녀에게 불명예, 부끄러운 죽음을 선고했던 것이다. 그는 벽 아래에 누워 있는 사람들이 그를 쳐다보고 있다는 것, 그가 빨리 가버리기를 바라고 있다는 것을 알았다. 아무도 그를 원하지 않았다. 그는 삶의 축제에서 추방된 사람이었다. 그는 더블린을 향해 구불구불 흐르는 회색빛으로 반짝이는 강으로 눈을 돌렸다. 강 너머에서 화물 열차가 불이 붙은 머리를 하고 어둠 속에서 고집스럽게 그리고 힘겹게, 한 마리 벌레처럼 킹스브리지 역에서 꿈틀거리며 나오는 것을 보았다. 기차는 천천히 눈에서 멀어져 갔다. 그러나 그의 귀에는 여전히 힘겹게 윙윙거리는 기차 엔진이 그녀의 이름을 반복하는 소리가 들려왔다.

그는 왔던 길을 되돌아갔다. 기차 엔진 소리의 리듬이 그의 귀를 때리고 있었다. 그는 기억이 그에게 말해 준 진실성을 의심하기 시작했다. 나무 아래에 멈추어 서서 그는 리듬 소리가 사라지기를 기다렸다. 그는 더 이상 어둠 속에서 그녀를 느낄 수 없었고 그녀의 목소리도 들리지 않았다. 그는 몇 분 더 귀를 기울이며 기다렸다. 아무것도 들리지 않았다. 완전히 침묵에 싸인 밤이었다. 그는 다시 귀를 기울였다. 완전히 침묵뿐이었다. 그는 자신이 혼자라는 것을 느꼈다.

위원회 사무실의 담쟁이 날[27]

잭 영감은 마분지 조각으로 타다 남은 숯덩이들을 모아 하얗게 변해 가는 둥근 석탄 더미 위에 골고루 뿌렸다. 석탄 더미가 살짝 덮이면서 그의 얼굴이 어둠 속에 묻혔지만 부채질을 하자 웅크린 그의 그림자가 반대편 벽 위로 솟아오르고 불빛에 그의 얼굴이 다시 천천히 드러났다. 뼈가 앙상하고 털투성이인 노인의 얼굴이었다. 물기 어린 푸른 눈이 불을 쳐다보며 껌뻑거렸고 축축한 입이 가끔 벌어졌다가 닫힐 때에는 기계적으로 한두 번씩 쩝쩝 씹는 소리를 냈다. 타다 남은 숯덩이에 불이 붙자 그는 마분지 조각을 벽에 기대 놓고 한숨을 쉬면서 말했다.

「이제 좀 낫군요, 오코너 씨.」

오코너 씨는 회색 머리에 얼굴에는 부스럼과 여드름이 가

27 매년 10월 6일로 아일랜드의 민족주의 정치가 찰스 스튜어트 파넬 Charles Stewart Parnell(1846~1891)을 기리는 날. 파넬의 추종자들은 재생의 상징으로 담쟁이 잎 모양의 배지를 달았다. 이 소설의 배경은 1902년 10월 6일이며 〈위원회 사무실〉은 사실 선거 사무실이나, 1890년 파넬의 정치적 지도력이 상실된 영국 의회의 15호 위원회 사무실 회의를 연상시킨다.

득한 젊은이였다. 그는 맵시 있게 실린더 모양으로 담배를 말고 있다가 잭 영감이 말을 걸자 생각에 잠겨 말았던 담배를 다시 풀었다. 그러다가 또다시 생각에 잠겨 담배를 말더니 잠시 생각을 한 후 종이에 침을 발랐다.

「티어니 씨가 언제 돌아올 거라고 말을 했었나요?」 목쉰 가성으로 그가 물었다.

「아니, 안 했어요.」

오코너 씨는 담배를 입에 물고 나서 주머니를 뒤지기 시작했다. 그는 얇은 명함 한 벌을 꺼냈다.

「내가 성냥을 가져오지요.」 노인이 말했다.

「괜찮아요. 이거면 됩니다.」 오코너 씨가 말했다.

그는 명함 한 장을 꺼내 위에 쓰인 것을 읽어 보았다.

시 의원 선거
왕립 거래소 선거구

빈민 구제법 운영 위원 리처드 J. 티어니 씨는
왕립 거래소 선거구 선거에서
귀하의 한 표와 성원을 간곡히 부탁드립니다.

오코너 씨는 티어니의 대리인으로부터 선거구의 일부를 맡아 선거 운동을 하기로 계약을 맺었지만 혹독한 날씨에다 신발에 물까지 새는 바람에 늙은 관리인 잭과 함께 위클로 가에 있는 위원회 사무실의 난로 옆에 앉아 하루의 대부분을 보내고 있었다. 짧은 하루가 저문 이후로 그들은 계속 그렇게 앉아 있었다. 10월 6일, 음울하고 추운 날이었다.

오코너 씨는 명함 한 장을 찢어 불을 붙이고는 다시 그것으로 담배에 불을 붙였다. 그러자 불꽃이 그의 외투 옷깃에 달린 검은색으로 반짝이는 담쟁이를 비추었다. 노인은 그를 뚫어지게 바라보다가 마분지 조각을 다시 들어 동료가 담배를 피우는 동안 천천히 난롯불에 부채질을 하기 시작했다.

「그런데, 정말, 자식들을 어떻게 키워야 될지 모르겠군요. 그놈이 그렇게 될 줄 누가 알았겠어요? 크리스천 브러더스 학교에도 보내고 내가 할 수 있는 만큼은 다 했는데, 술이나 퍼마시고 다니고 있으니 말이죠. 제대로 살게 하려고 했는데…….」 그가 말했다.

그는 마분지를 힘없이 제자리에 되돌려 놓았다.

「내가 늙은이만 아니었으면 그놈 성질을 확 고쳐 놓았을 겁니다. 그놈을 휘어잡을 수 있다면 등짝을 갈겨 주고 말 겁니다. 예전에 많이 그랬던 것처럼 말이죠. 그런데 그 애 어미가 이래저래 그놈을 치켜세우기나 하고 있으니…….」

「그러면 자식을 망치는 법이죠.」 오코너 씨가 말했다.

「맞아요.」 노인이 맞장구쳤다. 「고맙다는 소리도 못 듣고 …… 건방진 놈이 돼버리죠. 내가 한잔하기라도 하는 날이면 그놈이 날 아주 우습게 본다니까요. 아들이 아비한테 그런 식으로 대드니 세상이 어찌 되려고 그러는지…….」

「몇 살이나 됐나요?」 오코너 씨가 물었다.

「열아홉이에요.」

「어디 가서 일이라도 하게 시키지 그러셨어요?」

「시켰지요. 학교 졸업하고 나서 그 골칫거리를 위해 뭔 짓을 안 했겠어요? 〈너 먹여 살릴 생각 없다.〉 내가 그랬지요. 〈스스로 일자리를 찾아봐라.〉 근데 직장을 다니면 더 골치 아파요. 월급 받아 다 술을 퍼마시고 말지요.」

오코너 씨는 안됐다는 듯이 고개를 저었고 노인은 입을 다문 채 난로를 쳐다보았다. 누군가가 방문을 열고 말했다.

「안녕들 하십니까! 여기서 프리메이슨이라도 모이나요?」

「누구요?」 노인이 물었다.

「어두운 데서 뭐 하는 겁니까?」 어떤 목소리가 물었다.

「하인스 자넨가?」 오코너 씨가 물었다.

「그래. 어두운 데서 뭐 해?」 난로 불빛에 모습을 드러내면서 하인스 씨가 말했다. 그는 옅은 갈색 콧수염이 난 키 크고 호리호리한 젊은이였다. 작은 빗물 방울들이 금방이라도 떨어질 듯이 모자챙에 매달려 있었고 외투의 깃은 세워져 있었다.

「이봐, 맷.」 그가 오코너 씨에게 말했다. 「그래, 어떻게 돼 가나?」

오코너 씨는 고개를 저었다. 노인은 난롯가에서 일어나 방 주위를 더듬거리다가 양초를 두 자루 가져와 난롯불로 하나씩 불을 붙이고는 테이블로 가져갔다. 아무런 장식도 없는 휑한 방이 모습을 드러냈고 난롯불은 그 활기찬 색깔을 모두 잃어버리고 말았다. 벽에는 선거 연설문만 한 장 붙어 있을 뿐, 그 외에는 아무것도 없었다. 방 한가운데에는 작은 탁자가 있었고 그 위에는 종이들이 쌓여 있었다.

하인스 씨가 벽난로 선반 쪽에 몸을 기댄 채 물었다.

「돈은 받았나?」

「아니, 아직.」오코너 씨가 말했다. 「제발 그 사람이 오늘 밤 우리를 이런 곤경에 내버려 두지 않았으면 좋겠는데.」

하인스 씨는 웃었다.

「아마 줄 거야. 걱정 말라고.」그가 말했다.

「일을 제대로 할 생각이 있으면 확실하게 좀 해결해 줬으면 좋겠는데.」오코너 씨가 말했다.

「어떻게 생각하세요?」하인스 씨가 노인에게 비꼬듯이 물었다.

노인은 난롯가 자기 자리로 돌아오면서 말했다.

「어쨌든 돈이 없는 건 아닐 겁니다. 다른 놈하고는 다르니까요.」

「다른 놈이 누구죠?」하인스 씨가 물었다.

「콜건 말이오.」노인이 경멸하는 투로 대답했다.

「콜건이 노동자라서 그런 말을 하시는 건가요? 착하고 정직한 벽돌공과 술집 주인의 차이가 뭡니까? 노동자도 다른 사람들과 마찬가지로 시 의원이 될 권리가 있는 거 아닌가요? 오히려 이름에 직함이나 달고 다니면서 누구한테나 굽실거리고 잘난 척이나 하는 자들보다는 나은 것 아닌가요? 안 그런가, 맷?」하인스 씨는 오코너 씨에게 말을 건넸다.

「자네 말이 맞아.」오코너 씨가 동조했다.

「자기 일 열심히 하는 사람이 진짜 정직한 사람이죠. 그는 노동 계층을 대표하려고 출마하는 겁니다. 당신이 일해 주고 있는 그 친구는 그저 자리 같은 거나 얻으려는 거고요.」

「물론, 노동 계층도 대표가 있어야지요.」노인이 말했다.

「노동자들은…….」하인스씨가 말했다「돈도 못 받고 죽어라 고생만 합니다. 그렇지만 노동자가 있으니까 물건들을 만들어 내는 겁니다. 노동자들은 아들, 조카, 사촌을 위해 돈 많이 버는 일자리를 구해 주지 않습니다. 노동자들은 독일 군주[28]를 즐겁게 하려고 더블린의 명예를 진흙탕에 내던져 버리지도 않아요.」

「그게 무슨 말인가요?」노인이 궁금해했다.

「내년에 에드워드 왕이 여기 오면 그자들이 환영 연설을 하려고 하는 거 모르세요? 외국 왕에게 고개를 숙여서 뭘 얻자는 겁니까?」

「우리 그분은 그 연설에 찬성표를 던지지 않을 걸세.」오코너 씨가 말했다. 「민족주의당이니까.」

「과연 그럴까?」하인스 씨가 반문했다. 「그럴지 안 그럴지 한번 두고 보라고. 나는 그 사람을 잘 알지. 오죽하면 비열한 티어니라고 하겠나?」

「세상에! 조, 자네 말이 맞을 걸세.」오코너 씨가 말했다. 「어쨌든, 그 사람이 돈을 좀 가지고 왔으면 좋겠는데…….」

세 사람은 입을 다물었다. 노인은 타다 남은 숯덩이를 더 끌어모았다. 하인스 씨는 모자를 벗어 흔들어 털고는 외투 깃을 내렸다. 그러자 깃에 달린 담쟁이 잎이 드러났다.

「이분이 살아 있었다면, 환영 연설 이야기는 없었을 텐데.」담쟁이 잎을 가리키며 그가 말했다.

28 당시의 영국 왕 에드워드 7세(1841~1910)는 독일 왕족의 혈통이었다.

「맞는 말이야.」 오코너 씨가 말했다.

「정말이지 그때는 참 좋았지요!」 노인이 말했다. 「그때는 그래도 꽤 살 만했어요.」

방 안에는 다시 침묵이 흘렀다. 그러다가 귀가 빨개진 작은 남자가 코를 훌쩍이면서 소란스럽게 방문을 열었다. 손바닥에 불이 나도록 손을 비벼 대면서 그는 재빨리 난롯가로 향했다.

「돈 소식은 없습니다, 여러분.」 그가 말했다.

「여기 앉아요, 헨치 씨.」 노인이 자신의 의자를 내주며 말했다.

「아, 잭, 그냥 있어요. 괜찮아요.」 헨치 씨가 말했다.

그는 무뚝뚝하게 하인스 씨에게 목례를 하고는 노인이 비워 준 의자에 앉았다.

「앤지어 가에는 다녀왔나요?」 그가 오코너 씨에게 물었다.

「예.」 주머니에서 메모를 찾으면서 오코너 씨가 말했다.

「그라임스 씨 댁에도 갔었나요?」

「갔었어요.」

「그래요? 뭐라고 하던가요?」

「약속을 안 하더군요. 〈누구 찍을 건지는 아무한테도 말 안 할 겁니다〉 그러더군요. 하지만 그 사람은 문제없을 겁니다.」

「왜죠?」

「내게 어떤 사람들이 추천을 했는지 묻더군요. 그래서 말해 줬죠. 버크 신부님 이름을 댔습니다. 아마 괜찮을 겁니다.」

헨치 씨는 코를 훌쩍거리며 난로 위에 손을 올려놓고 무서운 속도로 비비기 시작했다. 그러고 나서 말했다.

「아이고 세상에. 잭, 석탄 좀 가져와요. 분명 좀 있을 겁니다.」

노인은 밖으로 나갔다.

「소용없어요.」 헨치 씨가 고개를 저으며 말했다. 「그 작자에게 말을 해봤는데, 이러더군요. 〈이봐요, 헨치 씨. 일이 잘 풀리면 은혜는 잊지 않겠소, 정말이오.〉 지저분한 작자 같으니! 무슨 다른 말이 필요하겠어요?」

「그러게 내가 뭐랬나, 맷.」 하인스 씨가 말했다. 「비열한 티어니라고 했잖아.」

「그야말로 비열한 작자죠.」 헨치 씨가 말했다. 「작은 돼지 눈을 하고 있는 것도 다 이유가 있어요. 빌어먹을 인간! 남자답게 지불해 줄 것이지. 그 대신 한다는 소리가 〈아, 그런데 헨치 씨, 나는 패닝 씨하고 이야기를 좀 해야 하니까…… 돈을 워낙 많이 썼거든〉. 더럽고 치사한 놈! 지 아비가 메리즈 레인에서 헌옷 가게 하던 시절은 기억 못 하는 모양이더군요.」

「그게 정말인가요?」 오코너 씨가 물었다.

「그럼요.」 헨치 씨가 말했다. 「못 들어 봤어요? 일요일 아침마다 술집들 문 열기 전에 사람들이 외투나 바지를 사러 들어가곤 했죠. 참, 내! 사실은 그 비열한 작자의 아비가 구석에 항상 시커먼 술통을 숨겨 두고 있었던 겁니다. 이제 알겠어요? 그렇게 된 겁니다. 거기서 그가 처음 빛을 본 겁니다.」

노인은 석탄 덩어리를 몇 개 가지고 돌아와 난로에 골고루 던져 넣었다.

「정말 골치 아픈 상황이군.」오코너 씨가 말했다.「돈도 안 주면서 어떻게 우리보고 일을 해달라는 거지?」

「나도 어쩔 수가 없어요.」헨치 씨가 말했다.「집에 가면 법원 집행관들이 와 있을 텐데.」

하인스 씨는 웃었다. 그러고는 어깨로 벽난로 선반에서 몸을 일으켜 갈 준비를 했다.

「에디 국왕이 오면 다 괜찮아질 겁니다.」그가 말했다.「그럼, 여러분, 저는 이만 가보겠습니다. 또 봅시다. 안녕히, 안녕히.」

그는 천천히 문밖으로 나갔다. 헨치 씨나 노인 둘 다 아무 말도 하지 않았지만 문이 막 닫히려 할 때 우울하게 난롯불을 바라보고 있던 오코너 씨가 갑작스레 말했다.

「잘 가게, 조.」

헨치 씨는 잠시 기다리다가 문 쪽을 향해 고개를 끄덕였다.

「그런데 말이죠.」난로 너머로 그가 말했다.「저 친구는 왜 온 겁니까? 무슨 볼일이 있어서 온 걸까요?」

「불쌍한 친구!」담배꽁초를 난로에 집어 던지면서 오코너 씨가 말했다.「저 친구도 돈이 없어요. 우리처럼 말이죠.」

헨치 씨는 큰 소리로 코를 훌쩍거리더니 가래침을 잔뜩 뱉어 냈다. 난롯불이 치익 소리를 냈고 하마터면 불이 꺼질 뻔했다.

「솔직히 내 개인적인 생각을 이야기하자면, 저 친구는 저쪽 편 캠프에서 온 겁니다.」그가 말했다.「말하자면 콜건의 스파이예요. 돌아다니면서 그 사람들이 어떻게 하고 있는지 알아봐, 그쪽도 당신을 의심하지는 않을 거야, 그랬겠죠. 이해됩니까?」

「저 친구는 사실 꽤 괜찮은 친구인데.」 오코너 씨가 대꾸했다.

「저 친구 아버지는 좋은 분이었죠. 존경받을 만한 분이었어요.」 헨치 씨도 인정했다. 「불쌍한 래리 하인스 씨! 좋은 일도 많이 하셨죠! 그런데 저 친구는 금으로 치자면 순도가 좀 떨어진다는 게 문제죠. 젠장, 그래도 돈 없는 사람은 이해해요. 내가 이해 못 하는 놈들은 술이나 얻어먹고 다니는 놈들이죠. 저 친구도 좀 남자다울 수는 없는지.」

「저 사람은 나도 환영 안 해요. 그쪽 편 일이나 잘하라고 해요. 여기 와서 스파이 짓이나 하지 말고.」 노인이 거들었다.

「모르겠군요.」 담배와 담배 말 종이를 꺼내면서 오코너 씨가 의심스럽다는 듯이 말했다. 「조 하인스는 솔직한 사람입니다. 재주도 있죠. 글재주요. 저 친구가 쓴 그거 기억나세요?」

「산속 잔당들과 피니언들[29] 몇몇은 너무 영악해서 탈이죠.」 헨치 씨가 말했다. 「내가 그런 놈들 몇을 솔직히 어떻게 생각하는지 아세요? 내 생각에 그놈들 중 절반은 성[30]에서 돈을 받는 놈들입니다.」

「그거야 알 수 없지.」 노인이 말했다.

29 1858년 제임스 스티븐스가 조직한 무장 독립 단체. 전설 속의 영웅 핀 머쿨의 이름을 따서 스스로 〈피니언Fenians〉이라 불렀고, 영국에서는 산속에 숨어 있는 테러리스트라는 의미로 〈산속 잔당들hillsiders〉이라 불렀다.
30 Castle. 아일랜드 총독부를 가리킨다.

「아니요, 분명합니다.」 헨치 씨가 말했다. 「그놈들은 성의 앞잡이들이에요. 물론 하인스가 그렇다는 건 아닙니다. 그건 아니고…… 그 친구는 그래도 그보다는 낫죠……. 내 말은, 그 왜 사팔뜨기 신사 있잖아요. 내가 말하는 그 애국자, 누구 말하는지 아시죠?」

오코너 씨가 고개를 끄덕였다.

「시어 소령[31]의 피를 이어받은 자라고 할 수 있죠. 그런 애국자의 피라니! 4펜스에 조국을 팔아먹을 놈이죠. 무릎을 꿇고 기어가서는 예수님에게 팔아먹을 조국을 주셔서 감사하다고 기도할 놈이죠.」

문을 두드리는 소리가 들렸다.

「들어와요!」 헨치 씨가 말했다.

가난한 성직자나 가난한 배우를 닮은 사람이 문가에 나타났다. 땅딸한 몸에 걸친 검은색 옷은 단추가 꽉 끼게 채워져 있었다. 천을 씌우지 않은 단추가 촛불 빛을 반사하는 후줄근한 프록코트의 깃은 목 위까지 세워져 있어서 성직자의 깃인지 일반인의 깃인지 구별이 되지 않았다. 그는 둥근 모양의 딱딱한 검은색 펠트 모자를 쓰고 있었다. 빗물이 떨어져 번들거리는 얼굴은 광대뼈라는 것을 보여 주는 두 곳의 불그스레한 부분만 빼면 축축이 젖은 노란 치즈 같았다. 그는 갑자기 기다란 입을 벌려 실망감을 표시하더니 동시에 밝은 푸른색 눈을 크게 뜨면서 반가움과 놀라움을 표시했다.

31 Henry Charles Sirr(1764~1841). 1798년 봉기 시 밀고자들을 이용해 영국의 앞잡이 노릇을 했던 군인.

「오, 키언 신부님!」 헨치 씨가 벌떡 일어나며 인사했다.
「신부님이세요? 들어오세요!」

「오, 아니, 아닙니다. 아닙니다.」 키언 신부는 마치 어린아
이에게 하듯이 입술을 오므리며 재빨리 말했다.

「들어와서 좀 앉으시지 그러세요?」

「아니, 아니, 아닙니다.」 키언 신부는 신중하면서도 관대하
고 조용한 목소리로 말했다. 「신경 쓰지 마세요! 패닝 씨를
찾고 있는 중이니까요…….」

「그 사람은 블랙 이글 주점에 있어요.」 헨치 씨가 말했다.
「그래도 잠깐 들어와 앉았다 가시지요?」

「아닙니다. 됐어요. 그냥 사업상 일이 좀 있어서 그런 겁니
다.」 키언 신부가 말했다. 「고마워요.」

그는 방문에서 물러났고 헨치 씨는 촛불을 하나 들고 계
단에 불을 비춰 주려고 문으로 걸어갔다.

「이러실 필요 없습니다!」

「아닙니다. 계단이 워낙 어두워서요.」

「괜찮아요. 그래도 이 정도면…… 정말 고마워요.」

「이제 괜찮으세요?」

「괜찮아요. 고마워요…… 고마워요.」

헨치 씨는 촛불을 가져와 테이블 위에 올려놓고 다시 난
롯가에 앉았다. 몇 분 동안 침묵이 흘렀다.

「그런데, 존.」 마분지 명함으로 담배에 불을 붙이면서 오
코너 씨가 말했다.

「음?」

「도대체 저분 뭐 하는 분이죠?」

「좀 쉬운 걸로 물어봐 줘요.」 헨치 씨가 말했다.

「내가 보기에 저분하고 패닝 씨는 굉장히 친한 것 같더군요. 카바나 주점에서 자주 같이 있더군요. 성직자가 맞긴 맞습니까?」

「음…… 맞아요. 그럴 겁니다. 말하자면 소위 골칫덩이죠. 우리는 그런 사람이 많지 않으니 다행이지만…… 하긴 우리도 있어요……. 어떤 면에선 저분도 운이 없는 분이죠…….」

「뭐 해 먹고 산답니까?」 오코너 씨가 물었다.

「그것도 또 다른 수수께끼죠.」

「성당이나 교회나 어디 무슨 다른 곳에라도 소속이 돼 있나요? 아니면…….」

「아니요.」 헨치 씨가 말했다. 「자기 돈으로 돌아다니는 것 같아요……. 근데 미안한 말이지만, 저분이 왔을 때 흑맥주가 한 상자 오는 줄 알았어요.」 그가 덧붙였다.

「그나저나 술 좀 마실 수 없나요?」 오코너 씨가 말했다.

「나도 목이 컬컬해요.」 노인이 말했다.

「내가 그 작자한테 세 번이나 말을 했어요.」 헨치 씨가 말했다. 「흑맥주 좀 보내 줄 수 있느냐고요. 이번에도 말을 했는데 셔츠 차림으로 카운터에 기대서 카울리 시 의원하고 정신없이 떠들기만 하더군요.」

「왜 다시 한 번 말을 안 했죠?」 오코너 씨가 물었다.

「그가 카울리 시 의원과 이야기하는 동안에는 그러고 싶지 않았거든요. 그래서 눈이 마주칠 때까지 기다리다가 말을 했죠. 〈별건 아니지만 좀 전에 말했던 그 문제 말인데요…….〉 그랬더니 〈그건 그만 됐어요, H 씨〉 그러더군요. 참 내, 그 땅딸보는 전혀 기억도 못 하고 있어요.」

「그쪽에서 어떤 거래가 진행되고 있어요.」 오코너 씨가 생각에 잠겨 말했다. 「어제 서퍽 가 모퉁이에서 그 세 사람이 바쁘게 움직이는 것을 봤거든요.」

「무슨 수작을 벌이고 있는지 알 것 같아요.」 헨치 씨가 말했다. 「요즘에는 시장이 되려면 시 의원들에게 돈을 뿌려야 됩니다. 그래야 그 사람들이 시장으로 당선되게 해주죠, 참 나! 나도 시 의원이나 돼볼까 심각하게 고려 중입니다. 어떻게 생각해요? 한번 해볼까요?」

오코너 씨는 웃었다.

「돈을 꿀 수 있다면야…….」

「차를 타고 시장 관사를 나설 때에는, 담비 모피를 걸치고 나가야죠. 여기 있는 잭은 분을 바른 가발을 쓰고 내 뒤에 서 있고 말이죠. 어때요?」 헨치 씨가 말했다.

「나중에 저는 개인 비서로 써주세요, 존.」

「그러죠. 키언 신부님은 개인 신부로 임명하고요. 가족 파티를 하는 겁니다.」

「사실, 헨치 씨.」 노인이 말했다. 「당신이라면 다른 사람들보다는 나은 생활을 할 수 있을 겁니다. 한번은 관사 문지기 키건하고 애기를 하고 있었는데 〈새로 온 주인은 어떻던가, 팻?〉 하고 물었지요. 〈요즘엔 연회가 별로 없는 것 같던데〉 그랬더니 〈연회는 무슨 얼어 죽을 연회!〉 그러더군요. 〈그 사람 요즘 기름 묻은 천 조각 냄새만 맡고 살려는 모양입니다〉[32] 그러면서 그 친구가 뭐라고 했는지 아세요? 세상에, 나 원 참, 믿을 수가 없더라고요.」

「뭐라고 했는데요?」 헨치 씨와 오코너 씨가 물었다.

「그 친구가 그러더군요. 〈더블린 시장이라는 사람이 저녁 거리에 쓸 고기 1파운드 사려고 사람을 보내는 거 어떻게 생각해요? 상류층에 어울립니까?〉 그래서 〈저런! 저런!〉 그랬지요. 그 친구가 〈고기 1파운드랍니다, 시장이 됐는데 말이죠〉 하기에, 내가 〈저런! 도대체 뭐 하는 사람들이야?〉 그랬어요.」

바로 그때 문을 두드리는 소리가 나더니 어떤 소년이 머리를 내밀었다.

「무슨 일이냐?」 노인이 물었다.

「블랙 이글에서 보냈어요.」 소년은 구석 쪽으로 걸어오더니 바닥에 바구니를 내려놓았다. 술병들이 부딪히는 소리가 들렸다.

노인은 소년과 함께 바구니에서 술병을 테이블로 옮겨 놓고는 병들을 전부 세어 보았다. 배달이 끝난 후 소년은 바구니를 주워 들고 물었다.

「병 주세요.」

「무슨 병?」 노인이 말했다.

32 당시의 더블린 시장 티머시 해링턴Timothy Charles Harrington (1851~1910)은 노동 계급 출신으로 소박한 식사와 파넬에 대한 충성심으로 유명했다.

「우선 마실 시간부터 줘야 되는 거 아니니?」 헨치 씨가 말했다.

「빈 병 가져오라고 했어요.」

「내일 오너라.」 노인이 말했다.

「얘, 꼬마야!」 헨치 씨가 말했다. 「오패럴 씨네 가서 그분한테 헨치 씨가 병따개를 빌려 달란다고 할래? 바로 돌려 드린다고 해. 바구니는 저기 두고.」

소년이 밖으로 나가자 헨치 씨는 신이 나서 손을 비비며 말했다.

「그 사람도 생각보다는 괜찮은 사람이군요. 어쨌든 약속은 지켰으니까요.」

「그런데 술잔이 없어요.」 노인이 말했다.

「그런 것은 걱정하지 마세요, 잭.」 헨치 씨가 말했다. 「점잖은 분들도 요즘엔 병째로 마시거든요.」

「어쨌든 없는 것보다는 낫군요.」 오코너 씨가 말했다.

「그 사람도 나쁜 사람은 아닙니다.」 헨치 씨가 말했다. 「패닝이 그 사람에게 돈을 많이 빌려서 그런 거지요. 쩨쩨하기는 하지만 일부러 그런 건 아닙니다.」

소년이 병따개를 가지고 돌아왔다. 노인이 세 병을 따고 나서 병따개를 돌려주려고 할 때 헨치 씨가 소년에게 말했다.

「꼬마야, 너도 한잔 마실래?」

「주시면 고맙죠.」 소년이 말했다.

노인은 마지못해 술병을 하나 따서 소년에게 건넸다.

「몇 살이지?」 그가 물었다.

「열일곱인데요.」 소년이 말했다.

노인이 더 이상 말을 하지 않자 소년은 술병을 들고 〈고맙습니다, 헨치 씨〉라고 말하고는 술을 마셨다. 그러고 나서 술병을 테이블에 내려놓고는 소매로 입을 닦은 후 병따개를 집어 들고 인사말을 중얼거리면서 구석으로 돌아 문밖으로 나갔다.

「저렇게 해서 시작하는 거지요.」 노인이 말했다.

「바늘 도둑이 소도둑 되듯이 말이죠!」 헨치 씨가 맞장구쳤다.

노인은 자신이 마개를 딴 술병 세 개를 나눠 주었고 남자들은 동시에 술을 마셨다. 다 마신 후 그들은 서로 벽난로 선반 위 손 닿는 데에 술병을 내려놓고는 만족스럽게 긴 한숨을 내쉬었다.

「사실 오늘은 일을 많이 했어요.」 잠시 침묵을 지키던 헨치 씨가 말했다.

「그랬나?」

「네, 도슨 가에서 한두 건 확실하게 올렸어요. 크로프턴하고 저하고요. 그런데 우리끼리 얘기지만, 크로프턴은 (물론 좋은 친구지만) 선거 운동원으로는 꽝이에요. 강아지한테도 말 한마디 못 한다니까요. 내가 떠드는 동안 그 친구는 그저 서서 사람들만 쳐다보고 있어요.」

이때 두 남자가 방에 들어왔다. 그중 한 남자는 몹시 뚱뚱한 사람으로 그가 입고 있던 푸른색 서지 옷은 그의 절구통 같은 몸에서 막 흘러내릴 것처럼 보였다. 노려보는 듯한 푸른 눈에 희끗희끗한 콧수염이 난 큼지막한 얼굴은 수송아지의 표정을 닮았다. 훨씬 젊고 연약해 보이는 또 다른 남자는 마르고 깨끗하게 면도를 한 얼굴이었다. 그는 높이 올라온 더블칼라에 챙이 넓은 중산모자를 쓰고 있었다.

「어서 오게, 크로프턴!」헨치 씨가 뚱뚱한 남자에게 말했다.「그러지 않아도 막 자네 이야기를…….」

「웬 술이죠?」젊은 남자가 말했다.「암소가 송아지라도 낳았나요?」

「라이언스가 술 냄새는 기가 막히게 맡는다니까!」오코너 씨가 웃으면서 말했다.

「선거 운동을 이런 식으로 해도 되는 겁니까?」라이언스 씨가 말했다.「크로프턴 씨하고 나는 이 춥고 비 오는 날에 밖에서 표를 얻으러 다니고 있는데.」

「그런 소리 말라고.」헨치 씨가 말했다.「나는 5분이면 당신들 둘이 일주일 돌아다니는 것보다 더 많이 모을 수 있다고.」

「잭, 흑맥주 두 병만 따줘요.」오코너 씨가 말했다.

「병따개가 없는데 나더러 어떻게 따라고 그래요?」노인이 말했다.

「잠깐만, 잠깐만 기다려요!」헨치 씨가 벌떡 일어서면서 말했다.「이런 거 본 적 있습니까?」

그는 테이블에서 술병 두 개를 들더니 벽난로로 가서 안쪽의 음식 데우는 시렁 위에 올려놓았다. 그러고 나서 벽난로 옆에 다시 앉더니 자신의 술병을 들어 술을 한 모금 마셨다. 라이언스 씨는 테이블 끝에 앉아 모자를 목덜미 쪽으로 젖혀 쓰고는 다리를 흔들기 시작했다.

「어느 게 내 술이죠?」그가 말했다.

「이거야.」헨치 씨가 말했다.

크로프턴 씨는 상자 위에 앉아 시렁 위의 다른 술병을 빤히 쳐다보고 있었다. 그는 두 가지 이유로 말이 없었다. 그 자체로도 충분한 이유가 되겠지만, 첫째로 그는 할 말이 없었고, 둘째로 동료들이 자신보다 훨씬 못하다고 생각했기 때문이었다. 그는 보수당 후보인 윌킨스의 선거 운동원이었다. 그러나 보수당에서 그들의 후보를 철회하고 두 악당 중 그나마 덜한 자를 선택하면서 민족주의당 후보를 지지하는 바람에 그가 티어니 씨를 위해 일하기로 계약한 것이었다.

몇 분 후 라이언스 씨 술병에서 코르크가 튀어 오르며 미안하다는 듯이 〈폭〉 하는 소리가 들렸다. 라이언스 씨는 테이블에서 벌떡 일어나 난롯가로 가서 술병을 집어 들고는 다시 테이블로 돌아왔다.

「그러잖아도 말이야, 크로프턴, 오늘 확실한 표를 몇 얻었다는 이야기를 하고 있었네.」헨치 씨가 말했다.

「누군데요?」라이언스 씨가 물었다.

「파크스에게서 한 표, 그리고 앳킨슨까지 해서 두 표, 도슨 가의 워드도 있고. 좋은 분이지. 제대로 된 신사야. 보수당이고! 〈당신네 후보는 민족주의당 아닌가요?〉 하고 묻더군. 그래서 〈그분은 존경받을 만한 분입니다〉 그랬네. 〈우리나라에 이익이 되는 일이라면 뭐든 찬성하시는 분입니다. 세금도 많이 내는 분이죠〉 그랬지. 〈그분은 시내에 넓은 건축

지에다가 사업체도 세 개나 가지고 있으니 세금을 내리는 것이 그분에게도 이익이 되지 않겠습니까? 저명하신 분이고 존경받는 시민이죠〉 그러면서 〈게다가 빈민 구제법 운영 위원이고 좋든 나쁘든 아니면 무관심하든 어떤 정당에도 속해 있지 않습니다〉 했지. 그런 사람들에게는 그렇게 말해야 된다고.」

「왕에 대한 연설은 어떻게 생각하시죠?」 라이언스 씨가 술을 한 모금 마시고 나서 입을 다시며 말했다.

「내 말 잘 듣게.」 헨치 씨가 말했다. 「워드에게도 그런 말을 했지만, 이 나라에서 우리에게 필요한 것은 자본이야. 왕이 여기를 방문한다는 것은 이 나라에 돈이 들어온다는 의미라고. 더블린 시민들에게도 이익이 될 거야. 저기 부둣가 아래쪽의 공장들을 좀 보라고. 다 문 닫았잖아! 제분소, 조선소, 공장들하며 낡은 산업을 일으켜 세우기만 하면 이 나라에 돈이 얼마나 돌게 될지 보라고. 우리에게 필요한 것은 자본이야.」

「하지만 이것 좀 보게, 존.」 오코너 씨가 말했다. 「우리가 왜 영국 왕을 환영해야 한단 말인가? 파넬 그분도…….」

「파넬은 죽었어.」 헨치 씨가 말했다. 「나는 이렇게 생각하네. 그의 늙은 어머니[33] 때문에 머리가 하얗게 될 때까지 기다리다가 이제야 그 친구가 왕위에 올랐어. 그 사람은 세상을 아는 사람이야. 그리고 우리에게 호의도 가지고 있지. 내 생각으로 그는 상당히 괜찮은 점잖은 사람이야. 엉터리는

33 빅토리아 여왕(1819~1901).

아니지. 그 사람은 이렇게 생각하고 있다고. 〈노인네는 한 번도 거친 아일랜드인들을 보러 가시지 않았지. 세상에, 나는 직접 가서 그 사람들이 어떤 사람들인지 봐야겠어.〉[34] 이렇게 호의를 가지고 여길 오는데 우리가 그 사람을 모욕한다고? 이게 말이 되나, 크로프턴?」

크로프턴 씨는 고개를 끄덕였다.

「어쨌든 그래도, 에드워드 왕의 삶은, 당신도 알겠지만, 별로 그렇게……」[35] 라이언스 씨가 논쟁을 벌이듯 말했다.

「옛날 일은 잊어버리자고.」 헨치 씨가 말했다. 「나는 인간적으로 그 사람을 존경해. 그 사람은 그저 자네나 나 같은 평범한 작자라고. 술 좋아하고 약간 난봉꾼 기질도 있겠지. 스포츠에도 능하고 말이야. 빌어먹을, 우리 아일랜드인들도 좀 공정해질 수 없어?」

「그건 다 좋은데 말이죠, 그래도 파넬의 경우를 생각해 보라고요.」 라이언스 씨가 말했다.

「하느님 맙소사.」 헨치 씨가 말했다. 「그 두 가지가 무슨 상관인가?」

「그러니까 내 말은, 우리도 우리의 이상이 있다는 겁니다.」 라이언스 씨가 대꾸했다. 「우리가 왜 그런 사람을 환영해야 하죠? 그런 짓을 했는데도 파넬이 우리의 지도자가 될 만한 사람이라고 생각해요?[36] 그렇다면 왜 우리가 에드워드

34 빅토리아 여왕은 실제로는 재위 기간 중 아일랜드를 네 번 방문했다.
35 왕이 되기 전 유부녀와 추문이 있었다.
36 파넬은 캐서린 오셰이라는 유부녀와의 불륜으로 인해 탄핵받아 권력 일선에서 물러났다.

7세에 대해서는 그렇게 관대해야 되죠?」

「오늘은 파넬의 기일이네.」 오코너 씨가 말했다. 「우리끼리 서로 기분 나쁘게 하지 말자고. 이제 그분이 돌아가신 만큼 우리 모두 그분을 존경하고 있지. 보수당원들조차도 말이야.」 크로프턴을 향해 몸을 돌리면서 그가 덧붙였다.

폭! 크로프턴 씨의 술병에서 코르크가 뒤늦게 튀어 올랐다. 크로프턴 씨는 박스에서 일어나 벽난로로 향했다. 노획물을 들고 몸을 돌리면서 그가 낮은 목소리로 말했다.

「우리 측 사람들도 그분을 존경하죠. 점잖은 분이었거든요.」

「맞아, 크로프턴!」 헨치 씨가 흥분해서 말했다. 「말썽꾸러기들을 휘어잡을 수 있는 유일한 분이었지. 〈앉아, 이 개 같은 놈들아! 앉으라고, 이 똥개들아!〉 그놈들을 그런 식으로 다루었지. 들어와, 조! 어서 들어와!」 문가의 하인스 씨를 보고 그가 소리쳤다.

하인스 씨가 천천히 들어왔다.

「잭, 흑맥주 하나 더 따줘요.」 헨치 씨가 말했다. 「오, 병따개가 없는 걸 깜빡했네! 나한테 줘요. 내가 난로에 올려놓을 테니까.」

노인이 그에게 술 한 병을 건네자 그는 술병을 시렁 위에 올려놓았다.

「앉게나, 조.」 오코너 씨가 말했다. 「대장님에 대한 이야기를 하던 중이었네.」

「맞아!」 헨치 씨가 말했다.

하인스 씨는 라이언스 씨 근처의 테이블 한쪽에 앉았지만 아무 말도 하지 않았다.

「어쨌든 그자들 중에는 그분을 배신하지 않은 사람도 있었지.」 헨치 씨가 말했다. 「하늘에 맹세코, 조, 자네는 정당해! 정말이지 자네는 남자답게 그분에게 충실했지!」

「그런데 조, 자네가 쓴 그것 좀 줘보게. 기억나나? 지금 가지고 있나?」 오코너 씨가 갑자기 말했다.

「그래, 맞아!」 헨치 씨가 거들었다. 「그것 좀 줘봐. 크로프턴, 자네 그거 들어 봤나? 이거 한번 들어 보라고. 멋지니까.」

「그래, 맞아.」 오코너 씨가 말했다. 「어서 시작해 봐, 조.」

하인스 씨는 사람들이 언급하는 것이 무엇인지 금방 기억나지 않는 듯했다. 그러나 잠시 생각한 후 그가 말했다.

「아, 그거라면⋯⋯ 좀 오래되긴 했지만.」

「어서 시작해!」 오코너 씨가 재촉했다.

「쉬, 쉬.」 헨치 씨가 말했다. 「자, 시작해, 조!」

하인스 씨는 약간 더 머뭇거렸다. 그러더니 말없이 모자를 벗어 테이블 위에 올려놓고 일어섰다. 그는 마음속으로 그것을 되새겨 보는 것 같았다. 잠시 동안 멈추어 있다가 그가 입을 열었다.

파넬의 죽음
1891년 10월 6일

그는 한두 번 헛기침을 하고는 암송하기 시작했다.

그는 죽었다. 무관의 우리 왕은 죽었다.
오, 에린[37]이여, 슬픔과 비통함으로 신음하라.
그가 죽어 누워 있으니,
잔인한 현대의 위선자들이 그를 죽였도다.

겁쟁이들의 손에 살해되어 그가 누워 있으니
진흙 구덩이로부터 그는 영광을 이루었으나,
에린의 희망과 에린의 꿈은
그 군주의 장례 장작더미 위에 멸망하도다.

왕궁이든 오두막이든 또는 초막집이든
아일랜드의 심장은 그 어디에 있든지
비통함에 머리 숙이네 ― 그가 가버렸기에
민족의 운명을 만들어 낼 수 있었던 그였기에.

그는 에린의 이름을 떨치게 할 수도 있었으니
녹색 깃발이 영광스럽게 펄럭이고
우리의 정치인, 음유 시인, 전사 들을
세상의 민족들 앞에 자랑하려 하셨다.

그는 꿈꾸었네(아, 그것은 단지 꿈이었을 뿐)
자유를. 그러나 그 우상을 잡으려
애쓰는 동안, 배신이 그에게서

37 아일랜드의 시적 표현.

그의 사랑하는 것을 앗아가 버렸네.

부끄러워하라 겁쟁이들이여, 주님을 죽인 비열한 손을.
아첨하는 성직자들 — 그분의 친구는 아니었으니 —
폭도 무리에게 그분을 배반의 키스와 함께
팔아넘겨 버렸도다.

자존심 있게 그들을 내쫓아 버린 그분
그 영광스러운 이름을
더럽히고 훼손하려던 자들의 기억이
영원한 부끄러움으로 남기를 바라노라.

장엄한 사람들처럼 그는 쓰러졌네,
마지막까지 고귀하게 당당한 모습으로
이제 죽음이 그분을 인도하였네,
과거 에린의 영웅들에게로.

어떤 다툼의 소리도 그분의 잠을 방해하지 말라!
고요히 그분 누워 있도다. 어떤 인간적 고통도
드높은 야망도 최고의 영광을 얻으라
그분을 자극하지 않으니.

그자들은 원하는 대로 행하여
그분을 모욕했으니, 에린이여 들으라

불사조처럼 불꽃에서 그분의 정신은 살아날지니,
그날의 새벽이 깨어날 때에.

자유의 통치를 가져다줄 그날.
환희 속에 들어 올린 술잔 앞에
그날 에린은 맹세하리라.
그 슬픔을, 파넬의 기억을.

하인스 씨는 다시 테이블에 앉았다. 그가 암송을 마치자 잠시 침묵이 흐르다가 박수 소리가 터져 나왔다. 라이언스 씨마저도 박수를 쳤다. 환호 소리가 한동안 계속되었다. 이윽고 소리가 잦아들자 청중은 모두 말없이 술을 들이켰다.

폭! 하인스 씨의 술병 마개가 튀어 올랐다. 그러나 하인스 씨는 모자 쓰는 것도 잊고 얼굴이 상기된 채 테이블에 계속 앉아 있었다. 술병이 부르는 소리도 듣지 못한 것 같았다.

「멋졌네, 조!」 감정을 숨기려고 종이와 담배쌈지를 꺼내면서 오코너 씨가 말했다.

「어떤가, 크로프턴?」 헨치 씨가 소리쳤다. 「멋지지 않은가? 어때?」

크로프턴 씨는 정말 멋진 시였다고 말했다.

어떤 어머니

에이레[38] 독립 협회의 사무 차장 홀러핸 씨는 주머니고 손이고 할 것 없이 더러워진 문서들을 잔뜩 들고 연속 음악회를 기획하느라 거의 한 달 동안이나 더블린 시내를 이리저리 돌아다니고 있었다. 그는 절름발이였고 그 때문에 그의 친구들은 그를 절뚝이 홀러핸이라고 불렀다. 그는 끊임없이 여기저기를 돌아다녔고 매시간 길모퉁이에 서서 논점을 이야기하고 메모를 했다. 그러나 결국 모든 것을 기획한 사람은 커니 부인이었다.

데블린 양은 홧김에 커니 부인이 되었다. 그녀는 상류층이 다니는 수녀원에서 교육을 받았고 그곳에서 프랑스어와 음악을 배웠다. 선천적으로 안색이 창백한 데다 고집이 센 성격이라 학교에서 친구가 거의 없었다. 결혼할 나이가 되자 그녀는 여러 곳으로 보내졌는데 가는 곳마다 그녀의 연주와 고상한 태도를 칭찬하는 소리가 높았다. 그녀는 자신이 이루어 낸 성취라는 차가운 원 안에 앉아 어떤 구혼자가 그 방

38 아일랜드의 옛 이름.

벽을 깨고 들어와 자신에게 화려한 인생을 제공해 주기를 기다렸다. 그러나 그녀가 만난 젊은이들은 평범했고 그녀는 그들에게 희망을 보여 주지 않았다. 그녀는 몰래 터키 젤리를 잔뜩 먹으면서 자신의 낭만적인 욕망을 위로했을 뿐이었다. 그러나 나이가 거의 꽉 차고 친구들이 그녀에 대해 이러쿵저러쿵 떠들어 대기 시작하자 그녀는 커니 씨와 결혼함으로써 그들의 입을 다물게 만들었다. 커니 씨는 오먼드 키에 사는 구두장이였다.

그는 그녀보다 훨씬 나이가 많았다. 덥수룩한 갈색 턱수염 사이에서 가끔씩 튀어나오는 그의 말은 언제나 진지했다. 결혼 생활 1년 후 커니 부인은 그런 남자가 오랫동안 함께 살기에는 낭만적인 남자보다 낫다는 것을 알아차렸다. 그러나 그녀는 결코 자신의 낭만적인 생각을 떨쳐 버리지 않았다. 그는 술도 안 마시고 검소했으며 신앙심도 깊어서 매달 첫 번째 금요일이면 가끔 그녀와 함께 또는 주로 혼자서 성당에 가곤 했다. 물론 그녀도 신앙심이 약해지지는 않았고 그에게 좋은 배우자였다. 낯선 집에서 파티에 참석했다가도 그녀가 눈썹을 살짝 추켜올리면 그는 일어서서 갈 준비를 했고, 그가 기침을 하면 그녀는 오리털 이불로 다리를 덮어 주고 독한 럼주 펀치를 만들어 주었다. 커니 씨를 보자면, 그는 모범적인 아버지였다. 매주 작은 금액의 보험금을 부어 자신의 두 딸이 스물네 살이 되었을 때 각각 100파운드의 지참금을 받을 수 있게 해두었다. 그는 큰딸 캐슬린을 좋은 수녀원으로 보내 그곳에서 프랑스어와 음악을 배우게 했고 그

후에는 왕립 음악원에서 배우도록 수업료를 내주었다. 매년 7월 커니 부인은 친구들에게 이렇게 말할 기회가 있었다.

「우리 그이하고 몇 주 동안 스케리스에 가기로 했어.」

스케리스가 아닐 때면 호스나 그레이스톤스였다.

아일랜드 문예 부흥 운동[39]이 유행하자 커니 부인은 딸의 이름을 이용하기로 결심하고는 집에 아일랜드어 교사를 데려왔다.[40] 캐슬린과 그녀의 동생은 친구들에게 아일랜드 그림엽서를 보냈고 친구들은 다시 그들에게 다른 아일랜드 그림엽서를 보냈다. 커니 씨가 온 가족을 데리고 임시 성당으로 미사를 보러 가는 특별한 일요일에는 미사가 끝난 후 커시드럴 가 모퉁이에 사람들이 모여들곤 했다. 그들은 음악을 함께하는 친구, 민족주의당 지지자 친구 등 모두 커니 씨 가족의 친구들이었고 사소한 수다를 떨 때에도 서로 악수를 나누고, 또 악수하는 손들을 보면서 웃으며 아일랜드어로 작별을 고했다. 곧 캐슬린 커니 양의 이름이 사람들의 입에 오르내리게 되었다. 사람들은 그녀가 음악에 상당히 재능이 있고 품성도 좋으며 특히 모국어 운동에 열심이라고 말했다. 커니 부인은 그런 상황이 만족스러웠다. 따라서 어느 날 홀러핸 씨가 찾아와 자신의 협회에서 에인티언트 음악당에서 4회에 걸쳐 대규모 음악회를 개최하는데 그녀의 딸이 반

39 1890년대에 아일랜드의 고유 문화를 부활시키기 위해 시작된 운동으로 아일랜드의 언어인 게일어의 부활이 중심이 되었다.

40 커니 부인의 딸 캐슬린Kathleen과 예이츠William Butler Yeats(1865~1939)의 애국적인 희곡의 주인공이자 아일랜드의 상징인 캐슬린 니 훌리핸Kathleen Ni Houlihan의 이름이 같다.

주자로 출연해 주었으면 한다고 했을 때에도 그다지 놀라지 않았다. 그녀는 그를 거실로 데려가 앉힌 후 장식 있는 술병과 은제 비스킷 통을 꺼내 왔다. 그녀는 그 일의 세부 사항까지 열성을 다해 파고들었고 조언했으며 또 단념시켰다. 그리고 결국 4회의 대규모 음악회에 반주자로 출연하는 대가로 캐슬린에게 8기니를 지불하기로 하는 계약이 성립되었다.

광고지의 문구 조정, 프로그램의 항목 배열 같은 미묘한 문제에 대해서 홀러핸 씨는 초보자였기 때문에 커니 부인이 그를 도와주었다. 그녀는 재주가 있었다. 그녀는 어떤 음악가들을 크게 표기하고 어떤 음악가들을 작게 표기할지를 알았다. 그녀는 제1테너가 미드 씨의 희극적인 작품 바로 뒤에 등장하는 것을 좋아하지 않으리라는 것을 알고 있었다. 관객들의 흥미를 계속 유지하기 위해서 그녀는 반응이 의심스러운 곡들을 슬쩍 인기 있는 옛날 곡들 사이에 집어넣었다. 홀러핸 씨는 매일 그녀를 방문해 어떤 문제에 대해 충고를 들었다. 그녀는 항상 호의적이었고 충고를 아끼지 않았다. 사실 매우 편하게 대해 주었다. 홀러핸 씨 앞으로 술병을 밀면서 그녀가 말했다.

「좀 드세요, 홀러핸 씨!」

그가 술을 마시는 동안 그녀가 말했다.

「걱정하지 마세요! 걱정 안 하셔도 됩니다!」

모든 것이 잘 진행되었다. 커니 부인은 캐슬린의 드레스 앞부분에 덧대도록 브라운 토머스 상점에서 예쁘게 생긴 핑크빛 샤르뫼즈 천을 샀다. 만만치 않은 돈이 들었지만 때로는 약간의 과소비가 정당화되는 경우도 있기 마련이다. 그녀는 2실링짜리 마지막 날 음악회 티켓 열두 장을 얻어 그런 식이 아니면 오지 않을 만한 친구들에게 보냈다. 그녀는 철저하게 준비했고 그녀 덕분에 필요한 일들은 모두 마쳤다.

음악회는 수요일, 목요일, 금요일, 토요일로 잡혀 있었다. 수요일 밤 딸과 함께 에인티언트 음악당에 도착했을 때 커니 부인은 그곳의 모습이 마음에 들지 않았다. 코트에 밝은 푸른색 배지를 단 젊은 남자들 몇이 현관에서 빈둥거리고 있었고 그중 누구도 야회복을 입고 있지 않았다. 그녀는 딸과 함께 지나가면서 열린 공연장 문을 힐끗 쳐다보았다. 열린 공연장 문은 그녀에게 진행 요원들이 빈둥거리고 있는 이유를 보여 주었다. 그녀는 처음에 자신이 시간을 잘못 안 것이 아닌가 생각했다. 그러나 그렇지 않았다. 20분 전 8시였다.

무대 뒤편의 분장실에서 그녀는 협회의 사무처장인 피츠패트릭 씨를 소개받았다. 그녀는 미소를 지으면서 악수를 했다. 그는 하얀 얼굴에 멍한 표정을 한 작은 체구의 남자였다. 그녀는 피츠패트릭 씨가 부드러운 갈색 모자를 부주의하게 옆으로 비스듬히 썼고 그의 억양이 단조롭다는 것을 눈치챘다. 그는 손에 프로그램을 들고 있었는데 그녀에게 말하는 동안 그 한쪽 끝을 자근자근하게 씹어 흐늘흐늘하게 만들었다. 그는 실망스러운 상황들을 가볍게 받아들이는 듯했다. 홀러핸 씨가 몇 분마다 분장실로 와서 매표소 상황을 전해 주었다. 음악가들이 서로 모여 긴장한 표정으로 가끔 거울을 힐끗 쳐다보거나 악보를 말았다 폈다 하면서 이야기를 나누고 있었다. 거의 8시 30분이 되자 얼마 되지도 않는 공연장의 관객들이 연주를 재촉했다. 피츠패트릭 씨가 들어와서 분장실을 향해 무의미한 미소를 지으며 말했다.

「자 이제, 신사 숙녀 여러분, 시작해야 할 것 같군요.」

커니 부인은 그의 단조로운 마지막 말에 순간 경멸의 눈빛을 보내고 나서는 힘을 내라는 듯 딸에게 말했다.

「얘야, 준비됐니?」

기회가 되자 그녀는 홀러핸 씨를 옆으로 불러내어 도대체 어떻게 된 거냐고 물었다. 홀러핸 씨도 어떻게 된 것인지 알지 못했다. 그는 위원회가 음악회를 4회로 잡은 것은 실수였다고, 4회는 너무 많다고 말했다.

「음악가들은 또 어떻고요!」 커니 부인이 말했다. 「물론 그 사람들도 최선을 다하고 있지만 사실 일류 급은 아니에요.」

홀러핸 씨는 음악가들이 뛰어나지 않다는 것을 인정했지만 위원회가 처음 세 번의 연주회는 그대로 진행하고 실력 있는 사람들은 토요일 밤에 출연시키기로 했다고 말했다. 커니 부인은 아무 말도 하지 않았지만 무대 위에서 지루한 곡들이 이어지고 얼마 되지도 않는 관객들이 갈수록 줄어들자 그런 음악회를 위해 돈을 썼다는 것을 후회하기 시작했다. 돌아가는 상황 중에 마음에 들지 않는 것이 있었고 피츠패트릭 씨의 멍한 미소가 그녀를 몹시 불쾌하게 했다. 그래도 그녀는 아무 말 없이 어떻게 끝날지 지켜보았다. 공연은 10시 바로 전에 끝났고 사람들은 모두 서둘러 집으로 돌아갔다.

목요일 밤의 공연은 관객이 조금 늘었지만 커니 부인은 객석이 무료 입장객으로 가득 차 있다는 것을 알았다. 관객들은 음악회가 비공식적인 무대 연습에 불과한 것처럼 예의 없이 행동했다. 피츠패트릭 씨는 기분이 좋아 보였다. 그는 커니 부인이 자신의 행동을 불쾌하게 보고 있다는 것을 전혀 의식하지 못하고 있었다. 그는 무대 막 구석에 서서 가끔씩 고개를 내밀고는 발코니 구석에 있는 두 친구와 웃음을 교환했다. 그날 저녁 공연 진행 중에 커니 부인은 금요일 공연이 취소되었고 위원회는 토요일 밤 공연을 초만원으로 만들기 위해 전력을 다할 것이라는 사실을 알게 되었다. 이 소식을 듣자 그녀는 홀러핸 씨를 찾아갔다. 어느 젊은 숙녀에게 주려고 레모네이드를 한 잔 들고 절뚝거리며 급히 걸어가는 그를 붙잡고 그녀는 그것이 사실이냐고 물었다. 그렇다. 그것은 사실이었다.

「그래도 어쨌든 계약에는 변동이 없는 겁니다.」 그녀가 말했다. 「계약에는 네 번의 공연으로 되어 있어요.」

홀러핸 씨는 바쁜 듯이 보였다. 그는 그녀에게 피츠패트릭 씨에게 말해 보는 것이 좋겠다고 말했다. 커니 부인은 슬슬 당혹스러움을 느끼기 시작했다. 그녀는 무대 밖에서 피츠패트릭 씨를 불러내어 자신의 딸은 네 번의 공연을 하는 것으로 계약을 했고 당연히 계약 조건에 따라 협회가 공연을 네 번 하든 안 하든 상관없이 원래 정한 금액을 받아야 한다고 말했다. 피츠패트릭 씨는 처음에는 문제점을 파악하지 못했고 그 문제를 해결할 능력도 없어 보였다. 그는 위원회에 그 문제를 이야기해 보겠다고 말했다. 커니 부인은 분노로 얼굴이 달아올랐고, 〈그놈의 으원회가 도대체 누구예요?〉라고 묻고 싶었지만 가까스로 자제하고 있었다. 숙녀답지 않은 짓이라는 것을 알기 때문에 그녀는 입을 다물고 있었다.

금요일 아침 일찍부터 더블린의 주요 거리마다 광고지를 잔뜩 든 어린아이들이 돌아다녔다. 석간신문들에도 다음 날 저녁 음악 애호가들에게 만찬이 준비되어 있음을 상기시키는 특별 광고가 실렸다. 커니 부인은 어느 정도 안심이 되었지만 남편에게 의심스러운 부분에 대해 이야기해야 되겠다고 생각했다. 커니 씨는 주의 깊게 듣고 나서 토요일 밤에 자신이 함께 가보는 것이 좋을 듯하다고 말했다. 그녀도 동의했다. 그녀는 남편을 존경했다. 그녀가 크고 안전하며 확실한 것으로서 중앙 우체국을 존경하듯이. 그리고 비록 남편의 능력을 대단하다고 생각하지는 않았지만 그녀는 남성이라는 추상적 가치를 인정했다. 그녀는 남편이 같이 가겠다고 한 것이 반가웠다. 그녀는 자신의 계획을 다시 검토해 보았다.

대음악회의 밤이 찾아왔다. 커니 부인은 남편, 딸과 함께 공연이 시작되기 45분 전에 에인티언트 음악당에 도착했다. 그러나 운이 없게도 그날 저녁에는 비가 오고 있었다. 커니 부인은 딸의 의상과 악보를 남편에게 맡기고 홀러핸 씨나 피츠패트릭 씨를 찾아 온 건물을 돌아다녔다. 그러나 두 사람 모두 찾을 수 없었다. 그녀는 진행 요원들에게 위원회 사람들이 공연장에 와 있는지 물었고 한참 동안 고생을 한 후에 어느 진행 요원이 베언 양이라는 작달막한 여자를 데려왔다. 커니 부인은 그녀에게 사무국 사람을 만나고 싶다고 설명했다. 베언 양은 그들이 금방 올 거라고 하면서 도와줄 일이 있느냐고 물었다. 커니 부인은 신뢰감과 열정으로 찡그린 나이 들어 보이는 그녀의 얼굴을 냉정하게 쳐다보다가 대답했다.

「아니, 됐어요.」

작달막한 여자는 만석이 됐으면 좋겠다고 말했다. 그녀는 비 오는 밖을 쳐다보았다. 비에 젖은 거리의 우울함이 그녀의 찡그린 얼굴에서 신뢰감과 열정을 지워 버렸다. 그녀는 짧게 한숨을 쉬면서 말했다.

「할 수 없지요! 그래도 우리는 최선을 다했어요.」

커니 부인은 분장실로 되돌아와야만 했다.

음악가들이 도착하고 있었다. 베이스와 제2테너는 이미 도착해 있었다. 베이스를 맡은 더건 씨는 검은 콧수염이 듬성듬성한 호리호리한 젊은이였다. 그는 더블린에 있는 어느 사무실 문지기의 아들이었는데 어릴 때 소리가 울리는 현관에서 길게 늘인 베이스 음조로 노래를 불렀었다. 그는 그런 비참한 상황에서부터 시작해 일류 음악가가 될 때까지 자신을 끌어올렸다. 그는 대형 오페라에도 출연했었다. 어느 날 밤 오페라 가수가 병이 나자 퀸스 극장에서 있었던 「마리타나」 공연에서 그가 대신 왕 역할을 떠맡았다. 그는 풍부한 감정과 성량으로 자신의 곡을 노래했고 관객으로부터도 호응을 얻었다. 그러나 재수가 없게도 그는 무심결에 장갑 낀 손으로 한두 번 코를 살짝 문지름으로써 좋은 인상을 망치고 말았다. 그는 겸손하고 말수도 적었다. 그는 당신을 당시인이라고 발음했는데 워낙 부드럽게 발음해서 아무도 알아채지 못했다. 또 목소리를 위해서 우유만 마셨을 뿐 어떤 술도 입에 대지 않았다. 제2테너인 벨 씨는 금발의 자그마한 남자로 매년 페시 케오일 음악 경연 대회에 참가했었다. 네 번째 만에 그는 동상을 받았다. 그는 몹시 예민한 성격이었고 다른 테너들에 대해 몹시 질투심이 강했는데 자신의 그 예민한 질투심을 넘치는 우정으로 덮었다. 그리고 유머를 통해 자신에게 음악회 공연이 얼마나 고통스러운 일인지를 사람들에게 알렸다. 따라서 더건 씨를 보자 그는 다가가 물었다.

「당신도 참가하나요?」

「그래요.」 더건 씨가 말했다.

벨 씨는 같은 처지의 동료를 보고 웃으면서 손을 내밀며 말했다.

「악수합시다!」

커니 부인은 그 두 젊은이를 지나쳐 무대 막 가장자리로 가서 공연장을 바라보았다. 좌석들은 재빨리 채워지고 있었고 객석은 즐거운 소음으로 가득했다. 그녀는 다시 돌아가서 남편과 조용히 이야기했다. 그들의 대화는 분명 캐슬린에 대한 것이었다. 캐슬린이 민족주의당 지지자 친구이자 콘트랄토를 맡은 힐리 양과 서서 떠들고 있을 때 그들이 캐슬린을 자주 쳐다보았기 때문이다. 창백한 얼굴의 낯선 여자가 혼자 분장실을 가로질러 걸어갔다. 여자들은 날카로운 눈초리로 마른 몸 위에 걸친 색 바랜 푸른 드레스를 쳐다보았다. 누군 가가 그 여자가 소프라노를 맡은 글린 부인이라고 말했다.

「도대체 어디서 저런 여자를 발굴했지?」 캐슬린 양이 힐리 양에게 말했다. 「생전 처음 들어 보는 이름인데.」

힐리 양은 웃을 수밖에 없었다. 그때 홀러핸 씨가 절뚝거리며 분장실로 들어왔고 두 숙녀는 그에게 그 낯선 여자가 누구냐고 물어보았다. 홀러핸 씨는 그녀가 런던에서 온 글린 부인이라고 말했다. 글린 부인은 앞에 둘둘 말린 악보를 꼭 쥔 채 분장실 구석에 서서 가끔씩 이리저리 놀란 듯 시선을 돌리고 있었다. 그림자가 색이 바랜 드레스를 감추어 주었지만 복수라도 하듯이 움푹 파인 쇄골을 드러냈다. 공연장 안의 소음이 더 커졌다. 제1테너와 바리톤이 함께 도착했다. 그들은 모두 정장 차림이었고 당당한 체구에 만족스러운 모습이었다. 그들은 사람들 사이에서 부유한 느낌을 풍겼다.

커니 부인은 딸을 그들에게 데려갔고 그들에게 호의적으로 말을 걸었다. 그녀는 그들과 좋은 관계로 지내고 싶었다. 그러나 그녀가 예의 있게 처신하려고 애쓰는 동안에도 그녀의 눈은 홀러핸 씨의 절뚝거리며 걷는 비스듬한 발길을 좇고 있었다. 실례한다고 말하고는 자리를 뜨자마자 그녀는 그를 좇아 밖으로 나갔다.

「홀러핸 씨, 잠깐 얘기 좀 해요.」 그녀가 말했다.

그들은 복도의 한적한 곳으로 걸어 내려갔다. 커니 부인은 언제 딸에게 돈을 주겠느냐고 물었다. 홀러핸 씨는 그 일은 피츠패트릭 씨가 담당하고 있다고 말했다. 커니 부인은 피츠패트릭 씨에 대해서는 아는 바 없다고 말했다. 그녀의 딸은 8기니를 받기로 계약을 했고 따라서 돈을 받아야만 한다. 홀러핸 씨는 그것은 자신의 일이 아니라고 말했다.

「왜 그게 당신 일이 아니죠?」 커니 부인이 따졌다. 「당신이 그 애를 여기 데려온 게 아닌가요? 어쨌든, 그게 당신 일이 아닐지라도 내 일임에는 분명해요. 나는 상관이 있다고요.」

「그러면 피츠패트릭 씨에게 이야기하세요.」 홀러핸 씨가 분명하게 말했다.

「피츠패트릭 씨는 알 바 아니에요.」 커니 부인이 다시 말했다. 「나는 분명히 계약을 했고 그대로 이행되기를 바라는 거예요.」

분장실로 되돌아왔을 때 그녀의 볼은 약간 상기되어 있었다. 분장실은 활기로 가득했다. 야회복을 입은 두 남자가 난롯가를 차지하고는 힐리 양, 바리톤과 친한 듯이 이야기를 나누고 있었다. 그들은 「프리먼」지의 기자와 오매든 버크 씨였다. 「프리먼」의 기자는 어떤 미국인 성직자가 시장의 관저에서 하는 강의에 대한 기사를 써야 하기 때문에 음악회를 기다리지 못한다는 말을 하려고 와 있었던 것이다. 그는 누군가 자신을 대신해 「프리먼」 사무실에 기사를 보내 주면 신문에 실릴 수 있도록 하겠다고 말했다. 그는 흰머리에 그럴 듯한 목소리를 가진 몸가짐이 조심스러운 사람이었다. 손에는 불이 꺼진 시가를 들고 있었는데 시가 연기의 향이 그의 주변을 감돌고 있었다. 그는 한순간도 그곳에 머물고 싶지 않았다. 음악회와 음악가들이 그를 상당히 지루하게 했기 때문이었다. 그러나 그는 계속 벽난로 선반에 기대어 있었다. 힐리 양이 그 앞에 서서 웃으며 떠들어 대고 있었다. 그는 그녀가 공손하게 구는 이유를 눈치챌 수 있을 정도로 충분히 나이가 들었지만 마음만큼은 그 순간을 이용할 수 있을 만큼 젊었다. 그녀의 몸의 온기, 향기, 색깔이 그의 감각을 자극했다. 그는 자신의 눈앞에서 천천히 부풀어 오르고 내리는 가슴이 그 순간 자신을 위한 것이라는 사실, 웃음과 향기, 고의적인 눈길이 자신에게 보내는 것이라는 사실을 기분 좋게 의식하고 있었다. 더 이상 머물 수가 없게 되자 그는 유감스럽다는 듯이 그녀에게 작별을 고했다.

「오매든 버크가 짤막한 비평을 쓸 겁니다.」 그가 홀러핸 씨에게 설명했다. 「그리고 나중에 내가 살펴볼 겁니다.」

「고맙습니다, 헨드릭 씨.」 홀러핸 씨가 말했다. 「꼭 살펴봐 주세요. 그런데 가시기 전에 뭐 좀 드시지 않겠습니까?」

「그러죠.」 헨드릭 씨가 말했다.

두 사람은 구부러진 복도를 따라 어두운 계단으로 향했고 이윽고 어떤 외진 방으로 들어갔다. 진행 요원 한 명이 몇몇 손님에게 줄 술병을 따고 있었다. 그 손님 중 한 명은 본능적으로 그 방을 찾아낸 오매든 버크 씨였다. 그는 유순한 성격의 나이 많은 남자로서 쉴 때에는 커다란 비단 우산으로 자신의 위압적인 신체의 균형을 잡았다. 허풍스러운 그의 서부식 이름은 자신의 금전 문제의 균형을 잡아 주는 도덕적 우산이었다. 그는 어디서나 존경을 받았다.

홀러핸 씨가 「프리먼」의 기자를 접대하는 동안 커니 부인은 남편에게 말을 하고 있었는데 워낙 흥분해서 커니 씨는 그녀에게 목소리를 낮추라고 해야만 했다. 분장실 안 다른 사람들의 대화는 긴장되어 있었다. 첫 번째 출연자인 벨 씨는 준비가 되어 있었지만 반주자가 나갈 기색을 보이지 않았다. 분명 무엇인가가 잘못되었다. 커니 씨는 앞을 똑바로 쳐다보면서 수염을 쓰다듬고 있었고 커니 부인은 캐슬린의 귀에 대고 무엇인가를 낮은 목소리로 강조해서 말하고 있었다. 공연장에서 시작을 독려하는 손뼉 소리, 발 구르는 소리가 들려왔다. 제1테너와 바리톤 그리고 힐리 양은 함께 서서 조용히 기다렸지만 벨 씨의 마음은 심하게 동요하고 있었다. 관객들이 그가 늦게 왔다고 생각할까 봐 두려웠던 것이다.

홀러핸 씨와 오매든 버크 씨가 방으로 들어왔다. 홀러핸 씨는 금방 방 안의 침묵을 감지했다. 그는 커니 부인에게 다가가 진지하게 이야기했다. 그들이 이야기하는 동안에도 공연장의 소음은 더 커져만 갔다. 홀러핸 씨는 몹시 흥분했고 얼굴이 붉어졌다. 그는 열심히 떠들어 댔지만 커니 부인은 말이 끝날 때마다 퉁명스럽게 대답했다.

「이 애는 못 나가요. 8기니를 받아야만 합니다.」

홀러핸 씨는 애원하듯이 관객들이 손뼉을 치고 발을 구르고 있는 공연장을 가리켰다. 그는 커니 씨와 캐슬린 양에게도 부탁을 해보았다. 그러나 커니 씨는 계속 턱수염만 만지작거렸고 캐슬린 양은 새로 산 신발 끝을 움직이며 아래만 쳐다보았다. 그녀에게는 잘못이 없었다. 커니 부인이 다시 말했다.

「돈을 받기 전까지는 못 나갑니다.」

다급히 몇 마디가 오간 후 홀러핸 씨는 급히 절뚝거리며 밖으로 나갔다. 방은 조용했다. 침묵의 긴장감이 고통스럽게 느껴지자 힐리 양이 바리톤에게 말했다.

「혹시 이번 주에 팻 캠벨 부인 보셨나요?」

바리톤은 그녀를 보지 못했지만 그녀가 잘 지낸다고 들었었다. 대화는 더 이상 이어지지 않았다. 제1테너가 웃는 얼굴로 비강(鼻腔) 앞부분의 효과를 관찰하려고 아무 음이나 흥얼거리면서 머리를 숙이고는 허리까지 이어진 황금빛 체인의 고리들을 세기 시작했다. 모두 가끔씩 커니 부인을 힐끗 쳐다보았다.

객석의 소음이 소란스러움으로까지 커져 갈 때쯤에 피츠패트릭 씨가 방 안으로 뛰어 들어왔고 숨을 헐떡이며 홀러핸 씨도 뒤따라 들어왔다. 손뼉 소리, 발 구르는 소리가 멈출 때마다 휘파람 소리가 들렸다. 피츠패트릭 씨의 손에는 지폐가 몇 장 들려 있었다. 그는 네 장을 세어 커니 부인의 손에 건네주면서 나머지 절반은 중간 휴식 시간에 주겠다고 말했다. 커니 부인이 말했다.

「4실링이 부족하군요.」

그러자 사시나무처럼 떨고 있는 첫 번째 출연자에게 캐슬린이 치마를 추스르면서 말했다. 「가시죠, 벨 씨.」 가수와 반주자가 함께 무대로 나갔다. 객석의 소음이 사라졌다. 잠시 동안 침묵이 흐른 후 피아노 소리가 들려왔다.

글린 부인의 노래를 제외하고는 전반부 공연은 매우 성공

적이었다. 글린 부인은 자신의 노래에 품위를 더해 줄 거라 생각하고는 구식의 상투적인 억양과 발음으로「킬라니」를 불렀는데 유감스럽게도 그녀의 목소리는 헐떡거리는 듯하고 공허했다. 그녀는 마치 옛날 무대 의상을 입고 부활한 사람처럼 보였고 일반석의 관객들은 울부짖는 듯한 그녀의 고음을 비웃었다. 그러나 제1테너와 콘트랄토는 관객의 실망을 잠재워 주었다. 캐슬린은 아일랜드 음악을 몇 곡 연주해서 폭넓은 호응을 얻었다. 전반부는 아마추어 극단을 운영하는 한 젊은 여성이 행한 감동적이고 애국적인 시 낭독으로 끝을 맺었다. 당연히 박수갈채를 받았고 전반부가 끝나자 사람들은 만족해하며 중간 휴식을 위해 밖으로 나갔다.

그동안 분장실은 온통 흥분의 도가니였다. 구석에는 홀러핸 씨, 피츠패트릭 씨, 베언 양, 진행 요원 두 사람, 바리톤, 베이스 그리고 오매든 버크 씨가 있었다. 오매든 버크 씨는 지금껏 이렇게 말 많은 음악회는 처음 본다고 말했다. 더블린에서 캐슬린 양의 음악 경력은 이제 끝났다고 그는 말했다. 누군가 바리톤에게 커니 부인의 행실에 대해 어떻게 생각하느냐고 물었다. 그는 어떤 말도 하고 싶지 않았다. 그는 이미 돈을 받았을 뿐 아니라 사람들과 좋게 지내고 싶었다. 그러나 그는 커니 부인이 다른 음악가들의 입장을 고려했었던 것인지도 모른다고 말했다. 진행 요원들과 사무국 사람들은 중간 휴식 시간에 어떻게 해야 할지에 대해 열띤 논쟁을 벌이고 있었다.

「나는 베언 양이 맞는다고 봐요.」 오매든 버크 씨가 말했다. 「한 푼도 주지 마세요.」

분장실 다른 한구석에는 커니 부인과 그녀의 남편, 벨 씨, 힐리 양, 애국적인 시를 낭독했던 젊은 여성이 있었다. 커니 부인은 위원회가 자신을 욕되게 대했다고 말했다. 그녀는 수고를 아끼지 않았고 돈도 많이 들였는데 이런 식의 대우를 받는다며 분개했다.

그들은 그저 젊은 여자 한 사람만 다루면 된다고 생각해서 쉽게 무시할 수 있으리라 생각했던 것이다. 그러나 커니 부인은 그들에게 실수했다는 것을 보여 줄 생각이었다. 그녀가 남자였다면 그들도 그녀를 감히 그렇게 대하지는 못했을 것이다. 그녀는 자신의 딸이 제대로 된 대우를 받도록 하고 말 것이다. 절대 당하고 있지만은 않을 것이다. 만약 한 푼도 남김없이 정확히 다 지불하지 않으면 더블린을 뒤흔들어 놓고 말 것이다. 물론 다른 음악가들에게는 미안했다. 그러나 어쩌라는 말인가? 그녀는 제2테너에게 물어보았고 그는 그녀가 제대로 된 대우를 받지 못했다고 생각한다고 말했다. 그러자 그녀는 다시 힐리 양에게 물어보았다. 힐리 양은 다른 편에 서고 싶었지만 캐슬린의 친한 친구였고 커니 부부가 가끔 집으로 초대를 한 적도 있었기에 그렇게 할 수 없었다.

전반부가 끝나자 피츠패트릭 씨와 홀러핸 씨는 커니 부인에게 다가와 나머지 4기니는 오는 화요일 위원회가 열린 후에 지불하겠으며, 후반부 순서에 그녀의 딸이 연주를 안 한다면 위원회는 계약이 파기된 것으로 간주하고 한 푼도 주지 않을 것이라고 말했다.

「나는 위원회 사람이라고는 전혀 본 적도 없어요.」커니 부인이 화가 나서 말했다. 「내 딸은 계약을 했어요. 그 애는 분명하게 4파운드 8실링을 손에 쥐어야 하고 그러지 않으면 무대엔 한 발자국도 올라가지 않을 겁니다.」

「정말 실망이군요, 커니 부인.」홀러핸 씨가 말했다. 「이렇게 나오실 줄은 정말 몰랐습니다.」

「당신네는 나한테 제대로 했나요?」커니 부인이 따져 물었다.

그녀의 얼굴은 화가 나서 붉게 물들었고 금방이라도 누군가를 때릴 듯한 모습이었다.

「나는 내 권리를 요구하는 거예요.」그녀가 말했다.

「좀 점잖게 처신할 수 없습니까?」홀러핸 씨가 말했다.

「점잖게요? 내 딸이 받을 돈을 달라는데 이런 식으로 나오면서 점잖게라는 말이 나와요?」

그녀는 머리를 뒤로 젖혀 흔들면서 거만한 목소리를 흉내 내며 말했다.

「사무처장에게 물어봐요. 나하고는 상관없는 일이니까. 나는 높은 사람이라네, 룰룰루.」

「점잖은 분인 줄로 잘못 알았군요.」홀러핸 씨는 이렇게 말하고는 휙 가버렸다.

이렇게 되자 사방에서 모두 커니 부인을 비난했고 모두가 다 위원회 편을 들었다. 그녀는 문 앞에 서서 분노로 일그러진 얼굴로 손짓, 발짓을 해가며 남편, 딸과 함께 떠들어 대고 있었다. 그녀는 혹시 사무국 사람들이 찾아오지 않을까 해서 후반부가 시작될 시간까지 기다렸다. 그러나 힐리 양이 고맙게도 한두 곡 반주를 맡아 주기로 했다. 커니 부인은 바리톤과 반주자가 무대로 올라가도록 길을 비켜 주어야 했다. 그녀는 한동안 분노한 석상처럼 가만히 서 있다가 노래의 첫 곡조가 들려오자 딸의 외투를 집어 들고는 남편에게 말했다.

「마차 잡아요!」

커니 씨는 즉시 걸어 나갔다. 커니 부인은 딸에게 망토를 걸쳐 준 후 남편을 따라 나갔다. 그녀는 문 앞을 지나가다 멈추어서 홀러핸 씨의 얼굴을 노려보았다.

「당신하고는 아직 안 끝났어요.」 그녀가 말했다.

「나는 다 끝났어요.」 홀러핸 씨가 말했다.

캐슬린은 순순히 어머니를 따라갔다. 홀러핸 씨는 마음을 진정시키느라 방 안을 이리저리 돌아다녔다. 얼굴이 불타오르는 것처럼 느껴졌기 때문이다.

「교양 있는 여자야!」 그가 말했다. 「정말 교양 있는 여자야!」

「자네가 잘한 거야, 홀러핸.」 우산으로 균형을 잡으면서 인정한다는 듯이 오매든 버크 씨가 말했다.

은총

당시 화장실에 있던 두 신사가 그를 일으켜 세우려 했지만 그는 도저히 어찌할 수 없는 상태였다. 그는 자신이 굴러 떨어진 계단 아래에 웅크린 채 쓰러져 있었다. 두 사람은 그를 힘겹게 돌려 눕혔다. 그의 모자가 몇 야드 밖에까지 굴러가 있었고 옷은 그가 얼굴을 처박고 엎어지면서 묻은 바닥의 오물로 범벅이 되어 있었다. 그는 눈을 감은 채 푸푸 소리를 내면서 숨을 쉬었고 입 주변에서는 피가 조금씩 흘러내리고 있었다.

두 신사와 바텐더 한 명이 그를 계단 위로 옮겨 술집 바닥에 다시 내려놓았다. 2분 만에 사람들이 둥글게 그를 둘러쌌다. 지배인은 사람들에게 그가 누구이며 누구와 함께 있었는지를 일일이 물어보았다. 아무도 아는 사람이 없었고 바텐더 한 명이 자신은 그저 그 신사분에게 작은 럼주 한 잔만 주었을 뿐이라고 말했다.

「혼자 있었나?」 지배인이 물었다.

「아닙니다. 두 분이 같이 있었습니다.」

「그 사람들은 어디 갔어?」

아무도 알지 못했다. 그때 어떤 사람의 목소리가 들렸다.

「숨을 쉬게 해줍시다. 그 사람은 기절한 거예요.」

그를 둥글게 둘러싼 구경꾼들은 재빨리 넓게 흩어졌다가 다시 탄력성 있게 모여들었다. 남자의 머리가 놓인 바둑판무늬의 바닥 주변에는 검붉은 피가 흘러 둥글게 고여 있었다. 술집 지배인이 남자의 안색이 창백한 것을 보고 놀라서 경찰을 불렀다.

목의 옷깃을 풀어 주고 넥타이도 풀어 주었다. 그는 잠시 눈을 떴다가 한숨을 쉬고는 다시 눈을 감았다. 그를 위층까지 옮겨 온 신사 중 한 명은 손에 더러워진 실크해트를 들고 있었다. 술집 지배인은 계속해서 이 다친 사람이 누구인지, 같이 있던 친구들이 어디 갔는지 아는 사람이 없느냐고 물었다. 술집 문이 열리면서 장대한 풍채의 경찰관이 들어왔다. 골목길까지 그를 따라왔던 사람들이 문밖에 모여 유리창 너머로 안을 들여다보려 애쓰고 있었다.

술집 지배인은 곧 자신이 아는 바를 이야기했다. 무표정한 얼굴의 젊은 경찰관은 말없이 듣고 있었다. 그는 속임수의 희생자가 되기를 두려워하는 듯이 천천히 머리를 좌우로 돌려 주변을 살펴보고는 다시 술집 지배인과 바닥에 쓰러진 남자를 향해 고개를 돌렸다. 그러고는 장갑을 벗고 허리춤에서 작은 공책을 꺼내 연필심에 침을 묻혀 적을 준비를 했다. 그는 의심이 담긴 시골 사람의 어투로 물어보았다.

「이분은 누구죠? 이름이나 주소는요?」

자전거 타는 복장을 한 어느 젊은 남자가 둥글게 둘러싼 구경꾼들을 헤치고 나타났다. 그는 즉시 다친 남자 옆에 무릎을 꿇고는 물을 가져오라고 말했다. 경찰관도 도우려고 무릎을 꿇었다. 젊은 남자는 다친 남자의 입에 묻은 피를 닦아 내고는 브랜디를 가져오라고 말했다. 경찰관이 위엄 있는 목소리로 다시 명령을 전했고 바텐더가 술잔을 들고 달려왔다. 브랜디가 남자의 목구멍으로 흘러 들어갔다. 잠시 후 그는 눈을 뜨고 주변을 돌아보았다. 그는 자신을 둘러싼 얼굴들을 쳐다보고는 상황을 이해한 듯 일어서려 애썼다.

「이제 괜찮습니까?」 자전거 타는 복장을 한 젊은 남자가 물었다.

「그엄요, 개차나요.」 다친 남자가 일어서려 애쓰면서 대답했다.

그는 도움을 받아 일어섰다. 술집 지배인은 병원 운운했고 구경꾼들 몇 명도 충고를 했다. 쭈그러진 실크해트가 남자의 머리 위에 씌워졌다. 경찰관이 말했다.

「어디 사시죠?」

남자는 대답은 않고 콧수염 끝을 비비 꼬고 있었다. 그는 자신의 사고를 대단치 않게 여겼다. 별일 아니라고 했다. 사소한 사고일 뿐이었다. 그는 꽉 잠긴 목소리로 말했다.

「어디 사시죠?」 경찰관이 다시 물었다.

남자는 사람들에게 마차를 좀 잡아 달라고 부탁했다. 사람들이 그 문제에 대해 떠들어 대는 동안 긴 노란색 얼스터 외투에 키가 크고 안색이 흰 민첩해 보이는 한 신사가 술집

구석에서부터 다가왔다. 그 장면을 보고 그가 말했다.

「아니, 톰! 도대체 무슨 일이오?」

「아이, 벼이 아니야.」 남자가 말했다.

새로 등장한 사람은 앞에 있는 딱한 인물을 살펴보고는 경찰관을 향해 말했다.

「괜찮습니다, 경관님. 내가 이 사람을 집으로 데려가겠습니다.」

경찰관은 거수경례를 하면서 말했다.

「알겠습니다, 파워 씨!」

「갑시다.」 친구의 팔을 붙잡으면서 파워 씨가 말했다. 「뼈는 안 부러졌군요. 어때요? 걸을 수 있겠어요?」

자전거 복장의 젊은이가 다른 팔을 잡았고 사람들은 길을 비켜 주었다.

「어쩌다 이런 꼴을 당했죠?」 파워 씨가 물었다.

「계단에서 굴러떨어지신 모양입니다.」 젊은이가 말했다.

「저마 고마워요. 신세으 져꾸요.」 다친 남자가 말했다.

「아닙니다.」

「간다하게 가치…….」

「나중에요, 나중에.」

세 남자는 술집을 나섰고 사람들도 문을 지나 골목길로 사라졌다. 술집 지배인은 사고 현장을 조사하도록 계단으로 경찰관을 데려갔다. 그들은 그 신사가 틀림없이 발을 헛디딘 것이라는 데 동의했다. 손님들은 카운터로 되돌아갔고 바텐더 한 사람이 바닥의 핏자국을 닦아 내기 시작했다.

그래프턴 가로 나오자 파워 씨는 휘파람 소리를 내 이륜마차를 불렀다. 다친 남자는 다시 힘겹게 말했다.

「저마 고마워요. 시세으 겨슨니다. 언제 하번 뵈지요. 저 이르므 커넌이니다.」

그는 충격과 서서히 시작된 통증에 술이 어느 정도 깬 상태였다.

「아닙니다. 됐습니다.」젊은이가 말했다.

그들은 악수를 나누었다. 커넌 씨는 마차에 밀어 넣어졌고, 파워 씨가 마부에게 방향을 알려 주는 동안 그는 젊은 남자에게 고마움을 표시하며 같이 한잔하지 못하는 것을 유감스럽게 여겼다.

「다음에 한잔하지요.」젊은 남자가 말했다.

마차는 웨스트몰런드 가 쪽을 향해 출발했다. 그들이 밸러스트 오피스를 지날 때 시계탑의 시계는 9시 30분을 가리키고 있었다. 차가운 동풍이 강 하구에서 그들에게 불어닥쳤다. 커넌 씨는 추위에 몸을 웅크렸다. 그의 친구는 그에게 어쩌다가 사고를 당했는지 물었다.

「마으 모 해.」그가 대답했다. 「혀으 다쳐어.」

「어디 한번 봅시다.」

남자는 마차 바퀴 너머로 몸을 기울여 커넌 씨의 입을 살펴보았지만 제대로 보이지가 않았다. 그는 성냥불을 켜서 두 손으로 바람을 막으며 얌전히 벌리고 있는 커넌 씨의 입 안을 다시 들여다보았다. 마차가 흔들리면서 성냥불이 벌어진 입 앞에서 흔들렸다. 아랫니와 잇몸에 피딱지가 엉겨 있었고 혀가 아주 약간 잘려 나간 것 같았다. 성냥불이 꺼졌다.

「보기 흉하게 됐군요.」 파워 씨가 말했다.

「아이, 괜아나.」 입을 닫고 목 위로 더러워진 외투의 깃을 끌어 올리면서 커넌 씨가 말했다.

커넌 씨는 외판원으로서 직업의 존엄성을 믿는 구식 인물이었다. 그는 항상 점잖은 실크해트에 각반을 하고 시내를 돌아다녔다. 그의 말에 따르면 남자란 그 두 가지 품목 덕분에 언제든 검열을 통과할 수 있다는 것이었다. 그는 자신의 영웅 위대한 블랙화이트 씨[41]의 전통을 계속 유지했는데, 가끔씩 그는 전설과 모방을 통해 그의 기억을 떠올리곤 했다. 현대 비즈니스 방식은 그에게 크로 가에 작은 사무실을 하나 허락하는 정도였는데, 그 사무실의 창문 블라인드에는 런던 E. C.라는 주소와 함께 그의 회사 이름이 쓰여 있었다. 이 작은 사무실의 벽난로 선반 위에는 납으로 된 통들이 정렬되어 있었고 창문 앞의 테이블 위에는 검은 액체가 반쯤 담긴 네댓 개의 도자기 그릇이 있었다. 커넌 씨는 그 그릇들에 담긴 차를 맛보았다. 그는 차를 한 모금 물고는 머리를 젖혀 입천장을 헹구고 나서 난로의 불판에 다시 뱉어 냈다. 그러고는 잠시 멈추고 판단을 내렸다.

훨씬 젊은 남자인 파워 씨는 더블린 성의 왕립 아일랜드 경찰국에서 근무하고 있었다. 그의 출세 곡선은 그의 친구의 쇠락 곡선과 교차되었다. 그러나 커넌 씨의 쇠락은 그가 가장 잘나가던 시절에 그를 알고 지냈던 몇몇 친구들이 아직도

41 전설적인 외판원인 듯하다.

그를 인품 있는 사람으로 평가한다는 사실로 인해 완화될 수 있었다. 파워 씨도 그런 친구 중 한 명이었다. 그의 설명하기 어려울 정도의 의리는 주변 사람들 사이에서도 유명했다. 그는 건실한 젊은이였다.

마차는 글래스네빈 로의 작은 집 앞에 멈추었고 커넌 씨는 부축을 받으며 집으로 들어갔다. 그의 아내가 그를 침대에 눕히는 동안 파워 씨는 부엌에 앉아 아이들에게 어느 학교에 다니는지, 어떤 책을 배우는지 물어보았다. 아이들 — 딸 둘과 아들 하나 — 은 아버지가 무기력한 상태이고 어머니가 안 보인다는 것을 알고는 파워 씨와 장난을 치며 놀기 시작했다. 파워 씨는 아이들의 태도와 말투에 놀라 잠시 생각에 잠겼다. 잠시 후 커넌 부인이 부엌으로 들어와 소리쳤다.

「도대체 꼴이 그게 뭐람! 언젠간 그러다 인생 망칠 줄 알았어요. 분명해요. 금요일부터 마셔 대더라고요.」

파워 씨는 조심스럽게 자신은 상관이 없으며 단지 우연히 그곳에 가게 된 것이라고 설명했다. 커넌 부인은 적지만 여러 번 시기적절하게 돈을 빌려 주었던 일뿐 아니라 집안에서 싸움이 일었을 때 파워 씨가 도와주었던 것을 생각하고는 이렇게 말했다.

「그런 말씀 안 하셔도 돼요, 파워 씨. 파워 씨는 그이 친구일 뿐 아니라 다른 친구들하고는 다른 분이에요. 그 사람들은 그저 그이 호주머니에 마누라와 가정에서 벗어날 돈만 있으면 좋다는 사람들이에요. 그런 사람들이 친구라니! 오늘은 누구하고 있었죠?」

파워 씨는 고개를 저을 뿐 아무 말도 하지 않았다.

「죄송해요.」 그녀가 말을 이었다. 「대접할 만한 것이 아무 것도 없네요. 조금만 기다리시면 모퉁이에 있는 포가티 씨네 상점에 다녀올게요.」

파워 씨는 일어섰다.

「그이가 돈을 좀 가지고 들어오길 기다리고 있었어요. 그런데 저 사람은 가정이라고는 전혀 관심이 없는 것 같아요.」

「커넌 부인.」 파워 씨가 말했다. 「저희가 한번 새사람을 만들어 보겠습니다. 마틴하고 얘기를 좀 해보겠습니다. 그 사람이 적임자거든요. 머잖아 같이 다시 와서 논의를 해보지요.」

그녀는 파워 씨를 문까지 바래다주었다. 마부는 몸에 열을 내려고 팔을 휘저으며 보도 위를 이리저리 돌아다니고 있었다.

「그이를 집까지 데려다 주셔서 고맙습니다.」 그녀가 말했다.

「별말씀을요.」 파워 씨가 말했다.

그는 마차에 올라탔다. 마차가 움직이기 시작하자 그는 모자를 벗어 그녀에게 상냥하게 인사를 했다.

「저희가 저 친구를 새사람으로 만들어 보겠습니다. 안녕히 계세요, 커넌 부인.」

....

커넌 부인은 당혹스러운 눈으로 마차가 사라질 때까지 바라보다가 시선을 돌려 집으로 들어갔다. 그러고는 남편 옷의 호주머니를 비웠다.

그녀는 활동적이고 실용적인 사고방식을 지닌 중년 여성이었다. 얼마 전 그녀는 자신의 은혼식을 맞이했고 축하하는 자리에서 파워 씨의 반주에 맞추어 남편과 왈츠를 추면서 부부간의 친밀감을 새롭게 다졌다. 연애 시절 커넌 씨는 남자답지 않은 것 같지는 않았다. 지금도 그녀는 결혼식이 있으면 성당으로 달려가 신랑과 신부를 보면서, 프록코트와 라벤더색 바지를 말쑥하게 차려입고 한쪽 팔에는 실크해트를 멋지게 든 쾌활하고 실한 체격의 남자의 팔에 기대어 샌디마운트의 바다의 별 성당을 걸어 나오던 자신의 모습을 즐거운 마음으로 다시 떠올렸다. 그러나 3주가 지나자 그녀는 아내의 삶이라는 것이 피곤한 것이라는 사실을 알게 되었고, 이후 그런 삶을 더 이상 견디기 어렵다고 느끼기 시작할 즈음 그녀는 어머니가 되었다. 어머니로서 그녀에게 극복하지 못할 정도의 어려운 일이란 없었고 25년간 그녀는 남편을 위해 가정을 요령 있게 꾸려 왔다. 그녀의 첫째 아들과 둘째 아들은 집을 떠났다. 한 아들은 글래스고에 있는 어느 포목점에서 일했고 다른 아들은 벨파스트에 있는 차(茶) 상점의 점원이었다. 모두 착한 아들들이었다. 정기적으로 편지를 보내고 가끔 돈도 보내 주었다. 다른 아이들은 아직 학교에 다니고 있었다.

커넌 씨는 다음 날 사무실에 편지를 보내고 침대에서 쉬었다. 커넌 부인은 그를 위해 쇠고기 수프를 만들어 주었고 심하게 잔소리를 늘어놓았다. 그녀는 남편의 과음을 주어진 상황의 일부로 생각하며 받아들였고 몸이 아플 때마다 정성

껏 그를 돌보았으며 항상 아침 식사를 거르지 않게 하려고
애썼다. 어차피 그보다 못한 남편들도 많았다. 그는 아들들
이 다 큰 후로는 결코 폭력적인 면을 보인 적이 없었고, 그녀
는 별 볼일 없는 주문이나마 받으려고 그가 때로 토머스 가
끝까지 걸어갔다 걸어온다는 것을 알고 있었다.

이틀 후 그의 친구들이 병문안을 왔다. 그녀는 그들을 남
편의 체취로 가득한 그의 침실로 안내한 후 난롯가에 의자
를 가져다주었다. 낮 동안 이따금 따끔거렸던 커넌 씨의 혀
도 좀 더 가라앉은 상태였다. 그는 침대에 베개를 괴고 앉아
있었다. 부풀어 오른 양쪽 뺨은 혈색 때문에 마치 따뜻한 온
기가 남아 있는 석탄재처럼 보였다. 그는 방이 어수선해서
미안하다고 말했지만 동시에 퇴역 군인의 자부심 같은 것을
느끼며 약간 자랑스럽게 그들을 쳐다보았다.

그는 자신이 친구들인 커닝엄 씨, 매코이 씨, 파워 씨가 거
실에서 커넌 부인에게 밝힌 어떤 음모의 희생자라는 사실을
전혀 모르고 있었다. 그 아이디어는 파워 씨가 낸 것이었지
만 구체적으로 어떻게 할지는 커닝엄 씨에게 맡겨졌다. 커넌
씨는 개신교 집안 출신이었고, 결혼할 때쯤에 가톨릭으로 개
종을 하기는 했지만 20년 동안 성당 경내에 발을 들여놓은
적이 없었다. 게다가 그는 가톨릭을 공격하는 것을 좋아했다.

커닝엄 씨는 그런 일에 가장 적합한 사람이었다. 그는 파
워 씨의 선배 동료였다. 그의 가정생활은 그리 행복하지 못
했다. 사람들은 그런 점에 대해 상당한 동정심을 느끼고 있
었는데, 그가 치유 불가능한 술주정뱅이 여자와 결혼한 것

을 알고 있었기 때문이었다. 그는 아내를 위해 여섯 번이나 가재도구들을 새로 장만했지만 그럴 때마다 여자는 그것들을 저당 잡혔다.

누구나 다 마틴 커닝엄 씨를 존경했다. 그는 상당히 양식 있고 영향력도 있으며 지적인 사람이었다. 인간에 대한 그의 날카로운 지식, 오랫동안 즉결 재판소에서 다루었던 사건들로 인해 자연스럽게 생겨난 명민함은 이따금 일반 철학이라는 바다에 잠김으로써 부드러워졌다. 그는 아는 것도 많았다. 친구들은 그의 의견에 고개를 숙였고 그의 얼굴이 셰익스피어를 닮았다고 생각했다.

그들이 자신들의 음모를 알려 주자 커넌 부인은 이렇게 말했었다.

「커닝엄 씨가 다 알아서 해주세요.」

사반세기 동안 결혼 생활을 해온 그녀에게 환상은 거의 남아 있지 않았다. 그녀에게 종교는 습관이었고 그녀는 남편 나이 정도의 남자라면 죽기 전까지 크게 변할 일이 없을 거라고 생각했다. 그녀는 사실 남편의 사고가 신기할 정도로 시기적절한 사건이었다는 생각이 들었고, 잔인해 보일지도 모른다는 걱정만 없었다면 아마 남편의 친구들에게 남편의 혀가 좀 짧아졌어도 문제 될 게 없다고 말했을 것이다. 그러나 커닝엄 씨는 능력 있는 사람이었고 종교는 종교였다. 그 계획은 도움이 될 것이고, 아니라 하더라도 최소한 해가 될 것은 없었다. 그녀의 믿음은 소박했다. 그녀는 가톨릭 신앙 중 일반적으로 가장 유용한 것으로서 예수 성심(聖心)을 흔들림 없이 믿었고 성사(聖事)를 인정했다. 그녀의 신앙심은 부엌에 한정되어 있었지만 상황에 따라서는 밴시 요정도, 성령도 믿을 수 있었다.

남자들은 사고에 대해 이야기하기 시작했다. 커닝엄 씨는 자신이 예전에 그런 유사한 경우를 보았다고 말했다. 일흔 살 된 어떤 노인이 간질병 발작이 일어나 자신의 혀 일부를 물어 잘랐는데 잘린 부분이 다시 자라나 잘렸던 흔적조차 없이 말끔해졌다는 것이었다.

「나는 일흔 살은 아니야.」 환자가 말했다.

「어이구, 이런.」 커닝엄 씨가 말했다.

「이제 안 아픈가?」 매코이 씨가 물었다.

매코이 씨는 한때 나름대로 평판도 좀 얻었던 테너 가수였다. 소프라노였던 그의 아내는 지금도 약간의 교습비를 받고 아이들에게 피아노를 가르치고 있었다. 그의 인생 여정에는 상당히 굴곡이 많았고 때로는 잔재주로 먹고살아야 했던 적도 있었다. 그는 미들랜드 철도사의 직원이었고 「아이리시 타임스」와 「프리먼스 저널」의 광고 외판원이었으며, 석탄 회사의 위탁 판매원이기도 했다. 또한 사설 흥신소 직원, 보조 집행관 사무소 직원으로도 일했으며 최근에는 시청 검시관의 비서로 일하고 있었다. 따라서 최근의 직업과 관련해서도 그는 커넌 씨의 경우에 상당한 관심을 가지고 있었다.

「안 아프냐고? 많이 아프지는 않네.」 커넌 씨가 대답했다. 「근데 좀 메슥거리는군. 토할 것 같은 느낌이야.」

「술 때문이지.」 커닝엄 씨가 단언했다.

「아니야.」커넌 씨가 말했다.「마차에서 감기에 걸린 것 같아. 목에서 뭔가가 자꾸 올라와. 가래인지 아니면…….」

「점액질이군.」매코이 씨가 말했다.

「목구멍 아래에서 올라오는 것 같아. 역겨운 느낌이야.」

「그래, 맞아.」매코이 씨가 말했다.「거기가 바로 흉부야.」

그는 도전적인 분위기로 커닝엄 씨와 파워 씨를 동시에 쳐다보았다. 커닝엄 씨는 재빨리 고개를 끄덕였다. 파워 씨가 말했다.

「끝이 좋으면 다 좋은 거지요.」

「자네에게 큰 신세를 졌네.」환자가 말했다.

파워 씨는 손사래를 쳤다.

「그런데 같이 있던 다른 사람들은…….」

「그게 누구였나?」커닝엄 씨가 물었다.

「한 친구는…… 이름을 모르겠네. 빌어먹을, 이름이 뭐였지? 연한 갈색 머리에 자그마한 친구였는데…….」

「다른 사람은?」

「하퍼드였지.」

「음.」

커닝엄 씨가 이 외마디 소리를 내자 모두 입을 다물었다. 커닝엄 씨가 비밀 정보통이라는 사실은 누구나 알고 있었다. 이 경우 그 단음절의 반응은 도덕적인 의도를 띠고 있었다. 하퍼드 씨는 가끔 도시 외곽의 술집에 최대한 빨리 도착해 진짜 여행자의 자격을 얻으려고 일요일 정오가 되자마자 도시를 떠나는 그런 사람들과 어울렸다.[42] 그러나 그의 동료 여행자들은 결코 그의 배경을 눈감아 주는 데 동의하지 않았다. 그는 노동자들에게 높은 이자로 푼돈을 빌려 주는 정체 불명의 사채업자로 인생을 시작했다. 이후 그는 리피 대출 은행의 키 작고 몹시 뚱뚱한 골드버그라는 남자의 동업자가 되었다. 물론 그가 유대인들의 윤리 규약을 벗어날 정도는 아니었지만 가톨릭 신자인 그의 동료들은 그가 직접 또는 대 리인을 통해 돈을 빼앗아 갈 때마다 분개하며 아일랜드의 유대인이니 못 배운 놈이니 하며 비난했고, 그의 저능아 아 들에게서 고리대금업에 대한 신의 응징의 확실한 증거를 보 았다. 다른 때에는 그들도 그의 장점을 기억했다.

「그 친구가 어디로 갔는지 모르겠어.」 커넌 씨가 말했다.

그는 사고의 세부 사항이 불명확한 상태로 남기를 바랐 다. 그는 친구들이 뭔가 착오가 있어서 하퍼드 씨와 그가 서 로 엇갈렸다고 생각하기를 바랐다. 하퍼드 씨의 술버릇을 잘 아는 그의 친구들은 입을 다물고 있었다. 파워 씨가 다시 말했다.

「끝이 좋으면 다 좋은 거지요.」

커넌 씨는 즉시 화제를 바꾸었다.

「착한 젊은이가 있었지. 의학도인데, 그 친구 덕분에…….」

「맞아요. 그 친구 아니었으면, 벌금을 선택할 여지도 없이 7일짜리 구류를 받을 수도 있었어요.」 파워 씨가 말했다.

「맞아, 맞아.」 커넌 씨가 기억을 되살리려 애쓰며 말했다.

42 법에 따라 당시 술집에서는 정해진 시간에만 술을 팔았으나 먼 거리를 여행한 사람에게는 규정 시간 외에도 술을 팔 수 있었다.

「이제 기억이 나는데, 경찰관이 있었어. 괜찮은 젊은이 같더라고. 그런데 어쩌다 그렇게 된 거지?」

「톰, 자네가 곤드레가 됐던 거야.」 커닝엄 씨가 엄숙하게 말했다.

「맞아, 그랬지.」 커넌 씨 또한 엄숙하게 동의했다.

「내 생각에는, 잭, 자네가 경찰관을 매수한 거야.」 매코이 씨가 말했다.

파워 씨는 그가 자신을 세례명으로 부르는 것이 탐탁지 않았다. 그는 까다로운 사람이 아니었지만 매코이 씨가 최근에 매코이 부인의 가능성도 없는 지방 공연을 성사시키려고 여행 가방, 손가방을 찾아다니느라 법석을 떤 일을 잊을 수가 없었다. 사실 그는 자신이 희생양이 되었다는 사실보다도 그 비겁한 방식에 더 분개했다. 그는 따라서 커넌 씨가 물어보기라도 한 듯이 질문에 대답했다.

그 이야기에 커넌 씨는 분노했다. 그는 시민으로서 자신의 위치를 예민하게 의식하고 있었고, 시 당국과 서로 존중하는 관계 속에 살고 싶어 했으며, 그가 시골뜨기라 부르는 자들이 자신에게 모욕을 가하는 것에 분개했다.

「이러라고 우리가 세금을 내는 건가?」 그가 물었다. 「그 한심한 놈들을 먹이고 입히라고? 아무짝에도 쓸모없는 놈들인데 말이야.」

커닝엄 씨는 웃었다. 그는 근무 시간에만 시 공무원이었다.

「맞아, 톰. 무슨 쓸모가 있겠나?」 그가 말했다.

「65번, 당신 배추 받아!」

모두가 웃음을 터뜨렸다. 어떻게든 대화에 끼고 싶었던 매코이 씨는 그 이야기를 처음 듣는 척했다. 커닝엄 씨가 설명했다.

「엄청나게 큰 그 시골 얼간이들을 훈련시키는 곳에서 일어난 일이라고 하더군. 담당 경사가 그놈들에게 접시를 들고 벽에 줄지어 서 있게 했지.」 그는 그로테스크한 몸짓을 보이면서 그 이야기를 눈에 보이듯 묘사했다.

「저녁 먹을 시간이었거든. 경사 앞 테이블 위에 배추가 들어 있는 빌어먹게 큰 양동이하고 삽만 한 스푼이 있었는데, 스푼으로 배추 한 덩이를 들어 식당을 향해 던지면 그놈들이 접시에 그걸 받는 거야. 65번, 당신 배추 받아.」

모두 또다시 웃음을 터뜨렸다. 그러나 커넌 씨는 아직도 분이 다 풀리지 않았다. 그는 신문사들에 편지를 보내겠다는 말을 했다.

「그 촌놈들이 여기 와서 말이야, 사람들한테 상전 노릇을 해도 된다고 생각한다니까.」 그가 말했다. 「어떤 놈들인지 마틴, 자네도 잘 알 거야.」

커닝엄 씨는 부분적으로 동의했다.

「세상 어디나 다 마찬가지지.」 그가 말했다. 「나쁜 놈들도 있고 좋은 사람도 있고 말이야.」

「그래, 좋은 사람들도 있기는 해.」 커넌 씨가 만족한 듯 말했다.

「그런 자들과는 상종 안 하는 게 제일 좋아.」 매코이 씨가 말했다. 「내 생각은 그래!」

커넌 부인이 방에 들어와 테이블 위에 접시를 내려놓으며 말했다.

「좀 드세요.」

파워 씨는 예의를 갖추며 일어서서 그녀에게 자신의 의자를 권했다. 그녀는 아래층에서 다림질을 하던 중이었다며 거절하고는 파워 씨 등 위로 커닝엄 씨와 눈짓을 교환한 후 방을 막 나서려고 했다. 그녀의 남편이 그녀를 불렀다.

「여보, 내 건 없어?」

「아, 당신 거요! 꿈도 꾸지 말아요!」 커넌 부인이 쏘아붙였다.

그녀의 남편이 뒤에 대고 말했다.

「불쌍한 서방님은 아무것도 없다니!」

그가 우스꽝스러운 얼굴과 목소리를 흉내 내는 바람에 사람들은 유쾌한 분위기에서 흑맥주 병을 돌렸다.

남자들은 술잔을 기울였고 테이블 위에 잔을 내려놓은 후 잠시 침묵했다. 그러다가 커닝엄 씨가 파워 씨를 향해 몸을 돌리며 그냥 생각이 났다는 듯이 말했다.

「목요일 밤이라고 했었나, 잭?」

「예, 목요일 맞아요.」 파워 씨가 말했다.

「좋았어!」 커닝엄 씨가 바로 말을 받았다.

「몰리 주점에서 만나면 되겠네.」 매코이 씨가 말했다. 「거기가 가장 편할 거야.」

「절대 늦으면 안 됩니다.」 파워 씨가 진지하게 말했다. 「문 앞까지 꽉 찰 게 뻔하니까요.」

「7시 30분에 만나면 될 거야.」 매코이 씨가 말했다.

「좋았어!」 커닝엄 씨가 말했다.

「그럼 7시 30분에 몰리 주점으로 하지!」

잠시 침묵이 흘렀다. 커넌 씨는 자신도 친구들의 비밀에 끼워 줄지 궁금해서 잠시 기다리다가 물었다.

「대체 무슨 일인가?」

「아, 아무것도 아니야.」 커닝엄 씨가 말했다.「그냥 목요일 날 자그마한 일을 준비 중이지.」

「오페라 말인가?」 커넌 씨가 물었다.

「아냐, 아냐.」 커닝엄 씨가 둘러대는 듯한 어조로 말했다.「그냥…… 약간 영적인 거야.」

「오.」 커넌 씨가 말했다.

다시 침묵이 흘렀다. 그러다가 파워 씨가 직설적으로 말을 꺼냈다.

「사실은 피정을 가는 겁니다.」

「맞아, 그거야.」 커닝엄 씨가 거들었다.「잭하고 나 그리고 매코이하고 — 우리 모두 술 단지를 씻어 버릴 생각이네.」

그는 어떤 소박한 열정으로 그 은유를 언급하고 나서는 자신의 목소리에 힘입어 계속 말을 이었다.

「솔직히 인정하자고. 우리는 너나없이 전부 다 불한당들이야. 전부 다 말이지.」 그는 파워 씨를 쳐다보면서 거칠게 자비심을 보이듯 덧붙였다.「자네도 자백해!」

「자백합니다.」 파워 씨가 말했다.

「나도 자백하네.」 매코이 씨가 말했다.

「그래서 우리 모두 술 단지를 씻어 버릴 생각이네.」 커닝엄 씨가 말했다.

그는 갑자기 어떤 생각이 떠오른 듯했다. 환자를 쳐다보더니 갑작스럽게 말했다.

「톰, 나한테 무슨 생각이 떠올랐는지 아나? 자네도 끼라고. 그러면 넷이서 짝이 잘 맞을 거야.」

「그거 좋은 생각이군요.」 파워 씨가 맞장구쳤다. 「우리 네 명이면 완벽합니다.」

커넌 씨는 말이 없었다. 그 제안은 그의 마음에 별로 와 닿지 않았다. 그는 어떤 영적인 대리자들이 자신을 위해 신경을 써주려 한다는 것을 이해했지만 고개를 빳빳이 하는 것이 자존심을 위한 길이라고 생각했다. 친구들이 예수회에 대한 이야기를 하는 내내 그는 대화에 끼어들지 않고 조용히 적개심을 드러내며 듣기만 했다.

「나는 예수회가 그렇게 나쁘다고 보진 않네.」 한참 만에 그가 끼어들면서 말했다. 「예수회는 제대로 교육받은 교단이지. 내 생각에는 그 사람들도 좋은 의도를 가지고 있어.」

「가장 큰 교단이지.」 커닝엄 씨가 열성적으로 말했다. 「예수회 수장은 교황 다음갈 정도야.」

「그건 사실이야.」 매코이 씨가 거들었다. 「별문제 없고 제대로 된 곳을 원하면 예수회로 가야지. 영향력이 있는 친구들이야. 한 가지 확실한 예를 들자면…….」

「예수회는 괜찮은 사람들이죠.」 파워 씨가 말했다.

「그런데 좀 특이한 점이 있어.」 커닝엄 씨가 말했다. 「예수

회 교단 말이야. 다른 교단들은 전부 한 번쯤은 개혁을 해야
만 했는데 예수회 교단은 한 번도 개혁을 안 했거든. 전혀 흔
들린 적이 없었지.」

「그래?」 매코이 씨가 말했다.

「사실이야.」 커닝엄 씨가 말했다. 「역사적인 사실이지.」

「교회를 한번 보세요.」 파워 씨가 말했다. 「그 사람들 모이
는 걸 한번 보라고요.」

「예수회는 상류층의 취향에 딱이지.」 매코이 씨가 말했다.

「물론입니다.」 파워 씨가 맞장구쳤다.

「맞아.」 커넌 씨도 동의했다. 「그래서 나도 사실 유감이야.
속세의 성직자들 때문이지. 무지하고 잘난 척하는 자들이야.」

「그 사람들도 다 좋은 사람들이지.」 커닝엄 씨가 말했다.
「자기들 방식으로는 말이야. 어쨌든 아일랜드 성직자들은
세계 어디서나 칭송을 받는다고.」

「맞아요.」 파워 씨가 맞장구쳤다.

「이름값도 못 하는 대륙의 다른 성직자들과는 다르지.」 매
코이 씨도 거들었다.

「자네 말이 맞을 거야.」 기분을 풀면서 커넌 씨가 말했다.

「당연하지, 내 말이 맞아.」 커닝엄 씨가 말했다. 「지금까지
세상 여기저기 돌아다니면서 별별 일을 다 겪어 보았는데 그
정도 판단을 못 하겠나.」

남자들은 서로 따라 하듯 다시 술을 마셨다. 커넌 씨는 마
음속으로 무엇인가를 재어 보는 것 같았다. 그는 감동을 받
았다. 그는 커닝엄 씨의 판단력과 분별력을 높이 평가하고

있었다. 그는 세부 사항을 물어보았다.

「아, 그건 그냥 피정일세.」 커닝엄 씨가 말했다. 「퍼든 신부님이 주재하시지. 사업가들을 위해 마련한 거야.」

「우리한테는 그리 심하게 하시지 않을 겁니다.」 파워 씨가 설득하듯이 말했다.

「퍼든 신부님? 퍼든 신부님?」 환자가 말했다.

「아마 자네도 알 거야, 톰.」 커닝엄 씨가 자신 있는 목소리로 말했다. 「호인이지! 우리처럼 세상을 아는 분이고.」

「아…… 맞아, 이제 알 것 같아. 얼굴이 좀 불그레하고 키가 크지.」

「바로 그분이야.」

「그런데 마틴…… 그분, 설교는 잘하시나?」

「음…… 그건 잘 모르겠군. 사실 정확히 말해서 설교는 아니야. 상식적으로 본다면 일종의 친구 사이의 대화 같은 거지.」

커넌 씨는 생각에 잠겼다. 매코이 씨가 말했다.

「톰 버크 신부도 정말 대단한 분이지!」

「아, 톰 버크 신부님.」 커닝엄 씨가 말했다. 「그분이야말로 타고난 웅변가시지. 톰, 자네 그분 말씀하시는 거 들어 봤나?」

「들어 봤냐니!」 약간 언짢은 듯 환자가 말했다. 「그 정도가 아니지! 나는 그분이…….」

「그런데 뛰어난 신학자는 아니라는 얘기도 있더군.」 커닝엄 씨가 말했다.

「그래?」 매코이 씨가 말했다.

「아, 물론 뭐 잘못될 건 없어. 사람들 말로는, 가끔 공인된

정설을 설교하지 않는다고 하지만 말이야.」

「아……! 정말 대단한 분이지.」 매코이 씨가 말했다.

「내가 전에 그분 말씀하시는 걸 들었는데 말이야.」 커넌 씨가 말했다. 「주제가 뭐였는지는 지금 기억이 안 나지만. 크로프턴하고 내가 뭐냐…… 그 뒷좌석…… 뭐라고 하지?」

「본당.」 커닝엄 씨가 말했다.

「그래, 문 근처의 뒤쪽 말이야. 뭐에 대한 거였는지 기억은 안 나는데…… 아, 맞다, 교황, 지난번 교황에 대한 거였지. 이제 기억이 나는군. 그거 정말 멋있었지, 웅변적인 그 스타일 말이야. 게다가 그 목소리하며! 정말 좋은 목소리 아닌가? 바티칸의 죄수, 교황을 그렇게 불렀지. 밖으로 나오는데 크로프턴이 내게 뭐라고 했느냐 하면 ─」

「그런데 크로프턴 그 친구는 오렌지 당원[43] 아닌가요?」 파워 씨가 물었다.

「그래, 맞아.」 커넌 씨가 말했다. 「그것도 아주 골수 오렌지 당원이지. 어쨌든 우리는 무어 가에 있는 버틀러라는 술집으로 갔는데, 솔직히 말하자면, 진짜 감동했었지. 지금도 그 말이 기억이 난다니까. 그분이 그랬지. 〈커넌, 우리가 숭배하는 제단은 서로 다르네.〉 그러면서 하시는 말씀이 〈하지만 우리의 믿음은 다 똑같아〉 그러시는 거야. 정말 좋은 말이라는 생각이 들더라고.」

「일리 있는 말씀이죠.」 파워 씨가 말했다. 「톰 신부님이 설교를 할 때는 항상 교회에 개신교 신자들도 가득 들어차곤

43 친영파 신교도를 경멸적으로 이르는 말.

했죠.」

「우리들 사이에 별 차이는 없어.」매코이 씨가 말했다.「우리 모두 다 똑같이…….」

그는 잠시 머뭇거렸다.

「……구세주를 믿지. 단지 그 사람들은 교황과 신의 어머니를 믿지 않을 뿐이고.」

「맞는 말이야.」커닝엄 씨가 조용하게 그리고 확실하게 말했다.「우리의 종교가 진짜 종교지. 더 오래되고, 원래 신앙이고.」

「틀림없는 사실이지.」커넌 씨가 흥분해서 말했다.

커넌 부인이 침실 문에 나타나서 말했다.

「손님 오셨어요!」

「누군데?」

「포가티 씨예요.」

「오, 들어와요! 들어와!」

창백하고 갸름한 얼굴이 모습을 드러냈다. 호를 이루며 이어진 노란색 콧수염이, 기분 좋게 놀란 듯한 눈 위에 곡선을 그리고 있는 노란색 눈썹에서 다시 한 번 반복되고 있었다. 포가티 씨는 점잖은 성품의 식료품상이었다. 그는 더블린 시내에서 주류 판매업을 하다가 망한 적이 있었는데, 자금 상황이 안 좋아 질 낮은 양조장과 관계를 맺어야만 했기 때문이었다. 이후에 그는 글래스네빈 로에 작은 상점을 열었는데 자신의 예의범절에 그 지역 주부들이 크게 만족해할 것이라며 자랑을 했었다. 그는 품위 있게 행동했고 어린아이들을 칭찬했으며 발음도 정확했다. 교양이 없는 사람은 아니었다.

포가티 씨는 반 파인트짜리 특제 위스키를 선물로 가지고 왔다. 그는 공손하게 커넌 씨에게 안부를 묻고는 테이블에 선물을 올려놓고 다른 사람들과 나란히 의자에 앉았다. 커넌 씨는 자신과 포가티 씨 사이에 식료품 대금과 관련해서 약간의 해결되지 않은 문제가 남아 있다는 것을 알고 있었기 때문에 그 선물을 더욱더 고마워했다. 그가 말했다.

「올 줄 알았네. 잭, 술병 좀 따주겠나?」

파워 씨는 다시 임무를 수행했다. 술잔을 부시고 난 후 약간의 위스키를 다섯 개의 잔에 따랐다. 그로 인해 대화는 더 활기를 띠게 되었다. 의자 끝 부분에 앉아 있던 포가티 씨는 특히 더 관심을 보였다.

「교황 레오 13세는 말이야.」 커닝엄 씨가 말을 꺼냈다. 「한 시대의 빛이라 할 만한 사람들 중 한 분이지. 알다시피 그분의 위대한 계획은 로마 교회와 그리스 교회를 통합하는 거였네. 그게 그분 평생의 목표였지.」

「그분이 유럽의 가장 뛰어난 지성 중 한 명이라는 얘기를 가끔 들었습니다.」 파워 씨가 말했다. 「교황이라는 사실을 고려하지 않더라도 말이죠.」

「물론 최고는 아닐지 몰라도, 그건 사실이야. 교황 시절에 그분의 모토는 룩스 어폰 룩스 — 빛 위에 빛을이었지.」 커닝엄 씨가 말했다.

「아냐, 아냐.」 포가티 씨가 열을 내며 말했다. 「자네가 잘

못 알고 있는 거야. 그게 아니라 룩스 인 테네브리스, 그러니까 어둠에 빛을이었어.」

「그래, 맞아.」 매코이 씨가 말했다. 「테네브레지.」

「내 말 좀 들어 봐.」 커닝엄 씨가 자신 있게 말했다. 「그건 룩스 어폰 룩스였어. 그분의 전임자, 비오 9세의 모토는 크룩스 어폰 크룩스, 즉 십자가 위에 십자가를이었고……. 두 교황의 정책상의 차이를 보여 주려 했던 거지.」

모두 그 추론을 받아들였다. 커닝엄 씨가 말을 이었다.

「교황 레오 13세는 위대한 학자이고 또 시인이었네.」

「인상이 강한 분이었지.」 커넌 씨가 말했다.

「맞아.」 커닝엄 씨가 말했다. 「그분은 라틴어로 시를 쓰셨지.」

「그랬나?」 포가티 씨가 말했다.

매코이 씨는 만족스럽게 위스키를 맛보고는 이중의 의도로 머리를 흔들고서 말했다.

「농담이 아니야, 확실하다고.」

「톰, 우리가 수업료 싼 초등학교를 다닐 때에는 그런 거 안 배웠어요.」 파워 씨가 매코이 씨를 흉내 내며 말했다.

「당시에는 겨드랑이에 토탄 덩어리를 끼고 싸구려 초등학교에 다녔어도 좋은 사람이 많았지.」 커넌 씨가 교훈을 들려 주듯이 말했다. 「옛날 방식이 최고야. 소박하고 정직한 교육이었지. 요즘처럼 겉만 번지르르하지는 않았지……..」

「맞습니다.」 파워 씨가 동의했다.

「허무맹랑한 소리는 없었지.」 포가티 씨가 말했다.

그는 그 말을 정확히 발음하고 나서 엄숙하게 술을 마셨다.

「예전에 어디서 읽었는데 말이야.」 커닝엄 씨가 말했다. 「교황 레오 13세의 시 중 하나가 사진의 발명에 대한 거라더 군. 물론 라틴어로 쓴 거고.」

「사진에 대한 시라니!」 커넌 씨가 소리쳤다.

「그러게 말이야.」 커닝엄 씨가 말했다.

그도 자신의 술잔을 비웠다.

「그런데 말이야.」 매코이 씨가 말했다. 「생각해 보면 사진 이라는 거 참 대단하지 않은가?」

「맞습니다.」 파워 씨가 말했다. 「위대한 정신을 가진 사람 들은 사물을 분별할 줄 아는 법이죠.」

「시인도 그렇게 말했지. 위대한 정신은 광기에 가깝다고.」 포 가티 씨가 말했다.

커넌 씨는 마음이 편치 않아 보였다. 그는 몇몇 까다로운 문제들에 대한 개신교 측의 신학 이론을 떠올리려 애쓰다가 결국 커닝엄 씨에게 말을 건넸다.

「그런데 마틴.」 그가 말했다. 「교황들 중에는 ─ 아, 물론 지금 사람이나 전임자는 말고 말이야, 옛날 교황들 중에는 ─ 뭐랄까…… 그야말로 완벽하지는 않았던 사람들도 있지 않은가?」

침묵이 흘렀다. 커닝엄 씨가 말했다.

「아, 물론이지. 나쁜 사람들도 있긴 했지……. 그래도 대단 한 것은, 술고래였든 아니면…… 그야말로 불한당이었든 어 느 누구도 절대 교회의 권위에 의거해서 거짓된 교리를 설교 한 적은 없었다는 거지. 대단한 일 아닌가?」

「그렇군.」커넌 씨가 말했다.

「맞아. 왜냐하면 교황이 교회의 권위에 의거해서 말할 때는 절대 무오류인 거라고.」포가티 씨가 설명했다.

「그렇지.」커닝엄이 말했다.

「아, 나도 교황 무오류에 대해 들어 봤네. 내 기억으로는 내가 어릴 때였는데…… 아니, 그게 아니었나?」

포가티 씨가 끼어들었다. 그는 술병을 들고 다른 사람들의 술잔에 술을 따랐다. 매코이 씨는 다섯 잔을 다 돌리기에는 술이 부족한 것을 보고 자신의 술잔은 아직 남았다고 말했다. 다른 사람들은 마지못해 받아들였다. 위스키가 술잔에 떨어지며 내는 가벼운 음악 소리가 기분 좋은 막간을 제공했다.

「톰, 아까 자네가 무슨 이야기를 하고 있었지?」매코이 씨가 말했다.

「교황 무오류설.」커닝엄 씨가 말했다.「교회사 전체를 통틀어 가장 대단한 장면이었지.」

「왜 그렇죠?」파워 씨가 물었다.

커닝엄 씨는 엄지손가락 두 개를 세웠다.

「추기경, 대주교, 주교로 구성된 추기경단에서 다른 사람들은 다 지지하는데 유독 거기에 반대하는 사람이 둘이 있었지. 추기경단 회의에서 그 두 사람을 빼고는 전부 만장일치였어. 그런데 절대! 그 두 사람은 절대 그걸 받아들일 수 없었다고!」

「하, 참!」매코이 씨가 말했다.

「그 사람들은 독일인 추기경이었는데, 이름이 돌링인가……
아니 다울링이었나? 아니면…….」

「다울링은 독일 이름이 아닙니다. 확실해요.」 파워 씨가
웃으면서 말했다.

「뭐 이름이야 어쨌든, 그 독일인 추기경하고, 또 한 사람
은 존 맥헤일이었지.」

「뭐라고?」 커넌 씨가 소리쳤다. 「튜암의 존, 그 사람 말인가?」

「그거 확실한 건가?」 포가티 씨가 의심스럽다는 투로 물
었다. 「나는 이탈리아인이나 미국인인 줄 알았는데.」

「튜암의 존.」 커닝엄 씨가 반복해서 말했다. 「그 사람이야.」

그는 술잔을 들었고 다른 사람들도 그의 뒤를 따랐다. 그
러자 그가 다시 말했다.

「전 세계 구석구석에서 온 추기경들, 주교들, 대주교들이
전부 거기 모여 있었지. 그리고 그 두 사람이 싸움을 벌이고
있었고 말이야. 그러다가 결국은 교황이 일어나 교회의 권위
에 의거해서 교리의 무오류성을 선언했네. 그러자 그때까지
계속 반대하며 물고 늘어졌던 존 맥헤일이 바로 일어나 사자
같은 목소리로 외쳤지. 〈크레도!〉 하고 말이야.」

「믿습니다!」 포가티 씨가 외쳤다.

「크레도!」 커닝엄 씨가 말했다. 「그 사람의 신앙심을 보여
주는 말이었지. 교황이 입을 열자 바로 복종했던 거야.」

「다울링은 어땠나?」 매코이 씨가 물었다.

「그 독일 추기경은 복종하지 않았어. 그는 교회를 떠났지.」

커닝엄 씨의 말은 듣는 이들의 마음속에 교회의 거대한 이

미지를 구축했다. 신앙과 복종의 말을 전하는 그의 나직한 쉰 목소리가 그들을 전율케 했다. 커넌 부인이 손을 말리면서 방에 들어왔을 때, 그녀는 엄숙한 분위기를 감지했다. 그녀는 침묵을 깨지 않은 채 침대 발치의 난간에 몸을 기댔다.

「예전에 존 맥헤일을 본 적이 있지.」커넌 씨가 말했다.「살아 있는 한 절대 못 잊을 거야.」

그는 확인을 하려고 아내를 쳐다보면서 말했다.

「내가 전에도 가끔 그 얘기 했었지?」

커넌 부인은 고개를 끄덕였다.

「존 그레이 경의 동상 제막식 때였어. 에드먼드 드와이어 그레이가 연설을 한답시고 떠들어 대고 있었는데, 그때 거기 그 사람이 와 있더라고. 덥수룩한 눈썹 아래 깐깐해 보이는 눈으로 그를 쳐다보고 있었지.」

커넌 씨는 이맛살을 찌푸리고 성난 황소처럼 머리를 낮추면서 아내를 쏘아보았다.

「세상에!」본래 얼굴로 되돌아오면서 그가 소리쳤다.「그런 눈은 난생처음 봤다니까. 마치 당신 속마음까지 나는 다 알아 하고 말하는 것 같더라고. 매의 눈을 가진 사람이야.」

「그레이 가문 중에 제대로 된 사람은 아무도 없죠.」파워 씨가 말했다.

잠시 아무 말도 없었다. 파워 씨가 커넌 부인을 향해 갑자기 즐거운 목소리로 말했다.

「커넌 부인, 우리가 여기 이 사람을 하느님을 두려워하는 신앙심 깊은 가톨릭 신자로 만들 겁니다.」

그는 팔을 휘둘러 사람들을 아우르는 몸짓을 했다.

「우리 전부 같이 피정을 가서 죄를 고백할 겁니다. 하느님은 아세요. 우리가 죄인이라는 것을.」

「마음대로 하세요.」 커넌 씨가 약간 불안한 듯이 웃으면서 말했다.

커넌 부인은 자신의 만족감을 드러내지 않는 편이 좋으리라 생각했다. 그래서 그녀는 이렇게 말했다.

「당신 이야기를 들어 줘야 하는 신부님이 불쌍하네요.」

커넌 씨의 표정이 바뀌었다.

「그게 듣기 싫으면, 다른 거 하면 될 거 아냐.」 그가 무뚝뚝하게 말했다. 「그냥 나는 내 고통스러운 인생 이야기만 약간 하는 거야. 내가 뭐 그렇게 나쁜 사람도 아니고…….」

커닝엄 씨가 바로 끼어들었다.

「우리 모두 악마를 물리치겠습니다. 악마가 한 짓과 그 허세도 잊지 않겠습니다.」

「사탄아, 물러가라!」 포가티 씨가 사람들을 향해 웃으면서 말했다.

파워 씨는 아무 말도 하지 않았다. 그는 완전히 주도권을 빼앗긴 기분이었다. 그러나 동시에 어떤 기쁜 표정이 그의 얼굴을 스쳤다.

「우리가 할 일은, 손에 촛불을 들고 서서 세례 맹세를 다시 하는 겁니다.」 커닝엄 씨가 말했다.

「무슨 일이 있어도 양초 가져오는 것 잊지 말게, 톰.」 매코이 씨가 말했다.

「뭐라고?」커넌 씨가 말했다.「내가 촛불을 들어야 한다고?」

「그래, 맞아.」커닝엄 씨가 말했다.

「안 돼, 그건 안 해.」커넌 씨가 완고하게 말했다.「여기서 선을 그어야겠어. 할 일은 다 할 거야. 피정도 좋고 고백도 좋아. 다 좋다고. 하지만…… 촛불은 안 돼! 빌어먹을 촛불은 빼자고!」

그는 익살스러울 정도로 엄숙하게 고개를 저었다.

「그러게 제가 뭐랬어요!」그의 아내가 말했다.

「촛불은 빼자고.」커넌 씨는 사람들에게 효과가 있었다는 것을 눈치채고는 머리를 끄덕이며 말했다.「마술 램프 사업은 빼자고.」

모두가 유쾌하게 웃었다.

「꽤나 훌륭한 가톨릭 신자네요!」그의 아내가 핀잔을 주었다.

「촛불은 싫어!」커넌 씨가 고집스럽게 반복했다.「그건 빼!」

....

가디너 가에 위치한 예수회 교회 건물의 양쪽 날개 부분은 사람들로 거의 꽉 차 있었지만 그래도 매 순간 옆문을 통해 남자들이 들어왔고, 그들은 평수사의 안내에 따라 빈자리가 보일 때까지 살금살금 복도를 걸어갔다. 남자들은 모두 바른 몸가짐에 정장을 하고 있었다. 교회의 램프 불빛이 여기저기 눈에 띄는 트위드 옷들로 인해 돋보이는 검은 옷들과 하얀 옷깃들의 모임을 비추었고, 녹색 대리석의 거무스레한 얼룩과 애처로워 보이는 캔버스의 그림들 위를 비추었다. 남자들은 바지를 무릎 위로 살짝 잡아당기고 모자를 잘 둔 채 의자에 앉았다. 그들은 등을 기대고 앉아 멀리 제단 앞에 매달려 있는 붉은 점 같은 불빛을 점잖게 쳐다보았다.

설교단 근처의 긴 의자들 중 하나에 커닝엄 씨와 커넌 씨가 앉았다. 그 뒤에 매코이 씨가 혼자 앉았고 또 그 뒤에 파워 씨와 포가티 씨가 앉았다. 매코이 씨는 다른 사람들과 같은 의자에 앉으려 했지만 빈자리가 없었고, 그들이 주사위의 다섯 눈 모양으로 매코이 씨를 중심으로 각각 네 모퉁이에 자리를 잡았을 때에도 뭔가 재미있는 말을 했지만 성공하지 못했다. 그런 노력들이 별 효과가 없자 그는 곧 포기하고 말았다. 그는 오히려 엄숙한 분위기에 민감해져 있었고 종교적 자극에 반응하기 시작했다. 커닝엄 씨는 속삭이는 목소리로 커넌 씨에게, 약간 떨어진 곳에 대부 업자 하퍼드 씨가 앉아 있고 설교단 바로 아래에 선거 등록 대리인이자 더블린 시의 시장 선거 전략가인 패닝 씨가 그 지역구에서 새로 선출된 의원 한 사람 옆에 앉아 있다는 것을 알려 주었다. 오른쪽에는 전당포를 세 곳이나 운영하는 마이클 그라임스 노인과 더블린 시 사무장직에 내정되어 있는 댄 호건의 조카가 앉아 있었다. 멀리 떨어진 앞쪽에는 「프리먼스 저널」의 주필인 헨드릭 씨와 커넌 씨의 오랜 친구이자 한때 상당히 잘나가는 상인이었던 불쌍한 오캐럴 씨가 앉아 있었다. 점차 낯익은 얼굴들을 확인하면서 커넌 씨는 안도감을 느끼기 시작했다. 아내가 다시 깨끗하게 준비해 준 그의 모자가 무릎 위에 놓여 있었다. 한두 번 그는 한 손으로 모자 끝을 가볍게 그러나 꼭 쥔 채 다른 손으로 소매를 끌어 내렸다.

강한 인상에 상체에는 중백의(中白衣)를 걸친 사람이 교단 위로 힘겹게 올라오는 모습이 보였다. 동시에 그곳에 모인 사람들이 일어서 손수건들을 꺼내서는 조심스럽게 그 위에 무릎을 꿇었다. 커넌 씨도 사람들의 동작을 따라 했다. 성직자의 모습이 교단 위에 우뚝 서 있었고, 커다랗고 불그스레한 얼굴과 함께 체구의 3분의 2를 차지하는 부분이 난간 위에 모습을 드러냈다.

퍼든 신부는 무릎을 꿇었다가 손으로 얼굴을 감싼 채 불빛의 붉은 점을 향해 몸을 돌려 기도를 올렸다. 잠시 후 그는 얼굴에서 손을 떼고 일어섰다. 사람들도 함께 일어섰다가 다시 의자에 앉았다. 커넌 씨는 모자를 다시 원래 있던 무릎 위에 올려놓고 주의 깊은 얼굴로 설교자를 바라보았다. 설교자는 공을 들인 듯한 큰 몸짓으로 중백의의 넓은 양 소매를 걷어 올리고는 천천히 줄지어 있는 사람들의 얼굴을 살펴보았다. 그러고 나서 그가 말했다.

이 세상의 자녀들이 빛의 자녀들보다 영리하다. 그러니 불의한 재물로 친구들을 만들라. 그래서 네가 죽을 때 그들이 너희를 영원한 거처로 맞이하게 하라.

퍼든 신부는 확신을 가지고 그 구절을 우렁찬 목소리로 설명했다. 그 구절은 성경에서도 제대로 해석하기가 특히 어

232

려운 구절들 중 하나라고 그는 말했다. 그 구절은 일반인에게는 예수 그리스도가 다른 곳에서 설교했던 고귀한 도덕과는 모순되는 것처럼 보일 수도 있다. 그러나 그 구절은 그가 보기에 세속적인 삶을 살아가야 하지만 또한 속물들의 삶의 방식을 원하지는 않는 그런 사람들을 위해 특별히 변형한 것으로 보인다고 그는 청중에게 말했다. 그것은 사업가와 직업인을 위한 것이다. 우리 인간의 본성 구석구석을 이해하셨던 예수 그리스도께서는 모든 사람이 다 종교적인 삶을 살 수는 없으며, 사실 지금까지 대다수의 사람들이 세속에서 살 수밖에 없고 또 일정 부분 세속을 위해서 살아야 한다는 것을 이해하고 계셨다. 따라서 이 문구에서 그분은 사람들 중에서도 종교 문제에 가장 관심이 적은 재물의 숭배자들을 종교적 삶의 한 예로서 보여 주심으로써 그런 사람들에게 충고의 말씀을 전해 주려 하셨던 것이다.

그는 청중에게 그날 저녁 자신은 그들을 겁주거나 대단한 목적을 이루려는 것이 아니라 세속을 살아가는 한 사람으로서 자신의 동료들에게 이야기를 해주기 위해 온 것이라고 말했다. 그는 사업가들에게 말하기 위해 왔고 사업가의 방식으로 말할 것이다. 은유적 표현을 사용하자면, 자신은 그들의 정신의 회계사라는 것이었다. 그는 청중들 한 사람 한 사람이 모두 자신들의 장부를, 정신적 삶의 장부들을 펼쳐 놓고 그것들이 양심에 부합하는지 살펴보라고 말했다.

예수 그리스도는 엄격한 스승이 아니었다. 그분은 우리의 작은 단점들을 이해하셨고 타락한 본성이라는 우리의 약점을 이해하셨으며, 이 세상의 삶의 유혹들을 이해하셨다. 우리에게 유혹이 있었는지도 모른다. 사실은 가끔씩 우리 모두 유혹이 있었다. 우리에게 잘못이 있었는지도 모른다. 아니, 모두가 잘못이 있었다. 그러나 그는 사람들에게 단 한 가지만 요구하고 싶다고 말했다. 그것은 하느님 앞에 정직하고 당당하라는 것이다. 그들의 회계 내용이 어떤 점에서나 부합하여 이렇게 말할 수 있어야 한다.

「저의 회계 장부를 모두 맞춰 보았습니다. 그런데 아무런 문제도 없었습니다.」

그러나 있을 수 있는 일이지만, 맞지 않는 경우가 있다면, 솔직하게 사실을 인정하고 남자답게 말해야 한다.

「저의 회계 장부를 살펴보았습니다. 이곳과 이곳이 잘못되었습니다. 그러나 하느님의 은혜를 받아 저는 이곳 그리고 이곳을 바르게 고치겠습니다. 저의 회계 장부를 바로 맞추겠습니다.」

죽은 사람들

관리인의 딸 릴리는 말 그대로 발바닥에 불이 날 지경이었다. 남자 손님 한 사람을 1층 사무실 뒤 작은 식품 저장실로 안내해 외투 벗는 것을 돕기 시작하자마자 현관문 벨이 칭얼거리듯 울렸고 그녀는 또 다른 손님을 맞으러 현관 복도로 뛰어가야만 했다. 숙녀들 시중을 안 드는 것만으로도 다행이었다. 케이트와 줄리아는 미리 그런 점을 고려해서 위층의 욕실을 여성용 탈의실로 바꾸어 놓았다. 케이트와 줄리아는 그곳에서 웃고 떠들고 법석을 떨다가 서로 앞다투어 계단 꼭대기로 가서 난간 너머로 내려다보고는 릴리에게 누가 왔는지 물어보았다.

모컨 자매의 연례 무도회는 항상 큰일이었다. 일가친척, 가족의 옛 친구들, 줄리아의 합창단 단원들, 케이트의 성인이 다 된 제자들, 게다가 메리 제인의 몇몇 학생들까지 그들을 아는 사람들은 모두 다 무도회에 왔다. 재미가 없었던 적은 한 번도 없었다. 남자 형제 팻이 죽은 후 케이트와 줄리아는 스토니 배터의 집을 떠나 유일한 조카인 메리 제인을 데리고 어셔스 아일랜드에 있는 어떤 어둡고 황량한 집의 위층을 세내어 살았는데, 1층에는 곡물 도매상을 하는 집주인 풀럼 씨가 살고 있었다. 그 이후로 오랫동안 무도회는 사람들의 기억 속에서 화려하고 멋진 모임으로 자리 잡았다. 바로 어제 일같이 느껴지지만 벌써 30년째 이어져 왔다. 작은 옷을 입고 있던 어린 소녀 메리 제인은 이제 해딩턴 로에서 오르간을 연주하는 집안의 버팀목이었다. 그녀는 왕립 음악원을 나왔고 에인티언트 음악당의 위층 연주실에서 매년 제자들의 연주회를 개최했다. 그녀의 학생 상당수가 킹스타운과 달키 지역의 부유한 집 아이들이었다. 늙긴 했지만 그녀의 고모들도 제 몫을 하고 있었다. 백발이 다 되었지만 줄리아는 아직도 아담과 이브 교회의 수석 소프라노였고, 이제 너무 약해져 많이 돌아다니기는 힘들었지만 케이트는 뒷방에 있는 오래된 스퀘어 피아노로 초보자들에게 음악을 가르쳤다. 관리인의 딸 릴리가 그 집의 하녀 일을 하고 있었다. 검소한 삶이었지만 그들은 무엇보다도 잘 먹고 지내는 것이 중요하다고 생각해서 다이아몬드 형태의 뼈가 박힌 등심, 3실링짜리 차, 최고급 흑맥주 등 가장 좋은 것들만 먹었다. 릴리는 식료품 주문 시에 거의 실수가 없어서 세 명의 여주인들과 별 탈 없이 지낼 수 있었다. 까다롭기는 했지만 그뿐이었다. 유일하게 그들이 못 견디는 것이 있었으니 바로 말대답이었다.

물론 날이 날인 만큼 오늘 밤 그들이 법석을 떠는 데에는 이유가 있었다. 게다가 이미 10시가 훨씬 지난 시각이었는데도 게이브리얼과 그의 아내가 도착할 기색이 보이지 않았다. 또 프레디 말린스가 술에 취해 나타나지 않을까 그들은 몹시 불안해하고 있었다. 그들은 메리 제인의 학생들이 그의 술 취한 모습을 보게 되는 상황을 원치 않았다. 게다가 그는 술에 취했을 때 가끔 다루기가 무척 힘들었다. 프레디 말린스는 항상 늦게 왔지만 그들은 게이브리얼이 늦는 것에 의아했다. 그래서 2분마다 그들이 난간으로 나와 릴리에게 게이브리얼이나 프레디가 왔느냐고 물었던 것이다.

「오, 콘로이 씨.」 문을 열면서 릴리가 게이브리얼에게 말했다. 「케이트 아주머니와 줄리아 아주머니는 안 오시는 줄 알고 계셨어요. 어서 오세요, 콘로이 부인.」

「그러셨겠군.」 게이브리얼이 말했다. 「그런데 우리 집사람이 화장하는 데 세 시간이나 걸린다는 걸 잊으셨던 모양이네.」

그가 바닥 깔개 위에 서서 골로시 덧신의 눈을 떨어내는 동안 릴리는 그의 아내를 계단 아래쪽으로 모셔 간 후 소리쳤다.

「케이트 아주머니, 콘로이 부인이 오셨어요.」

케이트와 줄리아가 즉시 어두운 계단을 아장거리며 내려왔다.

그들은 게이브리얼의 부인에게 키스를 하고는 추위에 얼어 죽을 뻔했겠다고 하면서 게이브리얼도 같이 왔느냐고 물었다.

「편지처럼 확실하게 여기 와 있습니다, 케이트 이모님! 올라가세요. 따라 올라갈게요.」 어둠 속에서 게이브리얼이 외쳤다.

　세 여자가 웃으면서 위층 여성용 탈의실로 향하는 동안 그는 계속 발을 힘껏 문질러 댔다. 가벼운 눈 줄기가 어깨 위에 망토처럼 내려앉아 있었고 골로시 덧신 발가락 부분에도 구두의 앞닫이처럼 눈이 묻어 있었다. 눈으로 뻣뻣해진 나사 천 사이로 외투의 단추들이 빡빡한 소리를 내며 빠져나오자 틈새들, 접힌 곳들에서 외부의 차갑고 신선한 공기가 새어 나왔다.

　「눈이 또 오나요, 콘로이 씨?」 릴리가 물었다.

　그녀는 게이브리얼이 외투 벗는 것을 도와주려고 먼저 식품 저장실로 향했다. 게이브리얼은 그녀가 자신의 성을 어색한 세 음절로 발음하자 미소를 지으면서 그녀를 힐끗 바라보았다. 창백한 얼굴에 건초 색깔의 머리를 한 날씬하고 아직 성장 중인 소녀였다. 식품 저장실의 가스등 불빛 때문에 얼굴이 더 창백해 보였다. 게이브리얼은 그녀를 계단 맨 아래에 앉아 봉제 인형을 들고 놀던 어린아이 때부터 알고 있었다.

　「그래, 릴리.」 그가 대답했다. 「밤새 내릴 것 같구나.」

　그는 위층에서 발을 구르고 끄는 바람에 흔들리는 저장실 천장을 올려다보면서 잠시 피아노 소리에 귀를 기울이다가 찬장 끝에서 조심스럽게 그의 외투를 개고 있는 소녀를 바라보았다.

　「그런데 릴리, 아직도 학교에 다니나?」 그가 다정하게 물었다.

「아니요, 졸업한 지 1년도 더 됐어요.」 그녀가 대답했다.

「오, 그러면 머지않아 멋진 남자와 결혼식을 올리는 걸 보러 가게 되겠구나, 그렇지?」 게이브리얼이 흥이 나서 말했다.

소녀는 어깨 너머로 그를 힐끗 쳐다보고는 상당히 불쾌하게 말했다.

「요즘 남자들은 말만 번지르르하게 하고 뭐 이용해 먹을 것 없나 하는 생각뿐이죠.」

게이브리얼은 실수를 한 것처럼 얼굴이 붉어져 그녀에게서 시선을 돌리고는 골로시 덧신을 차 내버리듯 벗고 나서 머플러로 자신의 에나멜가죽 구두를 툭툭 털어 냈다.

그는 체구가 당당하고 키도 큰 편인 젊은 남자였다. 양쪽 뺨의 홍조는 앞이마까지 이어져 오다가 몇 개의 희미한 붉은 반점이 되어 흩어졌고, 매끈한 얼굴에서는 그의 섬세하고 불안정한 눈을 가려 주는 안경의 잘 닦인 렌즈와 금테가 쉼 없이 반짝이고 있었다. 중간에서 가르마를 타 귀 뒤로 긴 곡선을 이루며 빗어 넘긴 반들거리는 그의 검은 머리카락은 모자가 남겨 놓은 자국 아래에서 살짝 구불거렸다.

구두에 광택을 낸 후 그는 일어서서 자신의 통통한 몸에 좀 더 꽉 맞게 조끼를 잡아당겼다. 그러고 나서 재빨리 주머니에서 동전을 한 개 꺼내 들었다.

「릴리.」 동전을 그녀의 손에 쥐여 주며 그가 말했다. 「알다시피 크리스마스 시즌이니까…… 그냥…… 얼마 안 되지만…….」

그는 급히 문을 향해 걸어갔다.

「어머, 아니에요!」 그를 뒤따라가면서 소녀가 소리쳤다. 「정말이에요, 저 이런 거 필요 없어요.」

「크리스마스 시즌이잖아! 크리스마스 시즌!」 애원하듯이 그녀에게 손을 내저으며 게이브리얼은 거의 뛰다시피 계단으로 향했다.

소녀는 그가 이미 계단에 다다른 것을 보고는 그의 뒤에다 대고 소리쳤다.

「그럼 고맙습니다, 선생님.」

그는 치마 스치는 소리, 발 끄는 소리에 귀를 기울이며 왈츠가 끝날 때까지 거실 문밖에서 기다렸다. 그는 아직도 소녀의 쓸쓸하고도 퉁명스러운 말에 마음이 불편했다. 소녀의 그 말에 그는 우울해졌고 소맷부리와 넥타이를 매만지며 그런 기분을 떨쳐 버리려 애썼다. 그러다가 그는 조끼 주머니에서 작은 종이를 꺼내어 연설을 위해 적어 두었던 표제 문구들을 쳐다보았다. 그는 로버트 브라우닝의 시를 인용한 부분에 대해 결정을 내리지 못하고 있었다. 그 내용이 듣는 사람들의 지적 수준을 벗어나지 않을까 걱정스러웠기 때문이었다. 차라리 그들이 이해할 만한 셰익스피어나 『아일랜드의 선율』에서 인용하는 편이 더 나을지도 모른다.

남자들의 거친 발자국 소리, 발바닥 끄는 소리에 그는 그들의 문화 수준이 자신과 다르다는 사실을 떠올렸다. 그들이 이해하지 못하는 시를 인용하면 그 자신만 우스꽝스러워지고 말 것이다. 그들은 그가 더 배웠다는 것을 자랑한다고 생각할 것이다. 방금 식품 저장실에서 그 소녀와의 대화가 실패했던 것처럼 그들과 관련해서도 실패하게 될 것이다. 그는 엉뚱한 말을 선택했다. 그의 연설은 처음부터 끝까지 실수였다. 완전히 실패였다.

바로 그때 이모들과 그의 아내가 여성용 탈의실에서 나왔다. 두 이모는 체구가 작고 수수한 옷차림의 늙은 여자들이었다. 줄리아 이모가 약 1인치 정도 더 컸다. 귀 윗부분까지 빗어 내린 그녀의 머리카락은 회색이었고, 검은 그림자가 진 크고 축 처진 얼굴 역시 회색빛이었다. 체격이 건장하고 몸도 꼿꼿했지만 느린 시선과 벌어진 입은 자신이 어디에 있는지, 어디로 가고 있는지조차 모르는 여자라는 느낌을 주었다. 케이트 이모는 좀 더 활기찬 모습이었다. 줄리아보다 건강해 보이는 그녀의 얼굴은 쪼그라든 빨간 사과처럼 온통 주름살과 실금투성이였고, 옛날식으로 똑같이 땋은 머리는 잘 익은 견과 빛깔을 잃지 않았다.

그들은 게이브리얼에게 허물없이 키스했다. 그는 그들이 좋아하는 조카로서 항만청의 T. J. 콘로이와 결혼한 언니 엘런의 아들이었다.

「게이브리얼, 그레타가 그러는데, 오늘 밤 멍크스타운으로 되돌아가지 않을 거라고.」 케이트가 말했다.

「예.」 아내를 쳐다보면서 게이브리얼이 말했다. 「작년에 그 정도면 충분했잖아, 안 그래? 케이트 이모님, 그레타가 감기 걸렸던 거 기억하세요? 마차 창문이 내내 덜그럭거리고 메리언을 지나면서부터는 동풍이 불어왔었죠. 대단했어요. 그 탓에 그레타가 심하게 감기에 걸렸었고요.」

　케이트는 심각한 표정으로 얼굴을 찌푸리며 게이브리얼의 말에 매 순간 고개를 끄덕였다.
　「그래, 게이브리얼, 정말 그랬지.」 그녀가 말했다. 「그저 조심하는 게 최고야.」
　「그래도 그레타라면, 가만두면 집까지 눈길이라도 걸어서 갈걸요.」 게이브리얼이 말했다.
　콘로이 부인이 웃었다.
　「이이 말 신경 쓰지 마세요, 케이트 이모님.」 그녀가 말했다. 「이이는 정말 엄청 성가시게 구는 사람이에요. 밤에 톰에게 녹색 눈가리개를 씌우질 않나 아령을 들리질 않나, 이바에게 귀리죽을 억지로 먹이지를 않나…… 불쌍한 이바! 그 애는 그저 귀리죽이라면 쳐다보기도 싫어하는데……! 오, 그나저나 이번엔 저에게 뭘 신게 했는지 아세요? 상상도 못 하실 거예요!」
　그녀는 한 줄기 날카로운 웃음소리를 터뜨리며 행복한 시선으로 감탄스럽게 그녀의 옷, 얼굴, 머리카락을 이리저리 살펴보고 있던 그녀의 남편을 힐끗 쳐다보았다. 이모들도 재미있다는 듯 웃음을 터뜨렸다. 게이브리얼의 지나친 걱정이 그들에게는 언제나 농담거리였다.
　「골로시 덧신이에요!」 콘로이 부인이 말했다. 「이이의 가장 최근 걱정이죠. 땅바닥이 젖어 있을 때마다 저는 골로시 덧신을 신어야 해요. 오늘 밤에도 글쎄, 그 덧신을 신으라는데 결국 안 신었어요. 아마 다음번에는 잠수복을 입히려 들 거예요.」

　케이트는 거의 허리가 접히도록 웃어 젖히며 그 농담을 재미있어했고 게이브리얼은 어색한 듯 웃으며 넥타이를 만지작거렸다. 그러나 줄리아의 얼굴에서는 곧 미소가 사라졌고 그녀의 두 눈은 조카의 얼굴을 향했다. 잠시 후 그녀가 물었다.

　「그런데 게이브리얼, 골로시 덧신이라는 게 뭐지?」

　「줄리아!」 케이트가 말했다. 「세상에, 골로시 덧신이 뭔지 몰라? 그 왜 위에다가 신는 거 있잖아. 신발 위에 말이야. 그레타, 그거 맞지?」

　「맞아요.」 콘로이 부인이 말했다. 「고무로 만든 거죠. 저희 둘 다 한 켤레씩 있어요. 이 사람 말로는 유럽 대륙에서는 누구나 다 그걸 신는대요.」

　「유럽 대륙에서는 그렇구나…….」 줄리아가 머리를 천천히 끄덕이며 말했다.

　게이브리얼은 약간 화가 난 듯 이맛살을 찌푸리며 말했다.

　「별로 이상할 것도 없는데 그레타는 그게 우스꽝스럽다고 하는군요. 골로시라는 말이 크리스티 순회 가극단을 연상시킨다면서요.」

　「그런데 게이브리얼.」 케이트가 재치 있게 분위기를 바꾸면서 말했다. 「당연히 방은 알아봤겠지? 그레타 말로는…….」

　「그럼요.」 게이브리얼이 대답했다. 「그레셤 호텔에 하나 얻어 두었어요.」

　「잘했다.」 케이트가 말했다. 「아주 잘했어. 그런데 그레타, 아이들은, 아이들은 괜찮니?」

「하룻밤뿐인데요.」 콘로이 부인이 말했다. 「게다가 베시가 잘 돌봐 줄 거예요.」

「잘됐구나.」 케이트가 다시 말했다. 「믿을 만한 여자아이가 있으면 참 좋지! 릴리를 좀 봐라. 요즘 들어 어찌 된 일인지 모르겠구나. 예전 같지가 않으니 말이야.」

게이브리얼은 이 문제에 대해서 몇 가지 질문을 하려 했으나, 케이트는 갑자기 시선을 돌려, 어정거리며 계단을 내려가 난간 위로 머리를 내밀고 있는 줄리아를 바라보았다.

「무슨 일이야?」 그녀는 다급하게 불렀다. 「줄리아가 어디를 가는 거지? 줄리아! 어디 가는 거야?」

줄리아는 이미 계단을 절반이나 내려갔다가 올라와서는 조용히 알렸다.

「프레디가 왔어.」

그와 동시에 박수 소리와 대미를 장식하는 피아노의 멋진 마무리가 왈츠가 끝났음을 알렸다. 안쪽에서 거실 문이 열리면서 몇 쌍의 남녀가 걸어 나왔다. 케이트는 급히 게이브리얼을 옆으로 데려가 그의 귀에 대고 속삭였다.

「게이브리얼, 슬쩍 내려가서 프레디가 괜찮은지 좀 봐. 혹시 취했으면 올려 보내지 말고. 분명 취했을 거야. 틀림없어.」

게이브리얼은 계단으로 가서 난간 너머로 귀를 기울였다. 식품 저장실에서 두 사람이 이야기하는 소리가 들려왔다. 곧 그는 프레디 말린스의 웃음소리를 들을 수 있었다. 그는 쿵쿵 소리를 내며 계단을 내려갔다.

「정말 다행이야.」케이트가 콘로이 부인에게 말했다. 「게이브리얼이 와 있어서 얼마나 안심인지 몰라. 게이브리얼이 있으면 언제나 마음이 놓이거든……. 줄리아, 여기 데일리 양하고 파워 양에게 뭐 좀 대접하지. 데일리 양, 왈츠 정말 좋았어요. 아름다운 연주였어요.」

빳빳한 회색 콧수염과 거무스레한 피부에 키가 크고 주름진 얼굴의 한 남자가 파트너와 함께 지나가다가 말했다.

「모컨 여사님, 저희도 좀 먹을 수 있겠지요?」

「줄리아.」케이트가 다시 요약해서 말했다. 「여기 브라운 씨하고 펄롱 양도 계시니까 데일리 양, 파워 양하고 같이 좀 모셔.」

「저는 숙녀분들에게 인기가 많죠.」콧수염이 솟아오르도록 입을 삐죽이 내밀고 주름진 얼굴로 웃으면서 브라운 씨가 말했다. 「모컨 여사님, 숙녀분들이 왜 저를 좋아하느냐면 말이죠…….」

그가 말을 마저 끝내기도 전에 케이트가 이미 멀어진 것을 보고 그는 즉시 세 명의 젊은 숙녀를 뒷방으로 안내했다. 방 중앙에는 두 개의 네모난 테이블이 서로 맞붙어 있었고 그 위에 줄리아와 관리인이 커다란 식탁보를 펼쳐 주름을 펴고 있었다. 간이 테이블 위에는 그릇과 접시, 유리잔, 나이프와 포크, 스푼 들이 가지런히 놓여 있었다. 스퀘어 피아노의 덮개도 음식과 사탕을 올려놓는 용도로 쓰이고 있었다. 구석의 작은 간이 테이블 쪽에서는 두 젊은이가 서서 홉으로 만든 쓴 술을 마시고 있었다.

브라운 씨는 자신이 맡은 사람들을 이곳으로 안내해 장난 삼아 모두에게 뜨겁고 독하고 또 달착지근한 여성용 펀치를 권했다. 그들이 알코올음료는 절대 입에 대지 않는다고 하자 그는 대신 레모네이드를 세 병 땄다. 그러고 나서 한 젊은이에게 좀 비켜 달라고 하고는 술병을 들고 자기 몫으로 위스키를 충분히 따랐다. 젊은이들은 그가 시음을 하는 동안 존경스럽다는 듯이 그를 쳐다보았다.

「어쩔 수가 없어요.」 그가 웃으며 말했다. 「의사가 처방한 거라서요.」

쭈글쭈글한 그의 얼굴에 함박웃음이 퍼지자 세 숙녀도 어깨를 들썩이고 몸을 앞뒤로 흔들면서 그의 유쾌함에 웃음소리로 화답했다. 그중 가장 대담한 사람이 말했다.

「오, 브라운 씨, 의사는 절대 그런 짓 안 시켜요.」

브라운 씨는 다시 한 번 위스키를 홀짝이고는 슬쩍 흉내를 내면서 말했다.

「자, 내가 그 유명한 캐시디 부인이에요. 캐시디 부인이 그랬대요. 〈어서, 메리 그라임스, 내가 마시지 않으면 마시도록 만들어 줘요. 정말 마시고 싶거든요.〉」

달아오른 얼굴을 조금 지나치다 싶을 정도로 내밀고 몹시 천박한 더블린 억양을 흉내 냈기 때문에 젊은 숙녀들은 하나같이 본능적으로 그의 말에 입을 다물어 버렸다. 메리 제인의 제자 중 한 명인 펄롱 양이 데일리 양에게 방금 연주한 왈츠의 곡명이 무엇이었는지 물었고, 브라운 씨는 자신이 무시당하고 있다는 것을 알고는 즉시 좀 더 호의적인 두 젊은 남자에게로 향했다.

보라색 드레스를 입은 얼굴이 붉은 젊은 여자가 방으로 들어와서 손뼉을 치며 소리쳤다.

「카드리유 추실 분! 카드리유 추실 분!」

바로 뒤따라 케이트가 들어와 소리쳤다.

「메리 제인, 남자 두 분하고 여자 세 분이 있어야 해.」

「여기 버긴 씨하고 케리건 씨가 계세요.」 메리 제인이 말했다. 「케리건 씨, 파워 양과 함께 추시겠어요? 펄롱 양, 파트너 소개해 줄까요? 버긴 씨예요. 자, 이제 된 것 같네요.」

「메리 제인, 여자 세 분이라니까.」 케이트가 말했다.

두 젊은 신사가 숙녀들에게 함께 출 수 있느냐고 의사를 묻자 메리 제인이 데일리 양에게 물었다.

「오, 데일리 양, 오늘 정말 고마워요. 마지막 춤곡도 두 번이나 연주해 주시고. 그런데 오늘 밤은 정말 숙녀분들이 부족해요.」

「아니, 전 괜찮아요. 모컨 여사님.」

「내가 훌륭한 파트너 소개해 줄게요. 테너 가수이신 바텔다시 씨예요. 나중에 내가 그분께 노래를 한 곡 부탁드릴 거예요. 온 더블린 시내가 그분 목소리에 열광하고 있거든요.」

「그럼! 멋진 목소리야! 멋진 목소리!」 케이트가 맞장구를 쳤다.

첫 곡의 전주를 알리는 피아노 소리가 두 번이나 들려왔기 때문에 메리 제인은 급히 새로 모은 사람들을 데리고 나갔다. 그들이 나가자마자 줄리아가 뒤쪽의 무엇인가를 쳐다보면서 천천히 방으로 들어왔다.

「줄리아, 무슨 일이지?」케이트가 불안한 듯 물었다.「누군데 그래?」

냅킨 한 뭉치를 들고 오던 줄리아는 그 질문에 놀랐다는 듯이, 그러나 담담하게 대답했다.

「프레디가 왔어. 게이브리얼하고 같이 있어.」

실제 그녀 뒤로 게이브리얼이 프레디 말린스를 이끌어 층계참을 가로지르는 모습이 보였다. 프레디는 마흔 살 정도로 게이브리얼과 비슷한 체구에 어깨가 둥근 젊은 남자였다. 살이 찐 그의 얼굴은 창백했지만 두껍고 늘어진 귓불과 넓은 콧등은 불그스레한 색깔이었다. 뭉툭한 코에 불룩하다가 또 쑥 들어간 이마, 붓고 튀어나온 입술 등 그의 외모는 별 볼일이 없었다. 눈꺼풀이 무거워 보이는 눈이며 무질서하게 듬성듬성 빠진 머리카락으로 인해 졸린 사람 같기도 했다. 그는 자신이 아까 계단에서 게이브리얼에게 들려준 이야기를 떠올리며 기분 좋게 큰 소리로 웃어 대면서 동시에 주먹 쥔 왼손 관절 마디로 자신의 왼쪽 눈을 앞뒤로 비벼 댔다.

「어서 와요, 프레디.」줄리아가 말했다.

프레디 말린스는 모컨 자매에게 인사를 했지만 습관처럼 목소리가 잠기는 바람에 퉁명스럽게 들렸다. 그는 브라운 씨가 간이 테이블 쪽에서 자신을 쳐다보며 웃는 것을 보고는 비틀거리는 발걸음으로 방을 가로질러 가 낮은 목소리로 그에게 게이브리얼에게 했던 이야기를 다시 들려주기 시작했다.

「그렇게 많이 취한 것 같지는 않지?」 케이트가 게이브리얼에게 말했다.

게이브리얼은 안색이 어두웠지만 곧 표정을 바꾸며 대답했다.

「그럼요, 거의 모르겠네요.」

「참, 답답한 사람이야!」 그녀가 말했다. 「새해 전날에 저 사람 어머니가 술 끊겠다는 맹세까지 시켰는데…… 그나저나 게이브리얼, 응접실로 가자꾸나.」

게이브리얼과 함께 방을 나서기 전에 그녀는 얼굴을 찌푸리며 집게손가락을 흔들어 브라운 씨에게 경고의 신호를 보냈다. 브라운 씨는 고개를 끄덕였고, 그녀가 나가자 프레디 말린스에게 말했다.

「자, 테디, 기운 내라고 레모네이드 한 잔 가득 채워 주겠네.」

이야기의 정점에 가까워지고 있던 프레디 말린스는 손을 다급히 흔들며 그 제안을 거절했지만 브라운 씨는 우선 프레디 말린스의 주의를 흐트러진 옷에 돌린 후 레모네이드를 한 잔 가득 채워 그에게 건네주었다. 프레디 말린스의 오른손이 기계적으로 자신의 옷을 매만지고 있었기 때문에 대신 왼손이 기계적으로 유리잔을 받아 들었다. 유쾌한 기분으로 인해 다시 한 번 얼굴에 주름이 잡힌 브라운 씨는 자신이 마실 위스키를 유리잔에 따랐다. 프레디 말린스는 이야기의 정점에 도달하기도 전에, 입도 대지 않은 유리잔을 내려놓고는 경련을 일으키듯 기관지로부터 폭소를 터뜨렸고, 왼손 주먹 관절 마디로 왼쪽 눈을 비비면서 터져 나오는 웃음 사이로 간신히 마지막 말을 반복했다.

....

메리 제인이 조용해진 방 안에서 음악원에서 배운 어려운 음계들로 가득한 곡을 연주하고 있었지만 게이브리얼은 그 음악을 집중해서 들을 수가 없었다. 그는 음악을 좋아했지만 그녀가 연주하는 곡은 아무런 선율도 없는 것 같았고, 메리 제인에게 무엇인가 특별한 곡을 연주해 달라고 요청한 사람들에게는 과연 그 선율이 느껴질지 의심스러웠다. 식당에서 피아노 소리를 듣고 와서 문간에 서 있던 네 명의 젊은 남자는 몇 분 후 둘씩 짝을 지어 조용히 사라졌다. 음악을 듣고 있는 사람은 건반을 따라 손을 재빨리 놀리거나 잠깐 멈출 때마다 저주를 내리는 여사제처럼 손을 살짝 들어 올리면서 연주에 몰두하고 있는 메리 제인 자신과 그녀 옆에 서서 악보를 넘기고 있는 케이트뿐이었다.

왁스를 바른 바닥에 무거운 상들리에 불빛이 비쳐 눈이 부셨던 게이브리얼은 피아노 위의 벽 쪽으로 눈을 돌렸다. 『로미오와 줄리엣』의 발코니 장면을 그린 그림 옆에는 런던 탑에서 살해당한 두 왕자의 그림이 있었다. 그것은 줄리아 이모가 어린 소녀였을 때 붉은색, 푸른색, 갈색 털실로 수놓은 것이었다. 아마도 이모들이 소녀일 때 다니던 학교에서는 1년 정도 그런 것을 가르쳤던 모양이다. 그의 어머니도 그의 생일 선물로 새끼 여우의 머리를 수놓고 갈색 공단으로 안감을 대고 둥근 뽕나무 단추를 단, 자줏빛 태버넷 천으로 된 조끼를 만들어 주었던 적이 있었다. 케이트 이모는 그의 어머니를 모컨 가문의 재주꾼이라고 했지만 그녀에게 음악적 재능이 없었다는 것은 이상한 일이었다. 케이트와 줄리아는 항상 신중하고 보호자 같았던 그들의 언니를 자랑스러워했던 것 같다. 체경 앞에 그녀의 사진이 걸려 있었다. 그녀의 무릎에는 책이 펼쳐져 있고 세일러복을 입은 그녀는 발아래에 누워 있는 콘스턴틴에게 책 속의 무엇인가를 가리키고 있었다. 가정생활의 위엄을 잘 알고 있었기에 아들들의 이름을 지어 준 것도 그녀였다. 그녀 덕분에 콘스턴틴은 현재 밸브리건의 수석 보좌 신부였고 게이브리얼은 왕립 대학에서 학위를 받을 수 있었다. 그녀가 자신의 결혼에 시큰둥한 태도로 반대했던 일이 생각나자 그의 얼굴에 어두운 그림자가 스쳤다. 그녀가 사용한 업신여기는 듯한 표현이 아직도 그의 마음을 괴롭혔다. 언젠가 그녀는 그레타를 가리켜 촌뜨기라고 했지만 그레타는 전혀 그런 사람이 아니었다. 멍크스타운의 그들 집에서 그토록 오랫동안 아팠던 어머니를 간병했던 사람도 바로 그레타였다.

그는 메리 제인의 연주가 거의 끝날 때가 되었다는 것을 알았다. 그녀가 각 마디마다 도입부의 멜로디를 다시 연주했기 때문이다. 연주가 끝나기를 기다리는 동안 마음속에서 그의 섭섭함도 사라져 갔다. 연주는 고음의 전음 옥타브들과 마지막 저음의 옥타브로 끝을 맺었다. 대단한 환호가 메리 제인을 맞이했고 그녀는 얼굴을 붉히며 악보를 말아 쥐고는 도망치듯 방을 나갔다. 연주가 시작된 지 얼마 지나지 않아 식당으로 가버렸다가 피아노 소리가 그치자 문가로 되돌아온 네 젊은이가 가장 큰 박수 소리를 냈다.

랜서스가 준비되었다. 게이브리얼은 아이버스 양과 파트너가 되어 있었다. 그녀는 눈에 띄는 갈색 눈에 주근깨가 있고 솔직한 성격의 말 많은 숙녀였다. 그녀는 가슴이 깊게 파인 보디스를 입지 않았고, 옷깃 앞에 달린 커다란 브로치에는 아일랜드의 문장과 모토가 새겨져 있었다.

그들이 자리를 잡자 그녀가 갑작스럽게 말했다.

「당신에게 따질 것이 있어요.」

「나한테요?」 게이브리얼이 말했다.

여자는 엄숙하게 고개를 끄덕였다.

「그게 뭐죠?」 게이브리얼은 그녀의 엄숙한 태도에 미소를 지으며 말했다.

「G. C.[44]가 누구죠?」 아이버스 양이 게이브리얼을 쳐다보며 물었다.

게이브리얼이 얼굴을 붉히면서 마치 무슨 소리인지 모르겠다는 듯이 이마를 찌푸리려 할 때 그녀가 퉁명스럽게 말했다.

「오, 모르신다고요! 알고 보니 〈데일리 익스프레스〉[45]에 글을 쓰고 있더군요. 그런데도 부끄럽지 않으세요?」

「내가 왜 부끄러워해야 한다는 거죠?」 눈을 깜빡이면서도 미소를 지으려 애쓰면서 게이브리얼이 물었다.

「나는 당신이 부끄러워요.」 아이버스 양이 솔직하게 말했

44 게이브리얼 콘로이Gabriel Conroy의 약자.
45 친영파 성향의 신문.

다. 「당신이 그런 신문에 글을 쓰다니. 당신이 친영파인 줄 몰랐군요.」

게이브리얼의 얼굴에 당혹감이 일었다. 그가 매주 수요일 「데일리 익스프레스」에 문학 칼럼을 쓰고 15실링씩 받고 있는 것은 사실이었다. 그러나 그렇다고 해서 그가 친영파인 것은 아니었다. 사실 서평용으로 주어지는 책들이 몇 푼 안 되는 돈보다 더 반가웠다. 그는 새로 출간된 책들의 표지와 페이지를 넘겨 볼 때의 느낌을 좋아했다. 대학에서 강의가 끝나면 거의 매일같이 그는 부둣가까지 걸어가 배철러스 워크의 히키, 애스턴스 키의 웨브나 매시, 또는 뒷골목의 오클로히시 등의 헌책방을 돌아다니곤 했다. 그는 그녀의 비난에 어떻게 대꾸해야 할지 몰랐다. 문학은 정치를 초월한다고 말하고 싶었다. 그러나 그들은 오랜 친구 사이였다. 같은 대학에서 공부하고 졸업 후 선생이 되기까지 그들의 경력도 동일했다. 그런 만큼 그녀에게 거창한 문구를 함부로 쓸 수는 없었다. 그는 계속 눈을 깜빡이면서 웃어 보려고 했으며 서평을 쓰는 것은 정치와 무관하다고 생각한다고 자신 없는 목소리로 중얼거리듯 말했다.

그들이 위치를 바꿀 때가 되어서도 그는 혼란스러웠고 춤에 집중할 수가 없었다. 아이버스 양은 즉시 따뜻하게 그의 손을 잡고는 부드럽고 친절한 어조로 말했다.

「물론 농담이에요. 자, 이제 바꿔요.」

그들이 다시 만나게 되자 그녀는 학교 문제를 이야기했고 게이브리얼은 조금 마음이 놓였다. 브라우닝의 시에 대한 게이브리얼의 서평을 그녀의 친구가 그녀에게 보여 주었던 것이다. 그렇게 해서 그녀가 그 비밀을 알게 된 것이다. 그러나 그녀는 그 서평을 굉장히 좋아했다. 그러다가 갑자기 그녀가 말했다.

「그런데 콘로이 씨, 이번 여름에 애런 섬으로 여행을 가는데, 같이 가실래요? 우리는 한 달 내내 그곳에서 지낼 거예요. 대서양 가운데니 멋질 거예요. 당신도 같이 가요. 클랜시 씨도 올 거예요. 킬켈리 씨하고 캐슬린 커니도요. 그레타도 같이 가면 좋아할 거예요. 아마 부인은 카너트 출신이죠?」

「처가가 그렇죠.」 게이브리얼이 무뚝뚝하게 말했다.

「어쨌든 가실 거죠?」 따뜻한 손을 그의 팔에 지긋이 얹으며 그녀가 말했다.

「사실은, 다른 곳에 가기로 되어 있어서…….」 게이브리얼이 말했다.

「거기가 어디죠?」 아이버스 양이 물었다.

「사실은 매년 몇몇 사람들과 자전거 여행을 가는데, 그래서…….」

「그래서 거기가 어디죠?」 아이버스 양이 다시 물었다.

「주로 프랑스나 벨기에, 아니면 독일로 가기도 하고.」 게이브리얼이 어색하게 대답했다.

「자기 나라를 놔두고 왜 프랑스나 벨기에로 가죠?」 아이버스 양이 따져 물었다.

「그 나라 언어도 잊어버리지 않게 꾸준히 접하고 한편으로는 기분 전환도 할 겸 해서 가는 거죠.」

「잊어버리지 않아야 할 당신 모국어도 있지 않나요? 아일랜드어 말이에요.」아이버스 양이 말했다.

「그 문제라면 사실, 아일랜드어는 내 언어가 아니오.」게이브리얼이 대꾸했다.

주변 사람들이 그들의 심문을 들으려 고개를 돌렸다. 게이브리얼은 불안하게 좌우를 두리번거리면서 그 난처한 상황에서 호의적인 기분을 유지하려 애쓰다 보니 이마가 붉어졌다.

「우리나라에도 당신이 모르는 곳, 가보지 않은 곳이 많지 않은가요?」아이버스 양이 계속해서 말했다. 「우리 민족이 사는 우리 땅 말이에요.」

「솔직히 말하자면, 나는 우리나라에 질렸소. 지긋지긋하다고!」게이브리얼이 갑작스레 쏘아붙였다.

「왜죠?」아이버스 양이 말했다.

게이브리얼은 대답하지 않았다. 그녀의 말에 대꾸를 하다 보니 흥분했기 때문이었다.

「왜죠?」아이버스 양이 계속해서 물었다.

그들은 함께 짝을 찾아 다른 쪽으로 이동해야 했지만 그때까지도 그가 대답을 안 하자 아이버스 양이 흥분해서 말했다.

「당연히 할 말이 없으시겠죠.」

게이브리얼은 억지로 춤에 몰두하면서 불편한 심정을 감추려 했다. 그녀의 얼굴에서 불쾌한 표정을 읽을 수 있었기 때문에 그는 그녀의 눈을 피했다. 그러나 춤추는 사람들의 긴 고리가 이어진 후 다시 서로 만났을 때 그는 그녀가 자신의 손을 꼭 쥐는 것을 느끼고는 놀랐다. 그녀는 그가 미소를 보일 때까지 잠시 동안 묘한 표정으로 그를 쳐다보았다. 그러다가 다음 연결 동작으로 넘어갈 때가 되자 그녀는 발끝을 모으고 서서 그의 귀에 대고 속삭였다.

「친영파!」

랜서스가 끝나자 게이브리얼은 프레디 말린스의 어머니가 앉아 있는 먼 구석 쪽으로 걸어갔다. 그녀는 머리가 희고 살이 찐 연약해 보이는 여자였다. 아들처럼 그녀 역시 말할 때 목소리가 잠기고 약간 말을 더듬었다. 그녀는 아들 프레디가 이미 와 있고 상태가 그런대로 괜찮다는 말을 들었다. 게이브리얼은 그녀에게 배로 건너오는 데 어려움은 없었느냐고 물었다. 그녀는 글래스고에서 결혼한 딸과 함께 살고 있었고 1년에 한 번씩 더블린을 방문했다. 그녀는 항해가 매우 즐거웠고 선장이 무척 신경을 써주었다고 담담하게 말했다. 그녀는 딸이 살고 있는 글래스고의 아름다운 집과 그곳에 사는 친구들에 대해 이야기했다. 그녀가 이야기를 늘어놓는 동안 게이브리얼은 아이버스 양과의 불쾌한 기억을 마음속에서 지워 버리려 애썼다. 물론 그 처녀, 또는 여자, 아니면 처녀이든 여자이든 간에 그녀는 열렬한 민족주의자였다. 그러나 그렇다 하더라도 만사에는 때가 있는 법이다. 아마 그가 그런 식으로 대답하지 않았어야 했는지도 모른다. 그러나 그녀 역시 농담이라 하더라도 사람들 앞에서 그를 친영파라고 부를 권리는 없다. 그녀는 토끼 눈으로 빤히 쳐다보면서 그에게 불편한 질문을 쏟아 내 사람들 앞에서 망신을 주려고 했던 것이다.

그는 왈츠를 추는 사람들을 헤치며 그의 아내가 다가오는 것을 보았다. 그녀는 그에게 다가와 귀에 대고 말했다.

「게이브리얼, 케이트 이모님이 예전처럼 당신이 거위를 잘라 주겠느냐고 물으세요. 데일리 양이 햄을 자르고 나는 푸딩을 맡을 거예요.」

「알았어, 그러지.」 게이브리얼이 대답했다.

「왈츠가 끝나는 대로 이모님이 젊은 사람들을 먼저 들여보내신대요. 나중에 우리끼리 식사를 할 수 있도록요.」

「당신도 춤을 추고 있었나?」 게이브리얼이 물었다.

「당연하죠. 나 못 봤어요? 몰리 아이버스하고는 무슨 언쟁이 있었나요?」

「언쟁은 무슨…… 왜? 그 여자가 그러던가?」

「그 비슷하게 말했어요. 다시 씨에게 노래를 좀 부탁해 볼 생각이에요. 자부심이 가득한 분인 것 같아요.」

「언쟁 같은 것은 없었어.」 게이브리얼이 침울하게 말했다. 「그냥 아일랜드 서쪽 지방으로 여행을 가자고 했는데 내가 안 간다고 했지.」

그의 아내는 흥분한 듯 손뼉을 치면서 팔짝 뛰었다.

「그럼 가요, 게이브리얼.」 그녀가 소리쳤다. 「골웨이에 다시 가보고 싶어요.」

「가고 싶으면 당신이나 가.」 게이브리얼이 냉정하게 대꾸했다.

그녀는 잠시 남편을 쳐다보다가 말린스 부인을 보며 말했다.
「남편이라는 사람이 하는 말 좀 들어 보세요, 말린스 부인.」

그녀가 방을 가로질러 되돌아가는 동안 말린스 부인은 대화가 중단되었던 것은 개의치 않고 게이브리얼에게 스코틀랜드에 얼마나 아름다운 장소가 많은지, 얼마나 경치가 좋은지 계속해서 이야기했다. 그녀의 사위가 매년 호숫가로 데려가 주어서 그곳에서 함께 낚시를 즐겼다. 그녀의 사위는 대단한 낚시꾼이었다. 하루는 그가 아름답고 큰 물고기를 잡았는데 호텔에 있는 사람이 저녁거리로 그것을 요리해 주었다.

게이브리얼은 그녀가 하는 말을 거의 듣지 않았다. 저녁 식사 시간이 거의 다 되었기 때문에 그는 자신의 연설과 인용한 내용에 대해 생각하기 시작했다. 프레디 말린스가 어머니를 만나려 방을 가로질러 오는 것을 보고 게이브리얼은 그에게 의자를 내주고는 창문 쪽으로 물러났다. 방은 이미 깨끗이 치워져 있었고 뒷방에서는 접시와 나이프 소리가 들려왔다. 그때까지도 거실에 남아 있던 사람들은 춤을 추느라 지친 듯 보였고 몇 명씩 모여 조용히 이야기를 나누고 있었다. 게이브리얼은 따뜻하고 떨리는 손가락으로 창문의 차가운 유리를 두드리고 있었다. 밖은 얼마나 시원할까! 혼자 밖으로 나가서 우선은 강을 따라 그리고 공원을 가로질러 걷는다면 얼마나 상쾌할까! 나뭇가지들 위에 눈이 쌓여 있을 테고 웰링턴 기념비 꼭대기에도 반짝이는 모자처럼 눈이 덮여 있을 것이다. 저녁 식탁에 앉아 있느니 그곳에 가 있는 것이 훨씬 더 상쾌할 텐데!

그는 연설문의 표제 문구들을 대충 읽어 보았다. 아일랜드의 환대, 슬픈 기억들, 세 여신, 파리스, 브라우닝의 시구. 그는 자신이 서평에서 썼던 구절을 암송해 보았다. 「생각에 시달린 음악을 듣고 있는 것처럼 느껴진다.」 아이버스 양은 그 서평을 칭찬했다. 그녀는 진심이었을까? 그녀의 선전 뒤에 정말 그녀 자신의 삶이라고 할 만한 것이 있을까? 그날 밤 전까지만 해도 그들 사이에는 어떤 나쁜 감정도 없었다. 연설을 하는 동안 그녀가 식탁에 앉아 비판적인 시선으로 그를 빤히 노려볼 것을 생각하자 그는 기운이 빠졌다. 아마 그가 연설을 망치더라도 그녀는 유감스러워하지 않을 것이다. 그의 머릿속에 어떤 아이디어가 떠오르는 바람에 그는 용기를 얻었다. 케이트 이모와 줄리아 이모를 암시하며 이렇게 말하리라. 「신사 숙녀 여러분, 우리 곁에 있는 사라져 가는 세대에게도 잘못이 있을 수 있습니다. 그러나 제 생각에 그분들에게는 우리 주변에서 자라고 있는 새롭고 진지한, 좋은 교육을 받은 세대들에게서는 찾아볼 수 없는 환대, 유머, 인간성 같은 것들이 있었습니다.」 괜찮은 표현이었다. 그것은 아이버스 양을 위한 것이었다. 그의 이모들은 단지 무지한 늙은 여자들일 뿐인데 무엇을 신경 쓴단 말인가?

방에서 들려오는 중얼거리는 소리가 그의 관심을 끌었다. 브라운 씨가 줄리아 이모를 모시고 문 쪽에서 들어오고 있었다. 줄리아는 미소 띤 얼굴로 고개를 숙인 채 그의 팔에 기대어 있었다. 그녀가 피아노 옆에 도착할 때까지 불규칙한 박수 소리가 계속해서 이어졌다. 메리 제인이 피아노 의자에 앉고 이제 미소를 지운 줄리아가 방에 목소리가 잘 들리도록 몸을 반쯤 돌리고 나서야 서서히 박수 소리가 잦아들었다. 게이브리얼은 전주를 알아들었다. 그 곡은 줄리아 이모의 오랜 애창곡 「신부 단장」이었다. 강하고 깨끗한 그녀의 목소리는 노래를 장식하는 음률들을 힘차게 타기 시작했고, 비록 재빠르게 노래를 불렀지만 가장 미세한 장식음조차 놓치지 않았다. 노래하는 사람의 얼굴을 보지 않고 목소리를 따라가다 보면 그 빠르고 안정된 음률의 진행을 느끼고 그 흥분을 공유하게 된다. 노래가 끝나자 게이브리얼은 다른 사람들과 마찬가지로 힘차게 박수를 쳤고, 보이지 않는 저녁 식탁 쪽에서도 박수 소리가 들려왔다. 진심에서 우러나온 박수 소리였기에 줄리아가 표지에 자기 이름의 앞 글자가 쓰여 있는 가죽 장정의 낡은 가곡집을 치우려 몸을 구부릴 때 그녀의 얼굴이 약간 붉어졌다. 그녀의 노래를 더 잘 들으려고 머리를 이리저리 움직이며 귀를 기울이던 프레디 말린스는 다른 사람들이 박수를 멈추었는데도 계속 박수를 치면서 흥분한 모습으로 그의 어머니에게 이야기를 하고 있었고, 그의 어머니는 동의한다는 듯이 천천히 엄숙하게 고개를 끄덕였다. 더 이상 박수를 칠 수 없게 되자 그는 갑자기 일어서 방을 가로질러 줄리아에게로 걸어가더니, 그녀의 손을 두 손으로 움켜잡았다. 그러고는 적절한 말이 생각나지 않거나 목이 너무 잠기면 그녀의 손을 흔들어 댔다.

「사실 어머니께도 그런 말을 하고 있었어요.」 그가 말했다. 「이렇게 잘 부르시는 것은 처음 본다고요. 오늘 밤처럼 아름다운 목소리로 노래하시는 것은 저도 처음 들었어요. 안 믿어지세요? 정말입니다. 솔직히 말해서 정말 대단했어요. 이렇게 목소리가 활기차고 또…… 이렇게 선명하고 활기찬 목소리는 처음 들어요.」

줄리아는 활짝 미소를 띤 채 손을 빼내면서 그 칭찬에 무슨 말인가를 중얼거렸다. 브라운 씨는 그녀를 향해 손을 펼쳐 뻗으면서 주위 사람들에게 마치 흥행사가 관객들에게 대가를 소개하듯이 말했다.

「제가 최근에 발굴해 낸 줄리아 모컨 여사입니다!」

그는 자신이 한 말에 유쾌하게 웃었고 프레디 말린스가 그를 보면서 말했다.

「그런데 브라운 씨, 엄격히 말하자면, 최고의 발굴은 아니었을 겁니다. 제가 이곳에 오기 시작한 지 오래되었지만 그 전에는 오늘 밤의 절반만큼도 못했지요. 이것이 솔직한 진실입니다.」

「맞는 말이군요.」 브라운 씨가 말했다. 「제가 생각해도 목소리가 엄청 좋아지셨어요.」

줄리아는 어깨를 으쓱이고는 수줍게 자존심을 드러냈다.

「목소리에 관한 한 30년 전에도 그리 나쁘지는 않았답니다.」

「전부터 줄리아에게 여러 번 그랬어요.」 케이트가 강조해서 말했다. 「그야말로 합창단에서 쫓겨난 셈이라고요. 그런데 내 말은 절대 들으려 하지 않았지요.」

그녀는 고집 센 아이에 대해 사람들의 양식에 호소하려는 듯했고 줄리아는 얼굴에 희미한 추억의 미소를 띤 채 앞을 쳐다보았다.

「절대로요.」 케이트가 계속했다. 「누구 말도 안 듣고는 매일같이 밤낮으로 그 합창단에서 죽어라 일했죠. 크리스마스 날 아침에도 6시부터 말이에요! 그게 다 뭐하는 짓인지 모르겠어요.」

「신의 영광을 위한 것이 아닐까요, 케이트 고모님?」 메리 제인이 미소를 띤 채 피아노 의자에서 몸을 틀면서 말했다.

케이트는 조카를 향해 화가 난 듯 말했다.

「얘야, 신의 영광에 대해서는 나도 잘 안다. 하지만 평생 합창단에서 뼈 빠지게 일한 여자들을 쫓아내고 건방진 사내아이들을 그 위에 앉히는 것은 교황님도 잘하신 일이 아니야. 물론 교황님이 그렇게 하셨다면 다 교회를 위한 것이겠지. 하지만 메리 제인, 그건 정의롭지 못해. 옳지 않은 일이야.」

그녀는 흥분하기 시작했고 그대로 두면 줄리아를 계속 옹호하느라 끝이 나지 않았을 것이다. 그녀에게는 그 문제가 가슴에 사무쳤던 것이다. 그러나 춤추던 사람들이 모두 되돌아온 것을 보고 메리 제인이 진정시키듯 끼어들었다.

「케이트 고모님, 브라운 씨는 다른 교파인데 실례가 되잖아요.」

케이트는 자신의 종교에 대한 언급에 웃음을 짓고 있는 브라운 씨를 쳐다보고는 황급히 말했다.

「오, 저는 교황님이 옳다는 것을 의심하지는 않아요. 저야 그저 어리석은 늙은이지요. 그런 짓은 못 해요. 하지만 상식적인 예의와 감사라는 게 있잖아요. 제가 줄리아였다면 힐리 신부님 면전에다 대놓고…….」

「게다가 케이트 고모님.」메리 제인이 말했다. 「저희 다 몹시 배가 고파요. 배가 고프면 예민해지기 마련이죠.」

「술이 고파도 예민해지죠.」브라운 씨가 덧붙였다.

「그러니까 이제 저녁 먹으러 가는 게 좋겠어요.」메리 제인이 말했다. 「그 문제는 나중에 더 이야기하고요.」

게이브리얼은 응접실 바깥 층계참에서 그의 아내와 메리 제인이 아이버스 양에게 저녁을 먹고 가라고 설득하는 것을 보았다. 그러나 이미 외투 단추를 다 채우고 모자도 쓴 아이버스 양은 머물고자 하지 않았다. 그녀는 전혀 배가 고프지 않았고 이미 예정보다 오래 머물러 있었다.

「그래도 10분만 있다 가요, 몰리.」콘로이 부인이 말했다. 「그 정도는 괜찮을 거예요.」

「조금만 드시고 가세요.」메리 제인이 말했다. 「춤까지 추셨잖아요.」

「아니요, 정말 가야 해요.」아이버스 양이 말했다.

「제대로 즐기시지도 못했는데 아쉽네요.」메리 제인이 포기한 듯이 말했다.

「아니요, 아주 즐거웠어요. 정말이에요.」아이버스 양이 말했다. 「이제 정말 가야 돼요.」

「어떻게 가려고 그러세요?」콘로이 부인이 물었다.

「부두 쪽으로 조금만 걸으면 되는걸요.」

게이브리얼이 잠시 머뭇거리다 말했다.

「정 가야 된다면, 아이버스 양, 괜찮으면 내가 집까지 바래다 드리죠.」

그러나 아이버스 양은 그들을 물리쳤다.

「이제 됐어요.」 그녀가 말했다. 「어서 들어가 저녁들 드세요. 저는 괜찮아요. 제 일은 제가 다 알아서 할 수 있어요.」

「몰리, 정말 어쩔 수가 없는 분이군요.」 콘로이 부인이 솔직하게 말했다.

「바나흐트 리브」[46] 아이버스 양은 웃으면서 인사말을 남기고는 계단 아래로 달려 내려갔다.

메리 제인은 아쉽고 당혹스러운 표정으로 그녀의 뒷모습을 쳐다보았고 콘로이 부인은 난간에 몸을 기대고 현관문 소리에 귀를 기울였다. 게이브리얼은 그녀가 갑작스레 떠난 것이 자기 탓이 아닐까 생각해 보았다. 그러나 그녀는 기분이 나쁜 것 같지는 않았다. 분명 웃으면서 떠났다. 그는 멍하니 계단 아래쪽을 쳐다보았다.

그때 케이트가 절망스럽게 두 손을 쥐어틀면서 식당에서 아장아장 걸어 나왔다.

「게이브리얼은 어디 갔지?」 그녀가 말했다. 「도대체 게이브리얼은 어디 간 거야? 준비가 끝나서 안에서 사람들이 다 기다리고 있는데, 거위를 자를 사람이 없잖아!」

「여기 있어요, 케이트 이모님!」 갑자기 활기를 되찾으면서 게이브리얼이 소리쳤다. 「필요하면 거위 떼 전부라도 자를 수 있습니다.」

46 *beannacht libh*. 게일어의 작별 인사.

식탁 끝에 갈색으로 잘 익은 통통한 거위가 준비되어 있었고, 다른 쪽 끝에는 파슬리 잔가지를 뿌려 놓은 구겨진 종이 위에 껍질을 벗긴 후 바삭한 빵가루를 뿌린 커다란 햄이 놓여 있었다. 햄의 정강이뼈 부근에는 둥글게 멋진 종이 주름이 장식되어 있었고 옆에는 양념을 한 쇠고기가 놓여 있었다. 양쪽 끝 두 라이벌 사이로 곁들이는 요리들이 평행을 이루며 줄지어 놓여 있었다. 붉은색과 노란색의 수도원 모양 젤리 두 접시, 블랑망제와 붉은 잼 덩어리가 가득 담긴 얕은 접시, 자줏빛 건포도와 껍질 벗긴 아몬드가 담긴, 줄기 모양 손잡이가 달린 커다란 녹색 나뭇잎 모양의 접시, 스미르나 무화과가 네모반듯하게 담긴 같은 모양의 접시, 육두구를 갈아 위에 올린 커스터드 접시, 금색과 은색 종이로 포장한 초콜릿과 사탕이 가득한 작은 그릇, 그리고 기다란 셀러리 줄기들이 담긴 유리 꽃병이 놓여 있었다. 식탁 중앙에는 유행이 지난 땅딸한 컷글라스 술병 두 개가 감시병들처럼 피라미드 모양으로 쌓아 올린 오렌지들과 미국산 사과들을 담은 과일 접시를 지키듯 놓여 있었는데, 하나에는 포트와인이 담겨 있었고 또 하나에는 짙은 색의 세리주가 들어 있었다. 뚜껑을 닫아 놓은 스퀘어 피아노 위에는 커다란 노란색 접시에 담긴 푸딩이 기다리고 그 뒤에는 군복 색깔에 따라 흑맥주, 에일 맥주, 탄산수 병이 세 분대를 이루어 정렬되어 있었다. 처음 두 분대는 갈색과 붉은색 상표가 붙은 검은색이었고 수가 가장 적은 세 번째 분대는 녹색 띠가 가로지르는 흰색이었다.

게이브리얼은 과감하게 식탁 상석을 차지하고는 고기 자르는 칼의 날을 살펴보고 나서 포크를 힘 있게 거위에 꽂아 넣었다. 그는 이제 마음이 편했다. 고기 자르는 칼에 자신이 있었고 잘 차려진 식탁의 주빈 자리에 앉는 것을 무엇보다 좋아했기 때문이었다.

「펄롱 양, 어느 쪽을 드릴까요?」 그가 물었다. 「날개인가요? 아니면 가슴살을 드릴까요?」

「가슴살로 조금만 주세요.」

「히긴스 양은 어느 부위를 원하세요?」

「아무 데나 괜찮아요, 콘로이 씨.」

게이브리얼과 데일리 양이 거위 고기 접시들, 햄과 양념한 쇠고기 접시들을 돌리는 동안 릴리는 하얀 냅킨에 싸인, 뜨거운 밀가루 같은 감자 접시를 들고 일일이 손님들을 찾아다니고 있었다. 그것은 메리 제인의 아이디어였다. 그녀는 또 거위에 사과 소스를 쓸 것을 제안했지만 케이트는 예전부터 사과 소스를 쓰지 않고 그대로 구운 거위가 자신에게는 더 좋았다면서 그보다 못한 것은 먹고 싶지 않다고 말했다. 메리 제인은 자신의 학생들에게 음식을 가져다주면서 가장 좋은 부위가 돌아가게 신경 썼고, 케이트와 줄리아는 신사분들을 위해 피아노 위에서 흑맥주와 에일 맥주를, 그리고 숙녀분들을 위해 탄산수를 따서 가져왔다. 소란스러움과 웃음소리, 주문하는 소리와 주문을 취소하는 소리, 나이프와 포크, 코르크 마개, 유리 마개 소리가 가득했다. 게이브리얼은 거위 요리를 나눠 주는 일이 한 차례 끝나자마자 자신의 접시는 비워 둔 채 두 번째로 거위 고기를 자르기 시작했다. 다른 사람들이 모두 큰 소리로 그를 제지하자 고기 자르는 일에 땀이 났던 만큼 그는 흑맥주를 한 잔 죽 들이켜는 것으로 타협을 했다. 메리 제인은 식탁 의자에 조용히 앉아 있었지만 케이트와 줄리아는 상대의 꽁무니를 따라다니며 서로 방해가 되기도 하고 지시를 내리고 또 잊어버리면서 식탁 주변을 아장아장 돌아다니고 있었다. 브라운 씨는 이제 그만 자리에 앉아 식사를 하시라고 간청을 했고 게이브리얼도 그렇게 말했지만 그들은 시간이 많으니 괜찮다고 말했다. 결국 프레디 말린스가 일어나 케이트를 붙잡고 의자에 앉히는 바람에 사람들이 웃음을 터뜨렸다.

모두 만족스럽게 식사를 끝내자 게이브리얼이 웃으며 말했다.

「자, 혹시 속된 말로 배 터지도록 더 드실 분이 있으시면 어서 말씀들 하세요.」

목소리들이 합창을 하듯이 그도 식사를 시작하라고 요청했고 릴리가 그를 위해 남겨 두었던 감자 세 개를 가져왔다.

「고맙습니다.」 일단 목을 축이려 맥주를 한 잔 들이켜면서 게이브리얼이 상냥하게 말했다. 「그럼 여러분, 잠시 동안만 저의 존재를 잊어 주시기 바랍니다.」

그는 식사를 시작했고 대화에는 일절 끼지 않았다. 대화 소리에 릴리가 식탁의 접시들을 치우는 소리가 묻혔다. 이야기의 주제는 당시 왕립 극장에서 공연 중인 오페라단에 대한 것이었다. 멋진 콧수염에 안색이 검은 젊은이인 바텔 다시 씨는 그 오페라단의 수석 콘트랄토를 몹시 대단하게 평했지만 필롱 양은 그녀의 표현 스타일이 천박하다고 생각했다. 프레디 말린스는 게이어티 극장에서 공연하는 팬터마임의 2부 순서에 흑인 추장이 등장해 노래를 부르는데 그가 들어 본 중 가장 아름다운 테너 목소리였다고 말했다.

「그 사람 노래를 들어 보셨나요?」 그가 맞은편에 앉은 바텔 다시 씨에게 물었다.

「아니요.」 바텔 다시 씨는 관심 없다는 듯 대답했다.

「왜냐하면 그 사람에 대해 당신 의견을 들어 보고 싶거든요. 내 생각에는 정말 좋은 목소리입니다.」 프레디 말린스가 설명했다.

「테디가 정말 좋은 것을 잘 찾아내지요.」 브라운 씨가 잘 안다는 듯이 말했다.

「왜 그 사람은 좋은 목소리를 가질 수 없다는 거죠?」 프레디 말린스가 날카롭게 물었다. 「흑인이라서 그렇다는 건가요?」

아무도 그 질문에 답하지 않았고 메리 제인은 화제를 정통 오페라로 되돌렸다. 그녀의 학생 중 한 사람이 「미뇽」의 무료 입장권을 준 적이 있었다. 그녀는 공연은 물론 좋았지만 그것을 보고 있자니 불쌍한 조지나 번스가 생각나더라고 말했다. 브라운 씨는 한 걸음 더 나아가 티에첸스, 일마 데 무르츠카, 캄파니니, 위대한 트레벨리, 주글리니, 라벨리, 아람부로같이 더블린을 찾곤 했던 옛 이탈리아 오페라단들을 언급했다. 그는 당시에는 더블린 사람들이 들을 만한 제대로 된 노래가 있었다고 말했다. 그는 또 왕립 극장의 맨 위층

객석까지 매일 밤 꽉꽉 들어차던 일, 어느 날 밤 이탈리아인 테너가 「군인처럼 죽게 하소서」를 부른 후 매번 높은 도 음으로 다섯 번이나 앙코르곡을 불렀던 일, 갤러리석 관람객들이 가끔 너무 흥분해서 몇몇 위대한 프리마 돈나가 탄 마차의 말들을 풀어 주고 자신들이 대신 거리를 지나 호텔까지 마차를 끈 일을 이야기했다. 그는 왜 요즘에는 「디노라」나 「루크레치아 보르자」 같은 훌륭한 옛날 오페라들을 공연하지 않는지 모르겠다고 말했다. 그것은 그런 오페라들에 걸맞은 목소리를 찾을 수 없기 때문이다. 바로 그 때문이었다.

「글쎄요.」 바텔 다시 씨가 말했다. 「제가 보기에는, 요즘에도 그때 못지않은 좋은 가수들이 있습니다.」

「그런 사람들이 어디 있죠?」 브라운 씨가 도전하듯이 물었다.

「런던, 파리, 밀라노 같은 곳에는 있습니다.」 바텔 다시 씨가 흥분해서 말했다. 「예를 들어, 카루소 같은 사람은 당신이 언급한 사람들만큼은 못 될지언정 정말 뛰어난 가수죠.」

「그럴지도 모르지만, 그래도 솔직히 의심스럽군요.」 브라운 씨가 말했다.

「저도 카루소의 노래는 정말 들어 보고 싶어요.」 메리 제인이 말했다.

「내 생각에는, 나를 즐겁게 해준 테너 가수는 딱 한 명뿐이었어요. 하지만 아마 여러분은 못 들어 본 사람일 겁니다.」 뼈에서 고기를 발라 먹고 있던 케이트가 말했다.

「그게 누군가요, 모컨 여사님?」 바텔 다시 씨가 정중하게 물었다.

「그 사람 이름은 파킨슨이에요.」케이트가 말했다. 「한창 때의 그 사람 노래를 들었는데 내 생각에 그는 당대 사람들 중에서 가장 깨끗한 테너 목소리를 가졌었지요.」

「이상하군요.」바텔 다시 씨가 말했다. 「저는 이름조차 들어 본 적이 없는 사람입니다.」

「맞아요. 모컨 여사님의 말이 맞습니다.」브라운 씨가 말했다. 「저도 파킨슨 씨 노래를 들어 본 기억이 있어요. 하지만 그 사람은 저한테도 너무 옛날 분이죠.」

「아름답고 순수하고 달콤한, 부드러운 영국인 테너였어요.」케이트가 신이 나서 말했다.

게이브리얼의 식사가 끝나자 커다란 푸딩이 식탁에 올려졌다. 다시 포크와 스푼이 달그락거리는 소리가 들리기 시작했다. 게이브리얼의 부인이 푸딩을 스푼으로 가득 퍼 담아 접시들을 식탁으로 전달했다. 중간에서 메리 제인이 접시들을 받아 다시 그 위에 산딸기나 오렌지 젤리, 또는 블랑망제와 잼을 더 얹었다. 푸딩은 줄리아의 작품이었고 그녀는 사방에서 칭찬을 들었다. 그녀는 푸딩이 충분히 갈색을 띠지 못했다고 말했다.

「그렇다면 모컨 여사님.」브라운 씨가 말했다. 「저라도 충분히 갈색이었으면 좋겠군요. 아시다시피 저는 그야말로 브라운이니까요.」

게이브리얼을 제외한 모두가 줄리아에 대한 감사의 표시로 푸딩을 약간씩 먹었다. 게이브리얼은 단것을 절대 먹지 않기 때문에 그를 위해 셀러리를 남겨 두었다. 프레디 말린스도 셀러리 줄기를 한 개 집어 들어 푸딩과 함께 먹었다. 그는 셀러리가 혈액 건강에 상당히 중요하다는 말을 들었던 적이 있었고 실제로 의사의 관리를 받고 있던 중이었다. 저녁 식사 시간 내내 침묵을 지키고 있던 말린스 부인은 일주일쯤 후에 아들이 멜러레이 산으로 갈 계획이라고 말했다. 식탁에 앉은 사람들은 곧 그곳 공기가 신선하고, 수도사들이 친절하며, 또 그들이 손님들에게 한 푼도 요구하지 않는다는 등 멜러레이 산에 대한 이야기를 시작했다.

「그러니까 그 말은, 그곳에서는 호텔처럼 아무나 머물면서 호의호식하고는 한 푼도 안 내고 그냥 가도 된다는 뜻인가요?」 브라운 씨가 못 믿겠다는 투로 물었다.

「대부분 떠날 때 수도원에 얼마 정도 기부를 해요.」 메리 제인이 말했다.

「우리 교단에도 그런 시설이 있었으면 좋겠군요.」 브라운 씨가 솔직하게 말했다.

그는 수도사들이 묵언을 행하고 새벽 2시에 일어나며 관에서 잠을 잔다는 말을 듣고 놀랐다. 그는 그렇게 하는 이유가 뭐냐고 물었다.

「교단의 규칙이니까요.」 케이트가 딱 잘라 말했다.

「그렇긴 한데, 왜죠?」 브라운 씨가 물었다.

케이트는 다시 한 번 그것이 규칙이고 규칙인 만큼 그것으로 그만이라고 말했다. 브라운 씨는 그래도 이해가 되지 않는 듯했다. 프레디 말린스가 그에게 수도사들이 외부 세계의 모든 죄인들이 지은 죄를 속죄하려고 그러는 것이라고 최대한 잘 설명했듯. 그러나 그 설명은 그리 분명하지 못했다. 브라운 씨는 싱긋 웃으면서 말했다.

「그 아이디어는 마음에 드는군요. 하지만 관 대신 편안한 스프링 침대는 안 되는 건가요?」

「관은 말이죠, 마지막 날을 생각나게 하려는 거예요.」 메리 제인이 말했다.

주제가 우울해졌기 때문에 그 문제는 식탁의 침묵 속에 묻혔고 말린스 부인이 옆 사람에게 낮은 목소리로 잘 들리지 않게 말하는 소리가 들렸다.

「그 수도사님들은 정말 좋은 분들이에요. 신앙심 깊은 분들이죠.」

식탁 위로 건포도, 아몬드, 무화과, 사과, 오렌지, 초콜릿, 사탕이 오갔고 줄리아는 손님들 모두에게 포트와인이나 셰리주를 권했다. 바텔 다시 씨는 처음에는 두 가지 다 거절했지만 옆 사람 한 명이 팔꿈치로 슬쩍 찌르며 그에게 무슨 말인가를 속삭이자 그는 곧 잔을 채웠다. 점차 잔들이 다 채워지면서 대화도 중단되었다. 술잔 소리, 의자 끄는 소리만이 들렸을 뿐 모든 것이 조용해졌다. 세 모컨 여인들은 모두 식탁보를 쳐다보았다. 누군가 한두 번 기침을 했고 그러자 몇몇 남자들이 조용히 하라는 표시로 식탁을 살짝 두드렸다. 침묵이 흐르기 시작하자 게이브리얼은 의자를 뒤로 밀고 일어섰다.

시작을 종용하듯 식탁 두드리는 소리가 즉시 커졌다가 곧 멈추었다. 게이브리얼은 떨리는 열 손가락을 식탁보 위에 올려놓고는 사람들을 보며 불안한 듯 미소를 지었다. 자신을 올려다보고 있는 사람들의 얼굴을 보고 그는 샹들리에로 시선을 옮겼다. 피아노에서는 왈츠풍의 음악이 연주되고 있었고 그는 거실 문에 치맛자락이 스치는 소리를 들을 수 있었다. 아마도 밖의 부둣가에서는 사람들이 불 켜진 창문들을 쳐다보면서, 그리고 왈츠 음악을 들으면서 눈을 맞으며 서 있을 것이다. 그곳의 공기는 신선할 것이다. 멀리 떨어진 공원에서는 나무들이 눈으로 무거워진 모습을 하고 있을 것이다. 웰링턴 기념비는 하얀 피프틴 에이커스의 벌판 너머 서쪽으로 흩날리는 반짝이는 눈의 모자를 쓰고 있을 것이다.

그는 시작했다.

「신사 숙녀 여러분, 예년과 마찬가지로 오늘 저녁 저는 정말 즐거운 일이지만 또한 말주변이 없는 저로서는 전혀 어울리지 않는 일을 맡게 되었습니다.」

「그런 소리 마세요!」 브라운 씨가 말했다.

「어쨌든 그렇기는 하지만, 오늘 이 상황에서 제가 느낀 바를 표현하는 동안 제 뜻을 가상히 여겨 잠시 동안만 귀를 기울여 주시기 바랍니다.

신사 숙녀 여러분, 우리가 이 환대로 가득한 집, 환대로 가득한 식탁에 함께 모인 것은 처음이 아닙니다. 우리가 이곳에 손님, 아니 어떤 의미에서, 어떤 좋은 숙녀분들의 환대의 희생자였던 것은 처음이 아닙니다.」

그는 팔로 허공에 원을 그리고 나서 멈추었다. 모두 기쁨으로 얼굴이 빨갛게 된 케이트, 줄리아, 메리 제인을 쳐다보며 웃거나 미소를 지었다. 게이브리얼은 계속해서 좀 더 과감하게 말했다.

「저는 해를 거듭할수록 더욱 확신하게 됩니다. 우리나라에서 환대의 전통만큼 그렇게 영광스럽게 여기고 그토록 열심히 지켜 가고자 하는 전통은 없다는 것을 말입니다. 그것은 제 경험으로는 (외국 여러 나라를 다녀 보았지만) 세상 어느 나라에서도 찾아볼 수 없는 전통입니다. 아마 어떤 사람은 그것이 자랑할 일이 아니라 부끄러워해야 할 결함이라고 말할지도 모릅니다. 그러나 그렇다 하더라도, 제 생각에 그것은 품위 있는 결함이고 우리가 계속 가꾸어 나가야 할 결함입니다. 저는 최소한 한 가지는 확신합니다. 이 집에 앞서 말씀드린 숙녀분들이 계속 사시는 한 — 앞으로도 오래도록 그렇게 되기를 진심으로 바랍니다 — 선조들이 우리에게 전해 주었고 우리가 후손들에게 전해 주어야 할 진정 따뜻하고 예의 있는 아일랜드의 환대 전통은 우리 사이에 계속 살아 있을 것입니다.」

진심 어린 동의의 속삭임이 식탁 주변에서 들려왔다. 게이브리얼의 마음속에 아이버스 양이 그곳에 없다는 사실, 그녀가 예의 없이 떠나 버렸다는 사실이 떠올랐다. 그는 확신에 차서 말했다.

「신사 숙녀 여러분.

새로운 세대, 새로운 사상과 새로운 원칙을 갖춘 세대가 우리 곁에서 자라나고 있습니다. 이 세대는 진지하고 새로운 사상에 매우 열성적입니다. 그리고 그 열성은 방향을 잃었을 때조차도, 제가 보기에는, 대체로 진실합니다. 그러나 우리는 회의적인 시대에 살고 있습니다. 이렇게 표현해도 될지 모르겠습니다만, 생각에 시달린 시대에 살고 있습니다. 저는 때때로 이 교육받은 세대, 과도할 정도로 교육받은 세대에게 옛 시대의 인간성, 환대, 친절한 유머 같은 자질들이 부족해지지 않을까 걱정입니다. 오늘 밤 과거 유명 가수들의 이름을 들으면서, 저는 우리가 오늘날 넉넉함이 부족한 시대에 살고 있는 것 같다고 느꼈다는 사실을 고백합니다. 과장이 아니라 그 당시는 넉넉한 시절이었다고 할 수 있을 것 같습니다. 그런데 그 시절이 영원히 사라졌다 하더라도 저는 최소한 오늘 같은 모임을 통해서 자부심과 애정을 가지고 그 시절을 이야기하고, 돌아가신 분들, 세상에서 잊히지 않을 명성을 얻은 분들의 기억을 우리 마음속에 여전히 간직하게 되기를 바랍니다.」

「옳소, 옳소!」 브라운 씨가 큰 소리로 외쳤다.

「하지만 이런 모임에서는 항상 더 슬픈 생각들이 떠오르기 마련입니다.」 좀 더 부드러운 어조로 목소리를 낮추며 게이브리얼이 말했다. 「옛날 생각, 젊음, 변화, 오늘 밤 우리가 여기에서 그리워하는 얼굴들에 대한 생각입니다. 우리의 인생길에는 그런 슬픈 기억들이 많이 깔려 있습니다. 그런데 우리가 그런 생각들만 하고 있으면 산 사람들 사이에서 우리의 일을 계속해 나갈 용기를 얻지 못할 것입니다. 우리 모두는 우리의 성실한 노력을 요구하는 살아 있는 의무, 살아 있는 애정을 가지고 있습니다.

따라서 저는 과거에 머물지 않겠습니다. 저는 오늘 밤 이곳에 어떤 우울한 도덕도 발을 딛지 못하게 할 것입니다. 우리는 일상의 번잡함과 소란으로부터 잠시 동안 떨어져 이곳에 모였습니다. 우리는 우정이라는 이름하에 친구로서, 또한 일정 부분 진정한 우애의 이름하에 동료로서, 그리고 뭐라고 할까요? 말하자면 더블린 음악계의 세 여신의 손님으로서 이곳에 모였습니다.」

이 비유에 식탁에서는 환호와 웃음소리가 터져 나왔다. 줄리아는 옆에 앉은 사람들에게 돌아가며 게이브리얼이 무슨 말을 했느냐고 물었다.

「우리가 세 여신이래요, 고모님.」 메리 제인이 전했다.

줄리아는 이해가 되지 않았지만 미소를 지으며 게이브리얼을 쳐다보았다. 게이브리얼은 같은 어조로 계속 말을 이었다.

「신사 숙녀 여러분.

상황은 다르지만 저는 오늘 밤 파리스가 했던 것 같은 역할은 하지 않겠습니다. 세 여신 중 한 명을 선택하는 일은 하지 않겠습니다. 그런 일은 불공평할 뿐 아니라 제 능력을 벗어나는 일입니다. 왜냐하면 이 세 분을 돌아보건대, 정말 너무나 좋으신 분이라 그분을 아는 사람들은 누구나 그분의 착한 마음씨를 잘 알고 있는 우리의 여주인이어야 할지, 아니면 매년 젊어지는 듯하고 그분의 노래가 오늘 밤 우리 모두에게 놀라움이자 발견이었던 동생분이어야 할지, 또는 마지막으로 세 분 중 가장 젊은 여주인이자 재능 있고 쾌활하며 성실한 최고의 조카로서 손색이 없는 분이어야 할지, 신사 숙녀 여러분, 저는 솔직히 고백하건대, 어느 분에게 상을 드려야 할지 모르겠습니다.」

게이브리얼은 이모들을 쳐다보았다. 줄리아 이모의 얼굴에 함박웃음이 피어오르고 케이트 이모의 눈에 눈물이 어리는 것을 보고 그는 급히 끝맺는 말을 서둘렀다. 다른 사람들이 기대에 차서 술잔을 만지작거리고 있었다. 그는 포트와인 술잔을 용감하게 들어 올리며 큰 소리로 말했다.

「이 세 분을 위해 건배합시다. 이분들의 건강, 재물, 장수, 행복을 위해 잔을 듭시다. 그리고 이분들의 분야에서 스스로 성취해 낸 자랑스러운 지위, 우리 마음속에 이분들이 심어 놓은 명예와 애정의 지위가 계속되기를 기원합시다.」

손님들이 모두 손에 잔을 들고 일어나 브라운 씨의 선창으로 앉아 있는 세 숙녀를 향해 함께 노래를 불렀다.

그들은 즐겁고 유쾌한 친구들,
그들은 즐겁고 유쾌한 친구들,
그들은 즐겁고 유쾌한 친구들,
아무도 부정하지 못하네.

케이트는 대놓고 손수건으로 눈물을 닦았고 줄리아도 감동한 것 같았다. 프레디 말린스는 푸딩 포크로 장단을 맞추었고 사람들은 회의라도 하듯이 서로 얼굴을 마주 보고 더 힘찬 목소리로 노래했다.

거짓말을 하는 게 아니라면,
거짓말을 하는 게 아니라면.

그러고 나서 그들은 다시 한 번 여주인들을 쳐다보며 노래했다.

그들은 즐겁고 유쾌한 친구들,
그들은 즐겁고 유쾌한 친구들,
그들은 즐겁고 유쾌한 친구들,
아무도 부정하지 못하네.

노래 소리는 식당 문밖의 다른 여러 손님들에게까지 퍼져나가 여러 번 반복되었고, 프레디 말린스는 포크를 높이 들고 지휘자 역할을 했다.

….

살을 에는 듯한 차가운 아침 공기가 그들이 서 있는 현관 안으로 들어오자 케이트가 말했다.
「누가 문 좀 닫으렴. 말린스 부인 감기 걸리겠구나.」
「브라운 씨가 나가 있어요, 케이트 고모님.」 메리 제인이 말했다.
「브라운 씨는 없는 곳이 없네.」 케이트가 목소리를 낮추며 말했다.

메리 제인은 그녀의 어조를 듣고 웃었다.

「맞아요.」 그녀가 짓궂게 말했다. 「정말 세심한 분이죠.」

「크리스마스 기간 내내 가스관처럼 이곳에 있었지.」 케이트가 같은 어조로 말했다.

이번에는 그녀도 기분 좋게 웃었다. 그러고는 재빨리 덧붙였다.

「이제 들어오시라고 해, 메리 제인. 그리고 문 좀 닫아. 그 사람이 내가 한 말 못 들었으면 좋겠구나.」

바로 그때 현관문이 열리면서 브라운 씨가 가슴이 터져라 웃어 대면서 현관 계단에서 안쪽으로 들어왔다. 그는 모조 아스트라한 모피로 소매와 옷깃을 댄 기다란 녹색 코트를 입고 있었고 머리에는 타원형의 모피 모자를 쓰고 있었다. 그는 날카롭고 긴 휘파람 소리가 들려오는 눈 덮인 부두를 가리켰다.

「테디가 더블린에 있는 마차들을 전부 다 불러 낼 모양입니다.」 그가 말했다.

게이브리얼이 코트를 입으려 애쓰면서 사무실 뒤의 식품 저장실에서 나와 현관 쪽을 둘러보고는 말했다.

「그레타는 아직 안 내려왔나요?」

「옷 입고 있는 중이란다, 게이브리얼.」 케이트가 말했다.

「위에서 누가 연주하는 거죠?」 게이브리얼이 물었다.

「아무도 없어. 전부 다 갔거든.」

「아니에요, 케이트 고모님.」 메리 제인이 말했다. 「바텔 다시 씨와 오캘러헌 양은 아직 안 갔어요.」

「어쨌든 누가 피아노를 가지고 노는 모양이군요.」게이브리얼이 말했다.

메리 제인은 게이브리얼과 브라운 씨를 힐끗 쳐다보고는 몸을 떨면서 말했다.

「두 분이 그렇게 감싸고 계신 것을 보니 제가 다 추워지는 것 같아요. 이 시각에 집에 가시는 것은 못 보겠어요.」

「지금 나는 무엇보다도 시골길을 터벅거리며 걷거나 마차에 잘 달리는 말을 묶고 신 나게 달리고 싶어요.」

「우리도 전에는 집에 좋은 말과 이륜마차가 있었지.」줄리아가 슬픈 목소리로 말했다.

「절대 못 잊을 조니 말이군요.」메리 제인이 웃으면서 말했다.

케이트와 게이브리얼도 웃었다.

「조니가 그렇게 대단했나요?」브라운 씨가 물었다.

「지금은 돌아가셨지만 패트릭 모컨이라는 분이 계셨는데, 사실 우리 조부님이셨어요.」게이브리얼이 설명했다.「말년에는 그저 노신사분으로만 알려졌었는데, 아교 만드는 분이셨습니다.」

「오, 이런, 게이브리얼.」케이트가 웃으며 말했다.「그분은 녹말풀 공장을 하셨어.」

「아교든 녹말이든.」게이브리얼이 이어서 말했다.「그 노신사분에게는 조니라는 이름의 말이 있었습니다. 조니는 그 노신사분의 공장에서 일을 했죠. 연자방아를 돌리느라 그

주위를 돌고 또 돌았습니다. 아무런 문제도 없었어요. 그런데 그러다가 조니에게 비극적인 일이 생긴 겁니다. 어느 화창한 날, 그 노신사분은 상류 인사들과 공원으로 열병식을 보러 가야겠다는 생각을 했습니다.」

「그분께 주님의 가호가 있기를.」 케이트가 추모하듯 말했다.

「아멘.」 게이브리얼이 말했다. 「그래서 그 노신사분은 조니에게 마구를 달고 나서 당신은 가장 좋은 높은 모자에 가장 좋은 옷깃을 달고는, 제 생각에 백 레인 근처인가 어딘가에 조상 대대로 내려오던 그분의 저택에서부터 멋진 모습으로 출발을 했던 겁니다.」

게이브리얼의 말투에 말린스 부인까지 포함해 모두가 웃었고 케이트가 말했다.

「오, 이런, 게이브리얼. 그분은 백 레인에 안 사셨어. 공장이 그곳에 있었던 거지.」

「선조들의 저택에서 나와서, 그분은 조니를 타고 계속 가셨죠.」 게이브리얼이 계속했다. 「조니가 빌리 왕의 동상을 보기 전까지는 모든 것이 순조로웠습니다. 그런데 빌리 왕이 타고 있던 말과 사랑에 빠진 것인지 아니면 다시 공장의 연자방아로 되돌아왔다고 생각했는지 몰라도 조니는 동상 주위를 빙빙 돌기 시작했습니다.」

게이브리얼은 골로시를 신고 현관 앞 주변을 한 바퀴 돌았고 사람들은 웃음을 터뜨렸다.

「그렇게 계속 빙빙 돌았던 것입니다.」 게이브리얼이 말했다. 「자존심이 대단했던 그 노신사분은 굉장히 화가 났습니다. 〈어서 가! 도대체 무슨 일이야? 조니! 조니! 왜 이상한 짓을 하고 그래? 말이란 정말 이해 못 할 동물이야!〉」

게이브리얼이 그 일을 흉내 내면서 터져 나온 웃음소리는 현관문을 두드리는 소리가 울리면서 중지되었다. 메리 제인이 달려가 문을 열고는 프레디 말린스를 들여보냈다. 임무를 마치고 온 프레디 말린스는 모자를 머리 뒤로 젖혀 쓰고 추위로 어깨를 움츠린 채 입김을 내뿜으며 숨을 헐떡이고 있었다.

「마차를 한 대밖에 못 잡았어요.」 그가 말했다.

「부둣가 근처에서 다른 마차를 찾아봐야겠군요.」 게이브리얼이 말했다.

「그래라.」 케이트가 말했다. 「말린스 부인을 찬 바람 부는 곳에 계속 서 있게 하면 안 되니까.」

말린스 부인은 아들과 브라운 씨의 부축을 받으며 현관 앞 층계를 내려왔고 이리저리 여러 차례 시도한 끝에 마차에 올라탔다. 프레디 말린스는 어머니의 뒤를 이어 마차에 기어올라 어머니가 자리를 잡게 돕느라 오랜 시간을 보냈고, 브라운 씨는 그에게 요령을 가르쳐 주었다. 드디어 그녀가 편안히 자리를 잡자 프레디 말린스는 브라운 씨를 마차로 불러들였다. 혼란스러운 말이 한동안 오간 후 브라운 씨가 마차에 올랐다. 마부는 무릎 덮개를 무릎 위에 올려놓은 후 주소를 물으려고 고개를 숙였다. 혼란은 더 심해졌고 프레디 말린스와 브라운 씨는 서로 마차 창문 밖으로 머리를 내밀고 마부에게 서로 다른 방향을 지시했다. 문제는 가는 길에 브라운 씨를 어디에 내려 줄 것인가였다. 케이트, 줄리아, 메리 제인은 현관 앞 층계에 서서 서로 엇갈리는 방향 지시, 반대 의견, 왁자지껄한 웃음으로 그 토론을 도왔다. 프레디 말린스는 웃느라 말을 못 하고 있었다. 그는 매 순간 모자가 벗겨질 뻔할 정도로 창문에서 머리를 내밀었다 집어넣었다 하며 어머니에게 토론의 경과를 알렸고, 결국 브라운 씨가 사람들의 웃음소리 너머로 혼란에 빠진 마부에게 소리쳤다.

「트리니티 대학 아시오?」

「예.」 마부가 말했다.

「그럼 트리니티 대학 정문 쪽으로 부리나케 달려요.」 브라운 씨가 말했다. 「거기서 어디로 갈지 말을 할 테니까. 무슨 말인지 알겠지요?」

「알겠습니다.」 마부가 말했다.

「트리니티 대학으로 총알처럼 달립시다.」

「바로 갑니다.」 마부가 말했다.

말에게 채찍이 가해졌고 마차는 웃음소리, 환송 소리 가운데 부둣가를 따라 덜그럭거리며 달려갔다.

게이브리얼은 다른 사람들과 달리 문 앞에 나가 있지 않았다. 그는 현관 복도의 어두운 곳에서 계단 위를 쳐다보고 있었다. 한 여자가 마찬가지로 어둠 속에서 첫 번째 층계참 꼭대기 근처에 서 있었다. 그는 그녀의 얼굴을 볼 수 없었지만 그녀가 입은 스커트의 적갈색과 주홍빛 분홍색의 세로줄 장식을 볼 수 있었다. 어둠 속에서 그것은 흑백으로 보였다.

그의 아내였다. 그녀는 난간에 몸을 기댄 채 무엇인가에 귀를 기울이고 있었다. 게이브리얼은 꼼짝 않고 있는 그녀의 모습에 놀라 자신도 귀를 세우고 들어 보려 했다. 그러나 그는 웃음소리와 현관 앞 층계에서 들려오는 논쟁 소리, 몇 개의 피아노 화음들과 노래를 부르는 어느 남자의 목소리 외에 거의 아무것도 들을 수 없었다.

그는 어둠침침한 현관에서 남자가 부르는 곡의 음률을 따라가려 애쓰며, 그리고 자신의 아내를 쳐다보며 조용히 서 있었다. 그녀의 자세에는 그녀가 마치 어떤 것의 상징인 듯한 우아함과 신비로움이 있었다. 그는 멀리서 들려오는 음악에 귀를 기울이며 어둠 속에 서 있는 여성은 무엇인가, 무엇의 상징인가, 스스로에게 물어보았다. 그가 화가였다면 그는 그녀의 그런 모습을 그림으로 그렸을 것이다. 그녀의 푸른색 펠트 모자는 어둠을 배경으로 그녀의 갈색 머리카락을 돋보이게 할 것이고 스커트의 검은 세로줄 장식은 밝은 부분들을 돋보이게 해줄 것이다. 그 그림을 그는 멀리서 들려오는 음악이라고 부를 것이다. 그가 화가였다면.

현관문이 닫혔고 케이트, 줄리아, 메리 제인이 계속해서 웃으면서 현관 안으로 들어왔다.

「프레디는 정말 못 말린다니까요.」 메리 제인이 말했다. 「그렇지 않아요?」

게이브리얼은 아무 말도 하지 않고 아내가 서 있는 계단 위를 가리켰다. 현관문을 닫았기 때문에 목소리와 피아노 소리를 더 분명하게 들을 수 있었다. 게이브리얼은 손을 들어 그들에게 조용히 하라고 신호를 보냈다. 노래는 옛 아일 랜드 음조인 듯했고 노래 부르는 사람은 가사나 자신의 목 소리 모두에 자신이 없는 듯했다. 목이 쉰 데다 멀리서 들려 구슬프게 느껴지는 그 목소리는 비통한 가사의 운율을 희미 하게 비추고 있었다.

오, 무거워진 머리카락에 비가 떨어지고
이슬은 나의 피부를 적시네
나의 아기는 차갑게 누워 있으니……

「오.」 메리 제인이 소리쳤다. 「바텔 다시 씨가 부르는 거예 요. 지금까지 내내 안 부르려 하시더니. 가시기 전에 한 곡 불러 달라고 해야겠어요.」

「그래라, 메리 제인.」 케이트가 말했다.

메리 제인은 다른 사람들을 스쳐 지나가 계단으로 달려갔 지만, 미처 계단에 도착하기도 전에 노래가 멈추었고 피아노 덮개가 갑자기 덮였다.

「이런!」 그녀가 소리쳤다. 「그레타, 그분 벌써 내려오시는 건가요?」

게이브리얼은 아내가 그렇다고 대답하는 것을 들었고 그 녀가 자신들을 향해 내려오는 것을 보았다. 몇 계단 뒤에 바 텔 다시 씨와 오캘러헌 양이 있었다.

「어머, 다시 씨.」 메리 제인이 소리쳤다. 「우리 모두 당신 노래를 들으면서 황홀해하고 있었는데 그렇게 갑자기 그만

두시다니, 너무하세요.」

「저도 저녁 내내 부탁을 드렸어요.」 오캘러헌 양이 말했다. 「콘로이 부인도 그랬고요. 그런데 지독한 감기에 걸려서 노래를 못 하신대요.」

「다시 씨.」 케이트가 말했다. 「거짓말하지 마세요.」

「까마귀처럼 목이 쉰 거 안 들립니까?」 다시 씨가 무뚝뚝하게 말했다.

그는 급히 식품 저장실로 가서 외투를 입었다. 그의 무례한 말에 움찔한 다른 사람들은 할 말이 없었다. 케이트는 눈썹을 찡긋하면서 다른 사람들에게 그 이야기는 그만두라고 신호를 보냈다. 다시 씨는 찡그린 얼굴로 조심스럽게 목을 싸면서 서 있었다.

「날씨가 문제야.」 잠시 후 줄리아가 말했다.

「맞아, 사람들이 모두 감기에 걸렸어.」 케이트가 기다렸다는 듯이 말했다. 「다들 말이야.」

「사람들 말로는, 30년 만에 이런 눈은 처음이래요. 오늘 아침 신문에서 읽었는데 아일랜드 전국에 눈이 온대요.」 메리 제인이 말했다.

「나는 눈이 좋아.」 줄리아가 슬픈 목소리로 말했다.

「저도 그래요.」 오캘러헌 양이 말했다. 「땅에 눈이 없으면 진짜 크리스마스라고 할 수 없지요.」

「하지만 다시 씨는 눈을 좋아하지 않지.」 케이트가 웃으면서 말했다.

다시 씨는 몸을 완전히 감싸고 단추도 채운 채 식품 저장실에서 나와 미안하다는 어조로 그들에게 감기 걸린 사연을 이야기해 주었다. 모두 그에게 조언을 하면서 유감이라고 말했고, 밤공기에 목을 조심하라고 일렀다. 게이브리얼은 아내를 쳐다보았다. 그녀는 대화에 끼지 않고 있었다. 그녀는 먼지 낀 부채 모양의 창 바로 아래 서 있었고 가스등 불빛이 며칠 전 그녀가 난롯가에서 머리를 말리고 있을 때 그가 보았던 그 깊은 갈색 머리카락을 비추고 있었다. 그녀는 같은 자세로 있었고 주변의 이야기를 인식하지 못하는 것 같았다. 드디어 그녀가 그들 쪽으로 몸을 돌리자 게이브리얼은 그녀의 두 볼이 붉어지고 두 눈이 빛나는 것을 보았다. 갑작스러운 즐거움의 물결이 그의 가슴에서 솟구쳤다.

「다시 씨.」 그녀가 말했다. 「좀 전에 부르시던 노래의 제목이 뭐였나요?」

「〈오림의 처녀〉라고 합니다.」 다시 씨가 말했다. 「하지만 정확히는 기억이 안 나는군요. 왜요? 아시는 곡인가요?」

「〈오림의 처녀〉.」 그녀가 중얼거렸다. 「제목이 생각이 안 났거든요.」

「정말 좋은 곡이었어요.」 메리 제인이 말했다. 「오늘 밤 제 목소리가 아니어서 섭섭하네요.」

「애야, 메리 제인.」 케이트가 말했다. 「다시 씨 부담 드리지 말거라. 나도 부담 드리지 않을 거야.」

모두 출발할 준비가 된 것을 보고 그녀는 그들을 문 앞으로 안내했고 그곳에서 작별 인사가 들려왔다.

「안녕히 계세요, 케이트 이모님. 즐거운 저녁 시간이었어요.」

「잘 가거라, 게이브리얼. 잘 가거라, 그레타!」

「안녕히 계세요, 케이트 이모님, 너무 고마웠어요. 안녕히 계세요, 줄리아 이모님.」

「그래, 잘 가라. 그레타, 너를 못 봤구나.」

「안녕히 가세요, 다시 씨. 잘 가요, 오캘러헌 양.」

「안녕히 계세요, 모컨 여사님.」

「안녕히 계세요.」

「모두 잘 가요. 무사히 도착하세요.」

「안녕히 계세요. 안녕히 계세요.」

아침은 아직 어두웠다. 희미한 노란 불빛이 집들과 강 위에 어려 있었고 하늘은 낮게 드리워 있었다. 땅은 질척했고 지붕들, 부두의 흉벽들, 지하 출입구의 난간 위에 눈이 여기 저기 쌓여 있었다. 가로등 불빛들이 아직도 희뿌연 공기 속에서 빨갛게 타오르고 강 건너 법원 건물이 무거운 하늘을 위협하듯 서 있었다.

그녀는 신발을 갈색 보자기에 싸 한쪽 팔 밑에 끼우고 두 손으로는 질퍽거리는 땅에 닿지 않게 스커트를 걷어 올린 채 바텔 다시 씨와 함께 그의 앞에서 걸어가고 있었다. 그녀에게는 더 이상 우아한 자태를 찾아볼 수 없었지만 게이브리얼의 눈은 계속해서 행복감으로 빛났다. 정맥을 따라 피가 요동치며 흐르고 머릿속에는 자랑스럽고 즐겁고 부드러우며 용감한 생각들이 마구 솟아올랐다.

그녀는 그의 앞에서 너무나 가볍고 꼿꼿이 걸어갔기에 그는 소리 없이 그녀를 뒤쫓아 가 어깨를 잡고 그녀의 귀에 어떤 어리석고도 애정이 깃든 말을 해주고 싶었다. 그녀는 너무나 연약해 보여서 그는 무엇인가로부터 그녀를 보호해 주고 그러고 나서 그녀와 단둘이서만 있고 싶었다. 둘이 함께 보낸 비밀스러운 순간들이 수많은 별처럼 그의 기억 속에 떠올랐다. 연보라색 편지 봉투가 그의 아침 식사용 커피 잔 옆에 놓여 있었고, 그는 봉투를 움켜쥐고 있었다. 새들이 담쟁이덩굴 위에서 지저귀고 햇빛을 받은 얇은 커튼이 바닥에 어른거리고 있었다. 행복감으로 그는 아무것도 먹을 수 없었다. 그들은 사람들로 가득한 플랫폼에 서 있었고 그는 티켓을 장갑 낀 그녀의 따뜻한 손바닥에 쥐여 주고 있었다. 그는 그녀와 함께 추운 날씨에 쇠창살이 달린 창문 너머로 한 남자가 끓어오르는 용광로에서 병을 만드는 모습을 보며 서 있었다. 몹시 추웠다. 차가운 공기로 인해 신선한 향기가 감도는 그녀의 얼굴이 그의 얼굴 옆에 가까이 있었고, 그는 갑자기 용광로 가의 남자에게 소리쳤다.

「불이 뜨거운가요?」

그러나 남자는 용광로의 소음 때문에 그 말을 듣지 못했다. 상관없었다. 아마 그 남자는 무례하게 대답을 했을는지도 모른다.

좀 더 부드러운 즐거움의 물결이 가슴에서 솟구쳐 동맥을 따라 따뜻한 피 속을 흘렀다. 부드러운 별빛처럼 함께했던 삶의 순간들, 지금껏 아무도 모르고 아무도 알지 못할 그 순간들이 한순간 떠올라 그의 기억을 비추었다. 그는 그녀에게 그 순간들을 떠올려 주고 싶었다. 함께했던 지루한 세월들은 잊고 환희의 순간들만을 기억하게 하고 싶었다. 그는 세월이 아직 그의 영혼이나 그녀의 영혼을 억누르지 않았음을 느꼈다. 그들의 아이들, 그의 집필 활동, 그녀의 가사가 그들 영혼의 부드러운 불꽃을 모두 꺼뜨리지는 않았던 것이다. 예전에 그녀에게 쓴 한 편지에서 그는 이렇게 말했다. 「왜 이런 말들이 내게는 그토록 무미건조하고 차갑게 느껴질까요? 당신의 이름이 되기에 충분히 부드러운 말이 없기 때문일까요?」

멀리서 들려오는 음악처럼 수년 전에 썼던 그 말들이 과거로부터 그에게 전해졌다. 그는 그녀와 단둘이서만 있고 싶었다. 다른 사람들이 다 가버리면, 그와 그녀가 호텔 방에 도착하게 되면, 그러면 그들은 둘만 남게 될 것이다. 그는 부드러운 목소리로 그녀를 부를 것이다.

「그레타!」

그녀는 옷을 벗고 있을 테고 아마도 바로 알아듣지는 못할 것이다. 그러다 그의 목소리의 어떤 것이 그녀의 주의를 끌게 될 테고 그녀는 몸을 돌려 그를 쳐다보게 될 것이다…….

와인태번 가 모퉁이에서 그들은 마차를 잡았다. 그는 덜그럭거리는 마차의 소음이 반가웠다. 대화로부터 그를 구해주었기 때문이었다. 그녀는 창문 밖을 쳐다보고 있었고 피곤해 보였다. 다른 사람들은 건물이나 거리를 가리키며 한두 마디의 말만 했다. 희뿌연 아침 하늘 아래에서 말은 덜그럭거리는 낡은 마차를 뒤꿈치에 매달고 지친 듯 달리고 있었고, 게이브리얼은 다시 그녀와 함께 마차에 탄 채 배를 타고 신혼여행을 떠나기 위해 달리고 있었다.

마차가 오코넬 브리지를 지나자 오캘러헌 양이 말했다.

「사람들 말로는 오코넬 브리지를 지날 때마다 백마를 보지 않을 수 없다더군요.」

「오늘 내 눈에는 백인이 보이는군요.」 게이브리얼이 말했다.

「어디 말이죠?」 바텔 다시 씨가 말했다.

게이브리얼은 눈이 덮인 동상을 가리켰다. 그러고는 친숙한 듯이 동상을 향해 고개를 끄덕이고는 손을 흔들었다.

「잘 자요, 댄.」 그가 명랑한 목소리로 말했다.

마차가 호텔 앞에 도착하자 게이브리얼은 펄쩍 뛰어내려서 바텔 다시 씨의 만류에도 불구하고 마부에게 마찻삯을 지불했다. 그는 남자에게 마찻삯보다 1실링을 더 주었다. 마부가 인사를 하며 말했다.

「희망찬 새해 보내세요, 선생님.」

「당신도요.」 게이브리얼이 진심을 담아 말했다.

마차에서 내리면서 그리고 연석에 서서 사람들에게 작별 인사를 하면서 그녀는 잠시 동안 그의 팔에 몸을 의지했다. 그녀는 그의 팔에 살짝, 마치 몇 시간 전 그와 춤을 출 때처럼 그렇게 살짝 몸을 기댔다. 그때 그는 자랑스럽고 행복했다. 그녀가 자신의 것이라는 사실에 행복했고 그녀의 우아함과 아내다운 몸가짐이 자랑스러웠다. 그러나 수많은 기억들에 다시 불이 붙은 지금 율동적이고 묘하며 향수 냄새 나는 그녀의 육체가 처음 닿자 그의 몸에는 날카로운 욕정의 고통이 스쳐 갔다. 그녀가 말이 없는 틈을 타 그는 그녀의 팔을 자신의 옆으로 가까이 끌어당겼고 호텔 문 앞에 서자 그는 그들이 일상의 삶과 의무로부터, 가정과 친구로부터 벗어나 거칠고 찬란한 마음으로 새로운 모험을 향해 함께 도망쳐 나온 듯 느껴졌다.

현관에 한 늙은 남자가 커다란 덮개를 씌운 의자에 앉아 졸고 있었다. 그는 사무실의 촛불을 켜고 그들을 앞서 계단으로 향했다. 그들은 두껍게 카펫이 깔린 계단 위로 조용히 발자국 소리를 내면서 말없이 남자를 뒤따랐다. 안내인의 뒤를 따라 계단을 오르면서 그녀는 머리를 숙였고 가냘픈 어깨는 짐이라도 진 듯 구부러졌다. 스커트가 그녀의 몸을 팽팽하게 조였다. 그는 그녀의 엉덩이 근처로 두 팔을 뻗어 그녀를 꽉 끌어안고 싶었다. 그의 두 팔이 그녀를 잡고 싶은 욕망에 떨리고 있었지만 손바닥에 가해진 손톱들의 압박이 육체의 거친 충동을 억제하고 있었다. 안내인은 계단 위에 서서 촛농이 흘러내리는 촛불을 바로 세웠다. 그들도 몇 계단 아래에서 멈추었다. 침묵 속에서 게이브리얼은 접시 위에 촛농이 떨어지는 소리, 갈비뼈 너머에서 그의 심장이 쿵쿵 뛰는 소리를 들을 수 있었다.

안내인은 그들을 복도로 인도한 후 어느 방의 문을 열었다. 그러고 나서 그는 그 흔들거리는 촛불을 화장대 위에 올려놓고 아침 몇 시에 깨워 주기를 바라느냐고 물었다.

「8시요.」게이브리얼이 말했다.

안내인은 전구의 스위치를 가리키고는 사과의 말을 중얼거리기 시작했지만 게이브리얼은 그의 말을 가로막았다.

「불 안 켜도 됩니다. 거리의 불빛으로도 충분합니다. 그리고 저 멋진 물건은 가져가도 됩니다.」 촛불을 가리키며 그가 덧붙였다.

안내인은 그런 새로운 발상이 있다는 데 놀라 촛불을 천천히 다시 집어 들었다. 그러고는 안녕히 주무시라고 중얼거리며 나가 버렸다. 게이브리얼은 곧 방문을 잠갔다.

거리에서 비치는 창백한 가로등 불빛이 창문에서 방문까지 길게 드리워 있었다. 게이브리얼은 소파에 외투와 모자를 던져두고는 방을 가로질러 창가로 향했다. 그는 감정이 약간 가라앉도록 거리를 내려다보았다. 그러고는 몸을 돌려 불빛을 등진 채 옷장에 몸을 기댔다. 그녀는 이미 모자와 망토를 벗고는 흔들리는 커다란 거울 앞에 서서 허리의 호크를 풀고 있었다. 게이브리얼은 몇 분 동안 그녀를 가만히 쳐다보다가 이윽고 입을 열었다.

「그레타!」

그녀는 천천히 거울에서 몸을 돌려 길게 드리워진 불빛을 따라 그에게로 향했다. 그녀의 표정이 너무 진지하고 지쳐 보여서 게이브리얼은 차마 그 말을 꺼낼 수가 없었다. 아니, 아직은 적절한 순간이 아니었다.

「피곤해 보이는군.」 그가 말했다.

「약간 그래요.」 그녀가 대답했다.

「어디 아프거나 안 좋은 건 아니오?」

「아뇨. 그냥 피곤할 뿐이에요.」

그녀는 창가로 걸어가 서서 밖을 쳐다보았다. 게이브리얼은 다시 기다렸다. 그러나 소심함에 사로잡힐까 두려워서 불쑥 말을 꺼냈다.

「그런데, 그레타!」

「왜요?」

「말린스, 그 친구 알지?」 그는 재빨리 말했다.

「네, 그 사람이 왜요?」

「아니 그냥. 어쨌든 그 친구도 괜찮은 친구야.」 게이브리얼이 어색한 목소리로 계속했다. 「예전에 빌려 주었던 1파운드 금화를 되돌려 주더라고. 기대도 안 했는데 말이야. 브라운 그 사람을 멀리하려 하지 않는 것이 유감이야. 다 그 친구가 사람이 좋아서 그런 거지.」

그는 짜증이 나서 몸을 떨고 있었다. 왜 그녀는 이렇게 멍한 것일까. 그는 어떻게 시작해야 할지 알 수 없었다. 그녀역시 무엇인가에 짜증이 난 것일까? 몸을 돌리거나 스스로 그에게 오기만 하면 될 일인데! 그 상태의 그녀를 취하는 것은 난폭한 짓일 것이다. 아니, 우선은 그녀의 눈에서 어떤 열정을 보아야만 한다. 그는 그녀의 묘한 분위기의 지배자가되고 싶었다.

「언제 그 돈을 빌려 주었죠?」 잠시 후 그녀가 물었다.

게이브리얼은 술주정뱅이 말린스와 그의 돈에 대해 거친 말이 튀어나오려 하는 것을 간신히 참았다. 그는 영혼으로부터 그녀를 향해 부르짖고 싶었다. 그녀를 자신의 몸에 끌어당겨 부숴 버리고 싶었다. 그녀를 압도하고 싶었다. 그러나 그는 말했다.

「크리스마스 때, 헨리 가에 그 사람이 작은 크리스마스카드 상점을 냈을 때였지.」

그는 분노와 욕망의 열기에 휩싸여 그녀가 창문에서 다가오는 소리를 듣지 못했다. 그녀는 잠시 동안 그의 앞에 서서 그를 이상한 듯 쳐다보았다. 그러다가 발끝을 들고 그의 어깨에 손을 살짝 올려놓더니 그에게 키스를 했다.

「게이브리얼, 당신은 정말 인정이 많은 사람이에요.」 그녀가 말했다.

게이브리얼은 갑작스러운 그녀의 키스와 그녀의 묘한 말에 즐거움으로 몸을 떨면서 그녀의 머리에 손을 올려 손가락이 닿을 듯 말 듯하게 머리카락을 쓰다듬었다. 머리를 감은 후였기 때문에 보드랍고 윤기가 있었다. 그의 가슴은 행복감으로 넘쳐 났다. 그가 바라고 있던 바로 그때에 그녀가 자발적으로 그에게 온 것이다. 아마 그녀도 그와 같은 생각을 했을 것이다. 아마 그녀도 그가 느끼는 격렬한 욕망을 느꼈을 것이다. 그러다가 그의 뜻에 따르자는 생각이 들었을 것이다. 그녀가 이렇게 쉽게 그에게로 넘어오자 그는 자신이 왜 그렇게 소심했었는지 의아한 생각이 들었다.

그는 두 손으로 그녀의 머리를 감싼 채 서 있었다. 그러다가 한쪽 팔을 재빨리 내려 그녀의 몸을 자신에게 끌어당기며 부드러운 목소리로 말했다.

「그레타, 지금 무슨 생각을 하고 있소?」

그녀는 대답을 하지도 않았고 그렇다고 그의 팔에 완전히 자신을 내맡기지도 않았다. 그는 다시 부드러운 목소리로 말했다.

「무슨 일인지 말해 봐, 그레타. 무슨 일인지 나는 알 것 같은데. 아닌가?」

그녀는 즉시 대답하지 않았다. 그러다가 그녀는 울음을 터뜨리며 말했다.

「오, 〈오림의 처녀〉라는 노래를 생각하고 있었어요.」

그녀는 그에게서 벗어나 침대로 달려가더니 침대 난간에 팔을 걸치고는 얼굴을 묻었다. 게이브리얼은 잠시 동안 놀라서 꼼짝 않고 서 있다가 그녀에게 다가갔다. 큰 거울 앞을 지나가다가 그는 자신의 전신 모습을 보았다. 넓고 듬직한 앞가슴, 거울을 볼 때마다 그를 혼란스럽게 했던 자신의 표정, 금테를 두른 반짝이는 안경. 그는 그녀의 몇 발자국 앞에서 멈추어 서서 말했다.

「그 노래가 왜? 그게 무슨 노래이기에 우는 거요?」

두 팔에 묻고 있던 얼굴을 들면서 그녀는 어린아이처럼 손등으로 눈물을 닦았다. 그가 의도했던 것보다 더 친절한 음성으로 그는 물었다.

「그레타, 무슨 일이지?」

「옛날에 그 노래를 부르던 사람을 생각하고 있어요.」

「옛날 그 사람이 누군데 그러는 거요?」 게이브리얼이 웃으며 물었다.

「골웨이에서 할머니와 살던 시절에 알았던 사람이에요.」 그녀가 대답했다.

게이브리얼의 얼굴에서 미소가 사라졌다. 가슴속 깊은 곳에서 알 수 없는 분노가 맺히고, 정맥 속에서 무디어진 욕망의 불꽃이 기분 나쁘게 타오르기 시작했다.

「당신이 사랑하던 사람이었나?」 그가 비꼬는 투로 말했다.

「알고 지내던 남자아이였어요.」 그녀가 대답했다. 「마이클 퓨리라는 이름이었는데, 〈오림의 처녀〉를 부르곤 했어요. 몸이 아주 허약했죠.」

게이브리얼은 말이 없었다. 그는 그녀가 자신이 그 허약한 소년에 신경 쓴다는 생각을 하지 않기를 바랐다.

「지금도 분명하게 기억이 나요.」 잠시 후 그녀가 말했다. 「그 두 눈, 크고 검은 눈이었어요! 그리고 그 눈에 담긴 그 표정! 그 표정이…….」

「그럼, 당신도 그 아이를 좋아했었나?」 게이브리얼이 말했다.

「골웨이에서 살 때, 함께 산책을 가곤 했어요.」 그녀가 말했다.

어떤 생각이 게이브리얼의 머릿속을 스쳐 갔다.

「그래서 당신이 아이버스와 함께 골웨이에 가고 싶었던 거로군.」 그가 냉랭하게 말했다.

그녀는 그를 쳐다보더니 놀란 듯 물었다.

「내가 왜요?」

그녀의 눈빛에 게이브리얼은 어색함을 느꼈다. 그는 어깨를 으쓱하며 말했다.

「내가 어떻게 알아? 아마 그 사람을 보러 가는 게지.」

그녀는 그에게서 눈을 떼더니 길게 늘어진 불빛을 따라 말없이 창가로 눈길을 돌렸다.

「그 아이는 죽었어요.」 그녀가 잠시 후 말했다. 「열일곱 살 때 죽었어요. 그렇게 어린 나이에 죽다니 너무 불쌍하지 않아요?」

「뭐 하던 사람이었는데?」 게이브리얼이 계속해서 비꼬듯이 말했다.

「가스 공장에서 일을 했어요.」 그녀가 말했다.

게이브리얼은 자신의 비꼬는 말이 실패했다는 것과 죽은 사람들 중에서 이런 인물, 가스 공장에서 일하는 소년을 떠올렸다는 사실에 부끄러움을 느꼈다. 그가 함께했던 은밀한 삶의 기억들, 부드러움, 즐거움, 욕망으로 가득 차 있을 때 그녀는 마음속으로 그를 다른 사람과 비교하고 있었던 것이다. 자신에 대한 부끄러운 의식이 그를 괴롭혔다. 그는 자신이 이모들에게 동전이나 몇 푼 얻어 보려고 애쓰는 꼬마 역할을 하는 우스꽝스러운 인물, 신경질적이고 의도만 좋은 감상주의자, 속물들에게는 일장 연설을 늘어놓고 자신의 지저분한 욕정은 이상화하는, 거울에서 슬쩍 보았던 그 한심하고 어리석은 자라고 느꼈다. 그녀가 자신의 앞이마에서 불타고 있는 부끄러움을 보게 될까 봐 본능적으로 그는 조금 더 불빛을 등지고 섰다.

그는 냉정한 심문관의 어조를 유지하려 했지만 막상 말을 하게 되자 그의 목소리는 보잘것없고 무기력했다.

「그레타, 내가 보기에는 당신이 그 마이클 퓨리를 좋아했었던 것 같군.」 그가 말했다.

「그 당시에는 좋아했어요.」 그녀가 말했다.

그녀의 목소리는 모호하고 슬프게 들렸다. 게이브리얼은 이제 그녀를 자신이 의도했던 곳으로 이끌려고 해봐야 소용이 없으리라 느끼고는 그녀의 한쪽 손을 붙잡고 역시 슬픈 목소리로 말했다.

「그런데 무슨 병으로 그리 일찍 죽은 거요? 결핵이었소?」

「제 생각에 그는 저 때문에 죽은 것 같아요.」 그녀가 대답했다.

그 대답에 게이브리얼은 마치 승리를 확신하던 순간에 복수심에 가득 찬 알 수 없는 어떤 존재가 모호한 그의 세계에서 군대를 모아 자신에게 대항하기 위해 돌진해 오는 것 같은 모호한 두려움에 사로잡혔다. 그러나 그는 이성의 노력으로 그 두려움을 떨쳐 버리고 계속 그녀의 손을 잡고 있었다. 그는 더 이상 그녀에게 질문하지 않았다. 그녀 스스로 이야기할 것이라고 느꼈기 때문이었다. 그녀의 손은 따뜻하고 촉촉했다. 그의 손길에 반응을 보이지는 않았지만, 그는 그 봄날 아침에 그녀가 보낸 첫 번째 편지를 움켜잡고 있었을 때처럼 계속해서 그녀의 손을 잡고 있었다.

「그때는 겨울이었어요.」 그녀가 말했다. 「할머니 댁을 떠나 이곳에 와서 수녀원에 들어가려 했던 그해 겨울 초입이었어요. 그 아이는 당시 몸이 아파 골웨이의 하숙집에 있었고 밖에 나올 수도 없었어요. 오터라드에 있는 그 아이네 가족에게도 편지로 알렸어요. 사람들 말로는 폐병인지 뭔지를 앓고 있었대요. 저도 정확하게는 몰랐어요.」

그녀는 잠시 말을 멈추었다가 한숨을 쉬었다.

「불쌍하기도 하지.」 그녀가 말했다. 「그 아이는 저를 무척 좋아했어요. 게다가 참 착했어요. 게이브리얼 당신도 알겠지만, 시골에서 흔히 그러듯이, 같이 산책을 가곤 했어요. 그 아이는 건강만 좋았으면 노래하는 것을 배우려 하고 있었어요. 목소리도 아주 좋았죠. 불쌍한 마이클 퓨리.」

「그런데, 그러다가?」 게이브리얼이 물었다.

「그러다가 골웨이를 떠나 수녀원에 갈 때가 되었을 때쯤에 그 아이의 상태가 너무 나빠져서 그 아이를 만나 볼 수도 없었어요. 그렇게 저는 더블린에 가게 되었고 여름에나 돌아올 거라며 그때까지는 낫기를 바란다고 편지를 썼어요.」

그녀는 목이 메었는지 잠시 멈추었다가 다시 말했다.

「떠나기 바로 전날 밤, 넌스 아일랜드의 할머니 집에 있었는데, 짐을 싸다가 창문에 돌멩이를 던지는 소리를 들었어요. 창문이 워낙 젖어 있어서 안 보이길래 1층으로 달려 내려가 뒷문으로 해서 정원으로 나갔는데, 바로 그때, 정원 끝에 그 불쌍한 아이가 떨면서 서 있었어요.」

「집에 돌아가라고 하지 않았나?」 게이브리얼이 물었다.

「비 맞으면 죽을 거라면서 빨리 집으로 돌아가라고 애원을 했어요. 그런데 그 아이는 살고 싶은 생각이 없다고 했어요. 그 아이의 눈이 너무 선명하게 기억이 나요! 그 아이는 나무가 있는 벽 끝 쪽에 서 있었어요.」

「그래서, 그 아이는 집으로 돌아갔나?」 게이브리얼이 물었다.

「돌아갔어요. 그러고 나서 수녀원에 들어간 지 일주일 만에 그 아이는 죽어서 그 아이네 가족이 살던 오터라드에 묻혔어요. 오, 그 아이가 죽었다는, 그 소식을 듣던 날!」

그녀는 흐느껴 울다 목이 메어 말을 멈추었다. 그리고 슬픔에 겨워 침대에 몸을 던지더니 이불에 얼굴을 파묻고 흐느껴 울었다. 게이브리얼은 어찌할 바를 모르고 그녀의 손을 좀 더 잡고 있다가 그녀의 슬픔에 끼어드는 것이 부끄러워, 천천히 손을 내려놓고 조용히 창가로 걸어갔다.

그녀는 깊이 잠들어 있었다.

게이브리얼은 더 이상 불쾌감도 없이 팔꿈치에 기댄 채 그녀의 깊은 숨소리를 들으면서 잠시 동안 그녀의 헝클어진 머리와 반쯤 벌린 입을 바라보았다. 그녀의 인생에 그런 로맨스가, 한 남자가 그녀를 위해 죽었던 그런 로맨스가 있었던 것이다. 이제 그녀의 남편인 자신이 그녀의 인생에서 얼마나 보잘것없었는지를 생각해도 거의 괴롭지 않았다. 그는 그녀의 잠든 모습을 쳐다보았다. 마치 그들이 부부로 살았던 적이 전혀 없었던 것처럼. 호기심 어린 그의 시선이 그녀의 얼굴, 그녀의 머리카락에 오랫동안 머물렀다. 그리고 소녀 시절의 아름다움이 막 피어나기 시작하던 그 당시의 그녀는 어떤 모습이었을까 생각하자, 그녀에 대한 묘한 동정심이 그의 영혼 속에서 솟아올랐다. 그는 스스로에게도 결코 그녀가 더 이상 아름답지 않다고 말하고 싶지는 않았지만, 그 얼굴이 마이클 퓨리가 죽음을 겁내지 않았던 그 얼굴은 아니라는 것을 알고 있었다.

아마 그녀가 이야기를 전부 다 하진 않았는지도 모른다. 그의 시선이 그녀가 옷을 벗어 걸쳐 놓은 의자로 향했다. 속 치마 끈이 바닥을 향해 걸려 있었다. 부츠 한 짝은 부드러운 윗부분이 아래로 꺾이긴 했지만 똑바로 서 있었고 다른 한 짝은 옆으로 놓여 있었다. 그는 한 시간 전에 느꼈던 그 감정의 소용돌이가 의아하게 느껴졌다. 도대체 그것은 어디에서 온 것일까? 그것은 이모 댁의 저녁 식사, 자신의 어리석은 연설, 술과 춤, 현관에서의 화기애애한 작별, 눈을 맞으며 강을 따라 걷는 즐거움에서 온 것이었다. 불쌍한 줄리아 이모님! 그녀 역시 곧 망령이 되어 패트릭 모컨, 그의 말과 함께하게 될 것이다. 그녀가 「신부 단장」을 부를 때 그는 한순간 그녀의 얼굴에서 초췌한 모습을 보았었다. 아마도 곧 그는 검은 옷에 실크해트를 무릎에 올려놓고 바로 그 거실에 앉아 있게 될 것이다. 블라인드가 내려지고 케이트 이모가 옆에 앉아 울면서, 코를 풀면서, 그에게 어떻게 줄리아가 죽었는지 이야기하고 있을 것이다. 그는 마음속으로 그녀를 위로할 말을 찾아보려 하겠지만 그저 별 볼일 없고 무용한 말만 꺼내게 될 것이다. 그렇다. 머지않아 생길 일이다.

방 안 공기에 어깨가 차갑게 느껴졌다. 그는 조심스레 이불 아래로 몸을 뻗어 아내 옆에 누웠다. 한 사람 한 사람씩, 그들 모두 망령이 되어 가고 있었다. 늙어서 비참하게 시들어 사라지는 것보다 차라리 열정이 가득한 영광의 순간에 다른 세상으로 용감히 뛰어드는 편이 더 나을 것이다. 그는 자신의 옆에 누워 있는 그녀가 어떻게 그토록 오랜 세월 동안 살고 싶지 않다고 말했을 때의 그 연인의 눈빛을 가슴속에 묻어 두고 있었는지를 생각했다.

게이브리얼의 눈에 관용의 눈물이 고였다. 그 자신은 어떤 여자에게도 그런 감정을 느껴 본 적이 없었지만 그런 감정이 사랑임에 틀림없다는 것을 그는 알고 있었다. 눈물이 더 많이 고였고 희미한 어둠 속에서 그는 빗방울이 떨어지는 나무 아래에 서 있는 젊은 남자의 모습을 그려 보았다. 다른 모습들도 가까이 있었다. 그의 영혼은 수많은 죽은 자들이 살고 있는 그 지역에 접근했었다. 그는 이리저리 흔들리고 깜빡이는 그들의 존재를 의식할 수는 있었지만 인식할 수는 없었다. 그 자신의 정체성도 회색빛의 알 수 없는 세계로 사라져 들어가고 있었다. 그 죽은 자들이 한때 지어 내고 살았던 확고한 세상 그 자체도 점점 줄어들어 사라지고 있었다.

창문에 몇 번인가 무언가 살짝 부딪히는 소리가 들려 그는 창문 쪽으로 얼굴을 돌렸다. 다시 눈이 내리고 있었다. 그는 졸린 눈으로 은색과 검은색의 눈송이들이 가로등 불빛을 배경으로 비스듬히 떨어지는 것을 보았다. 그가 서쪽을 향해 여행을 시작할 시간이 된 것이다. 신문 기사가 옳았다. 아일랜드 전역에 눈이 내리고 있었다. 눈은 어두워진 중앙 평원 전역, 나무 없는 언덕들, 앨런 습지에 부드럽고 조용히 내리고 있었고, 더 멀리 서쪽으로 소란스럽게 흘러가는 시커먼 섀넌 강의 물결 위에도 조용하고 부드럽게 내리고 있었다. 눈은 또 마이클 퓨리가 묻혀 있는 언덕 위의 외로운 교회 묘지 구석구석에도 내리고 있었다. 눈은 삐뚤어진 십자가들과 묘석들, 작은 문의 창살들, 앙상한 가시나무들 위에 두껍게 쌓여 있었다. 그리고 눈이 부드럽게 살포시 전 우주에, 살포시 부드럽게, 마지막 종말을 향해 하강하듯이, 모든 산 자들과 죽은 자들 위에 내려앉는 소리를 들으며 그의 영혼도 천천히 희미해져 갔다.

어느 마비된 도시의 초상

『더블린 사람들*Dubliners*』(1914)은 아일랜드 출신의 작가 제임스 조이스James Joyce(1882~1941)의 첫 번째 소설 작품이다. 조이스는 흔히 19세기 말에서 20세기 초에 유행한 소위 모더니즘 문학을 대표하는 작가로 알려져 있으며, 실제로 그의 작품들은 모더니즘 문학의 전형적인 특성들을 가장 잘 보여 주고 있다. 『더블린 사람들』이 〈에피퍼니epiphany〉라는 이름으로 현대인의 삶의 일상성을 세밀하게 관찰하고 특유의 객관적이고 꼼꼼한 문체를 통해 사소한 일상에서 의미를 포착하는 모습을 보여 준다면, 두 번째 작품인『젊은 예술가의 초상*A Portrait of the Artist as a Young Man*』(1916)에서는 예술가를 지망하는 한 젊은이의 의식의 성장과 예술관의 성숙 과정을 자서전의 형식을 빌려 묘사한다. 물론 그 젊은이가 주장하는 작품의 구조적 미학성, 작품과 작가의 관계, 예술가의 이미지 등은 일정 부분 조이스 자신의 예술관이기도 하지만, 상당 부분 당대의 모더니즘 문학의 전형적인 특징들을 포함하는 것이 사실이다. 따라서 초기의 두 작품은 조이스라는 특정 작가를 통해 드러나는 모더니즘 문학의 전반적 특징을 살펴볼 수 있게 해준다. 특히『더블린 사람들』에서 볼 수 있는 일상적 삶의 다양한 양상, 그러한 양상들 속에서 드러나는 삶의 아이러니 그리고 그에 대한 성찰과 비전은 조이스의 깔끄럽고 꼼꼼한 문체가 독자에게 전해 주는 선물이며, 문체상의 극단적 실험의 결과물인 후기의 두 작품 『율리시스 *Ulysses*』(1922)와『피네건의 밤샘 *Finnegans Wake*』(1939)과는 또 다른 독서의 즐거움을 제공해 준다.

주제와 구조

『더블린 사람들』은 1904년에서 1907년 사이에 쓰인 열다섯 편의 단편을 모은 일종의 단편집이다. 그런데 흥미로운 것은 작품의 구성, 특히 단편들의 배열 방식이다. 발표된 시기를 중심으로 연대순으로 배열된 일반적인 단편집들과 달리 조이스의『더블린 사람들』은 단편들 전체를 관통하는 일관된 주제를 가지고 있으며, 각각의 단편은 삶의 각 단계들을 암시하면서 어린 시절부터 죽음에 이르기까지 〈더블린 사람들〉이라는 인간의 삶 전체를 포괄적으로 보여 주는 방식으로 배열되어 있다. 작품의 주제와 구성에 대한 조이스 자신의 언급은『더블린 사람들』을 이해하는 데 큰 도움을 준다.

나의 의도는 우리나라의 도덕사의 한 장을 쓰는 것이었고, 더블린이라는 도시가 내게는 마비의 중심이라고 느껴졌기 때문에 더블린을 배경으로 선택했다. 나는 무관심한 대중에게 더블린을 어린 시절, 청년기, 성숙기, 공적 생활의 네 가지 측면을 통해 보여 주고자 했다. 이야기들은 그런 순서로 배열되었다. 나는 대부분을 꼼꼼한 천박함의 문체로 썼고……

조이스의 언급을 통해 생각해 본다면 결국 『더블린 사람들』은 도덕적 시각에서 본 더블린 사람들의 마비된 삶의 모습을 다룬 것이라고 할 수 있다. 그런데 대부분의 〈더블린 사람들〉은 자신들의 삶이 마비된 삶이라는 것을 모르며 이러한 마비는 더블린에서 살아가는 남녀노소 모두에게 공통으로 적용되는 사항이다. 그가 더블린 사람이라면 어린아이든 청년이든, 또 성인이든 공적 생활을 하는 중장년이든 누구나 어느 정도 마비된 인생을 살아가고 있는 것이다. 조이스의 네 가지 측면은 결국 인간 일생의 각 단계를 암시한다고 볼 수 있고, 이렇게 볼 때 『더블린 사람들』은 더블린에서 살아가는 당대인들의 삶의 다양한 측면을 한 인간의 일생에 비유한 것이라고 할 수 있다. 실제로 독자는 작품을 읽어 가면서 어린아이에서 중장년에 이르기까지 마비된 삶의 다양한 측면을 순차적으로 접하게 된다. 게다가 그 일생은 일회성으로 끝나는 단일한 사건이나 경험이 아니라 계속 반복되는 삶의 한 조건이기도 하다. 첫 단편인 「자매The Sisters」에서 인생을 갓 시작한 어린아이와 늙은 신부의 죽음이 공존하며, 마지막의 「죽은 사람들」에서도 산 자와 죽은 자가 공존한다. 삶의 시작과 함께 죽음이 있고 죽음 속에 삶이 있는 것이다. 이렇듯 『더블린 사람들』의 삶은 반복, 순환하는 모습을 보이는데, 이러한 순환적 구조와, 후기 작품인 『율리시스』의 주인공 블룸이나 『피네건의 밤샘』의 HCE(Here Comes Everybody)처럼 만인*everyman*을 대표하는 인간의 이미지는 조이스 작품들의 공통적인 특징들이다. 만인 또는 인류를 대표하는 한 인간의 거대한 육체적 이미지나 삶과 죽음 등 상반된 요소들의 공존과 순환은 작품에 구조적 통일성과 보편성을 제공하는 역할을 한다. 특히 『더블린 사람들』에서 이러한 구조는 단편들 간의 유기적인 관계를 넘어 더블린이라는 도시와 그곳에 사는 사람들의 일상이 현대 도시인의 삶의 전형일 수 있다는 사실을 암시하며, 하나의 유기체처럼 독립적이면서 완결된 작품의 구조는 형식주의나 신비평에서 강조하는 모더니즘 문학의 대표적인 구조적 특징이기도 하다. 사실 『더블린 사람들』은 인물의 의식 발전에 따라 문체와 어휘가 달라지고 복잡한 미학 이론이 직접적으로 묘사되는 『젊은 예술가의 초상』이나 문체와 어휘의 극단적 실험이라 할 수 있는 『율리시스』, 『피네건의 밤샘』에 비해 상대적으로 전통적이고 평이한 작품인 듯 보인다. 그러나 이는 상대적인 것일 뿐 사소한 일상에서 의미를 찾아내는 〈에피퍼니〉 이론, 이를 위한 꼼꼼한 문체, 작품의 구조적 정교함과 통일성, 시각과 화자의 역할에 따른 문체의 문제 등 조이스 작품의 전반적 특징이 고루 담겨 있는 작품으로서 조이스 문학의 입문서라고 할 수 있다.

모더니즘 문학에서 도시는 매우 중요한 작품의 배경으로 등장한다. 물론 이전에도 도시를 배경으로 한 작품들은 많았으나 단순히 인물이나 에피소드 등 소재의 다양성 때문만이 아니라 산업화와 인간 소외, 물질문명의 급격한 발달에 따른 정신적 가치의 혼란 등 현대 세계의 전형적인 주제를 극화하기에 도시만큼 적절한 배경은 없었을 것이다. 몇몇 낭만주의 전원시에서도 산업화에 따른 시골 마을의 황폐화 등을 찾아볼 수 있으나, 19세기 말에서 20세기 초의 급변하는 세계의 다양한 측면들을 관찰하고 그에 대한 문제들을 새로운 예술적 시각에서 진단하고 묘사하려 한 모더니즘 작가들에게 도시는 복잡한 현대 세계의 축소판이었을 것이다. 게다가 비슷한 기간에 산업화를 겪은 유럽의 도시들이 서로 유사한 사회 문제를 경험하면서 20세기 초 모더니즘은 도시 문학이라는 이미지가 더욱 굳어지게 된다. 『더블린 사람들』역시 도시를 배경으로 하고 있으며 도시에 사는 현대인의 척박한 삶을 보여 주고 있다. 그런데 더블린이라는 도시는 결코 인물들과의 밀접한 상호 작용을 거부한 채 인물들의 삶과 거리를 유지하면서 그들의 삶을 소외시키지 않는다. 더블린은 오히려 과거나 전통과 완전히 단절하지 못한, 어떤 의미에서 전근대적인 모습을 유지하고 있으며 그곳에 사는 사람들도 더블린이라는 도시로부터 소외되는 것이 아니라 오히려 속박되어 있다. 『더블린 사람들』을 읽으면서 느끼는 도시 경험이 〈더블린 사람들〉로 의인화된 도시의 이야기라는 느낌을 주는 것도 이 때문이다. 더블린은 작품의 배경 역할을 하는 도시이자 그곳에 사는 사람들의 삶 그 자체이기도 한 것이다. 마비된 삶을 살아가는 것은 더블린의 시민들만 이 아니다. 마비된 사람들이 살아가고 있는 그 도시 자체도 마비되어 있으며 나아가 도시가 사람들을 마비시키고 있는 것이다. 그리고 이는 더블린이라는 도시가 보여 주는 아일랜 드의 역사, 문화, 정치적 상황과 밀접하게 연결되어 있다.

아일랜드는 매우 오래전부터 바이킹 등 여러 민족들의 침 략에 시달렸으며 15세기부터는 본격적으로 영국의 지배를 받으면서 정치, 종교, 경제적 종속이 심해졌다. 아일랜드의 농토는 영국에서 건너온 신교도들의 소유가 되었고 가톨릭 은 가난한 아일랜드 농부들의 종교로 전락했다. 이후 영국 의 지배에서 벗어나려는 시도들이 여러 번 있었으나, 결국 1800년에 아일랜드 의회가 영국 의회에 통합되면서 공식적 으로 아일랜드는 정치적 주권을 잃어버리고 경제도 더욱 피 폐해진다. 영국의 억압으로 산업 발전이 불가능했던 아일랜 드는 1845년 감자 기근으로 시작된 대기근으로 그나마 유 지되던 농업 경제마저도 파괴되면서 경제는 완전히 무너지 고 이어서 영국의 탄압에 대항하는 여러 민족주의자들, 무장 독립 단체들이 생겨나게 된다. 「위원회 사무실의 담쟁이 날 Ivy Day in the Committee Room」에서 언급되는 파넬Charles Stewart Parnell(1846~1891)이 아일랜드의 자치를 주장하며 등장하게 된 것도 이러한 상황을 배경으로 하고 있다. 그러 나 파넬은 오세이 부인과의 부적절한 관계로 인해 정치적 지 도력을 잃고 1891년 10월 6일 영국에서 사망하고 만다. 이

과정에서 가톨릭교회는 파넬의 도덕성을 비난하여 그의 실각에 큰 영향을 주게 되는데, 이러한 사실은 가톨릭교회에 대한 조이스의 반감을 강화하고 이는 그의 작품들 속에서 종교에 대한 부정적 묘사로 드러나게 된다. 1893년에 설립된 게일 연맹The Gaelic League은 게일어와 아일랜드 문화의 부활을 목표로 문예 부흥 운동을 일으키며 예이츠William Butler Yeats, 싱John Millington Synge 등 당대 문인들의 적극적인 참여와 함께 「어떤 어머니A Mother」에서 묘사되듯이 상당한 호응을 얻기도 했다. 그러나 조이스는 정치적 성향과 편협한 국수주의, 민족주의를 이유로 그 운동에 비판적인 태도를 유지한다. 제2차 대전 후 아일랜드는 영국으로부터 완전한 독립을 성취하지만 영국계 신교도들이 주를 이루었던 북아일랜드는 영국의 일부로 남으면서 현재까지 아일랜드의 정치적 불안 요소로 이어지고 있는데, 경제적으로 부유한 북아일랜드의 친영파 신교도와 가난한 가톨릭교도 간의 종교적, 경제적 갈등은 『더블린 사람들』에도 자주 등장한다.

　조이스가 더블린을 마비의 중심으로 보았을 때 그 마비의 주된 외적 원인은 영국의 식민 지배에 따른 혼란스럽고 암울한 아일랜드의 정치, 종교, 문화, 경제 상황에 있다고 할 수 있다. 『더블린 사람들』이 마비의 양상들을 보여 주는 열다섯 편의 모음인 만큼 각 단편 속에도 당시의 그러한 상황이 직간접적으로 영향을 미치고 있다. 「자매」에서 암시되는 신부의 은밀한 죄악과 「이블린Eveline」에서 주인공에게 은근히 희생을 강요하는 가톨릭교회의 가부장적 이미지와 반여성주의, 「은총Grace」에서 물질주의와 쉽게 영합하는 종교적 도덕, 「진흙Clay」에서 마리아가 집게 되는 진흙과 기도서가 수녀원이 죽음과 다를 바 없다는 것을 암시한다는 사실 등은 당시의 가톨릭교회가 사람들의 정신적 휴식처나 삶의 긍정적인 자극제가 되지 못했음을 의미한다.

그런데 현실을 살아가는 데 가장 중요한 것은 돈이다. 경제 문제는 어느 시대, 어느 사회에서나 삶을 지배하는 가장 중요한 요소였지만 영국의 식민지로서 경제적 착취에 시달리는 아일랜드 사람들에게는 상대적으로 더 시급한 문제였다. 따라서 경제적 빈곤은 〈더블린 사람들〉의 삶의 활력과 희망마저 빼앗아 버리고 그들이 마비의 상황에서 벗어날 수 없도록 만드는 가장 큰 원인이 된다. 「하숙집The Boarding House」의 여주인에게 사랑이나 결혼은 결국 돈의 문제일 뿐이며, 「짝패들Counterparts」에서처럼 경제적 문제는 가정 폭력으로까지 이어진다. 특히 패링턴의 상사가 북아일랜드 출신의 친영파라는 사실은 단순히 상사와 부하 간의 갈등만을 암시하지 않는다. 〈더블린 사람들〉의 빈곤은 영국에 대한 경제적 예속과 무관하지 않기 때문이다. 「경주가 끝난 후After the Race」는 산업화에 뒤진 아일랜드의 상황을 배경으로 젊은 시절의 민족주의에 대한 열망마저 포기하며 경제적 이득을 추구하는 지미의 아버지와 사업가의 꿈을 실현시키려는 지미의 힘겨운 노력을 보여 준다. 그러나 선진국들의 부와 산업을 따라가려는 노력은 좌절감만을 가져오며 외국인들과의 카드놀이에서 진 빚은 외국에 대한 아일랜드의 경제적 예속 상황을 더욱 부각한다. 「두 건달Two Gallants」은 빈곤과 착취의 식민지 경제 문제가 〈더블린 사람들〉 내에서조차 똑같이 반복됨을 보여 준다. 실업자 상태의 두 젊은이는 하녀로 일하는 여자를 착취하고 있는데 그녀가 일하는 바겟 지역은 부유한 신교도들이 거주하는 지역이다. 즉 착취당하는 자들 간의 또 다른 착취를 보여 주는 것이다.

「어떤 만남An Encounter」에서 친영파 신교도들이 세운 공립 학교를 폄하하는 장면이나 체벌에 쾌감을 느끼는 들판의 남자 이야기는 체벌 위주의 영국 교육 제도에 대한 비판이 담겨 있는데, 이러한 비판은 영국의 지배로부터 민족적 정체성을 지켜 나가기 위한 목적으로 시작된 문예 부흥 운동으로 이어진다. 문예 부흥 운동은 「어떤 어머니」의 배경을 이루고 있을 정도로 상당한 호응을 얻기도 했지만, 이기심과 물질적 욕망에 마비된 더블린의 〈어떤 어머니〉는 그 문화 운동을 개인적 이익을 위해 이용하려다가 결국 딸의 인생을 망치고 만다. 조이스는 「죽은 사람들」의 아이버스와 게이브리얼의 갈등에도 드러나듯이 인위성과 편협성을 이유로 문예 부흥 운동에 비판적이었는데, 사실 「작은 구름A Little Cloud」에서 보듯이 자국 문화에 대한 의도적인 강조는 아이러니하게도 그러한 노력의 무용성만을 드러낼 뿐이다. 꼬마 챈들러는 갤러허로 대표되는 영국과 유럽의 부와 선진 문화를 부러워하지만 곧 아일랜드의 고유한 서정을 무기로 해서 번지르르한 영국의 저널리즘에 대항한다. 그러나 그의 노력

은 할부금이 남아 있는 현실이나 직시하라는 아기의 울음소
리에 곧바로 깨어져 버리고 만다.

「위원회 사무실의 담쟁이 날」은 정치 지도자 파넬의 기일
이라는 시간적 배경과 시 의원 선거가 맞물리면서 파넬 이후
아일랜드의 혼란스러운 정치 상황을 직접 묘사하고 있다.
민족주의 성향의 지도자 파넬의 실각과 죽음은 조이스에게
도 큰 실망을 안겨 주었으며, 파넬의 실각 과정에서 드러난
아일랜드인들의 편협함과 이중성은 이후『율리시스』에서 배
신과 추방, 괴로운 상처의 예술적 승화 등의 모티프로 자주
등장하게 된다. 「위원회 사무실의 담쟁이 날」에서는 주로 파
넬 이후의 정치적 혼란과 분열을 다루고 있는데, 예를 들어
영국 왕의 방문과 관련하여 실리와 명분을 두고 인물들이
보여 주는 상반된 시각, 보수당 후보의 사퇴로 민족주의자
들에게 유리한 상황이 되는 듯하지만 콜건과 티어니가 모두
민족주의를 표방하면서 생겨난 민족주의 진영의 분열 등이
대표적이다. 또한 민족을 배신하고 영국의 앞잡이 노릇을
한 시어 소령의 에피소드는 과거의 불행한 역사뿐 아니라 앞
으로의 정치적 단합과 독립운동 역시 순탄치 않을 것임을
암시하며, 이런 암울한 상황은 인물들이 보여 주는 파넬에
대한 뒤늦은 아쉬움에 의해 더욱 배가된다.

「애러비」와 「어떤 만남」의 소년들은 낭만적인 꿈을 통해
따분한 현실에서 도피하고 이블린은 애인을 따라 아르헨티
나로의 도피를 꿈꾼다. 「하숙집」의 도런은 원치 않는 결혼으
로부터 도피하고 싶어 하며 「작은 구름」의 꼬마 챈들러 역시

꿈을 좇아 아일랜드를 떠나고 싶어 한다. 이 외에 술과 폭력에 의지하는 「짝패들」의 패링턴, 자발적인 소외와 자폐적 세계에서 벗어나지 못하는 「가슴 아픈 사건A Painful Case」의 더피, 유럽 대륙을 동경하는 「죽은 사람들」의 게이브리얼도 일정 부분 자신의 현실에서 도피하고자 하는 인물들이다. 『젊은 예술가의 초상』의 주인공 스티븐 디덜러스 역시 역사를 악몽이라 규정하고 아일랜드의 현실을 〈자기 새끼를 잡아먹는 암퇘지〉에 비유하면서 예술적 창조를 위해 아일랜드를 벗어나고자 한다. 조이스 또한 젊은 시절 아일랜드를 떠난 이후 출판 문제를 위한 방문 외에 거의 평생 동안 외국을 방랑하며 살았는데, 조이스 자신과 그의 인물들이 보여 주는 이러한 도피 성향은 물론 앞에서 살펴본 아일랜드의 마비된 현실과 결코 무관하지 않다. 식민 지배하의 암울한 현실은 다양한 형태로 사람들의 삶을 억압하고 속박하며, 사람들은 그런 현실에서 벗어나고자 하지만 대부분의 경우 실패하고 만다. 〈더블린 사람들〉의 마비의 일차적 원인은 물론 식민지 상황이라는 외적 요인에 있다. 그러나 〈더블린 사람들〉이 마비된 현실, 마비된 삶에서 벗어나지 못하는 것이 외적 요인의 불가피성에만 있는 것은 아니다. 만약 그렇다면 『더블린 사람들』은 단순히 식민주의를 고발하는 저항 문학에 머물고 말았을 것이다. 조이스 예술의 핵심은 현실에 대한 사실적 묘사와 이에 따른 어떤 메시지의 전달이 아니라 삶과 현실에 대한 인식과 그에 따른 의미의 가능성을 탐구하는 데 있다. 〈더블린 사람들〉이 마비 상태에서 벗어나지 못

하는 것은 외적 조건 외에 자신들의 삶과 현실을 객관적, 구조적으로 파악하고 여기에서 삶의 의미를 찾아내지 못하기 때문이다. 그렇다면 『더블린 사람들』에 나타난 삶에 대한 인식과 의미는 어떤 것이고 그것은 어떻게 드러나고 묘사되는가? 이것이 곧 조이스가 말하는 〈에피퍼니〉와 〈꼼꼼한 천박함〉의 문체 문제이다.

에피퍼니와 그 문체

조이스 자신의 설명에 따르면 에피퍼니는 일상의 사소함 속에서 인식하는 〈갑작스러운 정신적 드러남〉을 의미한다. 다시 말해서 어떤 〈천박한 말이나 제스처〉처럼 평이하고 사소해 보이지만 그 속에서 순간적으로 삶의 의미, 미학적 인식, 의식의 확장이 이루어지는 찰나를 의미하는 것이다. 이러한 사실은 조이스의 작품들이 매우 까다롭고 난해한 것으로 알려져 있으나 실상 그의 예술관은 추상적인 가치나 철학적 원리와 같이 모호하고 고차원적인 것을 지향하지 않는다는 사실을 암시한다. 그에게 예술은 〈길거리의 소음〉처럼 일상의 사소하고 작은 것에서 의미를 도출해 내는 것으로서, 추상적이고 절대적인 가치나 원리를 추구하는 행위와는 관계가 없다. 그러한 행위는 오히려 삶을 어떤 것에 얽매이게 하고 부자연스럽게 하며 나아가 인간을 불행하게 만들 위험이 있기 때문이다. 조이스가 예이츠나 프루스트Marcel Proust 같은 작가를 귀족주의 취향이라고 비판하면서 자신은 공작 부인보다 그녀의 하녀들에게 더 관심이 많다고 비꼬듯 평한 것도 그의 예술의 지향점이 세속성에 있음을 암시한다. 그러나 단순히 세속적이고 사소한 것을 묘사하는 것만으론 의미가 없다. 작가는 그것이 어떻게 삶의 의미를 드러낼 수 있는지를 객관적으로 보여 주고 묘사해야 한다. 그런데 의미의 순간은 극히 짧고 일회적일 뿐 아니라 매우 주관적이기도 하다. 따라서 인식하기도 어렵고 묘사하기는 더욱더 어렵다. 이 어려운 문제를 해결하기 위해 『더블린 사람들』에서 조이스가 선택한 것이 바로 〈꼼꼼한 천박함〉의 문체였다. 조이스는 사소해 보이는 일상을 자세하게 관찰하고 그것을 때로 천박해 보일 정도로 꼼꼼하게 묘사함으로써 일상 속에서 순간적으로 드러나는 삶의 의미를 포착하고자 했던 것이다.

그런데 꼼꼼한 묘사 자체가 의미의 드러남을 자동적으로 확보해 주는 것은 아니다. 의미와 그에 대한 인식이 매우 순간적이고 주관적인 것이기 때문에 객관적이고 세세한 묘사만으로는 부족하다. 이 문제에 대한 조이스의 해결책은 상징이었다. 조이스는 객관적이고 사실적으로 보이는 묘사 속에 교묘히 상징적 의미를 집어넣어 독자로 하여금 무의미해 보이는 말이나 행동, 상황 묘사 너머에 특정한 의미가 암시되어 있음을 느끼게 한다. 그는 또한 상징을 통해 독자뿐 아니라 인물도 자신이 처한 상황이나 사건을 주관적으로 해석할 수 있게 해주는데, 이러한 해석 능력의 정도에 따라 인물들은 자신이 속한 상황에서 의미를 인식, 도출하는 데 성공하거나 실패하게 된다. 『더블린 사람들』에서 독자나 인물이 마비의 양상이라는 에피퍼니를 경험하는 순간에 상징적 묘사가 드물지 않게 나타나는 것은 이 때문이다.

사실 조이스의 에피퍼니 개념은 상당히 모호한 면이 있다. 『스티븐 히어로*Stephen Hero*』나 『젊은 예술가의 초상』에서 에피퍼니는 사물이나 상황의 본질 또는 의미를 어떻게 미학적으로 인식하는가라는 일종의 예술론이며 또한 그것을 묘사하는 서술 기법이기도 하기 때문이다. 예를 들어, 사소한 사건이나 사물에서 〈갑작스러운 정신적 드러남〉을 느낀다고 했을 때, 그것은 사건이나 사물에 내재한 어떤 것인가 아니면 그것의 은유적 성질에 대한 작가의 미학적 반응인가? 또한 에피퍼니를 경험하는 주체가 작품 속의 인물인가 아니면 독자인가? 이러한 문제는 『더블린 사람들』을 읽는 데 있어서도 매우 중요하다. 예로서 「애러비」의 마지막 장면에서 소년의 분노는 마비된 삶에 대한 인식인가 아니면 단순한 좌절감의 표현인가? 「진흙」의 마리아가 1절을 다시 부른 것은 의도적인 것인가 아니면 단순한 실수인가? 「가슴 아픈 사건」의 더피는 과연 자신의 마비된 인생에 대한 반성적 깨달음을 얻었을까? 이와 같은 문제에 대해 정답을 밝히는 것은 매우 어렵다. 마비라는 주제를 직접 밝히기는 했지만 조이스는 상황을 객관적으로 보여 주기만 할 뿐 작가의 개입을 최대한 자제한 채 작품의 열린 결말을 지향함으로써, 삶을 특정한 시각으로 규정하려 하지 않았기 때문이다. 결국 판단은 독자의 몫으로 남게 되는데 이것은 『더블린 사람들』이 독자에게 부과하는 일종의 과제이자 조이스를 읽는 독특한 즐거움이기도 하다.

『더블린 사람들』은 당시의 〈더블린 사람들〉이 처한 구체적인 역사적 상황을 반영하고 있기 때문에 당시 아일랜드의 정치, 사회, 문화적 배경을 정확히 알지 못하면 사소해 보이는 일상 묘사 속에 숨겨진 의미를 포착하기 어렵다. 게다가 사실적인 묘사에 자연스럽게 녹아들어 있는 상징성은 에피퍼니를 위한 인위적인 장치이지만 이 또한 꼼꼼히 읽지 않으면 알아챌 수가 없다. 부분적으로 이러한 문제를 해결하기 위해서 필요한 경우 주석을 통해 설명하였으나, 독서의 흐름을 방해하거나 인위적이고 단일한 해석을 유도할 위험이 있기에 최소한으로만 활용했다. 참고로 이 책은 펭귄 출판사 Penguin Books에서 1968년에 출판된 *Dubliners*를 번역한 것이다.

이강훈

제임스 조이스 연보

1882년 출생 2월 2일 더블린 남쪽 교외 라스가의 브라이튼 스퀘어 41번 지에서 존 스타니슬로스 조이스John Stanislaus Joyce와 메리 제인 조이스Mary Jane Joyce의 장남으로 출생. 15남매 중 10명만이 살아남음. 영국의 아일랜드 총독과 부총독이 더블린의 피닉스 공원에서 저격당함.

1884년 2세 형제 중 가장 가깝게 지냈던 스타니슬로스 출생. 라스마인스의 캐슬우드 애버뉴로 이사.

1887년 5세 더블린 남쪽 해안 마을 브레이로 이사. 이 집이 후에 『젊은 예술가의 초상*A Portrait of the Artist as a Young Man*』 초반에 묘사됨. 아일랜드 민족당의 당수인 찰스 스튜어트 파넬Charles Stewart Parnell 이 지주들의 암살과 피닉스 공원 저격 사건을 배후 조종했다는 무고로 재판받고, 혐의가 없음이 입증됨. 이 사건으로 파넬에 대한 대중적 인기 와 지지도가 절정에 달함.

1888년 6세 예수회 학교인 클롱고우즈 우드 학교에 입학함. 6월 26일 부모와 함께 브레이 보트 클럽 콘서트에서 노래를 부름.

1889년 7세 파넬이 부관 오셰이William O'Shea로부터 간통죄로 고 발당함. 가톨릭 교단에서 파넬을 비난하기 시작.

1890년 8세 파넬 실각. 민족당은 티머시 마이클 힐리Timothy Michael Healy가 이끌게 됨.

1891년 9세 10월 6일 파넬의 죽음을 계기로 「힐리, 너마저Et Tu, Healy」라는 풍자시를 썼다고 하나 전해지지 않음. 클롱고우즈 우드 학교를 그만둠.

1892년 10세 채권자들이 아버지를 압박하고 가구 등을 차압. 클롱고우즈 우드 학교로 돌아가지 못함. 더블린 근교 블랙록으로 이사. 『젊은 예술가의 초상』 제2장에 나오는 집. 처음으로 성탄절 연극 「뱃사람 신드바드」를 관람.

1893년 11세 가정 형편이 더욱 나빠져 더블린의 이곳저곳으로 옮겨 다니기 시작. 존 콘미 신부의 주선으로 동생 스타니슬로스와 함께 예수회 학교인 벨비디어 학교에 장학생으로 전학. 뛰어난 학업 성적을 거둠. 남은 재산을 처분하여 빚을 갚기 위해 부친과 코크 방문. 『젊은 예술가의 초상』 제2장에 묘사됨.

1894년 12세 6월 드럼콘드라의 작은 집으로 이사. 8월 동생 프레더릭 사망. 아버지는 술에 취해 폭력을 행사하고 어머니를 죽이려고도 함.

1896년 14세 노스리치먼드 거리로 이사. 가을에는 윈저 애버뉴로 이사. 교내 성모 마리아 신심회의 회장이 됨.

1897년 15세 전국 백일장에서 학년 최고상, 교내 성적 우수상을 받음. 가톨릭 신앙에 회의를 품기 시작.

1898년 16세 8월 매춘부를 만난 것으로 알려짐. 『젊은 예술가의 초상』 제2장 결말 부분에 묘사됨. 이 시기에 가톨릭 신앙을 버렸다고 알려짐. 더블린의 예수회 계열 대학인 유니버시티 칼리지에 입학.

1899년 17세 5월 8일 찬반론으로 일대 소동이 벌어진 예이츠William Butler Yeats의 「캐슬린 백작 부인The Countess Cathleen」의 개막 공연 관람. 예이츠가 반(反)아일랜드적이라고 비판하는 대학생들의 서명에서 예이츠를 지지하고 서명을 거부.

1900년 18세 로열 테라스로 이사. 런던 방문. 「나의 멋진 이력My Brilliant Career」이라는 희곡을 썼다고 하나 전해지지 않음. 『포트나이

틀리 리뷰*Fortnightly Review*』에 「입센의 새 드라마Ibsen's New Drama」
기고. 입센Henrik Ibsen으로부터 감사의 편지를 받음. 대학의 문학 역
사 학회에서 「드라마와 삶Drama and Life」을 발표해 예술과 도덕적 주
제의 분리를 주장. 시와 희곡을 썼으나 모두 없애 버림.

1901년 19세   하웁트만Gerhart Hauptmann의 희곡 두 편을 번역해 더
블린의 극장에서 공연하려 했으나 거절당함. 윌리엄 아처William
Archer에게 시를 보냈으나 거절당함. 아일랜드 문예 극장의 편협함을
비판하는 산문 「소요가 있던 날The Day of the Rabblement」을 대학의
교지에 기고했으나 지도 교수에 의해 거부당하고 이를 사비로 출판. 성
토마스 아퀴나스 학회에 참여.

1902년 20세   3월 13일 동생 조지 사망. 부활절 미사를 거부함. 교지『성
스티븐스*St. Stephen's*』에 아일랜드 시인 맹건이 편협한 민족주의의 희
생물임을 설파한 평론 「제임스 클래런스 맹건James Clarence Mangan」
발표. 10월 31일 유니버시티 칼리지 졸업. 성 세실리아 의대에 등록하
였으나 곧 그만둠. 11월 의학을 공부하러 더블린을 떠나 파리로 감. 도
중에 런던에서 예이츠를 만남. 파리에서는 곧 의학 공부를 포기하고 보
헤미안처럼 지냄. 크리스마스 즈음 귀국.

1903년 21세   1월 17일 런던을 거쳐 다시 파리로 감. 미학에 관한 노트
를 만들기 시작. 극작가 J. M. 싱Synge을 만남. 4월 모친의 와병 소식을
듣고 귀국. 8월 13일 모친 간경변으로 사망.

1904년 22세   「예술가의 초상A Portrait of the Artist」이라는 미학 에세
이를 썼으나 『데이나*Dana*』로부터 거절당하고 이를 『스티븐 히어로
Stephen Hero』로 고쳐 쓰기 시작. 『스티븐 히어로』는 그의 사후인 1944년
에 출간됨. 후에 『실내악*Chamber Music*』과 『더블린 사람들*Dubliners*』
의 일부가 된 시와 단편 소설 들을 잡지에 발표. 「자매The Sisters」, 「이
블린Eveline」, 「경주가 끝난 후After the Race」 등. 3월에서 6월까지 달
키에 있는 클리프턴 학교에서 가르침. 『율리시스*Ulysses*』에 벅 멀리건으
로 등장하는 의대생 올리버 세인트 존 고가티Oliver St. John Gogarty
와 함께 역시 『율리시스』에 등장하는 샌디코브의 마텔로 타워를 비롯한

여러 거처를 전전. 마텔로 타워는 현재 조이스 박물관으로 사용되고 있음. 6월 10일 골웨이 출신의 호텔 종업원 노라 바너클Nora Barnacle을 만나 6월 16일(『율리시스』의 배경이 되었던 날) 첫 데이트를 하고 10월 8일 그녀와 함께 유럽 대륙으로 떠남. 취리히에서 직업을 구할 수 없어 당시 오스트리아의 지배하에 있던 유고슬라비아 폴라 소재 베를리츠 학교에서 교편을 잡음.

1905년 23세　북부 이탈리아의 트리에스테로 옮겨 그곳의 베를리츠 학교에서 교편을 잡음. 7월 27일 장남 조르조Giorgio 출생. 「하숙집 The Boarding House」 집필. 런던의 출판업자 그랜트 리처즈Grant Richards에게 『실내악』 원고를 보냈으나 거절당함. 10월 동생 스타니 슬로스가 트리에스테로 와서 합류. 11월 『더블린 사람들』의 원고를 그 랜트 리처즈에게 보냄.

1906년 24세　로마로 가서 은행 직원으로 일함. 『더블린 사람들』에 들어갈 단편 두 편을 더 집필. 노라의 임신.

1907년 25세　1월 17일 엘킨 매슈스Elkin Mathews와 『실내악』의 출간 계약. 트리에스테로 귀환. 5월 런던에서 시집 『실내악』이 출간됨. 트리에스테 신문 「일 피콜로 델라 세라Il Piccolo della Sera」에 「아일랜드, 성자들과 학자들의 나라Ireland, Land of Saints and Scholars」, 「피니어니즘Fenianism」 등의 산문을 기고. 『더블린 사람들』의 마지막 이야기 「죽은 사람들The Dead」 완성. 7월 26일 장녀 루치아Lucia 출생. 신문 기고, 영어 개인 교습, 강연 등의 활동. 『스티븐 히어로』를 대폭 축소하고 수정해 『젊은 예술가의 초상』으로 개작하기 시작.

1908년 26세　『젊은 예술가의 초상』의 제1~3장 집필. 8월 노라의 유산.

1909년 27세　8월 아들 조르조와 더블린 방문. 빈센트 코스그레이브 Vincent Cosgrave가 예전에 노라와 성관계를 했었다고 떠벌리는 것에 고통스러워함. 더블린 맨슬 출판사와 『더블린 사람들』 출판 계약. 여동생 이바Eva와 트리에스테로 귀환. 10월에 볼타 극장 건립을 위해 더블린 방문.

1910년 **28세** 1월 볼타 극장 건립 기획 실패하고 트리에스테로 귀환.
맨슬 출판사는 갑작스럽게 『더블린 사람들』의 출판을 연기.

1911년 **29세** 출판사와의 갈등에 격분하여 『스티븐 히어로』의 원고를
난로에 던져 넣었으나 여동생 아일린Eileen이 일부를 건져 냄. 이바는
더블린으로 귀환. 여동생 메이블Mable 사망.

1912년 **30세** 7월부터 9월까지 가족과 함께 골웨이, 더블린 등지를 여
행. 마지막 아일랜드 방문. 『더블린 사람들』의 검열 문제로 맨슬의 편집
인 조지 로버츠George Roberts와 크게 다툼. 출판사는 명예 훼손죄의
증거를 남기지 않기 위해 원판을 모두 폐기.

1913년 **31세** 예이츠의 소개로 시인 에즈라 파운드Ezra Pound와 교
류. 희곡 「망명자들Exiles」 구상 시작.

1914년 **32세** 2월부터 다음 해 9월까지 『에고이스트 *The Egoist*』에 『젊
은 예술가의 초상』을 연재. 3월 『율리시스』와 「망명자들」 집필 시작. 6월
15일 런던의 그랜트 리처즈가 『더블린 사람들』 출판. 작품 수정을 요구
하는 출판사와의 갈등 때문에 출간이 지연되었음. 연대기순으로 배열된
15편의 단편들은 마비된 식민지 도시 더블린의 삶을 유년기, 청년기, 장
년기 그리고 공적인 삶의 주제로 나누어 묘사함. 제1차 세계 대전 발발.
영국 여권 소유자라는 이유로 트리에스테에 일시 억류.

1915년 **33세** 「망명자들」 완성. 6월 『율리시스』의 초반부 집필. 6월 21
일 중립을 지킨다는 조건으로 트리에스테를 떠날 수 있는 허가를 받아
스위스 취리히에 정착. 파운드와 예이츠 등의 주선으로 왕립 문학 기금
에서 지원을 받음.

1916년 **34세** 12월 뉴욕에서 『젊은 예술가의 초상』 출간. 더블린에서
대규모의 부활절 봉기 발발.

1917년 **35세** 2월 12일 런던에서 최초의 장편 소설 『젊은 예술가의 초
상』 출간. 『율리시스』 세 개 장 완성. 첫 번째 눈 수술. 10월 요양을 위해
로카르노로 감. 해리엇 쇼 위버Harriet Shaw Weaver가 재정적 후원 시작.

1918년 36세   1월 취리히로 귀환. 해럴드 매코믹 부인Mrs. Harold McCormick이 재정 후원 시작. 5월 25일 런던과 미국에서 「망명자들」 출간. 「망명자들」은 입센의 영향을 엿볼 수 있으며, 조이스가 가족과 함께 아일랜드로 일시 귀국했을 당시의 생활을 반영. 3월부터 1920년 12월까지 『리틀 리뷰*The Little Review*』에 『율리시스』 연재.

1919년 37세   매코믹 부인의 재정 지원 중단. 10월 트리에스테로 귀환. 상업 학교에서 영어를 가르치면서 『율리시스』 계속 집필. 일부는 『에고이스트』에도 기고.

1920년 38세   6월에 아들과 함께 이탈리아로 가서 파운드를 만남. 파운드의 제안으로 온 가족이 파리로 이사. 죄악 금지회가 『율리시스』를 음란물로 고소, 법정에서 『리틀 리뷰』의 『율리시스』 연재 중단 판결을 받음. 제14장의 앞부분에서 연재 중단.

1921년 39세   『율리시스』의 남은 에피소드를 완성하고 교정 작업에 몰두. 4월 파리에서 『율리시스』를 출간하기로 동의. 아일랜드가 대영 제국의 자치령으로 부분 독립. 북부 얼스터는 영국 치하에 남음.

1922년 40세   2월 2일 생일에 파리의 셰익스피어사Shakespeare & Co.에서 『율리시스』 출간. 1904년 6월 16일(후에 〈블룸스데이*Bloomsday*〉라 불림) 하루 동안 리어폴드 블룸과 아내 몰리 블룸 그리고 스티븐 디덜러스에게 일어난 일을 서술하여 20세기 문학의 중요한 이정표가 됨. 4월 노라가 두 아이를 데리고 아일랜드를 방문했으나 내전으로 바로 귀환. 5월 런던 여행을 계획했으나 안질로 포기. 8월 런던 방문 후 9월에 파리로 귀환. 10월 니스에서 겨울을 나려고 했으나 다시 파리로 돌아옴.

1923년 41세   후에 『피네건의 밤샘*Finnegans Wake*』이 될 작품의 부분을 띄엄띄엄 집필하기 시작. 이 단편들은 1939년까지 『진행 중인 작품*Work in Progress*』으로 알려짐. 6월에서 8월 사이 런던 방문.

1924년 42세   안질이 심해짐. 4월 파리의 『트랜스애틀랜틱 리뷰*The Transatlantic Review*』에 『피네건의 밤샘』 첫 부분 선보임. 7월에서 8월 사이 브르타뉴 지역에 체류하다가 9월 초에 파리로 귀환. 『피네건의 밤샘』집필을 계속함. 허버트 고먼Herbert Gorman의 조이스 전기가 뉴욕에서 출간됨.

1925년 43세 런던의『크라이테리언*The Criterion*』에『피네건의 밤샘』두 번째 부분 기고.

1926년 44세 『피네건의 밤샘』집필 계속. 미국인 새뮤얼 로스Samuel Roth가『율리시스』의 해적판을 그의 잡지『투 월즈 먼슬리*Two Worlds Monthly*』에 연재하기 시작. 조이스의 미국인 친구 루드윅 루이슨 Ludwig Lewisohn과 아치볼드 매클리시Archibald MacLeish가 국제적 항의문을 작성하고 167명의 서명을 받음. 이듬해 말 뉴욕 주 법원에서 로스의 조이스 명칭의 사용 금지와 조이스의 승낙 없이는 어떤 자료도 출판할 수 없다는 판결 발표.

1927년 45세 재능의 낭비라는 주변의 혹평으로『피네건의 밤샘』을 중단할까 고민. 4월 펜 클럽 초청으로 런던 방문. 7월 5일 시집『1페니짜리 시편*Pomes Penyeach*』을 셰익스피어사에서 간행. 13편의 단시를 모은 것.

1928년 46세 『피네건의 밤샘』(혹은『진행 중인 작품』)의 일부가 계속 출간됨. 유럽의 이곳저곳을 여행. 11월 파리로 귀환 후 노라 바너클의 수술.『진행 중인 작품』의 일부를 뉴욕에서 출간.

1929년 47세 2월 프랑스어판『율리시스』출간.

1930년 48세 아일랜드계 프랑스인 테너 존 설리번John Sullivan을 후원하기 시작. 5월에서 6월 사이 취리히에서 눈 수술 받음. 7월에서 8월까지 영국에 체류. 12월 10일 장남 조르조 결혼.『율리시스』를 각 장별로 분석한 스튜어트 길버트Stuart Gilbert의 연구서 출간.

1931년 49세 5월 런던으로 이주. 7월 4일 런던에서 노라 바너클과 정식 결혼. 영국으로의 영구 이주를 계획했다가 포기하고 9월에 다시 파리로 귀환. 12월 29일 부친 더블린에서 향년 82세로 사망.

1932년 50세 2월 15일 장남 조르조와 헬렌Helen 사이에서 첫 손자 스티븐 제임스 조이스Stephen James Joyce 출생. 손자의 탄생과 아버지의 죽음이 교차하는 감정을 다룬 「보라, 저 아이를Ecce Puer」이라는 시를 씀. 3월 장녀 루치아는 정신 분열 증세 보임. 루치아는 이후 회복되지 못한 채 조이스의 여생을 암울하게 함. 런던 방문 계획 취소. 취리히에 머묾. 폴 레옹Paul Léon이 그의 일을 돌봐 주게 됨.

1933년 51세 12월 6일 미국 법정으로부터 『율리시스』가 음란물이 아니므로 출간할 수 있다는 허가를 받음. 루치아, 스위스의 정신병원에 입원.

1934년 52세 2월 뉴욕 랜덤하우스에서 『율리시스』 출간. 3월 친구들과 그르노블, 취리히, 몬테카를로 등지로 자동차 여행. 조르조 가족이 미국으로 가서 다음 해 11월까지 체류함.

1935년 53세 1월 파리로 귀환. 루치아는 런던을 거쳐 더블린으로 감.

1936년 54세 8월에서 9월 사이 덴마크에 체류. 12월 『시 전집Collected Poems』 출간. 영국에서 『율리시스』 출간.

1938년 56세 『피네건의 밤샘』 마지막 장 집필. 취리히와 로잔에 체류.

1939년 57세 5월 4일 런던 페이버 앤드 페이버와 뉴욕 바이킹에서 『피네건의 밤샘』 동시 출간. 조이스는 생일에 맞춰 한 권을 미리 받음. 제2차 세계 대전 발발. 취리히를 떠나 루치아의 병원에 가까운 남프랑스 라볼로 이사해 9월부터 12월까지 거주. 12월, 생제랑르퓌로 이사.

1940년 58세 12월 14일 프랑스가 독일에 함락되자 프랑스를 떠나 스위스로 가기 위한 허가를 받음. 취리히로 이사.

1941년 59세 1월 13일 새벽 2시, 취리히의 적십자 병원에서 천공성 십이지장 궤양 수술 후 사망. 취리히의 플룬테른 묘지에 묻힘.

1949년 아일랜드는 영연방에서 벗어나 아일랜드 공화국으로 독립. 얼스터는 여전히 영국의 일부로 남게 됨.

1951년 노라 바너클 조이스, 취리히에서 사망.

열린책들 세계문학 216 더블린 사람들

옮긴이 이강훈 한국외국어대학교 영어교육과를 졸업했으며, 동 대학원 영문과에서 박사 학위를 받았다. 현재 서원대학교 교양학부 교수로 재직하고 있다. 『조이스와 바흐친—스타일과 미학의 만남』, 『이상한 나라의 앨리스 연구』를 지었고, 질 들뢰즈의 『매저키즘』, 에른스트 벨러의 『아이러니와 모더니티 담론』(공역), 커트 보네거트의 『타이탄의 미녀』, 닉 맨스필드의 『마조히즘—권력의 예술』, 마이클 쿡의 『코란이란 무엇인가』, 제니퍼 마이클 헥트의 『의심의 역사』(공역), 낸시 드빌의 『슈퍼마켓이 우리를 죽인다』를 우리말로 옮겼다.

지은이 제임스 조이스 **옮긴이** 이강훈 **발행인** 홍지웅·홍예빈
발행처 주식회사 열린책들 **주소** 경기도 파주시 문발로 253 파주출판도시
전화 031-955-4000 **팩스** 031-955-4004 **홈페이지** www.openbooks.co.kr
Copyright (C) 주식회사 열린책들, 2013, *Printed in Korea.*
ISBN 978-89-329-1216-5-04840 **ISBN** 978-89-329-1499-2 (세트)
발행일 2013년 10월 20일 세계문학판 1쇄 2020년 8월 20일 세계문학판 4쇄

이 도서의 국립중앙도서관 출판예정도서목록(CIP)은 서지정보유통지원시스템 홈페이지(http://seoji.nl.go.kr)와 국가자료공동목록시스템(http://www.nl.go.kr/kolisnet)에서 이용하실 수 있습니다.(CIP제어번호:CIP2013019665)

각 권 8,800~15,800원